국어선생님도
궁금한

101가지
문학질문사전

국어 선생님을 공부하게 만든 학생들의 상상초월 질문 퍼레이드

국어 선생님도 궁금한 101가지 문학질문사전

1판 1쇄 발행일 2013년 9월 15일 • 1판 5쇄 발행일 2021년 1월 22일
글 강영준 • 그림 아방 • 펴낸이 김태완 • 펴낸곳 (주)도서출판 북멘토
편집주간 이은아 • 책임편집 진원지 • 편집 김정숙, 조정우 • 디자인 구화정page9, 안상준 • 마케팅 최창호, 민지원
출판등록 제6-800호(2006. 6. 13.) • 주소 03990 서울시 마포구 월드컵북로6길 69(연남동 567-11), IK빌딩 3층
전화 02-332-4885 • 팩스 02-6021-4885 • 이메일 bookmentorbooks@hanmail.net
인스타그램 https://www.instagram.com/bookmentorbooks__
페이스북 https://facebook.com/bookmentorbooks

ISBN 978-89-6319-090-7 43800

이 도서의 국립중앙도서관 출판예정도서목록(CIP)은 서지정보유통지원시스템 홈페이지(http://seoji.nl.go.kr)와
국가자료공동목록시스템(http://www.nl.go.kr/kolisnet)에서 이용하실 수 있습니다.
(CIP제어번호: CIP2013016518)

국어선생님도
궁금한
101가지
문학질문사전

국어 선생님을 공부하게 만든 학생들의 상상초월 질문 퍼레이드

강영준 지음
아방 그림

북멘토

일러두기

● 이 책의 3부와 4부에 인용된 문학 작품은 참고문헌(442~443쪽)의 해당 단행본을 원문으로 삼았으며, 가급적 원문에 실린 문장 부호와 맞춤법을 그대로 따랐습니다. 단, 띄어쓰기는 의미를 훼손하지 않는 범위 내에서 현행 맞춤법을 따랐습니다.

● 고대 가요·시·단편 소설·장편 분량의 고전 소설 문장 부호는 「 」, 근대 장편 소설·단행본·잡지·신문의 문장 부호는 『 』, 음악·연극·영화·TV프로그램의 문장 부호는 〈 〉로 표기하였습니다.

개념부터 이해하는 문학

문학 수업을 하다 보면 가끔 예상치 못한 질문을 받아서 곤란할 때가 있습니다.

"선생님, 남성적 어조와 여성적 어조를 가르는 것은 남녀차별 아닌가요?"

"춘향이는 양반인가요, 기생인가요?"

"고려 가요가 남녀상열지사면, 「청산별곡」도 야한 건가요?"

학생들은 국어 교사인 저조차 평소에 미처 생각해 보지 않았던 것들을 종종 질문하고는 하지요. 간혹 짓궂은 질문도 있었지만 이해가 되지 않는 답답한 마음에 하소연하는 것처럼 들릴 때도 있었고, 어떤 질문은 바로 대답을 못 할 만큼 예리한 것들도 있었습니다. 특히 문학적 개념을 설명해 달라는 질문에는 난감한 적이 한두 번이 아니었습니다. 그도 그럴 것이 자습서나 참고서에는 문학의 개념들이 별다른 설명 없이 간단하게 서술된 경우가 많기 때문입니다.

그때 문득 이런 생각이 들었습니다. 가르치는 사람도 당황스러운데 그것을 배우는 사람에게 문학의 개념들은 얼마나 이해하기 어려울까? 또 어떻게 하면 문학에 관련된 다양한 호기심을 충족시켜 줄 수 있을까? 생각해 보면 우리나라 청소년들은 문학에 대한 지식이나 개념을 대부분 참고서나 자습서에 의존하고 있는 것 같습니다. 그런데 이런 책들은 대개 짧은 설명만 있을 뿐 자세하게 개념을 설명해 주지는 않지요. 개념만 나열하기보다는 구체적인 사례까지 친절하게 제시되어 있다면 더 이해하기 좋을 텐데 하는 아쉬움이 적지 않았습니다. 그렇다고 해서 학생들에게 전문적인 문학 이론서를 소개할 수도 없는 노릇이었지요.

이런 생각의 끄트머리에서 책을 써야겠다는 마음을 먹게 되었습니다. 학생들이 궁금해 하는 것, 그러나 어디서 무엇을 찾아봐야 할지 막막한 것, 그것들에 대한 설명을 학생들에게 가장 친근한 교과서 속 사례와 함께 제시해 주면 도움이 되겠다는 생각을 했지요. 때마침 북멘토 편집부에서 '문학질문사전'을 만들어 보면 어떻겠냐는 제안을 해 주셨고 참 좋은 기회라고 생각해 원고를 집필하게 되었습니다.

우선 어떤 질문들을 모으느냐가 중요했는데 무엇보다도 학생들이 궁금하게 여기는 것을 해결하는 것이 목적이어서 이번 기회를 통해 학생들과 함께 문학에 관한 다양한 질문을 모아 보는 시간을 가졌습니다. 또한 문학 수업을 하면서 만나 왔던 학생들의 여러 가지 호기심과 문학 교과에서 꼭 설명해야 할 필수 개념들을 질문 형식으로 다시 정리해 보았습니다. 그리고 이것을 고전 시가, 고전 산문·소설, 현대 시, 현대 소설로 분류했지요. 이후 각 장의 질문들을 연대기적 순서로 다시 배열했습니다. 문학에 대한 호기심도 해결하고 문학적 지식을 역사적 맥락에서도 이해할 수 있게 하려는 의도였습니다.

1부 고전 시가편은 시가가 발생한 까닭부터 시작해서 우리 민족이 그동안 창작해 왔던 향가, 고려 가요, 시조, 가사, 한시에 이르기까지 문학사적으로 꼭 짚고 넘어가야 할 장르를 다루고 있습니다. 학생들이 가장 어려워하는 부분이어서 중간 중간에 작품을 인용하여 상세한 설명을 덧붙였습니다.

2부 고전 산문·소설편은 이야기가 왜 발생했는지부터 시작해서 설화와 소설, 판소리, 탈춤에 이르기까지 산문 문학 전반에 대한 의문과 답변으로 채웠지요. 특히 소설은 영웅 소설, 여성 영웅 소설, 염정 소설, 판소리 소설 등 다채로운 장르에 대한 궁금증을 해결하고자 했습니다.

3부 현대 시편은 일단 주요 개념들을 점검했습니다. 시어의 특성, 시적 화자, 어조, 리듬, 이미지, 비유, 반어, 역설, 감정이입, 객관적 상관물 등등 학생들이 이해하기 어려워하는 개념을 우선 설명하고 있지요. 이후에는 신체시부터 최근 작품 경향까지 서술했습니다.

4부 현대 소설편도 주요 개념부터 점검합니다. 보여 주기, 말하기, 인물, 배경, 플롯, 스토리, 피카레스식 구성 등 소설에서 사용하는 비평 용어들을 하나씩 살펴봅니다. 그리고 현대 시와 마찬가지로 신소설부터 최근 작품에 이르기까지 소설의 경향을 질문과 답변 형식으로 서술했습니다.

이 책은 처음부터 끝까지 순서대로 읽어도 좋고, 구성의 특성상 의문이 날 때 그것을 해결하기 위해 순서를 무시하고 사전처럼 읽어도 좋을 것입니다. 전자의 방법을 따른다면 문학사를 통해 한국사를 일별할 수 있을 것입니다. 후자의 방법에 따라 이 책을 책상 위에 두고 키워드가 생각날 때마다 색인에서 그것을 찾아 한 번씩 들여다보는 것도 좋은 읽기가 될 것입니다.

아무쪼록 이 책을 통해 여러 학생들이 문학에 대한 궁금증을 시원히 해결하기를 바랍니다. 책을 쓰는 내내 여러 가지 조언을 해 주시고 원고를 꼼꼼하게 손봐 주신 북멘토 편집부에 진심으로 감사를 전합니다. 함께 공부하면서 긴장의 끈을 놓지 않게 해 준 교실 안의 제자들에게도 감사합니다. 마지막으로 사랑하는 은주, 서연, 지원에게도 늘 고마운 마음입니다.

2013년 여름

강영준

차례

고전 시가

고전 시가

고전 산문 · 소설

고전 산문
·
소설

현대 시

현대 소설

part. 01

고전 시가

001 사람들은 언제부터
노래를 부르고 시를 지었나요?

유튜브를 보면 잘하건 못하건 노래 솜씨 자랑하는 사람이 정말 많아요. 왜 사람들은 노래를 부르고 시를 쓰는 것일까요? 사람들이 언제부터 그리고 왜 노래를 부르고 시를 짓게 된 건지 이유가 궁금해요.

가설 하나 : 원시 시대 축제에 답이 있다

인류가 노래를 처음 만들어 부르기 시작한 것은 아주 오래전 원시 시대 때부터입니다. 과학이 발달하지 않았던 이 시기 사람들에게 하늘은 공포와 두려움의 대상이자 삶의 축복을 기원하는 신앙 그 자체였습니다. 천재지변으로 사람이 죽을 수도 있지만 천혜의 조건에서는 풍요로운 수확을 할 수도 있었으니까요. 그래서 사람들은 하늘에 잘 보이기 위해 제사를 지내기 시작했습니다. 이것을 제천의식이라고 부르지요. 고구려의 동맹, 부여의 영고가 바로 이러한 제천의식이었습니다.

제천의식은 어떻게 진행되었을까요? 일단 원시 부족을 이끄는 제사장이 성스러운 의식을 집전했을 것입니다. 제단을 쌓고 그곳에 제물을 올리고 절을 했겠지요. 추석이나 설날을 비롯해 돌아가신 어른들을 기리는 제사들을 떠올리면 그 형태를 대충 짐작할 수 있지요. 성스러운 의식이 끝난 뒤에는 곧바로 일상으로 돌아가지 않았습니다. 사람들 모두가 참여하여 함께 즐기는 축제를 벌였지요. 이는 부족민의 화합을 위해서 필요한 행사였습니다. 사람들은 춤을 추고 소리를 지르며 즐거움을 누렸는데 이것이 바로 원시종합예술 Balad Dance입니다.

원시종합예술에는 음악·미술·문학·무용 등 다양한 예술의 형태가 녹아 있었습니다. 학자들에 의하면 당시 사람들이 장단에 맞춰 부르던 소리가 음악으로 발전했고, 가사말은 시로 발전했으며, 몸동작은 무용으로, 분장이라든가 무대를 꾸미는 행위는 미술로 발전했다고 합니다. 이렇게 볼 때 시와 노래는 원시종합예술로부터 출발한 것이라고 말할 수 있지요.

가설 둘 : 노동의 피로에 답이 있다

노래와 시가 노동의 피로를 이겨 내고 생산성을 향상시키기 위해서 만들어졌다는 견해도 있습니다. 여러분도 자신이 좋아하는 노래를 들으면 피로가 사라지고 일의 효율이 높아지는 것을 경험한 적이 있을 것입니다. 예전에는 모차르트 효과라고 해서 음악이 인간의 지능에 긍정적인 영향을 준다는 의견까지 있었지요. 이처럼 노래와 시가 노동하는 사람들의 마음을 달래고 위로하며 때로는 기쁘게 해서 노동의 생산성을 높이려고 만들어졌다는 의견도 있습니다.

이와 같은 의견은 우리나라의 여러 지역에 분포하는 '노동요'를 통해서 확인할 수 있습니다. 노동요는 민요의 한 형태로서 사람들이 노동을 하며 박자에 맞춰 소리를 내고 그 소리에 가사를 얹어 부르는 노래를 말합니다. 모내기철에 부르는 노래나 김매기할 때 부르는 노래가 그 예이지요. 이처럼 노래와 시가 노동하는 행위 속에서 만들어졌다는 설도 있습니다.

가설 셋 : 인간은 유희적 동물

시와 노래를 부르게 된 까닭이 인간이 지닌 놀이에 대한 욕망 때문이라는 의견도 있습니다. 사람은 누구나 특별한 목적 없이 행위 자체를 즐기려는 충동을 지니고 있습니다. 독일의 철학자 칸트와 실러는 이러한 욕망을 유희 충동이라고 부르기도 했지요. 네덜란드의 역사학자 하위징아가 인간을 '호모 루덴스'라고 명명하며 '놀이하는 인간'의 개념을 만들어 낸 것도 같은 맥락입니다. 하위징아는 사람이 시를 짓고 문화를 이루고 사는 것이 모두 유희 충동으로부터 비롯되었다고 보았지요.

놀 줄 안다는 것은 인간과 그 밖의 동물을 구별 짓는 여러 가지 특성 중 하나입니다. 여러분이 자주 하는 게임을 생각해 보세요. 프로게이머가 아닌 이상, 게임을 한다고 좋아지는 것은 없습니다. 성적은 떨어지고 그 때문에 어른들에게 눈총을 받고 사회 적응에도 실패하는 경우가 있지요. 그럼에도 불구하고 여러분은 게임을 좋아합니다. 이유는 게임이 즐거워서입니다. 인간에게 게임을 즐기려는 욕망이 존재하는 것입니다.

노래와 시가 탄생하게 된 것도 마찬가지입니다. 노래를 부르고 시를 쓴다고 해서 그것이 당장 경제적인 형편을 나아지게 하지는 않습니다. 물론 직업 가수는 조금 다르겠지요. 하지만 직업으로 노래를 부르고 시를 쓰는 경우를 제외하면 일반적으로 자기의 내면을 시와 음악으로 표현하는 것이 돈이 되지는 않지요. 사람들이 노래를 부르고 시를 쓰는 것은 그 일을 통해서 스스로 심리적인 만족감을 느끼기 때문입니다. 이처럼 노래와 시는 인간의 다양한 욕구로부터 탄생했다고 할 수 있습니다.

서정시가 먼저 나왔나요? 서사시가 먼저 나왔나요?
고대에는 개인보다는 집단이 중요하게 받아들여져서 개인적인 감정보다는 집단의 의식이 노래로 표현되기가 쉬웠습니다. 또한 집단의 신화적·영웅적 내용을 시를 통해 널리 퍼뜨려 공동체의 결속을 다질 필요가 있었지요. 따라서 영웅이나 신화적 존재를 다룬 서사시가 개인적 체험과 정서를 다룬 서정시보다 먼저 쓰였다고 할 수 있습니다.

002   우리나라에서 가장 오래된 서정시는?

고조선 사람들도 서정시를 알았을까요? 우리나라에서 가장 오래된 서정
시는 언제 지어졌는지, 무엇인지 알고 싶어요.

집단 가요와 개인 서정시 사이, 「공무도하가」

우리나라는 한글이 창작되기 이전까지 모든 기록이 한자로 이루어졌습니다. 물론
한자의 음과 뜻을 빌린 향찰이 한동안 쓰이기도 했습니다. 그러나 그것은 신라의 노래
를 적는 데 활용되었을 뿐 거의 모든 기록물은 한자로 적혔습니다. 그래서 지금까지 전
해 내려오는 오래된 시 작품은 모두 한자로 표기되어 있습니다. 그중에서 가장 오래된
서정시는 『해동역사』에 실려 있는 「공무도하가公無渡河歌」로 고조선 때의 노래입니다.

임이여, 물을 건너지 마오 公無渡河

임은 마침내 물을 건너시네 公竟渡河

물에 휩쓸려 돌아가시니 墮河而死

가신 임을 어이할꼬 當奈公何

－「공무도하가」

이 노래의 작가는 백수광부의 아내로 알려져 있습니다. 백수광부란 '머리가 하얀 미친 사람'이라는 뜻이지요. 노래의 내용은 아주 단순합니다. 남편이 물에 빠져 죽자 그 슬픔을 노래한 것입니다. 물론 이 노래를 부른 여인도 결국에는 남편의 뒤를 따라 물에 빠져 목숨을 끊습니다.

어떤 학자들은 이 노래에 등장하는 백수광부를 신화 속에 등장하는 신적인 인물로 해석하기도 합니다. 고대 사회에는 인간과 자연을 이어 주는 무당과 같은 존재가 필요했는데, 백수광부가 바로 그런 존재였다는 것입니다. 하지만 이런 신적인 인물은 고조선 시대 단군 왕검과 같은 현실적인 지배 권력이 등장하자 자신의 지위를 잃었습니다. 그래서 술에 가득 취한 채 마지막 굿판을 벌이고 스스로 목숨을 끊고자 했다는 것입니다. 또 다른 학자는 백수광부를 술의 신, 그의 아내를 음악의 신으로 해석하기도 했습니다. 이러한 관점에서 보면 이 시는 개인의 정서가 아니라 집단의 역사를 표현한 노래라고 해석할 수 있지요.

하지만 이 시에서 백수광부의 죽음을 슬퍼하는 아내의 감정은 충분히 개인적인 정서라고 볼 수 있습니다. 이별과 죽음, 슬픔과 그리움이 시 전체의 분위기를 만들고 있지요. 특히 '물'은 중요한 상징성을 지닙니다. 물은 1구에서 여인의 애절한 사랑을 표현하는 소재로 쓰였고, 2구에서 이별을, 3구에서 죽음, 곧 영원한 이별을 의미합니다. 그러나 이 작품의 배경 설화에 따르면 노래를 부르고 난 후 여인도 남편을 따라 스스로 목숨을 던집니다. 따라서 물은 죽음의 의미로만 끝나지 않고 만남과 재생의 의미도 갖게 되지요.

이처럼 「공무도하가」는 개인적인 정서를 담아낸 서정시로 보기에 손색이 없습니다. 이렇게 볼 때 이 노래는 집단의 노래에서 개인적인 서정시로 나아가는 과도기에 있다고 할 수 있습니다.

우리나라의 가장 오래된 서정시, 「황조가」

「공무도하가」는 집단의 노래가 개인 서정시로 나아가는 형태였습니다. 그렇다면 본격적인 개인 서정시는 언제 쓰인 것이며, 그에 해당하는 작품에는 어떤 것이 있을까요? 여러분은 아마 고구려의 유리왕을 기억하고 있을 것입니다. 그는 주몽이 부여를 탈출하면서 그곳에 남겨 두고 온 자식이었습니다. 그는 어린 시절 '아비 없는 자식'이라며 천대를 받고 자라다가 결국에는 아버지를 찾아와 마침내 고구려의 두 번째 왕에 등극합니다.

유리왕에게는 원래 송씨라는 부인이 있었습니다. 그런데 그가 죽자 왕은 다시 두 여자를 부인으로 맞아들였습니다. 한 사람은 화희로 고구려 사람이었고, 또 다른 한 명은 치희로 한나라 사람이었습니다. 두 사람은 사이가 좋지 않아서 유리왕은 동궁과 서궁을 짓고 두 사람을 따로 머물게 했지요.

그러던 어느 날 유리왕이 사냥을 떠나서 7일 동안 돌아오지 않자 화희와 치희는 다시 다투기 시작했습니다. 결국 치희는 "너는 한나라 여인인데 어찌 이리 무례한가"라는 화희의 말에 부끄럽고 분해서 한나라로 돌아가 버렸지요. 뒤늦게 이 사실을 알게 된 유리왕이 서둘러 치희를 쫓아갔지만 그녀는 마음을 돌리지 않았습니다. 유리왕이 아쉬움을 뒤로한 채 돌아오면서 나무 그늘 아래에 쉬고 있을 때 마침 나뭇가지에서 꾀꼬리들이 모여서 놀고 있었습니다. 유리왕은 그것을 보고 아래와 같은 시를 지었습니다.

훨훨 나는 저 꾀꼬리 翩翩黃鳥

암수 서로 정답구나 雌雄相依

외로워라 이내 몸은 念我之獨

누구와 함께 돌아갈까 誰其與歸

– 유리왕, 「황조가」

이 시는 전반부에는 시적 화자가 바라보는 경치가, 후반부에는 자신의 감정이 나타난 전형적인 선경후정 방식이 쓰였습니다. 경치를 제시하고 정서를 표현하는 작품은 이후로 줄곧 창작되지요.

1행에서 시적 화자는 암수가 서로 정답게 지내는 꾀꼬리를 목격하고 있습니다. 이는 시적 화자의 처지와 대비되는 존재이지요. 유리왕은 치희와 함께 돌아오지 못한 채 쓸쓸한 마음을 이기지 못하고 있으니까요. 따라서 '꾀꼬리'는 유리왕의 마음을 더욱 두드러지게 나타내고 있습니다. 이처럼 「황조가」는 남녀 간의 애정이라는 인류 보편적인 소재를 개인적 체험과 정서에 바탕해 그리고 있다는 점에서 순수 서정시로 볼 수 있습니다.

뜨끔있는 질문

「황조가」를 서사시로 볼 수는 없는 것인가요?

「황조가」를 서사시로 보는 의견도 있습니다. 화희와 치희 사이에서 일어난 다툼을 부족 간의 갈등으로 볼 수도 있기 때문입니다. 화희로 대표되는 농경 민족과, 치희로 대표되는 수렵 민족의 분쟁을 다룬 작품으로 해석할 수도 있지요. 어느 한 개인의 서정이 아니라 부족 간의 분쟁에 대한 안타까움을 그려 낸 작품이라고 본다면 서사시적인 성격을 지녔다고 말할 수 있습니다. 하지만 개인 서정시라는 것이 더 보편적인 견해입니다.

003   노래가 마법을 부린다고요?

미래에 어떤 일이 일어나길 바라면서 노래를 주문처럼 부르기도 한다면
서요? 주술사들이 주문을 외우는 것처럼 말이에요.

노래는 힘이 세다

여러분이 생각하는 것처럼 노래와 시에는 주술적인 성격이 있습니다. 주술이란 초
자연적인 존재나 신비적인 힘에 의지해 인간 생활에서 발생하는 여러 문제를 해결하
고자 하는 기술입니다.

그렇다면 노래와 시 속에는 어떻게 주술적 힘이 담기게 된 걸까요? 일단 노래는 반
복적인 선율로 이루어져 있습니다. 또한 한 번만 부르기 위해 만들어진 노래는 없지
요. 여러분이 즐겨 부르는 노래를 한번 생각해 보세요. 모르는 새 반복적으로 부르게

되지 않나요? 특정한 가사말을 계속 반복해서 부르면 어떻게 될까요? 아마 그것에 익숙해지고 노래에서 지시하는 메시지를 무의식적으로 마음속에 담아 둘 것입니다. 광고에서 CM송이 사용되는 것을 보세요. CM송은 우리가 알게 모르게 무의식적으로 작용해서 자신도 모르는 사이 CM송과 연관된 상품을 떠올리게 만듭니다.

이처럼 노래는 인간의 행동에 일정한 영향을 미치는데, 이것이 좀 더 자주 반복되거나 대다수 집단이 부르게 되면 강력한 주술성을 지니게 됩니다.

옛날 옛적, 가야에서는······

고대에 부르던 노래 중에서 주술성을 지닌 노래로는 「구지가龜旨歌」를 들 수 있습니다. 이 노래는 가락국 금관가야 건국 설화와 관련되어 있습니다. 가락국은 낙동강 유역에 존재했던 육가야 중 하나로 다른 가야국과 비교해 볼 때 주도적인 위치에 있었다고 합니다.

가락국을 세운 사람은 김수로 왕이었습니다. 그런데 그의 출생은 보통 사람들과는 달랐습니다. 고구려를 세운 주몽이나 신라의 박혁거세처럼 비범하고 기이했던 것입니다. 자, 이제 김수로 왕의 출생에 대한 설화와 그것과 관련된 노래 한 편을 살펴보겠습니다. 일단 아래 작품을 감상하겠습니다.

거북아, 거북아龜何龜何

머리를 내어라首其現也

내어놓지 않으면若不現也

구워서 먹으리燔灼而喫也

－「구지가」

이 노래는 「구지가」라는 이름 외에 「영신군가迎神君歌」라는 이름으로도 불리고 있습니다. '영신군'이라는 말은 왕을 맞이한다는 뜻이지요. 즉, 「구지가」는 왕을 맞이하는 노래입니다.

노래를 부르고 춤을 추며 나를 맞으라!

이 노래가 불리던 시점에는 그 지역에 강력한 왕권을 지닌 나라가 없었습니다. 여러분도 국사 시간에 가야가 삼국 시대에 가장 늦게 만들어진 나라라고 배웠을 것입니다. 이 지역의 소국들은 서로 통합되지도 못했고 그런 까닭에 힘도 미약했지요. 사람들은 자신들을 통치해 줄 신령스런 통치자를 원했습니다.

때마침 그들이 사는 곳 근처, 구지봉 기슭에서 이상한 소리가 들려 왔습니다. "하늘께서 내게 명령하셨는데 이곳에 나라를 새롭게 하고 왕이 되라고 하셨다. 너희들은 산꼭대기에서 흙을 파며 노래를 부르고 춤을 추며 나를 맞으라"라는 것이었지요.

이에 부족을 대표하는 사람들이 300여 명의 군중을 이끌고 구지봉에 올라가 춤을 추며 노래를 부릅니다. 그러자 하늘에서 여섯 개의 황금알이 내려와 여섯 명의 귀공자로 변하여 각각 육가야의 왕이 되었지요. 그중에서 가장 큰 알에서 깨어난 사람이 김수로 왕이었다고 합니다. 김수로 왕에 얽힌 설화는 여기까지입니다. 이 이야기에서 보듯이 「구지가」는 왕을 고대하면서 백성들이 부른 주술성이 강한 노래였던 것입니다.

왕이여, 당신의 모습을 보이소서!

자, 이제 작품을 살펴볼까요. 한눈에 봐도 아주 짧은 작품입니다. 짧다는 것은 그만큼 반복하기 쉽다는 의미이기도 하지요. 다시 말해서 주술성을 갖추기에 적합한 형태인 것입니다.

작품 속에 등장하는 '거북'은 오래전부터 신령스러운 존재로 여겨졌습니다. 물과 뭍을 오가는 존재이기에 사람과 자연, 사람과 신을 연결해 주는 상징물로 받아들여졌던 것입니다.

다음으로 '머리'는 지도자, 즉 왕을 뜻합니다. 따라서 "머리를 내어라"는 왕을 내어주길 바라는 민중의 욕망이 표현된 것입니다.

자, 이제 한 가지 의문이 남습니다. 당시 사람들은 어째서 '거북'과 같은 신령스런 존재에게 "구워서 먹으리"와 같은 위협적인 말투를 사용했던 것일까요. 이러한 태도 때문에 이 시를 다르게 해석하기도 합니다만, 이에 대한 가장 보편적인 해석은 민중의 강력한 욕구를 간절하게 표현하는 방식이라는 것입니다. 마침내 민중의 욕망은 실현되었습니다. 그들이 노래를 부른 것처럼 왕이 탄생했으니 말이지요.

이처럼 주술성을 갖춘 노래들이 과거에는 여러 형태로 존재했습니다. 맹세를 어긴 왕에 대한 원망을 담은 시를 나무에 걸었더니 그 나무가 말라 죽었다는 신라 향가 「원가」도, 병을 옮기는 역신을 물리쳤다는 신라 향가 「처용가」도 모두 주술성을 지닌 노래라고 할 수 있습니다.

뜬금있는 질문

「구지가」에 대한 또 다른 해석이란 어떤 것인가요?
「구지가」에 대한 학자들의 해석은 조금씩 차이가 있습니다. 어떤 학자는 이 노래를 잡귀를 쫓는 주문으로 보았고, 또 다른 학자는 신에게 제사 지내는 동안에 불렀던 노래라고 보기도 합니다. 그 밖에 거북의 머리를 남성의 성기로 보고 고대인들의 성욕이 표현된 노래로 해석하는 견해도 있습니다.

004   한글 이전에도 우리말 표기법이 있었다고요?

신라 시대에는 향찰을 통해서 우리말을 표기했다고 하는데 향찰을 어떻게 사용했는지 알고 싶어요.

한자의 음과 뜻을 빌려 우리말을 표기하다

여러분도 알다시피 우리말은 한자와 큰 차이가 있습니다. 물론 한자로 이루어진 단어가 많기는 하지만 한자로는 적을 수 없는 고유어도 적지 않습니다. 또한 한자로 문장을 이룬 한문과 우리 문장의 어순은 완전히 다르지요. 우리말에 맞는 우리 글자는 1443년에야 만들어졌지요. 그전까지 우리 민족은 우리말을 사용하면서도 글자는 한자를 쓰는 이중적인 언어 생활을 해야 했습니다. 하지만 우리 노래와 시까지 한자로 적는 것에는 거부감이 있었습니다. 한자로 표현하는 순간 우리말이 지닌 고유한 느낌은 사라져 버립니다. 우리나라의 시를 영어와 같은 다른 언어로 번역하면 고유의 아름다움이 사라져 버리는 것과 같지요.

신라 시대 때 사람들은 이런 문제들을 잘 알고 있었던 모양입니다. 그래서 우리말을 표현할 수 있는 방법을 고안하기 시작했습니다. 그것이 바로 향찰입니다. 향찰이란 한자의 음과 뜻을 빌려서 우리말을 적는 방법이었습니다. 기존에 사용하는 한자를 이용해서 우리말을 적을 수도 있겠다는 참신한 생각을 했던 것입니다.

향찰의 실제를 보자

여러분도 우리나라 도로 표지판에 지명을 로마자로 표기한 것을 본 적이 있지요? 우리말의 발음과 비슷한 해당 영문자를 활용하고 있습니다. 향찰 표기도 이와 유사합니다. 다만 로마자가 소리만 빌려 온 것에 비해 향찰은 뜻까지 빌려 온 것에 차이가 있습니다. 실제로 한 작품을 살펴보겠습니다. 어려운 작품이 아니니 너무 겁낼 필요는 없습니다.

선화공주님은 善花公主主隱

남 몰래(그스지) 결혼해 두고 他密只嫁良置古

서동방을 薯童房乙

밤에 몰래 안고 가다 夜矣卯乙抱遣去如

－「서동요」

이 작품은 백제 30대 임금이었던 무왕의 어린 시절과 관련된 노래입니다. 무왕의 어린 시절 이름은 서동이었지요. 기록에 의하면 그의 어머니는 연못가 근처에 집을 짓고 살던 중 그곳의 용과 정을 통해서 서동을 낳았다고 합니다. 서동이란 이름은 그가 어릴 때부터 마를 팔아서 생활했기 때문에 붙여졌다고 합니다.

서동은 신라 진평왕의 셋째 딸 선화공주가 아름답다는 소문을 듣고 머리를 깎고 신라로 건너가 아이들에게 마를 공짜로 나누어 주며 노래를 부르게 시켰다고 합니다.

그 노래가 바로 「서동요」입니다. 이 노래가 유행가처럼 퍼져 나가 선화공주는 궁궐에서 쫓겨나게 되었고 쫓겨난 그녀를 서동이 아내로 삼습니다. 이후 서동은 집 근처에서 발견한 금을 진평왕에게 보내어 사위로 인정받았으며 차차 인심을 얻어 백제의 임금이 되었다고 전해집니다. 자, 그럼 이제 한자로 표기된 향찰을 우리말로 읽어 볼까요.

"선화공주주은"

일단 1구의 선화공주와 3구의 서동방은 신경 쓸 필요가 없습니다. 신라 향가는 현대시의 '행'에 해당하는 것을 '구'로 부릅니다. 어차피 인물을 가리키는 말이니까요. 1구의 한자를 읽으면 "선화공주주은"이 됩니다. 이때 '主'는 '주인 주' 자이지요. 따라서 '主'는 높은 사람을 가리키는 '님', 아니면 존경과 사랑의 대상을 가리키는 '임'과 통하는 말입니다. 따라서 '主'는 '주'라는 소리를 가져온 것이 아니라 '임'이라는 뜻을 빌려 온 것입니다. 두 번째로는 '隱'은 '숨을 은' 자인데, 여기서 뜻을 빌리면 의미가 이상하게 되겠지요. 따라서 이 글자는 뜻을 빌린 것이 아니라 '은'이라는 소리를 빌린 것이라고 할 수 있겠습니다. 따라서 1구는 '선화공주님은'이라고 풀이할 수 있습니다.

"타밀지가량치고"

두 번째 구까지만 살펴볼까요? 두 번째 구는 한자를 "타밀지가량치고他密只嫁良置古"로 읽을 수 있습니다. '他'는 남이라는 뜻을, '密只'는 '그윽할 밀'과 '다만 지'인데, 이 중에서 '密' 자는 뜻을, '只' 자는 음을 빌려 왔습니다. 그래서 '그스지'라는 단어로 해석했지요. '그스지'라는 말은 '그윽하게'의 옛 표현이며, '몰래'라는 의미로 해석할 수 있습니다. '嫁'는 '시집가다'라는 의미이고, '置'는 '두다'라는 의미이므로 두 글자는 모두 뜻을 빌린 글자입니다. 나머지 글자는 모두 한자의 음을 빌려 왔지요. 여러분이 익히 아는 쉬운 글자 '古고'의 의미는 '옛'이지만 작품에서는 '옛'의 의미는 사라지고 오로지 '고'라는 음만 사용되었지요.

이처럼 한자의 음과 뜻을 빌려 쓰는 것이 향찰입니다.

향찰은 왜 고려 시대에 자취를 감추었을까

향찰은 비록 한자의 음과 뜻을 빌리기는 했지만 시가를 표현하는 데 큰 공헌을 했습니다. 향찰로 표기된 시가를 향가라고 부르지요. 비록 많은 작품은 아니지만 우리가 신라 향가를 감상할 수 있는 것은 향찰 덕이 크지요.

하지만 향찰의 운명은 그렇게 오래가지 못했습니다. 고려 시대에 가서 자연스럽게 사라져 버렸으니까요. 고려의 귀족은 향찰로 작품을 창작해야 할 필요를 느끼지 못했고, 고려의 평민은 어려운 한자를 익힐 수 없었기 때문일 것입니다. 고려 시대에도 『균여전』에 실린 「보현십원가」라는 향가가 쓰이기도 했지만 이후에 계속 창작되지는 않았습니다.

뜬금있는 질문

향가는 후대 문학에 어떤 영향을 주었나요?
신라 향가는 고려 시대에 발생한 시조에 영향을 미쳤습니다. 시조는 초장 − 중장 − 종장으로 크게 세 부분으로 나누어지는데 10구체 향가가 4구 − 4구 − 2구, 세 부분으로 이루어져 있기 때문이지요. 더군다나 10구체 향가의 마지막은 '아아', '아으'와 같은 감탄사로 되어 있는데 이 부분이 시조의 마지막 종장 3음절이 고정되어 있는 것과 비슷합니다. 그런 까닭에 시조가 향가가 변형되는 과정에서 생겼다고 주장하기도 합니다.

005　누가 향가를 지었나요?

향가는 향찰로 기록되었다는데, 한자를 모르고는 향가를 지을 수 없었겠네요. 그렇다면 향가는 대개 어떤 사람들이 지었나요? 그리고 향가는 어떤 형식으로 이루어졌나요?

글자 옷을 입은 민요, 향가

향가는 향찰로 썼기 때문에 한자를 아는 사람이 기록하거나 창작할 수 있었습니다. 따라서 당시 수준 높은 교육을 받아야만 향가를 지을 수 있었지요. 그러나 처음부터 향가가 교육 수준이 높은 사람들에 의해 창작된 것은 아니었습니다.

전해 오는 향가 중에 가장 오래된 작품은 「서동요」입니다. 이 노래는 어린아이들도 쉽게 따라 부를 수 있는 민요의 형태를 지니고 있었습니다. 그러니까 민요로 불리던 것이 누군가에 의해서 기록으로 남게 된 것이지요. 「서동요」 외에도 지은이가 알려지지 않은 「풍요」, 월명사가 지은 「도솔가」, 견우 노인이 지었다는 「헌화가」 등은 모두 형식이 「서동요」와 비슷했습니다. 아주 짧은 4구 형식의 노래인데 이를 두고 4구체 향가라고 부릅니다. 결과적으로 신라 향가는 민요에서 출발했다고 할 수 있습니다.

시간이 흐르면서 향가에도 변화가 나타나기 시작했습니다. 4구체였던 향가가 그 두 배인 8구체 형식으로 발전한 것입니다. 8구체 향가로는 「처용가」와 「모죽지랑가」가 있습니다. 「처용가」는 처용이 아내를 범한 역신을 물리치기 위해서 지어 부른 노래로 사악한 귀신을 물리치는 벽사의 의미를 지니고 있습니다. 또한 「모죽지랑가」는 죽지랑의 죽음을 추모하면서 득오곡이 부른 노래이지요. 8구체 향가는 두 작품 이외에 현재 남아 있는 작품은 없습니다.

신라 향가 중에서 가장 발달된 형태는 10구체 향가입니다. 10구체 향가는 8구체 향가에 2구를 덧붙여 만든 것인데 마지막 2구의 첫머리에는 '아아', '아으' 같은 감탄사가 위치해 있습니다. 따라서 10구체 향가의 형태는 4구—4구—2구, 세 부분으로 나누어지지요. 어떤 학자는 이처럼 세 부분으로 나뉘는 형태가 이후에 초장—중장—종장의 형태를 갖춘 시조의 형식으로 발전한 것은 아닌가 하는 의견을 내놓기도 했답니다. 신라 향가 중에서 가장 많이 남아 있는 형태는 10구체 향가로서 '사뇌가'라는 별명을 지니고 있습니다.

향가를 짓던 신라의 지식인은 누구?

이제 여러분이 처음 제기했던 질문, 향가의 작가는 누구였는지 밝혀 보겠습니다. 민요의 형식인 것을 배제하면 향가의 작가는 대개 화랑과 승려가 많았습니다. 특히 10구체 향가는 대부분이 이들에 의해 창작되었습니다. 신라가 화랑의 나라였고 불교를 숭상하는 나라였기에 화랑과 승려가 지은 작품이 많았던 것입니다. 그리고 이들은 향찰을 자유자재로 구사할 줄 아는 지식인층이었기에 무난하게 작품을 창작할 수 있었습니다.

스님이 지은 아름다운 10구체 향가

자, 이제 10구체 향가 중에서 여러분이 쉽게 이해할 만한 작품 한 편을 감상해 보도록 하겠습니다. 월명사가 지은 「제망매가」입니다. 이 작품은 죽은 누이의 제사를 지내며 애도의 뜻을 담은 작품입니다.

생사 길은

예 있으매 머뭇거리고,

나는 간다는 말도

못다 이르고 어찌 갑니까

어느 가을 이른 바람에

이에 저에 떨어질 잎처럼

한 가지에 나고

가는 곳 모르온저.

아아, 미타찰彌陀刹에서 만날 나

도道 닦아 기다리겠노라.

 - 월명사, 「제망매가」

이 작품에서 시적 화자는 누이를 잃은 슬픔을 지니고 있습니다. 시를 지은 사람은 월명사로 신분이 승려였지만 혈육에 대한 정은 남달랐습니다. 누이의 갑작스러운 죽음에 깊이 상심을 했던 것입니다. 3~4구의 "나는 간다는 말도 / 못다 이르고 어찌 갑니까"에서 '나'는 바로 죽은 누이를 가리키고 있습니다. 더군다나 누이는 어린 나이에 요절한 것으로 보입니다. "어느 가을 이른 바람"이라는 구절은 누이가 일찍 세상을 떠났음을 비유적으로 표현하는 것입니다. 누이가 어려서 죽은 것이 시인의 마음에 큰 상처로 남은 것입니다.

시인은 인간 삶에 대한 무상감을 자연 현상에 빗대어 표현하고 있습니다. "이에 저에 떨어질 잎처럼 / 한 가지에 나고 / 가는 곳 모르온저"라는 말에서 같은 부모 밑에서 태어났지만 세상을 떠날 때는 가는 곳을 알 수 없다는 것이 참으로 허망하다고 느끼고 있지요.

그렇다면 시인은 어떻게 혈육을 잃은 슬픔을 극복했을까요? 답은 마지막 구절에 있습니다. 9구에 제시된 '미타찰'은 불교에서 사용하는 말로 아미타불이 있는 서방정토를 가리킵니다. '아미타'란 이름은 산스크리트어의 '아미타유스'에서 온 말로 '무한한 수명을 가진 것'이란 뜻입니다. 한자로는 무량수, 무량광 등으로 알려져 있는데 절에 가면 흔히 무량수전이라는 건축물을 볼 수 있지요. '아미타'는 원래는 도를 깨우치던 보살이었습니다. 오랜 수행의 결과 현재는 극락 세계에 머물고 있다고 알려져 있지요. 따라서 아미타불이 있는 미타찰은 죽음에 대한 고통과 두려움이 없는 세계입니다.

시인이 "미타찰에서 만날 나"라고 표현한 것은 일단 누이가 '미타찰'로 갔을 것이라는 믿음이 있으며, 자신도 언젠가 불법을 닦아 미타찰로 갈 것이라는 의지를 나타냈다고 볼 수 있습니다. 그리고 이를 위해서 무엇보다도 도를 닦는 것이 현재 자신이 해야 할 일이라고 생각한 것이지요. 결국 시인은 혈육을 잃은 슬픔을 누이를 다시 만날 것이라는 믿음으로 극복하고 있습니다.

자, 어떻습니까. 현재 우리가 읽고 쓰는 시에 못지않게 격조 있고 아름다운 시이지요? 이처럼 신라 향가, 특히 10구체 향가는 정제된 형식미를 갖추고 아름다운 인간의 정서를 표현해 낸 우리 문학의 유산입니다.

신라는 불교 국가였으니 불교적인 노래가 많을 것 같습니다. 또 어떤 노래가 있을까요?
신라 향가 중에서 종교적인 색채가 강한 작품으로는 「원왕생가」를 들 수 있습니다. 이 작품은 신라 문무왕 때 '광덕'이 지은 작품으로 "두 손을 모아 / 원왕생 원왕생 / 그리는 사람이 있다고 아뢰소서"라는 구절에는 극락왕생을 하고자 하는 시적 화자의 정서가 담겨 있다고 할 수 있지요. 또 다른 신라 향가 「도천수관음가」에도 '천수관음' 앞에서 아이의 눈이 뜨기를 바라는 어머니의 간절한 마음이 잘 나타나 있습니다.

006   고대 국가도 애국가를 불렀나요?

나라마다 그 나라를 상징하는 노래가 있잖아요? 고대에도 애국가 같은 노래가 있었을까요?

국가의 안정을 기원하는 노래, 「안민가」

신라 시대에도 〈애국가〉처럼 공적인 목적을 지닌 노래가 있었습니다. 물론 이 노래가 〈애국가〉처럼 모든 신라인들에게 불렸는지는 알 수 없습니다. 다만 노래의 가사라든가 창작 의도를 보면 〈애국가〉처럼 국가의 번영과 안녕을 바라는 마음에서 창작된 것만큼은 틀림없습니다.

제목은 '안민가安民歌'인데 백성을 편안하게 하는 노래라는 뜻입니다. 함께 감상해 볼까요?

군君은 아비여,

신臣은 사랑하실 어머니여,

민民은 어린아이라고 한다면

민民이 사랑을 알 것입니다

구물거리며 살아가는 백성

이들을 먹여 다스리어

이 땅을 버리고 어디로 갈 것인가 한다면

나라 안이 유지됨을 알 것입니다

아아, 임금답게, 신하답게, 백성답게 한다면

나라 안이 태평할 것입니다

― 충담사, 「안민가」

「안민가」는 신라 경덕왕 때에 승려 충담사가 지어 부른 것입니다. 이 노래가 만들어진 것은 정치·사회적 분위기와 관계가 깊습니다. 기록에 의하면 경덕왕 시절에는 하늘에 두 개의 해가 뜨는 등 천재지변이 백성의 삶을 위협하고 귀족들이 정치 권력을 얻기 위해 서로 다투는 등 정치·사회적 위기 상황이 널리 퍼져 있었습니다. 경덕왕은 이러한 위기를 벗어나고자 충담사에게 노래를 지어 부를 것을 요청했는데 이에 충담사가 지은 작품이 바로 「안민가」입니다.

승려가 전하는 유교적 메시지?

신라가 불교를 신봉하는 나라이고 지은이가 승려이기는 하지만 작품의 성격은 유교적입니다. 경덕왕은 당시 귀족 세력을 억누르고자 중국식 제도와 학문을 따랐다고 하는데 이런 과정에서 유교의 통치 이념을 널리 퍼뜨리려 했다고 합니다. 시에 언급된 "임금답게, 신하답게, 백성답게"는 유교 경전 『논어』의 "임금은 임금답고 신하는 신하답고 아비는 아비답고 자식은 자식다워야 한다"는 말을 인용한 것이지요. 또한 이 작품은 임금을 아버지, 신하를 어머니, 백성을 자식으로 비유하고 있는데 이는 임금과 신하와 백성이 가족적인 사랑과 유대를 갖춰야 한다고 주장한 것입니다.

이처럼 이 노래는 목적성이 매우 강한 작품입니다. 우리나라의 〈애국가〉가 우리 민족의 발전과 번영을 기원하듯이 「안민가」는 나라가 태평해지고 백성들의 삶이 나아지기를 바라는 마음에서 부른 노래였지요. 충담사는 승려였지만 국가의 장래를 위해 「안민가」라는 유교적인 작품을 창작했던 것입니다.

하늘에 해가 두 개 떠서 부른 노래, 「도솔가」

신라 향가 중에 국가의 안녕을 기원하는 목적성을 띤 노래를 한 편 더 소개하자면 「도솔가」를 들 수 있습니다. 「도솔가」 역시 신라 경덕왕 시절에 지어진 노래입니다.

어느 날 하늘에 해가 두 개가 뜨는 일이 벌어졌습니다. 해가 두 개 뜬다는 것은 과학적으로 전혀 맞지 않는 이야기이지요. 아마도 천재지변을 과장하여 표현한 것이거나, 그렇지 않으면 상징적인 의미가 담겨 있을 것입니다. 보편적으로 해가 임금을 상징하니, 해가 두 개라는 말은 정치 권력이 분열되어 있는 상황을 의미할 것입니다.

이때 일기를 맡아보던 신하가 경덕왕에게 스님이 꽃을 뿌리며 정성을 들이면 재앙을 물리칠 수 있다고 충고합니다. 이에 경덕왕은 신하의 충고를 받아들여 때마침 그곳을 지나가는 승려 월명사에게 기도문을 지어 부르게 합니다. 월명사는 기도문 대신 향가를 지어 불렀는데 그것이 바로 「도솔가」입니다.

> 오늘 이에 산화散花의 노래 불러
> 뿌리온 꽃아, 너는
> 곧은 마음의 명을 심부름하옵기에
> 미륵 좌주를 모셔라!
> – 월명사, 「도솔가」

작품의 내용은 단순합니다. 꽃을 뿌리며 곧은 마음의 자세를 지니고 미륵 부처님을 모시자는 것이지요. 미륵 부처에게 국가의 안녕을 빌었던 것입니다. 월명사가 왕에게 시를 지어 바친 후 정말 아무 일 없었다는 듯이 해 하나가 사라져서 세상은 다시 일상으로 되돌아왔다고 합니다. 이 노래 역시 집단과 사회의 안녕을 위해 지어 부른 목적성이 매우 강한 작품이라고 할 수 있습니다.

다채로운 신라 향가의 모습

4구체 향가

신라 향가에는 이 밖에도 다양한 주제를 다룬 작품들이 존재했습니다. 먼저 4구체 향가인 「서동요」는 백제 무왕과 선화공주의 설화를 바탕으로 창작되었으며, 「풍요」는 민요로서의 성격이 강합니다. 「헌화가」는 절벽 위에 피어 있는 꽃을 수로부인을 위해 꺾어 바친다는 내용으로 이루어져 있지요.

8구체 향가

4구체 향가가 두 번 반복된 형태인 8구체 향가는 「모죽지랑가」와 「처용가」가 있습니다. 「모죽지랑가」는 죽지랑이라는 화랑을 추모하면서 그의 낭도가 지어 부른 노래이며, 「처용가」는 아내를 범한 역신을 노래를 불러 물리쳤다는 처용의 이야기가 담겨 있습니다.

10구체 향가

10구체 향가에는 죽은 누이를 추모하며 부른 「제망매가」, 서쪽에 떠 있는 달에게 극락왕생을 기원하는 「원왕생가」, 기파랑이라는 화랑을 찬양하며 부른 「찬기파랑가」, 신하가 자신을 알아봐 주지 않는다며 왕을 원망하며 부른 「원가」, 이 외에도 「우적가」, 「혜성가」 등 다양한 주제를 지닌 작품들이 있었습니다.

신라 향가는 당대에 수많은 작품들이 창작되어서 진성여왕 때에는 『삼대목』이라는 향가집까지 출간될 정도였다고 합니다. 아쉽게도 『삼대목』은 오늘날까지 전해지지 않고 있지요. 만약 그 책이 남아 있다면 신라 시대 향가의 모습을 더 정확하게 알 수 있었을 것입니다.

「처용가」에 등장하는 처용은 어떤 사람이었나요?

처용에 대한 기록은 『삼국유사』에 남아 있습니다.

어느 날 왕이 개운포(지금의 울주)에서 놀다가 돌아가려 하였다. 낮에 물가에서 쉬고 있는데, 갑자기 구름과 안개가 자욱하게 깔려 길을 잃고 말았다. 왕이 괴이하게 여겨 신하들에게 물으니 일관(날씨를 보는 관직)이 아뢰었다.
"동해(東海) 용의 조화입니다. 마땅히 좋은 일을 해 주어 풀어야 할 듯합니다."
그래서 왕은 일을 맡은 관원에게 명하여 용을 위해 절을 세우도록 하였다. 왕이 명령을 내리자 구름과 안개가 걷혔기 때문에 그곳을 개운포라 불렀다.
동해의 용이 기뻐하며 일곱 아들을 거느리고 왕 앞에 나타나 덕(德)을 찬양하며 춤을 추고 음악을 연주하였다. 그중 한 아들이 왕을 따라 서울로 들어와 정사를 도우니, 이름은 처용(處容)이라 하였다. 왕은 아름다운 여자로 처용의 아내를 삼아 머물도록 하고, 관직도 주었다.
그의 아내는 매우 아름다웠으므로 역신(질병을 옮기는 신)이 그를 흠모하여 사람으로 변하여 밤에 그의 집에 몰래 가서 잤다. 처용이 밖에서 집으로 돌아와 잠자리에 두 사람이 있는 것을 보고, 곧 노래를 부르고 춤을 추며 물러났다. 노래는 이러하다.
"서울 밝은 달에 밤들도록 노니다가 들어와 자리를 보니 가로리 넷이러라 둘은 내 것이고 둘은 뉘 것인고 본디 내 것이다만 앗음을 어찌하리꼬."
이때 역신이 앞에 꿇어앉아 말하기를, "제가 공의 부인을 부러워하여 지금 그를 범하였는데, 공이 노여움을 나타내지 않으니, 감동하고 맹세코 지금 이후로는 공의 모습을 그린 것만 보아도 그 문에 들어가지 않겠습니다"라고 하였다.

『삼국유사』에 등장한 처용은 이처럼 동해 용왕의 아들로 그려져 있습니다. 그렇다면 실제 처용은 누구였을까요? 후대 사람들은 그가 신라의 호족 출신 중에 한 명일 것이라고도 하고, 신라에 출입하던 아라비아 상인일 것이라고 추측하기도 합니다. 현재 민간에 전래되는 처용탈을 보면 호족보다는 아라비아 상인에 더 가깝다고 할 수 있지요.

007 고구려와 백제의 작품은 전해 내려오는 것이 없나요?

신라 향가는 25수가 전해 온다고 들었어요. 그렇다면 고구려와 백제의 노래는 현재까지 전해지는 것이 없나요? 고구려와 백제도 신라에 못지않은 문화를 발전시켰으니 몇 작품은 남아 있겠지요?

을지문덕, 고구려의 기상을 노래하다

현재까지 전해 오는 고구려와 백제의 노래는 아쉽게도 매우 적습니다. 한 편은 고구려 명장 을지문덕이 지은 한시이며, 또 다른 한편은 백제의 노래로 어느 행상인의 아내가 지은 「정읍사」라는 노래입니다. 을지문덕의 시는 『삼국사기』에 실려 있고, 정읍사는 『악학궤범』이라는 조선 시대 문헌 속에 전해지고 있지요.

을지문덕의 「여수장우중문시」는 을지문덕이 수나라 군대를 물리친 살수대첩 중에 지은 한시입니다. 고구려 영양왕 때 수나라는 30만 군대로 고구려를 공격하였는데 이때 을지문덕은 거짓으로 적군에게 항복한 뒤 적진을 정탐한 후 탈출했습니다. 이에 수나라 군사가 추격해 오자 을지문덕은 일부러 일곱 번 싸워 일곱 번 패하는 유도 작전으로 적의 군사력을 소모시킵니다. 연이은 전투로 인해서 수나라 군대는 지쳤고 추위와 배고픔도 견디기 어려웠지요. 을지문덕은 적군을 평양성 30리까지 유인하고 나서 그제야 수나라 장수 우중문에게 아래와 같은 시를 써 보냅니다.

> 그대의 신기한 계책은 하늘의 이치를 다하였고 神策究天文
> 기묘한 헤아림은 땅의 이치를 통하였네 妙算窮地理
> 싸움에 이겨 그 공이 이미 높으니 戰勝功旣高
> 만족함을 알고 그만두기를 바라노라 知足願云止
> – 을지문덕, 「여수장우중문시」

이 작품은 겉으로는 을지문덕이 자신의 패배를 인정하고 우중문의 지혜를 칭찬하는 것처럼 보이지만 진짜 의도는 상대방을 조롱하는 데 있습니다. 을지문덕이 우중문에게 이 시를 보낸 까닭은 상대방의 마음을 흐트러뜨려 사기를 꺾기 위해서였습니다. 우중문은 이 시를 건네받고서야 자신이 을지문덕에게 속은 사실을 깨닫고 뒤늦게 후회하며 군대를 후퇴시키지만 을지문덕은 수나라 군대를 끝까지 추격하여 살수에서 대승을 거둡니다. 마지막 구절에서 을지문덕은 상대방에 대한 자신감과 여유를 내비치면서 우중문을 자극하는 데에 성공하고 있습니다. 을지문덕의 지략과 고구려의 기상을 느낄 수 있는 작품이지요.

백제 상인의 아내, 그리움을 노래하다

고구려의 작품이 한시로 지어졌고 강인한 남성성을 표출한 반면에, 백제의 노래는 우리말로 전해지는 가장 오래된 노래로 남편을 기다리는 여인의 안타까운 심정을 표현하고 있습니다. 이렇게 보니 두 작품이 여러 면에서 대조를 이룬다고 할 수 있겠네요.

돌하 노피곰 도드샤	달님이시어 높이높이 도드시어
어긔야 머리곰 비취오시라	어긔야 멀리멀리 비춰 주십시오
어긔야 어강됴리	어긔야 어걍됴리
아으 다롱디리	아으 다롱디리
져재 녀러신교요	시장에 가 계신가요
어긔야 즌더를 드더욜셰라	어긔야 진 곳을 디딜까 두렵습니다
어긔야 어강됴리	어긔야 어강됴리
어느이다 노코시라	어느 곳에나 짐을 놓으십시오
어긔야 내 가논 더	어긔야 당신 가는 곳이
졈그를셰라	날이 저물까 두렵습니다
어긔야 어강됴리	어긔야 어강됴리
아으 다롱디리	아으 다롱디리

－「정읍사」

　이 시의 화자는 남편을 그리워하고 있습니다. 남편은 어디에 가 있는 것일까요? "져재 녀러신교요시장에 가 계신가요"라는 표현으로 볼 때 남편은 행상을 하는 인물로 추측해 볼 수 있습니다. 그런데 행상을 떠난 남편이 오래 돌아오지 않자 아내는 고갯마루에 올라 남편이 돌아오기만을 손꼽아 기다리며 노래를 지어 부릅니다.

　노래에 등장하는 '달님'은 시적 화자가 남편의 무사 귀환을 기원하는 신앙의 대상입니다. 달은 높이높이 떠서 어둡고 위험한 밤하늘을 비춰 주는 광명의 상징입니다. 따라서 달님은 화자와 임의 사랑을 유지해 주는 매개물이라고 할 수 있지요.

　이에 반해 '즌 데'는 위험한 곳을 가리킵니다. 어두운 밤에 질퍽하게 땅이 '진 곳'은 그야말로 무거운 짐을 들쳐 멘 행상인에게는 위험한 곳이지요. 학자에 따라서는 '즌 데'를 다른 여자, 남편을 유혹하는 존재로 해석하기도 합니다. 어느 쪽으로 보나 '즌 데'는 남편을 기다리는 아내로서는 매우 부정적인 공간입니다. 그런 까닭에 시적 화자는 달님이 더 높이높이 돋아서 멀리멀리 비추길 간절히 기원했던 것입니다.

이 시의 배경 설화는 『고려사』의 가요편 '악지'를 해설하고 있는 『악학궤범』에 전해 내려오는데 남편을 기다리며 아내가 서 있던 자리에 마침내 망부석이 들어섰다는 것입니다. 남편을 기다리던 여인이 그만 돌이 되어 버린 것이지요. 망부석望夫石은 글자 그대로 남편을 바라보다가 돌로 변해 버린 아내의 모습을 가리키는 것이지요. 고려 가요나 시조, 김소월의 시에 등장하는 '임을 기다리는 여성상'은 우리에게 전해지는 가장 오래된 노래인 「정읍사」에 이미 나타나 있었던 것입니다.

뜬금있는 질문

망부석 설화를 모티브로 한 작품이 또 있나요?
현대 시 중에서 김소월의 「초혼」에도 망부석이 등장하고 있습니다. 이 시에는 "선 채로 이 자리에 돌이 되어도 / 부르다가 내가 죽을 이름이여! / 사랑하던 그 사람이여!"라는 구절이 등장하는데 여기서 '돌'은 곧 망부석 설화의 돌과 같은 것이지요. 「정읍사」와 함께 김소월의 「초혼」을 감상하는 것도 흥미롭습니다.

008 ┊ 시대에 따라 유행하는 장르가 바뀌는 이유는 뭘까요?

신라의 대표 장르는 향가, 고려의 대표 장르는 한시라고 배웠어요. 이렇게 시대에 따라 유행하는 장르가 바뀌는 이유가 있을까요?

한문학의 발달

고려 때에도 향가는 창작되었습니다. 고려 초에 균여대사가 지었다는 「보현십원가」가 대표적이지요. 하지만 그 이후 향가는 차츰 소멸해 버렸습니다. 대신 한시가 발달하였습니다. 과거 제도가 실시되고 국자감이라는 교육기관이 만들어지면서 자연스럽게 한문학이 발달하게 된 것입니다. 과거 제도는 경전을 이해하는 것보다 시와 글을 짓는 능력을 더 중요하게 평가했습니다. 그런 까닭에 시문을 창작하는 능력은 귀족이 갖춰야 할 필수 교양이었지요.

비 갠 긴 둑에는 풀빛이 짙어가고 雨歇長堤草色多

그대를 남포에 보내며 슬픈 노래 부르네 送君南浦動悲歌

대동강 저 물은 언제쯤 마를까 大同江水何時盡

이별의 눈물이 해마다 푸른 물결 더하네 別淚年年添綠波

－ 정지상, 「송인送人」

이 시는 임을 보내는 정한이 아주 잘 나타나 있는 작품입니다. 비가 그친 뒤의 풀빛은 더욱 푸르러 생기가 넘치지만 시적 화자는 '그대'를 보내야 하는 마음에 슬픈 노래만 떠오르는 상황입니다. 따라서 생기가 넘치는 풀빛은 시적 화자의 슬픔을 더욱 두드러지게 해 줍니다. 3행에 등장하는 '대동강 물'은 그대를 더 이상 만날 수 없게 하는 장애물인데 우리 시에서 '물'은 이별의 안타까움을 표현할 때 자주 등장하는 소재입니다. 마지막 구에 따르면 대동강 물은 이별의 눈물이 해마다 더해지는 까닭에 마를 수가 없습니다. 이는 임과의 이별이 지속적이라는 의미인 동시에 시적 화자가 임을 오래도록 잊지 않겠다는 의미로 읽을 수 있습니다.

고려 시대에 한시를 창작한 대표적인 작가로는 이인로, 이규보, 이승휴, 이색, 이제현 등을 떠올릴 수 있습니다. 특히 이규보와 이승휴는 각각 「동명왕편」과 『제왕운기』와 같은 민족 서사시를 창작하여 거듭되는 외침 속에서도 민족의식을 고양하고 각성하는 데에 큰 기여를 했습니다. 이처럼 고려 시대에는 한문학이 발달하여 신라 향가는 더 이상 명맥을 유지하기 어려웠습니다. 사회 변화가 예술 장르의 융성과 쇠락에도 큰 영향을 미치는 것을 알 수 있지요.

평민들이 즐겨 부르는 고려 가요의 등장

한편 고려 시대에 민간에서 불리던 유행가가 있었습니다. 그것이 바로 고려 가요, 혹은 고려 속요라고 하는 것입니다. 고려 가요는 고대로부터 이어져 내려온 민요가 발전하여 형성된 것으로 입에서 입으로 전해지다가 조선 초기 훈민정음이 창제된 이후, 『악장가사』와 같은 문헌에 기록으로 남아 지금까지 전해지고 있습니다.

고려 가요의 특징은 3음보로 되어 있다는 것과 후렴구가 발달되어 있다는 점입니다. 거의 모든 작품이 작가가 알려져 있지 않으며 주로 남녀 간의 사랑, 이별의 아쉬움 등 고려 평민들의 소박하고 풍부한 정서가 진솔하게 표현되어 있습니다. 한문 구절을 거의 사용하지 않으면서 순수한 우리말을 사용했고 소박하면서도 꾸밈없는 감정이 아름답게 표현되어 있습니다.

가시리 가시리잇고 나논
보리고 가시리잇고 나논
위 증즐가 대평성대 大平盛大

날러는 엇디 살라 ㅎ고
보리고 가시리잇고 나논
위 증즐가 대평성대

잡ᄉᆞ와 두어리마ᄂᆞᆫ
선하면 아니 올셰라
위 증즐가 대평성대

셜온 임 보내옵노니 나논
가시ᄂᆞᆫ 돗 도셔 오쇼셔 나논
위 증즐가 대평성대
-「가시리」

이 작품은 고려 가요 중에서 가장 대표적인 작품입니다. 이별의 정한을 다루고 있지요. 눈치챘겠지만 우리나라의 시가 문학에는 이별의 슬픔을 다룬 작품이 끊임없이 창작되어 왔습니다. 고조선 노래 「공무도하가」, 백제 노래 「정읍사」, 정지상의 「송인」,

민요 〈아리랑〉에 이르기까지 말이지요. 「가시리」도 이러한 시가의 전통을 따르고 있는 작품입니다. 아마도 이런 전통이 만들어진 것은 우리나라가 외침이 자주 있었던 탓일지 모르겠습니다. "위 증즐가 대평성대"는 후렴구입니다. 나라가 평안하고 발전하기를 바란다는 의미인데 작품의 본래 내용과는 큰 관계가 없지요. 따라서 고려 가요의 후렴구는 특별한 의미가 없다고 보아도 무방합니다. 각 구절 끝에 놓이는 '나ᄂ'이라는 말도 가락을 맞추기 위한 의미 없는 여음입니다.

고려 귀족의 시가 : 경기체가와 시조

고려 가요가 민간에서 유행하자 귀족들도 고려 가요처럼 쉽게 즐길 수 있는 노래를 창작하고자 하는 욕구가 생겼습니다. 그래서 만들어진 형식이 경기체가입니다. 경기체가라는 이름은 시가의 끝 구절에 '경景긔 엇더하니잇고'라든가, '경기하여景幾何如'라는 감탄형 문장이 등장하기 때문에 붙여졌습니다. 대표 작품으로는 「한림별곡」, 「죽계별곡」 등이 있는데 주된 내용은 선비의 학식과 체험을 노래하여 선비의 자부심을 드러내는 것이었습니다. 문학성이 높지 않으며 유흥적이고 향락적인 성격을 지닌 것으로 평가받고 있습니다. 한편 경기체가만으로 자신들의 생각을 전달할 수 없다고 여겼던 사대부들이 만들어 낸 문학 형식으로 시조가 있습니다. 시조는 고려 중엽에 발생하였고 우리말만으로 표현하여 훗날 귀족과 평민을 아우르는 국민 문학으로 성장했습니다.

뜬금있는 질문

고려 향가는 「보현십원가」 외에는 없나요?

고려 시대에는 향가와 비슷한 성격의 노래가 두 작품 전해 내려오고 있습니다. 이를 두고 향가계 여요라는 말을 사용하기도 합니다. 한 편은 고려 의종 때 정서가 지은 「정과정」인데 그 내용은 자신의 억울함을 토로하면서 임금에 대한 그리움을 표현하는 것입니다. 또 다른 한 편은 고려 예종 때 예종 스스로 지은 작품으로 「도이장가」가 있습니다. 이 작품은 고려 건국 당시 태조 왕건을 위험에서 건지고 대신 목숨을 잃은 신숭겸과 김락, 두 장수를 추모하며 부른 작품입니다.

009   중세 시대, 우리나라의 유행가는?

고려 가요는 귀족이 아니라 평민이 불렀다고 하는데 그럼 요즘 사람들
이 부르는 유행가와 비슷했던 것인가요? 고려 가요의 내용이 주로 어땠
는지 알고 싶어요.

임의 발목을 잡는 노래, 「정석가」

고려 가요는 귀족의 노래가 아니라 평민의 노래였습니다. 신라 향가를 주로 화랑
이라든가 승려가 지어 불렀던 것과는 차이가 있지요. 그런 점에서 고려 가요는 현재
대중이 즐겨 부르는 대중가요, 즉 유행가와 큰 차이가 없습니다.

우리가 즐겨 부르는 대중가요를 보면 남녀 간의 애정을 다루거나 사회현실을 풍자
한 노래들이 있습니다. 또한 현실에서 느끼는 고단함이나 어려움을 토로한 노래도 있
고 반면에 밝고 경쾌한 인생관을 담은 노래도 있습니다. 이처럼 대중가요를 살펴보면

대중이 느끼는 정서와 감정을 어렵지 않게 파악할 수 있지요.

고려 가요도 마찬가지였습니다. 고려 가요에는 고려 시대 민중의 삶의 애환이 고스란히 담겨 있습니다. 그중에서도 가장 많은 편수는 역시 남녀 간의 애정담을 다룬 작품들입니다.

삭삭기* 세모래* 벼랑에 나는
삭삭기 세모래 벼랑에 나는
구운 밤 닷 되를 심습니다
그 밤이 움이 돋아 싹이 난다면
그 밤이 움이 돋아 싹이 난다면
유덕遺德하신 임과 이별하겠습니다

옥으로 연꽃을 새깁니다
옥으로 연꽃을 새깁니다
그 꽃을 바위 위에 접을 붙입니다
그 꽃이 세 묶음 피어나면
그 꽃이 세 묶음 피어나면
유덕하신 임과 이별하겠습니다
－「정석가」 중에서

이 작품은 고려 가요 중에서 임과 이별하지 않겠다는 의지를 표현한 대표적인 작품입니다. 이때 '임'은 간혹 '임금'으로 해석하기도 합니다만 사랑하는 임으로 해석하는 것도 틀린 해석은 아닙니다. 작품의 내용은 불가능한 상황을 설정하고 불가능한 일이 일어나면 그때에 임과 이별하겠다는 것입니다. 한마디로 임과 이별이 불가하다는 것을 강조해서 표현하고 있는 것이

삭삭기
바삭바삭한

세모래
가는 모래

지요. 이처럼 고려 가요는 임과의 사랑과 이별을 다루고 있습니다.

몇몇 고려 가요의 내용을 살펴볼까요? 먼저 「가시리」에는 겉으로는 임과의 이별에 체념하면서도 미래에 대한 기대를 저버리지 않는 시적 화자의 모습이 그려져 있습니다. 또한 「서경별곡」은 대동강을 건너는 임에 대한 원망을 배를 내어 주는 뱃사공에 대한 원망으로 표현하였습니다. 「동동」은 일 년 열두 달을 하나씩 열거하면서 임에 대한 사랑과 그리움을 그려 낸 점이 특징적이지요. 이와 같이 고려 가요도 현대의 대중음악처럼 남녀의 사랑과 이별을 자주 소재로 사용했습니다.

부모님을 그리며 부르는 노래, 「사모곡」

여러분은 대중음악 중에서 뜻밖의 곡들이 사랑을 받는 것을 목격한 적이 있을 것입니다. 인순이의 〈아버지〉라든가, 지오디의 〈어머님께〉 등 부모님을 그리워하며 부른 노래도 그중 하나이지요. 이런 곡들처럼 고려 가요에도 부모님을 향한 애틋한 마음을 표현한 작품이 있었습니다. 바로 「사모곡」입니다.

호미도 날이 있지마는
낫처럼 들 리가 없어요
아버님도 어버이시지마는
위 덩더둥셩
어머님같이 사랑하실 분이 없어요
아아, 임들이여!
어머님같이 사랑하실 분이 없어요
－「사모곡」

아버지들이 「사모곡」을 보면 아쉬움이 크겠지만 이 작품은 어머니의 사랑을 그 무엇과도 비교할 수 없는 것으로 노래하고 있습니다. 특히 아버지와 어머니를 호미와 낫에 비유하여 어머니의 사랑이 아버지의 사랑보다 크다는 것을 표현하고 있네요. 농

기구에 아버지, 어머니를 비유한 것이 조금 어색할 수도 있지만 농경 사회에서는 가장 친근한 물건이었으니까 아마도 많은 사람들이 이 시에 대해 공감을 했을 것입니다.

이 외에 「상저가」라는 방아 찧는 노래에도 부모님에 대한 사랑을 느낄 수 있는 구절이 있습니다. 덜컹 방아를 찧어서 거친 밥이라도 지어 그 밥을 아버님 어머님께 먼저 드리고 남거든 먹겠다는 「상저가」의 내용은 당시 사람들이 부모님을 각별히 공경하고 있다는 것을 알 수 있게 하지요.

자, 이제 고려 가요가 어떤 성격이었는지 알겠지요. 비록 시간의 차이는 있지만 사람들이 즐겨 부르던 노래의 성격에는 큰 차이가 없는 것 같습니다. 남녀의 사랑이라든가 부모님에 대한 그리움을 표현한 작품들을 살펴보니 고려 시대에나 현대에나 사람의 정서는 크게 다르지 않다는 생각이 드네요.

뜬금있는 질문

「상저가」, 방아 찧는 노래는 노동요라고 할 수 있나요?

고려 가요 「상저가」는 노동요라고 할 수 있습니다. 방아를 찧는 노동의 피로를 달래기 위해 부른 노래인 것이지요. 작품의 전문은 다음과 같습니다. "듥기동 방아나 찧어 히얘 / 거친 밥이나 지어 히얘 / 아버님 어머님께 받잡고 히야해 / 남거시든 내 먹으리 / 히야해 히야해" 작품의 길이도 대단히 짧고 내용도 단순해서 민요에 속한다고 할 수 있고, 그런 점에서 고려 가요도 민요가 발전해서 만들어진 노래 형식이라고 할 수 있지요.

010   '얄리얄리 얄라셩 얄라리 얄라'가 무슨 뜻인가요?

저는 우리 고전 시가 중 「청산별곡」을 좋아해요. 후렴구를 입에 담고 웅얼 거리면 뭔가 옛사람과 함께 노래를 부르는 기분이에요.

입에 착착 달라붙는 후렴구, 여기 모여라!

고려 가요는 노래마다 각각의 후렴구가 따로 있습니다. 「청산별곡」은 "얄리얄리 얄라셩 얄라리 얄라"이지만, 「서경별곡」은 "위 두어렁셩 두어렁셩 다링디리"이고 「가시리」는 "위 증즐가 대평셩대"입니다. 「동동」은 "아으 동동다리", 「쌍화점」은 "더러둥셩 다리러디러 다리러디러 다로러거디러 다로러"이지요. 이 말들은 아무런 뜻도 없지만 리듬감을 부여하는 역할을 맡고 있습니다. 아마도 현악기의 소리를 흉내낸 것은 아닌가 추측해 볼 수 있지요.

그럼 이참에 「청산별곡」 텍스트가 지닌 의미까지 한번 알아볼까요? 후렴구를 즐겨 부르려면, 나머지 부분도 알고 넘어가는 편이 좋겠지요?

유랑민의 비애, 「청산별곡」

「청산별곡」은 사회현실에 적응하지 못한 채 떠돌이로서의 운명을 살아가는 모습을 담고 있습니다. 이 작품의 시적 화자는 전란 중에 삶의 터전을 잃어버린 사람이거나, 무신란 때 쫓겨난 지식인이거나, 실연의 슬픔을 잊고 청산으로 도피하려는 사람이라는 등 다양한 의견이 있습니다. 어찌되었든 시적 화자는 삶의 터전을 상실한 채 유랑하는 사람임에는 틀림이 없습니다.

살어리 살어리랏다 청산에 살어리랏다
머루랑 다래랑 먹고 청산에 살어리랏다
얄리얄리 얄랑셩 얄라리 얄라 (1연)

울어라 울어라 새여, 자고 일어나 울어라 새여
너보다 시름 많은 나도 자고 일어나 우는구나
얄리얄리 얄라셩 얄라리 얄라 (2연)

어디에 던지던 돌인가, 누구에게 맞히던 돌인가
미워하는 사람도 사랑하는 사람도 없이 맞아서 우는구나
얄리얄리 얄라셩 얄라리 얄라 (5연)

가다가 배부른 독에 설진 강술을 빚는구나
조롱꽃 누룩이 매워 잡으니 내 어쩌할까
얄리얄리 얄라셩 얄라리 얄라 (8연)
- 「청산별곡」 중에서

전체 8연으로 되어 있는 고려 가요입니다. 주요 부분만 인용했는데 일단 후렴구 "얄리얄리 얄라셩 얄라리 얄라"가 인상적이지요. 'ㄹ', 'ㅇ'을 반복해서 음악적인 효과를 주고 있습니다. 1연에 등장하는 '청산'은 현실과 대비를 이루는 자연적인 공간입니다. 현실의 근심과 고통에서 벗어날 수 있는 상상의 공간인 것입니다. 2연에는 시적 화자의 처지가 분명하게 나타나 있습니다. 시적 화자는 울고 있는 새와 자기 자신을 비교하면서 자신의 슬픔이 더 크고 오래된 것임을 호소하고 있지요.

3연은 자신이 떠나온 현실에 대한 미련이 나타나 있고, 4연에는 밤이 되어도 오갈 데 없는 처지를 비관하는 화자의 모습이 그려져 있습니다. 5연의 내용은 화자의 처지가 스스로 만들어 낸 것이 아니라 외부에서 온 것임을 말해 줍니다. 누군가 무심코 던진 돌에 맞아 울고 있다는 화자의 모습에서 전쟁이나 난리 같은 내우외환에 시달리던 고려 민중의 아픔이 고스란히 느껴집니다. 자신의 잘못도 아닌데 어려움과 고통을 겪어야 하니 민중은 억울할 수밖에 없겠지요.

6연에는 공간이 뒤바뀌어 청산 대신 바다가 등장하는데 상징적인 의미에는 큰 차이가 없습니다. 7연에는 사슴이 장대에 올라 해금을 연주하는 장면이 등장합니다. 이는 기적 같은 일이 일어나기를 바라는 절박한 마음의 표현이라고 할 수 있지요. 8연은 화자가 독한 술을 빚는 곳을 지나치는 장면을 그립니다. '누룩이 맵다'는 말은 술 익는 냄새가 진동한다는 뜻이며, 화자는 그 냄새에 못 이겨 결국 술로써 자신의 시름을 달래려 합니다. 술을 마시고 현실의 고통과 설움을 잊고자 하는 것이지요. 이처럼 「청산별곡」은 현실의 고통과 슬픔을 벗어나려는 고려 민중의 아픔이 절실하게 나타난 작품으로 이해할 수 있습니다.

막상 의미를 들여다보니 어떤가요? 혹시 후렴구가 내용에 비해 너무 가볍고 흥겨운 느낌이 들어 시 내용과 어울리지 않는다는 생각이 들지는 않았나요? 그렇다면 한 번 〈아리랑〉을 떠올려 보세요. 혹자는 이 후렴구에서 우리 민요 〈아리랑〉의 기원을 찾기도 하는데, 삶의 고달픔도 애달픈 가사도 구성진 목소리와 흥겨운 춤사위로 승화시키던 멋이 「청산별곡」에서도 느껴지지 않는지 말이지요.

현대 시에는 현실을 비판하거나 풍자한 작품이 있는데 고려 때에는 그런 작품이 없었나요?

고려 시대는 전란도 많았고 무신 정권이 들어서는 등 정치적인 혼란도 많았습니다. 그런 까닭에 지방관리들은 농민들을 탐욕스럽게 수탈했습니다. 고려 농민들은 이런 수탈을 노래로 표현하여 비판했지요. 그 대표적인 작품이 「사리화(沙里花)」입니다. 이 작품은 고려 때에 지어진 민요로 본래의 가사는 전해지지 않지만 이제현이 한문으로 번역한 것이 지금까지 전해지고 있습니다. 고려 시대에 창작된 민요이니 「상저가」처럼 고려 가요라고 해도 틀리지 않을 것입니다. "참새야 어디서 오가며 날아가느냐 / 일 년 농사는 아랑곳하지 않고 / 늙은 홀아비 홀로 농사지었는데 / 밭의 벼와 기장을 다 없애 놓다니"

작품에 등장하는 참새는 일 년 농사를 아랑곳하지 않고 벼와 기장을 수탈해 가는 권력자, 혹은 탐관오리를 비유적으로 표현하고 있습니다. 늙은 홀아비는 권력자에게 수탈당하며 고통스런 삶을 살아가는 힘없고 가난한 농민을 의미하지요. 따라서 이 시는 당시 권력자의 수탈과 횡포를 비유적으로 비판한 시라고 할 수 있습니다. 제목의 '사(沙)'가 '목이 쉬다'라는 의미를, '리(里)'가 '근심하다'라는 의미를 지니고 있어서 농부들이 목이 쉬도록 참새를 쫓고 속을 태워 얻은 곡식을 뜻한다고 전해집니다.

011   고려 가요가 남녀상열지사라고요?

고려 가요를 왜 남녀상열지사라고 불렀나요? 남녀상열지사란 무슨 뜻인지, 고려 가요가 왜 남녀상열지사인지 알고 싶어요.

남녀 간의 애정을 다룬 노래

  남녀상열지사는 남녀 간의 애정을 노골적으로 다룬 노래를 가리킵니다. 이 말은 고려 시대 때 만들어진 말이 아니라 조선 전기의 학자들이 남녀의 애정을 다룬 노래를 업신여기며 만들어 낸 말입니다. 고려 가요는 당시에는 기록으로 남지 못하고 조선 시대에 와서야 기록으로 남게 되었는데 이때 조선의 유학자들이 남녀의 애정을 다룬 고려 가요를 기록에서 누락하거나 수정했지요. 조선은 고려와 달리 불교가 아니라 유교를 섬기는 나라였기 때문에 예법을 중요하게 여겼고 그 까닭에 남녀의 자유로운 연애를 엄격하게 금했던 것입니다.

　요즘 우리가 부르는 노래에도 '19금'이라는 규제가 있는 것처럼 당시에도 일종의 사회적 금기가 있었던 것이지요. 기록에 의하면 남녀상열지사로는 「가시리」, 「서경별곡」도 포함되어 있는데 요즘의 관점으로 보면 전혀 문제될 것이 없는 내용도 많습니다. 임에 대한 그리움을 표현하는 내용이 주를 이루고 있으니 말이지요.

회회아비가 손목을 잡았습니다, 「쌍화점」

　남녀상열지사의 대표적인 작품으로는 「쌍화점」을 들 수 있습니다. 몇 해 전에는 같은 이름의 19금 영화 〈쌍화점〉이 제작되기도 했지요. 작품의 내용은 야하다기보다는 당시의 사회상을 풍자하고 있는 것으로 볼 수 있습니다.

　쌍화점에 쌍화를 사러 가고신데
　회회아비 내 손목을 쥐여이다
　이 말이 이 가게 밖에 나며 들며 하면
　다로러거디러 조그마한 새끼 광대 네 말이라 하리라
　더러둥셩 다리러디러 다리러디러 다로러거디러 다로러
　—「쌍화점」 중에서

　「쌍화점」의 1연입니다. "더러둥셩 다리러디러"라든가, "다로러거디러"와 같은 말들은 후렴구로서 아무런 의미가 없는 말들이므로 특별히 해석할 것이 없습니다. 후렴구를 제외한 내용은 쌍화점, 즉 만두 가게에 만두를 사러 갔는데 회회아비가 내 손목을 잡아서 정을 통했다는 것입니다. 그리고 그 말이 가게 밖으로 소문이 나면 조그마한 새끼 광대가 소문을 낸 것으로 알겠다는 것이지요. 그렇다면 이 내용은 무엇을 뜻하는 것일까요. 그것은 당시 상인 계층의 성도덕이 문란했음을 의미하는 것으로 생각할 수 있습니다.

　「쌍화점」의 두 번째 연은 삼장사三藏寺에 불을 켜러 갔는데 그 절 주인이 내 손목을 잡았다는 내용이고, 세 번째 연은 우물에 물을 길으러 갔는데 우물의 용이 내 손목을 잡았다는 내용입니다. 삼장사의 절 주인이 손목을 잡았다는 것은 종교의 타락을 의미한다고 할 수 있고 우물의 용이 손목을 잡은 것은 용이 과거부터 왕을 상징하는 것으로 보아 왕실의 타락상을 보여 준다고 말할 수 있습니다.

그러므로 「쌍화점」은 상인 계층, 종교계, 왕실에 이르기까지 성적으로 타락해 버린 고려 사회를 풍자한 것이라고 볼 수 있지요. 이 작품은 고려 충렬왕 때 지어졌다고 하는데 고려 충렬왕 시절은 원나라의 지배를 받았던 시절로 당시 고려 사회는 부패와 타락이 널리 퍼져 있었던 것 같습니다.

얼어 죽더라도 사랑하다 죽으리, 「만전춘」

또 하나의 남녀상열지사로는 「만전춘」을 들 수 있습니다. 임에 대한 사랑의 감정을 진술하게 나타낸 노래로서 형식과 구성 면에서 자유롭다고 평가받고 있지요. 특히 이 작품은 시조처럼 4음보 율격을 지니고 있어서 시조 형식의 기원을 찾을 수 있는 자료로서 주목받기도 했습니다.

얼음 위에 댓잎자리 보아 임과 나와 얼어 죽을망정
얼음 위에 댓잎자리 보아 임과 나와 얼어 죽을망정
정情 준 오늘밤 더디 새오시라 더디 새오시라
－「만전춘」 중에서

얼음 위에 대나무 잎으로 자리를 만들어서 사랑하는 임과 내가 얼어 죽을망정 오늘 밤이 더디 지나갔으면 좋겠다는 것이 시적 화자의 바람입니다.

이 작품에는 중의적인 구절이 들어 있는데 그것은 '얼다'라는 단어와 관계가 있습니다. '얼다'는 말은 과거에는 '물이 얼다'는 뜻 이외에도 '남녀가 얼다', 곧 '남녀가 사랑하다'는 뜻이 있었습니다. 현대 국어에서 '어른'은 '얼다'라는 말을 그 어원으로 삼고 있지요. 따라서 뒷부분에 나오는 "얼어 죽을망정"은 두 가지 의미로 해석할 수 있습니다. 추위서 죽는다는 뜻도 되고, 사랑하다 죽는다는 뜻도 되는 것입니다. 이처럼 「만전춘」은 남녀 간의 사랑을 노골적으로 표현한 대표적인 남녀상열지사라고 말할 수 있습니다.

「만전춘」은 총 4연으로 이루어져 있지만 「쌍화점」처럼 일관성을 지닌 가사말이 있는 것이 아니라 여러 개의 다른 시가들이 합해져서 만들어졌기 때문에 내용상 일관성을 찾아보기는 어렵습니다.

뜬금있는 질문

고려 시대에는 왜 남녀상열지사가 많이 지어졌던 것일까요?

고려 시대에 남녀상열지사가 유독 많았던 것은 고려가 유교적인 질서를 따른 사회가 아니라 불교를 숭상한 나라였기 때문일 것입니다. 만약 조선 시대처럼 유교가 정신적인 바탕을 이루었다면 남녀를 분별하려는 사회적 분위기가 형성되었겠지요. 또한 고려 시대에 남녀상열지사가 많은 것은 고려 사회가 후대로 갈수록 정치·사회적으로 매우 불안정한 모습을 보였기 때문일 것입니다. 원나라의 지배를 받으면서부터 사회적 질서가 깨졌고 그것이 성적 타락으로까지 이어졌을 가능성이 있지요.

012   시조가 융성한 진짜 이유는?

시조는 언제 어떻게 만들어졌는지 궁금해요. 고려 가요도 있고 경기체가
도 있는데 굳이 시조라는 형식이 등장한 이유가 무엇인가요?

'새 술은 새 부대에'

우리나라의 시조는 고려 시대부터 불리기 시작해서 현재에 이르기까지 창작되고
있는 문학 장르입니다. 그러니까 천 년 가까운 긴 세월 동안 시조를 짓고 불러 온 것
이지요. 그 긴 역사만으로 시조는 가히 세계적이라고 말할 수 있습니다.

시조는 고려 중엽에 발생해서 고려 말에 그 형식이 완성되었다고 알려져 있습니
다. 시조가 발생한 고려 중엽에는 사대부들이 등장하고 있었습니다. 이들은 불교를

배척하고 유교를 바탕으로 정치를 펼치려던 사람들이었지요. 훗날 이성계가 고려를 무너뜨리고 조선을 건국하는 데에 크게 기여했던 이들도 바로 고려 중엽에 등장한 신진 사대부들이었습니다.

신진 사대부들은 자신들만이 가지고 있는 유교적인 이념을 표현할 수 있는 새로운 문학 형식이 필요했습니다. 당시에는 고려 가요와 비슷하게 귀족들 사이에서 불리어지던 경기체가가 있었지만 그 성격이 향락적이어서 유교 이념을 전달하기에는 한계가 있었습니다.

그리하여 발생한 것이 시조였습니다. 시조는 초장—중장—종장의 형식으로 작가의 생각을 간결하고 분명하게 전달할 수 있는 장점이 있으며 한자가 아닌 우리말 위주로 표현할 수 있기에 향유층이 넓다는 장점도 있습니다. 사대부의 유교 이념을 펼치기에 매우 적절한 형식이었던 것이지요.

시조는 어디에서 왔을까

그렇다면 시조는 어떻게 만들어진 것일까요? 시조가 어떻게 만들어졌는지에 대해서는 의견이 분분합니다.

먼저 민요가 발전하여 만들어졌다는 설이 있습니다. 또한 향가가 사라지면서 만들어졌을 거라는 설도 있습니다. 10구체 향가의 형식이 4구—4구—2구로 되어 있어서 시조의 초장—중장—종장으로 발전했다고 말할 수 있는 것이지요. 더군다나 향가의 마지막 2구 첫 음보가 감탄사 '아아', '아으' 등으로 되어 있는데 그것이 시조의 종장 첫 3음절로 변화했다고 보기도 합니다.

여러 학설 중에서 가장 설득력 있는 학설은 고려 가요가 형식적인 변화 과정을 거쳐 시조로 발전했다고 보는 것입니다. 고려 가요 중에서 「만전춘」은 다른 고려 가요와 달리 3음보가 아니라 4음보로 되어 있는데 이것이 시조의 4음보 율격과 같습니다. "얼음 위에 / 댓잎자리 보아 / 임과 나와 / 얼어 죽을망정"은 그 실례가 되는 것이지요. 그렇지만 아무래도 시조는 다양한 기존 장르의 영향을 고루 받아서 성립되었다고 보는 게 가장 타당할 것입니다.

고려 시대 시조는 어떤 내용이었을까

고려 시대 시조는 주로 유교 이념을 바탕으로 하고 있습니다. 시조를 지은 이들이 대부분 신진 사대부였기 때문이지요. 특히 임금과 왕조에 대한 충성을 표하는 내용이 많았습니다.

이 몸이 죽어 죽어 일백 번 고쳐 죽어
백골白骨이 진토塵土되어 넋이라도 있고 없고
임 향한 일편단심一片丹心이야 가실 줄이 있으랴
– 정몽주, 「단심가」

정몽주는 고려 왕조의 충신으로서 허물어져 가는 고려 왕조를 개혁하여 나라를 바로 세우고자 했지요. 이성계의 아들 이방원이 자기편으로 삼고자 했으나 충신은 두 임금을 섬기지 않는다는 유교적인 이념을 몸소 실천하며 고려 왕조에 충성을 다합니다. 결국 정몽주는 이방원의 철퇴를 맞고 선죽교에서 죽음을 맞이했지요. 이처럼 시조는 유교적 이념을 실천하고자 했던 사대부에 의해 지어졌습니다.

고려 시조 중에 사랑을 노래한 작품은 없나요?

이화(梨花)에 월백(月白)하고 은한(銀漢)이 삼경(三更)인 제
일지춘심(一枝春心)을 자규(子規)야 알랴마는,
다정(多情)도 병인 양하여 잠 못 들어 하노라
– 이조년의 시조

이 작품에는 하얗게 핀 배꽃에 달빛이 비치고 은하수가 쏟아지는 깊은 봄밤에 두견새가 울고 있어서, 시적 화자가 잠을 이루지 못하는 상황이 그려지고 있습니다. '다정'도 병인 것 같다니, 시적 화자는 그날 밤 누군가를 애타게 그리워하거나 보고 싶은 감정을 지니고 있었을 것입니다. 고려 시조 가운데 가장 뛰어난 문학성을 지닌 작품으로 평가받고 있습니다.

013 음보율만 알아도 시험에서 몇 문제는 더 풀 수 있다고요?

대입을 마친 형에 의하면 음보율만으로도 대략 고려 가요인지, 시조인지 알 수 있다고 하던데, 정말인가요?

음보율 : 끊어 읽는, 또는 숨을 쉬는 단위

시에서 리듬은 시를 시답게 하는 중요한 요소입니다. 시가 산문과 다른 것은 운율이 존재하기 때문이지요. 시의 리듬은 반복을 통해서 만들어집니다. 노래에서도 같은 선율이나 박자가 반복될수록 리듬감이 살아나지요. 우리나라 시의 리듬에는 음절의 숫자가 일정하게 반복되어 형성되는 음수율과, 호흡의 단위가 일정하게 반복되어 리듬이 형성되는 음보율이 있습니다. 그런데 고전 시가를 언급할 때는 음수율보다는 음보율을 통해서 리듬을 설명하는 경향이 더 크지요.

음보란 끊어 읽거나 숨을 쉬는 단위라고 생각하면 쉬워요. 음보율은 2음보, 3음보, 4음보 등등 다양한 형태를 생각할 수 있는데 전통 시가에서는 3음보와 4음보가 주를 이룹니다. 그렇다면 3음보율과 4음보율은 어떤 차이가 있을까요.

고려 가요는 3음보율

3음보 율격을 흔하게 볼 수 있는 것은 민요입니다. 우리 민요를 한번 생각해 보세요. 〈아리랑〉만 보아도 "아리랑 ∨ 아리랑 ∨ 아라리요 / 아리랑 ∨ 고개를 ∨ 넘어간다"로 세 번씩 끊어서 부릅니다. "도라지 ∨ 도라지 ∨ 백도라지 / 심심 ∨ 산천에 ∨ 백도라지"에서 보듯이 〈도라지 타령〉도 3음보로 이루어져 있네요. 3음보율은 4음보율에 비해서 호흡이 빠릅니다. 다시 돌아오는 것이 4번보다 3번이 빠르니까요. 그런 까닭에 3음보 율격은 4음보 율격에 비해 비교적 경쾌하고 발랄한 느낌을 줍니다.

3음보 율격은 고려 가요에도 잘 나타나 있습니다. 「가시리」의 첫 구절 "가시리 ∨ 가시리 ∨ 잇고 / 버리고 ∨ 가시리 ∨ 잇고"와 「청산별곡」의 "살어리 ∨ 살어리 ∨ 랏다 / 청산에 ∨ 살어리 ∨ 랏다"처럼 고려 가요는 3음보 율격이 주를 이룹니다. 고려 가요는 후렴구와 여음구를 빼면 상당수의 작품이 3음보 율격으로 이루어져 있습니다.

시조는 4음보율

고려 가요가 3음보율 위주인 데 비하여 시조는 4음보율을 지니고 있습니다. 호흡의 단위가 좀 더 긴 4음보율은 때로는 장중하고 때로는 여유로운 느낌을 주지요. 여러분이 잘 알 만한 시조 한 편을 살펴볼까요.

한산섬 달 밝은 밤에 수루에 혼자 앉아
큰 칼 옆에 차고 깊은 시름 하는 적에
어디서 일성호가는 남의 애를 끊나니
– 이순신의 시조

"한산섬 ✓ 달 밝은 밤에 ✓ 수루에 ✓ 혼자 앉아". 시조를 읽다 보니 위엄 있고 진지한 느낌이 들지 않습니까. 물론 내용이 진지하기도 하지만 4음보율을 사용하고 있기에 그 느낌이 더욱 묵직하게 다가올 것입니다.

우리나라에서 불리는 거의 모든 시조는 4음보율로 되어 있는데 4음보율은 3음보율에 비해서 안정감을 더 많이 주는 것 같습니다. 4음보율은 조선 시대에 발생한 가사 문학에도 나타나고 있습니다.

우리나라 현대 시에도 전통적인 음보율을 활용한 작품이 있나요?

당연히 있습니다. 그중에서도 가장 대표적인 시인은 바로 김소월이지요. 「진달래꽃」을 볼까요? 원문의 행 구분에 관계 없이 호흡만 살려 읽어 보겠습니다. "나 보기가 ✓ 역겨워 ✓ 가실 때에는 / 말없이 ✓ 고이 보내 ✓ 드리우리다 / 영변에 ✓ 약산 ✓ 진달래꽃 / 아름 따다 ✓ 가실 길에 ✓ 뿌리우리다". 자, 잠깐만 봐도 3음보율로 읽히지요? 최근에는 음보율을 활용한 시가 많이 창작되지는 않습니다. 하지만 우리의 전통적인 리듬이니 앞으로도 살려서 쓰는 게 좋겠지요.

014 아부하는 사람들한테 왜 용비어천가 부른다고 하나요?

권력 앞에서 아부하는 모습을 보면 '용비어천가 부른다'고 하던데 「용비어천가」는 무엇이고 왜 저렇게 말하는 걸까요?

조선 왕조를 예찬하는 장대한 서사시, 「용비어천가」

「용비어천가」는 조선 시대에 만들어진 악장이라는 장르에 속한 문학 작품입니다. 악장이란 궁궐에서 행해지는 여러 의식과 행사에 사용된 노래로 대개 송축頌祝의 의미를 담고 있습니다. 우리가 어떤 행사를 치를 때에 제창하는 〈애국가〉와 같은 것이었지요. 현재 우리가 부르는 〈애국가〉의 내용은 어떻죠? 우리 민족의 무궁한 번영과 발전을 기원하고 있지요. 악장도 마찬가지입니다. 악장은 조선 왕조의 무궁한 번영과 발전을 기원하거나 왕조를 찬양하는 내용을 담고 있습니다.

악장의 작자들은 대개 조선의 개국공신이었던 유학자들이었습니다. 이성계를 도와 나라의 기초를 다진 정도전은 「정동방곡」과 「신도가」를 지어서 태조의 위화도 회군과 조선 건국을 찬양했으며, 정인지를 비롯한 집현전 학사들은 「용비어천가」를 지어서 조선 건국의 정당성을 널리 알렸습니다.

또한 세종은 친히 「봉황음」을 지어서 조선의 문물을 노래했고 『월인천강지곡』을 지어 석가모니를 찬양하기도 했지요.

조선 초기에 활발하게 창작되었던 악장은 주로 궁궐 안에서만 향유되었던 탓에 더 이상 발전하지 못했습니다. 그러다가 조선 성종 때에 이르러 사라지고 말았습니다. 보다시피 악장의 내용적 특성은 왕조의 신성성, 즉 기성 권력의 정당성을 소리 높여 노래한다는 점이지요. 이러한 까닭에 '용비어천가를 부른다'는 말은 오늘날 권력을 찬양하는 사람들을 비꼴 때 자주 사용됩니다.

뿌리 깊은 나무와 샘이 깊은 물

악장 중에서 가장 대표적인 작품이 바로 「용비어천가」입니다. 일단 이 작품은 한글로 기록된 최초의 문헌이라는 점에서도 그 의의를 찾을 수 있습니다. 1443년 훈민정음이 만들어지고 난 뒤, 세종이 집현전 학사들에게 훈민정음으로 글을 짓게 했는데 그것이 바로 「용비어천가」였습니다. 그래서 「용비어천가」는 훈민정음을 창제할 당시의 한글을 연구하는 데에도 귀중한 자료입니다.

「용비어천가」는 전체가 125장으로 되어 있는 서사시로서 조선을 건국한 6대조의 업적을 찬양하는 내용이 주를 이루고 있습니다. 6대조는 목조, 익조, 도조, 환조, 태조, 태종입니다. 「용비어천가」는 크게 서사—본사—결사로 이루어져 있는데 서사는 조선 왕조의 정당성과 조선의 무궁한 발전을 송축하는 내용이며 본사는 6대조의 업적, 결사는 후대 임금들에게 전하는 경계가 그 주요 내용입니다. 「용비어천가」 중에서 우리말을 가장 잘 살려 표현한 부분을 잠시 살펴보겠습니다.

뿌리 깊은 나무는 바람에 아니 흔들리므로 꽃이 좋고 열매가 많으니

샘이 깊은 물은 가뭄에 아니 그치므로 내를 이루어 바다에 가나니

　－「용비어천가」(2장)

자, 어디선가 한 번쯤 들어 본 적이 있는 내용이지요. 아마 TV드라마로 제작된 소설 『뿌리 깊은 나무』를 떠올릴지도 모르겠네요.

「용비어천가」 속에 등장하는 뿌리 깊은 나무와 샘이 깊은 물은 무엇을 상징할까요? 기초가 튼튼하고 역사가 깊은 나라를 의미할 것입니다. 바람과 가뭄은 전쟁이라든가 내란과 같은 내우외환을 뜻합니다. 따라서 이 작품의 화자는 기초가 튼튼한 나라는 내우외환에도 결코 흔들리는 일이 없이 영원히 번성할 것이라고 소신을 밝히며 조선이 그러한 나라가 되길 소망하고 있습니다. 한자어를 한 구절도 쓰지 않고, 순우리말만으로 고도의 상징성을 담아낸 뛰어난 작품입니다.

후대 왕이시여, 선정을 펼치소서

「용비어천가」의 본사는 태조 이성계와 태종 이방원을 포함한 6대조의 업적을 기리는 내용으로 되어 있습니다. 6대조의 영웅적인 면모를 부각시키고 있어서 「용비어천가」를 영웅서사시로 보기도 하지요.

「용비어천가」의 결사 부분은 후대 임금에게 정치를 잘하기 위해 근면히 노력하길 권고하는 내용을 담고 있습니다. 마지막 장을 살펴보겠습니다.

천 년 전에 미리 도읍으로 정하신 한강 북쪽 땅에 덕을 쌓아 나라를 열어 운수가 끝이 없나니

성군의 자손이 대를 잇더라도 하늘을 섬겨 백성을 다스리는 데에 부지런히 힘써야 나라가 굳건할 것입니다.

후대의 임금들이시여, 아십시오. 낙수에 사냥을 가서 할아버지를 믿으시겠습니까.

　－「용비어천가」(125장)

여기에는 중국 하나라 때의 고사가 담겨 있습니다. 마지막 구절에 나오는 '낙수에 사냥을 가서 할아버지를 믿는다'는 것은 하나라의 태강왕을 두고 한 말입니다. 하나라 태강왕은 할아버지 우왕의 덕만 믿고 정치는 소홀히 한 채 늘 사냥하는 재미에 빠져 있었습니다. 한번은 낙수라는 곳에 사냥을 가서 백 일이 넘도록 궁궐에 돌아오지 않았는데 이를 참지 못한 제후들이 태강왕을 폐위시켜 버리는 일이 벌어집니다. 정치를 잘못하면 쫓겨날 수도 있는 것이 임금이지요.

이와 같은 고사를 작품 속에 언급했던 까닭은 조선의 후대 왕들이 중국 하나라의 태강왕을 타산지석으로 삼아서 부지런히 하늘을 섬기고 백성을 다스려야 함을 깨우치기 위해서였습니다.

뜬금있는 질문

「용비어천가」의 제목은 어떤 의미를 담고 있나요?

과거에 용은 대체로 임금을 뜻하는 말이었습니다. '용비'는 왕이 되어 난다는 뜻이고 '어천'은 하늘을 본받는다는 뜻이니, '용비어천'이라는 말은 '용이 날아서 하늘을 본받아 처신한다'는 뜻입니다. 따라서 '용비어천가'란 제목은 조선의 건국이 인간의 일이 아니라 하늘의 명령에 따른 것임을 분명히 하면서 조선 건국이 정당하다는 것을 암시하고 있다고 볼 수 있지요.

015 시조를 보면 조선의 주류 사상이 보인다고요?

조선의 기득권이었던 사대부들의 작품 속에는 분명 그들이 지지하는 이념이 드러나 있겠지요? 그들은 주로 어떤 시조를 썼나요? 고려 시대 시조와 다른 점이 있다면 비교해서 설명해 주세요.

사대부, 지조와 충절을 노래하다

이성계가 조선을 건국하고 나라를 다스리는 과정에서 주도적인 역할을 수행했던 세력은 고려 말 등장한 신진 사대부였습니다. 이들은 불교를 배척하고 유교를 정치 이념으로 받아들였습니다. 이후 조선은 성리학적 통치 규범을 기틀로 삼은 유교 국가로 자리매김하게 됩니다. 따라서 시조에는 유학의 정신을 표현하는 내용이 주를 이루었지요. 지금까지 전해져 오는 사대부들의 시조는 임금에 대한 충절을 노래한 것이 많습니다.

이 몸이 죽어 가서 무엇이 될꼬 하니

봉래산 제일봉에 낙락장송落落長松이 되어 있어

백설이 만건곤할 제 독야청청하리라

- 성삼문의 시조

위 작품은 집현전 학사로 한글 창제에도 많은 공헌을 했던 성삼문이 지은 것입니다. 그는 사육신의 한 사람으로 세조가 어린 조카의 왕위를 찬탈한 것에 반대하고 단종의 복위 운동을 하다가 체포되어 죽음을 맞이했지요. 그가 남긴 이 시조는 충신은 두 임금을 섬기지 않는다는 지조와 절개를 담고 있습니다.

작품 속의 '낙락장송'은 절벽 위에 떨어질 듯이 서 있는 키 큰 소나무를 뜻합니다. 정치적 위험을 무릅쓰고 있는 자신의 처지를 비유적으로 표현한 것이지요.

다음으로 '백설이 만건곤하다'는 것은 하얀 눈이 하늘과 땅에 가득 차 있다는 의미로 소나무를 더욱더 고통스럽고 힘겹게 만드는 현실을 뜻합니다. 정치적으로 매우 힘겨운 환경을 비유하고 있지요.

하지만 시적 화자는 '독야청청'할 것을 다짐하고 있습니다. 독야청청은 세상이 아무리 눈으로 뒤덮여 있다 하더라도 홀로 푸르겠다는 의지를 표현한 것입니다. 이와 같이 성삼문의 시조는 굽히지 않는 충절을 노래하고 있습니다.

이 밖에도 길재, 원천석, 박팽년과 같은 사대부들이 지조와 절개를 버리지 않겠다는 의지를 담아 시조를 창작하였습니다.

사대부, 효를 노래하다

조선의 사대부들이 추구했던 유교의 가장 중요한 덕목 중 하나는 효입니다. 효는 인간이 지켜야 할 가장 기본적인 도덕이지요. 현대에 와서 효의 의미가 많이 변하기는 했지만 효를 실천하는 것은 지금까지도 사람다움을 나타내는 기본적인 덕목입니다.

반중 조홍감이 곱게도 보이는구나

유자가 아니라도 품음직도 하다마는

품어 가 반길 이 없으니 서러워하노라

   – 박인로의 시조

위 시조에서 시적 화자는 소반 위에 있는 홍시감을 보고 부모님을 떠올리고 있습니다. 비록 유자가 아니더라도 품속에 품어서 부모님께 드리려 했지만 감을 가져가도 반겨 주실 부모님이 안 계시니 이를 서러워하고 있네요. 돌아가신 부모님을 그리워하며 자신이 효를 다하지 못한 것을 후회하고 있는 내용입니다. 효를 추구하던 조선 사대부의 모습이 잘 나타나 있습니다.

사대부, 자연을 노래하다

조선의 사대부들이 남긴 시조에는 자연을 노래한 작품이 적지 않습니다. 이 점은 고려 시대 시조와의 차이라고 말할 수 있습니다. 그렇다면 조선의 사대부들은 왜 자연을 노래한 것일까요?

일단 자연은 세속적인 세상과 부귀공명으로부터 벗어날 수 있는 공간이기 때문이었습니다. 조선의 사대부들은 물질적인 만족이 아니라 정신적인 만족을 추구했습니다. 이를 위해 그들은 자연 속에서 자연과 조화를 추구하며 살아가길 원했습니다. 자연에서 살아가는 것을 세속적인 욕망으로부터 벗어나는 하나의 길로 여겼기 때문이지요.

십 년을 경영하여 초가삼간을 지어 내니

나 한 칸, 달 한 칸에, 청풍 한 칸 맡겨 두고

강산은 들일 데 없으니 둘러 두고 보리라

   – 송순의 시조

이 시조를 지은 송순은 강호가도의 선구자로 평가받는 문인입니다. 강호가도란 자연을 예찬하며 세속을 버리고 자연으로 되돌아간 삶을 소재로 쓴 시가를 가리키는 말입니다. 송순의 호는 면앙정인데 이는 그가 지은 정자의 이름이기도 합니다. 그는 벼슬에서 물러난 후에 고향인 전남 담양에 내려가 생활했는데 그때 지은 「면앙정가」는 조선 시대 가사 문학에서 빼놓을 수 없는 작품으로 평가받고 있습니다.

이 시조의 내용은 단순합니다. 10년을 계획해서 초가삼간을 지었는데 그 한 칸은 자신이 살고, 한 칸은 달을, 남은 한 칸은 맑은 바람을 살게 하겠다는 것입니다. 초가삼간은 초가지붕을 얹어 만든 아주 초라한 집을 의미하는데 이로부터 물질적인 욕망으로부터 벗어난 선비의 모습을 읽어 낼 수 있습니다. 자신의 처지를 편안하고 만족스럽게 여기는 안분지족安分知足의 태도가 잘 나타나 있습니다. 또한 그곳에서 달, 맑은 바람, 강산과 함께 살아가는 모습을 그리고 있는데 이는 자연과 함께하려는 조선 사대부의 면모를 보여 준다고 하겠습니다.

조선 시대에는 사대부의 시조밖에 없었나요?

그렇지 않습니다. 시조는 처음에는 사대부가 주로 향유했지만 이후에는 향유층이 넓어져서 김종서, 이순신, 남이 등과 같은 무신들도 시조를 지었고 기생들 또한 시조를 짓고 즐겼지요. 또 조선 후기에는 전문적인 노래꾼들이 등장하여 시조를 지어 부르기도 했습니다. 이들은 중인 계층이어서 사대부와는 거리가 있었습니다. 이후에는 아예 사설시조라는 새로운 형태가 등장해서 평민들도 시조를 창작하는 등 시조의 향유층은 점점 확대되었답니다.

016   조선의 기녀들에게 시조는 연애편지?

조선 시대 기생들은 뛰어난 시조를 많이 남겼다는데 그들의 시조는 사대부 남성들의 시조와 어떻게 달랐을지 궁금해요.

정신이 아닌 마음을 노래하다

시조는 본래 사대부들의 전유물이었습니다. 그들은 자신의 개인적인 감정이나 정서보다는 유교의 관념을 전달하고자 했지요. 그런 까닭에 사대부들의 시조는 인간의 솔직하고 꾸밈없는 정서를 전달하는 데에 한계가 있었습니다.

이러한 시조의 성격을 뒤바꾼 사람들은 다름 아닌 기녀들이었습니다. 조선 시대 기녀들은 예능에 탁월한 재주를 지닌 이들이었습니다. 시와 글씨, 그림, 악기 연주와 노래 등 다양한 방면에서 재주를 뽐냈지요. 그러던 중 기녀들은 사대부들이 즐기던 시조까지 짓기에 이르렀지요.

그런데 기녀들의 시조는 양반 사대부의 것과는 그 내용에 상당한 차이가 있었습니다. 기녀들은 남녀 간의 애정 및 인간의 정서를 표현하는 데에 거침이 없었습니다. 또한 한문투를 벗어나 순우리말의 아름다움이 표현된 작품들을 창작했습니다.

이들에 의해서 시조는 사대부의 문학에서 벗어나 조선 후기에는 중인 계층의 전문 가객들이 즐겨 짓는 문학 장르가 되었고 그 후에는 일반 백성들까지 즐기게 되었습니다. 기녀들의 시조는 시조가 '국민 문학'으로 발전하는 데에 큰 역할을 했던 것입니다.

묏버들 가려 꺾어 보내노라 임의 손에
자시는 창밖에 심어 두고 보소서
밤비에 새잎이 나거든 나인가 여기소서
– 홍랑의 시조

이 시조는 기생 홍랑이 지었습니다. 산에 있는 버들가지를 골라 꺾어 임의 손에 보내면, 임께서 그 가지를 창밖에 심어 두고 보다가 새 잎이 나면 그것을 자신으로 알아봐 달라는 간곡한 심정이 나타나 있습니다. 아마도 시적 화자가 사랑하는 임과 이별하며 자신을 잊지 말라는 정표로 버들가지를 주었던 것 같습니다. '나를 잊지 말아요'라는 물망초의 꽃말을 떠올리게 하는 작품이네요.

자, 어떤가요? 사대부의 시조처럼 유교적 이념이 담겨 있나요? 오히려 여러분 머릿속에는 고려 가요 「가시리」라든가 「서경별곡」이 떠올랐을 것입니다. 이처럼 기녀들의 시조는 인간의 본성을 표현하는 데에 전혀 주저함이 없었습니다.

조선 최고 기녀의 문학적 상상력

조선에서 가장 유명한 기녀는 누가 뭐래도 황진이일 것입니다. 그녀는 언제 태어나서 언제 죽었는지 기록에 남아 있지는 않지만 얼굴이 아름답고 시를 잘 지었으며 글씨도 뛰어났고 음악에도 재주가 있었다고 전해집니다. 또한 그녀는 서경덕, 임제를 비롯하여 당대에 뛰어난 문인, 유학자 들과 친분이 두터웠다고 합니다.

그녀가 남긴 작품은 시조 6수와 한시 4수밖에 없지만 창의적인 발상이 뛰어나 지금까지도 많은 이들의 사랑을 받고 있습니다. 작품은 대개 남녀 간의 사랑을 소재로 삼았는데 그리움, 애달픔, 아쉬움, 후회 등의 정서가 주를 이루고 있습니다.

동짓달 기나긴 밤을 한 허리를 베어 내어
춘풍春風 이불 아래 서리서리 넣었다가
어론 임 오신 날 밤이면 굽이굽이 펴리라
– 황진이의 시조

일단 이 작품에서 "어론 임"이라는 표현은 '사랑하는 임'이라는 말입니다. '얼다'는 '물이 언다'는 의미 이외에 '남녀가 사랑을 나눈다'는 의미도 있지요.

자, "동짓달 기나긴 밤 한 허리를 베어" 낸다고 되어 있네요. 밤을 어떻게 베어 낼 수 있을까요? 밤은 추상적인 대상이기 때문에 아무리 베려 해도 베어 낼 수 없는 것인데 말입니다. 황진이는 문학적 상상력을 동원하여 밤과 같은 추상적인 시간을 구체적이고 물리적인 대상으로 바꿔 놓습니다. 그렇다면 왜 하필 그 많은 밤 중에 동짓달 밤을 잘라 냈을까요? 이는 우리나라 절기와 관련이 깊습니다. 우리나라 절기 중에서 밤이 가장 긴 절기가 동지입니다. 따라서 동짓달 밤을 잘라서 이불 아래 넣어 두었다가 펴면 그 어떤 날보다도 밤이 길게 흐르겠지요. 그러면 시적 화자는 사랑하는 임과 그 어떤 밤보다도 오랫동안 함께 있을 수 있습니다. 어떤가요? 황진이의 표현이 기발하지 않습니까? 이 밖에도 서리서리, 굽이굽이처럼 의태어를 사용한 것도 우리말의 아름다움을 황진이가 잘 살렸다는 근거이지요.

이 외에도 "청산리 벽계수야 수이 감을 자랑 마라 / 일도창해하면 돌아오기 어려우니 / 명월이 만공산하니 쉬어 간들 어떠리"와 같은 시조에도 황진이의 문학적 진가가 발휘되고 있습니다. '벽계수'는 푸른 시냇물을 가리키는 말인 동시에 왕족인 '벽계수'를 가리키는 말이며, '명월'은 밝은 달을 가리키는 동시에 '황진이' 자신을 가리키는 말입니다. 황진이의 기생 이름이 명월이었으니 말입니다. 따라서 이 시조는 왕족 벽계수에게 인생은 덧없는 것이니 자신과 함께 인생을 즐겁게 살아가자고 권유하는 의미를 지니고 있습니다. 중의적인 표현을 통해 상대를 유혹하는 기지가 잘 나타난 작품이지요.

황진이의 죽음을 슬퍼하며 지은 시조도 있다던데요?

네. 바로 임제가 지은 시조입니다. 다음 시조를 감상하기 바랍니다.

청초 우거진 골에 자느냐 누웠느냐
홍안을 어디 두고 백골만 묻혔으니
잔 잡아 권할 이 없으니 그를 슬퍼하노라
– 임제의 시조

'청초', 즉 푸른 풀잎이 우거진 골짜기에 있는 사람은 다름 아닌 황진이입니다. '홍안'은 붉은 얼굴로 아름다운 용모를 뜻하지요. '백골'은 죽음을 의미하겠지요. 잔을 잡아도 권할 사람이 없다는 데에서 황진이의 죽음을 안타깝게 여기는 시적 화자의 마음을 읽을 수가 있습니다. 작품을 지은 임제는 조선 중기의 문신으로 소설 「수성지」, 「원생몽유록」 등을 지은 당대의 뛰어난 문인이었습니다.

017　가사문학관은 왜 전라도 담양에 있나요?

고전 시가 중에 가사 장르가 있던데 그것을 기리는 가사문학관은 어째서 전라도 담양에 있는 것인가요? 가사 문학이 전라도에서 많이 발달한 건가요?

정읍 태인에서 최초의 가사가 탄생하다

조선 시대 대표적인 시가 형식인 가사歌辭는 우리가 흔히 말하는 노래의 가사가 아닙니다. 가사를 정의한다면 4·4조 4음보로 연속체 시가라고 말할 수 있습니다. 시조처럼 4음보로 되어 있지만 초장―중장―종장의 구분 없이 길게 이어서 노래한 작품이지요. 형식은 운문이지만 내용이 길어서 산문적인 성격을 띠고 있지요. 운문과 산문의 중간 형태라고 볼 수 있습니다.

가사가 형성된 것은 대개 경기체가가 쇠퇴한 이후라고 보고 있습니다. 조선의 사대부들은 정제된 형식의 시조보다 좀 더 자유롭게 자기 생각을 펼칠 수 있는 문학을 추구했습니다. 경기체가가 있었지만 그것은 한자를 나열한 것에 지나지 않는 한계가 있었지요. 우리말의 아름다움을 표현하기에는 적합하지 않았습니다. 이러한 상황에서 사대부들이 고안해 낸 장르가 바로 가사였습니다. 조선 시대 사대부들은 가사를 통해서 교훈적인 내용을 전달하기도 하고, 기행과 견문을 기록하기도 하고, 임금에 대한 충절과 자연에 만족하며 살아가는 삶의 태도 등 다양한 주제의식을 작품을 통해 형상화했습니다.

조선 시대 최초의 가사는 정극인의 「상춘곡」입니다. 정극인은 조선 전기의 문신으로 단종이 왕위를 빼앗기자 고향인 정읍 태인에 내려와 그곳에서 후진을 양성했다고 합니다. 「상춘곡」은 바로 그곳 태인에서의 삶을 그린 작품이지요.

세속에 묻혀 사는 분들이여! 나의 삶이 어떠한가? 옛사람의 풍류에 미칠까, 못 미칠까. 세상에 남자 몸으로 태어나서 나만 한 사람이 많지마는 산림에 묻혀서 지극한 즐거움을 모르는 것인가? 초가집을 푸른 시냇물 앞에 두고 소나무 대나무 빽빽한 곳에 자연을 즐기는 사람이 되었구나.
— 정극인, 「상춘곡」 중에서

현대어로 풀이해서 리듬감이 잘 느껴지지 않겠지만 본래는 4·4조 4음보 형식을 갖추고 있습니다. 인용된 부분은 작품의 첫 부분인데 뒤에 어떤 내용이 전개될지 충분히 짐작할 수 있을 것입니다. 바로 자연 속에서 만족한 삶을 살아가는 것입니다. 조선 시대 선비들은 물질적인 만족보다 정신적인 만족을 추구했고 그런 까닭에 가난을 편안히 여기고 자연 속에서 도의道義를 기르고자 했습니다. 이를 가리켜 흔히 안빈낙도安貧樂道라고 하지요. 세속의 이익과 권세를 따지다 보면 도의를 추구하기 어렵지만 자연의 아름다움 속에서는 참된 만족을 얻을 수 있다고 생각한 것입니다.

호남 가사 문학의 계통을 잇다, 「면앙정가」

정극인의 「상춘곡」 이후로 가장 주목할 만한 가사 작품도 호남 지방에서 지어졌습니다. 바로 송순의 「면앙정가」입니다. 송순은 그의 나이 41세에 관직에서 잠시 물러나 고향인 전남 담양에 내려와 면앙정을 짓고 자연을 즐겼는데 그때에 지은 작품이 「면앙정가」입니다. 작품의 내용은 비교적 간단합니다.

첫 번째 부분인 서사에서는 면앙정이 있는 제월봉의 모습을 노래하였고, 두 번째 부분인 본사에서는 면앙정에서 바라본 아름다운 자연의 경치를 노래하였지요. 본사는 다시 두 부분으로 나눌 수 있는데 앞부분에서는 시선을 가까운 곳에서 먼 곳으로 이동하며 면앙정의 근경과 원경을 묘사하였습니다. 그리고 뒷부분에서는 면앙정의 봄, 여름, 가을, 겨울의 풍경을 묘사하였지요. 마지막 결사 부분은 '이렇게 지내는 것도 모두 역군은亦君恩, 역시 임금의 은혜이샷다' 라며 유학자로서의 충절을 표현하고 있습니다.

인간을 떠나와도 내 몸이 겨를 없다. 이것도 보려 하고 저것도 들으려 하고 바람도 쐬려 하고 달도 맞으려 하니 밤은 언제 줍고 고기는 언제 낚고 사립문은 누가 닫으며 떨어진 꽃은 누가 쓸까. 아침이 부족한데 저녁이 싫겠는가. 오늘이 부족하니 내일이라 여유가 있을까. 이 산에 앉아 보고 저 산에 걸어 보니 번거로운 마음에 버릴 일이 아주 없다. 쉴 사이 없거든 소식 전할 틈이 있으랴. 다만 푸른 지팡이만 다 무디어져 가는구나.

－ 송순, 「면앙정가」 중에서

인용한 부분은 「면앙정가」에서 가장 유명한 구절로 우리말의 아름다움이 잘 나타난 부분입니다. 인간 세상의 번거로운 일로부터 벗어났지만 자연의 흥취를 즐기는 데에 몹시 바쁘다는 시적 화자의 자부심이 나타난 구절입니다. 밤도 줍고 달도 맞아야 하고 낚시도 하고 꽃도 쓸다 보면, 벼슬을 하지 않더라도 여전히 마음이 바쁘다는 것이지요. 이렇게 보면 이 구절에는 벼슬을 그만둔 이후에 심리적인 보상을 얻으려는 마음도 반영되었다고 할 수 있겠네요.

호남 가단을 완성하다, 「성산별곡」

송순의 「면앙정가」는 이후에 등장하는 정철의 「성산별곡」에 영향을 줍니다. 이 작품은 정철이 전남 담양 창평에 내려가 있을 때, 그곳에 식영정이라는 정자를 짓고 풍류를 즐기던 김성원을 예찬하며 부른 노래입니다. 김성원은 정철 아내의 일가친척이었습니다. 작품의 내용은 식영정의 경치와 김성원의 풍류를 예찬한 것인데 그 구조가 「면앙정가」와 매우 흡사합니다. 「면앙정가」가 면앙정의 사계절을 노래했듯이, 「성산별곡」도 식영정에서 바라본 성산의 사계절을 노래하고 있지요. 이런 까닭에 이 작품은 「면앙정가」로부터 직접적인 영향을 받은 것으로 알려져 있습니다.

학자들은 흔히 전라도 지역에서 자주 지어진 가사 문학을 일컬어 호남가단이라고 부릅니다. 호남가단은 정극인의 「상춘곡」, 송순의 「면앙정가」, 정철의 「성산별곡」으로 이어져 내려온 셈이지요.

자, 이제 여러분의 궁금증이 조금 해결되었나요? 가사문학관이 전라도 담양에 있는 것은 당시 가사 문학이 전라도를 중심으로 발달하였기 때문입니다. 전라도에서 가사 문학이 발달한 것은 정치적인 갈등으로 인해 지방으로 내려온 사대부들이 다른 지역보다 전라도 지역에 많았기 때문이기도 할 것입니다. 이들은 남도의 여유롭고 한가로운 자연과 벗하며 자신들의 좌절감을 해소할 수 있었을 것입니다.

뜬금있는 질문

가사 문학은 사대부만 지어 부른 건가요?

아닙니다. 조선 전기에는 주로 사대부들이 지어 불렀지만 임진왜란 이후에는 양반뿐만 아니라 여인들도 불렀고 평민들도 지어 불렀습니다. 개화기에는 개화가사가 지어지기도 했습니다. 그 중에서 여인들이 부른 내방가사는 편수도 많았고 가장 오랫동안 지어지기도 했습니다.

018 | 고려 가요가 남녀상열지사라면, 조선의 시가는?

고려 가요를 가리켜 남녀상열지사라고 했던 것처럼 조선 시대 사대부의
노래에는 충신연주지사라는 말이 따라붙는 것 같아요. 이 말이 무엇을 의
미하는지 알고 싶어요.

임금을 사모하여 부르는 노래

충신연주지사는 한자로 '忠臣戀主之詞'라고 적습니다. 한자를 풀이하면 충성스러
운 신하가 임금을 사모하는 노래라는 뜻이지요. 대개의 충신연주지사에서 임금은 남
성으로, 신하는 여성으로 그려져 있는데 이는 임을 그리워하는 주체가 여성으로 그려
질 때 더욱 효과적이기 때문일 것입니다. 충신연주지사의 시작은 대개 고려 시대 정
서가 지은 「정과정」을 손꼽습니다. 이 작품은 고려 시대 때 지어졌지만 향가와 비슷
하다고 하여 향가계 여요고려 가요라고 불리고 있습니다.

내 임을 그리워하여 울고 있으니

산 접동새와 나는 비슷합니다

옳지 않으며 거짓인 것을

지는 달과 새벽 별이 알 것입니다

넋이라도 임과 한곳에 살고 싶어라, 아아

– 정서, 「정과정」 중에서

정서는 고려 시대 인종의 처남으로 왕의 사랑을 받았으나 의종 때 역모에 가담했다는 의혹을 받아 귀양을 갔습니다. 3행의 "옳지 않으며 거짓인 것을"이라는 구절은 모함을 당했음을 암시합니다. 의종은 정서에게 곧 다시 부를 것이라며 위로했지만 정서는 이후 20여 년 동안 부름을 받지 못했습니다. 이에 정서가 자신의 억울함과 더불어 임금을 그리워하는 마음을 애절하게 표현한 노래가 「정과정」입니다. 이와 같이 임금과 떨어져서 임금을 사모하며 부른 노래가 충신연주지사입니다.

정서의 「정과정」 이후 충신연주지사는 사대부들의 대표적인 노래가 되었습니다. 자연을 노래한 송순의 「면앙정가」마저도 마지막 구절은 '이 몸이 이렇게 지내는 것도 또한 임금의 은혜다'라고 되어 있는데 이 역시 충신연주지사의 영향을 받은 것이라고 할 수 있지요.

충신연주지사의 대표작, 「사미인곡」

충신연주지사의 대표 작품은 송강 정철의 「사미인곡」과 「속미인곡」을 들 수 있습니다. 정철은 송순의 가사 「면앙정가」에 영향을 받아 「성산별곡」이라는 가사를 썼던 인물입니다. 그가 지은 「사미인곡」과 그 속편 「속미인곡」의 의미는 미인을 사모하다, 혹은 그리워하다라는 것인데, 여기서 미인은 '아름다운 사람'을 일컫는 말인 동시에 임금을 가리키는 말이기도 했습니다.

「사미인곡」은 송강 정철이 관직에서 물러나 전남 담양 창평에 머물면서 임금을 그리워하는 마음을 이별한 임을 그리워하는 여인의 심정에 비유하여 표현한 작품입니다. 당시 정철이 창평에 머무른 까닭은 과열된 붕당 정치로 인해서 귀양살이를 하고 있었기 때문이었습니다. 동인과 서인이 첨예하게 갈등하던 시절이었는데 정철은 당시 서인의 대표 격으로 벼슬살이와 귀양을 반복하고 있었지요. 정철은 귀양살이를 하는 동안 임금에 대한 충직한 마음과 벼슬에 나아가지 못하는 초조한 마음을 동시에 표현하고 싶었을 것입니다.

작품의 구조는 서사—본사—결사로 나뉘는데 본사는 다시 봄, 여름, 가을, 겨울로 그려져 있습니다. 그리고 각각의 계절에는 이별한 임에게 보내는 시적 화자의 정성이 담긴 사물들이 제시되어 있지요. 결사 부분을 현대어로 풀이해 살펴보겠습니다.

하루도 열두 때, 한 달도 서른 날, 잠시라도 임 생각을 하지 말자. 이 시름을 잊고자 하니 마음속에 맺혀 있어 뼛속까지 사무쳤으니, 편작 같은 훌륭한 의사가 열 명이 온다 한들 나의 병을 어찌하랴. 아, 내 병이야 임의 탓이로다. 차라리 죽어서 호랑나비가 되리라. 꽃나무 가지마다 가는 곳마다 앉아 있다가, 향기 묻은 날개로 임의 옷에 옮아가 앉으리라. 임께서 나인 줄 모르셔도 나는 임을 쫓으려 하노라.
— 정철, 「사미인곡」 중에서

사랑하는 임을 잊고자 하지만 잊을 수가 없는데 그 까닭은 임에 대한 그리움이 뼛속까지 사무쳐 있기 때문입니다. 임을 향한 충성스러운 마음은 변함없다는 것을 문학적으로 표현한 것이지요. 죽어서 호랑나비가 되더라도 임을 따르겠다는 구절 또한 임금에 대한 충절을 나타냅니다.

「사미인곡」의 뒤를 잇다, 「속미인곡」

「속미인곡」은 「사미인곡」의 속편으로 이 작품 역시 임금을 그리워하는 마음을 나타낸 작품입니다. 이 작품은 「사미인곡」과 달리 계절의 변화가 아니라 '두 여인의 대화'로 내용을 전개하고 있습니다. 시적 화자는 임과 이별한 서러운 사연을 이야기하고 있으며 이를 듣고 있는 또 다른 여인은 시적 화자의 말에 대해 공감하며 위로하고 있습니다. 시적 화자가 처한 상황이 다른 사람도 쉽게 공감할 수 있는 보편적인 것임을 작가가 전달하려 했던 것이지요.

마음속에 맺힌 일이 있습니다. 임을 모신 적이 있어서 임의 형편을 내가 잘 아는데, 물같이 연약한 몸이 편하실 때가 몇 날일까? 이른 봄날의 추위와 한여름의 무더위에 어떻게 지내시며, 가을과 겨울은 누가 모셨을까? 아침, 저녁 진지는 예전과 같이 잡수시는가? 기나긴 밤에 잠은 어떻게 주무실까?
– 정철, 「속미인곡」 중에서

내용이 모두 이별한 임이 어떻게 지내고 있는지 걱정하는 것이네요. 비록 임과 이별한 상황이지만 임에 대한 사랑과 충심은 변하지 않았음을 드러내고 있습니다.

정철의 임금에 대한 충성된 마음은 기행가사인 「관동별곡」에도 고스란히 나타나 있습니다. 정철은 지금의 강원도 지역 관찰사로 부임하고 난 후, 자신이 다스리는 강원도 지역 전체를 유람하며 가는 곳마다 임금과 나라에 대한 애정을 표현했습니다.

충신연주지사는 조선 사대부들의 대표적인 노래였습니다. 임금에 대한 충절은 유교의 가르침이었기 때문입니다. 이후에도 많은 사대부들이 임금에 대한 그리움을 시조와 가사, 한시로 표현했는데 그것들도 모두 충신연주지사라고 말할 수 있습니다.

충신연주지사에서 시적 화자는 왜 여성으로 설정되어 있나요?
우리 시가 문학에서 여성적 화자를 설정하는 것은 오랜 전통이었습니다. 고대 가요 「공무도하가」, 「정읍사」, 그리고 고려 가요와 기녀들의 시조에는 모두 여성 화자가 등장했지요. 이 여성들은 임과 어쩔 수 없이 이별에 처한 이들이었습니다. 안타깝고 절실한 마음으로 임이 자신을 다시 찾아 주길 바라는 이들의 어조는 깊은 공감을 자극합니다. 같은 맥락에서 임금에게 내쳐진 신하가 글로써 공감을 불러일으키려면 안타깝고 절실한 여성적 어조를 사용하는 것이 효과적이었겠지요.

019 그 선비들은 왜 불면의 밤을 보냈을까?

임진왜란과 병자호란은 조선 시대에 가장 큰 전란인데 전쟁을 겪으면서 사회가 많이 변했다고 들었어요. 그렇다면 시가 문학에는 어떤 변화가 있었는지 알고 싶어요. 이정환과 박인로 등의 작품을 보면 조선 전기의 사대부 시가 작품과는 사뭇 달라 보이거든요.

꿈속으로, 시 속으로 파고든 전쟁

임진왜란과 병자호란이 있기 전까지 상당수의 시조는 주로 사대부들에 의해 지어졌습니다. 그리고 이들의 시조는 대개 유교적인 이념을 전달하거나 자연의 경치를 노래한 작품이 많았지요.

그런데 전쟁 이후에 시조의 내용이 조금씩 달라지기 시작했습니다. 전란의 고통을 노래한 시조들이 나타났으며, 기존 체제와 현실에 대한 비판의식이 담긴 시조도 등장했고 현실을 사실적으로 표현한 시조도 나타나기 시작했습니다. 시조의 향유층도 이

전과는 달리 점점 더 넓어졌습니다.

> 한밤중에 혼자 일어나 묻노라 이 내 꿈아
> 만 리 요양 遼陽*을 어느덧 다녀왔느냐?
> 반갑다 학가 선용 鶴駕 仙容*을 친히 뵌 듯하여라
> – 이정환, 「국치비가」 중 1수

이 작품은 병자호란을 배경으로 하고 있습니다. 초장에는 '꿈'을 의인화하여 표현하고 있네요. 꿈은 아무리 먼 곳이라도 얼마든지 오고 갈 수 있습니다. 시적 화자는 조선 땅에 있지만 꿈속에서 청나라에 볼모로 끌려간 소현세자와 봉림대군을 만나게 됩니다.

요양
청나라 땅

학가 선용
학을 탄 신선, 청나라 때 볼모로 끌려간 소현세자와 봉림대군

짧은 내용 속에 치욕스러운 전쟁의 결말이 제시되어 있습니다. 이처럼 조선 후기의 시조는 유교적 이념으로부터 차츰 벗어나 다양한 주제의식을 표현하기에 이르렀습니다. 물론 이 시기에도 윤선도와 같은 시인들은 자연을 벗 삼아 노래하기를 즐기기도 했지요.

낭만적 언어에서 현실의 언어로

임진왜란 이후 조선 후기 가사는 시조에 비해서 예술성이 떨어지며 조선 전기에 비추어 볼 때 문학성이 뒤처진다고 알려져 있습니다. 그럼에도 불구하고 뛰어난 가사 작품을 쓴 작가가 있는데 그가 노계 박인로입니다. 박인로의 대표적인 작품으로는 임진왜란을 배경으로 쓴 「선상탄」과 선비의 곤궁한 삶을 표현한 「누항사」가 있습니다. 그의 작품은 정철의 가사에 비해서 문학적인 기교는 떨어지지만 훨씬 더 사실적이라고 알려져 있습니다.

「누항사」는 제목처럼 누추한 집의 이야기를 노래로 부른 것입니다. 이 작품은 박인로가 나이 51세 되던 해에 관직을 그만두고 고향으로 돌아가 생활하던 중에 지은 가

사입니다. 이 작품 역시 서사—본사—결사로 이루어져 있습니다.

서사는 모든 일을 하늘에 맡기고 안빈낙도하며 살아가고자 하지만 뜻대로 되지 않음을 한탄하는 내용입니다.

본사에는 시골에서 농사를 짓고자 하나 소가 없어서 농사를 제대로 짓지 못하는 상황을 안타까워 하는 화자의 모습이 그려져 있습니다. 가뭄에 잠시 동안 비가 와서 때마침 소를 빌려 주겠다는 사람의 말을 듣고 밤늦게 소를 빌리러 갔다가 소를 빌리지 못하고 수모만 당하고 돌아오는 처지를 그려 놓습니다. 소를 빌려 주겠다던 사람이 그만 다른 사람에게 먼저 빌려 주어야 할 상황이 벌어진 것입니다. 결국 시적 화자는 세상을 한탄하며 밭 갈기를 포기해 버립니다. 잠 못 드는 새벽, 그는 붓을 들어 몸과 마음이 고단했던 하루를 돌아보고 있습니다.

결사에서는 자연을 벗하며 늙어 가겠다는 다짐을 하지요. 가난하다고 해서 남을 원망하지는 않을 것이며, 가난한 중에도 충과 효를 지키면서 형제간에 우애하고 친구간에 의리를 지키며 살아갈 것을 맹세합니다. 결사에 나타난 충과 효, 우애와 의리는 모두 유교적인 이념으로 사대부의 태도를 변함없이 보여 주고 있습니다.

비록 결사에서 사대부 가사의 전형적인 모습을 보여 주고 있지만 박인로의 가사는 현실을 실감나게 묘사하고 일상생활의 언어를 받아들였다는 사실에서 조선 전기 가사와 다릅니다. 아름답고 낭만적인 언어를 버리고 솔직한 언어로 선비의 삶을 사실적으로 묘사했다는 점에서 전기 가사와 큰 차이를 보이고 있는 것이지요.

사대부의 미의식을 뛰어넘다

박인로 이후에 가사 장르에는 다양한 변화가 일어나기 시작합니다. 현실 문제에 대한 관심이 확대되고 가사를 향유하는 계층도 넓어집니다. 기행가사, 유배가사, 내방가사, 평민가사 등 다양한 가사의 형태가 나타난 것도 이 시기이지요. 이 중에서 가장 주목할 만한 현상은 일반 서민들도 가사를 짓게 되었다는 것입니다. 이들은 해학적인 표현으로 가사 문학이 지녔던 엄숙함을 떨쳐 내고 현실의 문제점을 비판하고 풍자하는 등 사대부들의 미의식을 뛰어넘는 가사 작품을 발표했습니다.

가사의 형태도 조금씩 변화하기 시작합니다. 실생활의 구체적인 내용을 다루면서 자연스럽게 길이가 길어졌지요. 가사가 운문적인 경향에서 산문적인 경향으로 변화한 것입니다. 이와 같은 가사의 산문화 경향은 18세기 우리 문학에서 산문이 발달하던 시대적인 분위기와도 관련이 있습니다.

뜬금있는 질문

조선 후기 가사 중에서 길이가 긴 가사에는 어떤 것이 있나요?

조선 후기에는 대체로 장편가사가 창작되었습니다. 유배가사, 내방가사, 평민가사 모두 적지 않은 분량이었습니다. 이는 조선 후기에 산문이 발달하던 현상과 무관하지 않습니다. 이 중에서도 특히 긴 작품은 기행가사에서 꼽아 볼 수 있지요. 특히 홍순학이 지은 「연행가」는 총 3,924구로 청나라 북경을 다녀온 130일간의 기록을 노래한 작품입니다. 여정이 매우 자세하게 제시되어 있고 북경의 새로운 문물에 대한 감상이 객관적으로 제시되어 있습니다. 또 다른 장편기행가사로는 김인겸이 일본을 다녀와 쓴 「일동장유가」가 있습니다.

020   한글은 조선 시대에 규방의 문자였다?

조선 시대에는 여성의 사회적 활동에 많은 제약이 있던 것으로 알고 있어요. 조선 후기부터는 여성도 작품을 창작했다고 하는데 어떤 작품이 있나요?

내방가사, 부녀자들이 지은 노래

조선 시대 여성들은 봉건적 관습에 얽매여 활동하는 데에 많은 제약이 따랐습니다. 부엌일, 바느질, 손님 접대 등 주로 집안 살림을 돌보기에 바빴고, 사회적 활동이나 대외적인 문화 활동은 기대하기 어려웠지요.

그런데 부녀자들에게도 자신의 감정을 표출할 수 있는 한 가지 방법이 있었습니다. 선비들이 거들떠보지도 않는 한글로 시가를 짓는 일이었습니다. 당시 학자와 문인은 훈민정음을 천대했지만 사대부 집안의 부녀자들에게는 두루 보급되었습니다.

이들은 사대부들의 노래 중에 우리말 위주로 창작되는 가사 문학에 자연스럽게 눈을 뜨게 되었고 작품까지 창작하기에 이르렀습니다.

내방가사는 주로 영남 지방에서 크게 발전하였는데 학자들에 따르면 영·정조 시절부터 본격적으로 지어져서 일제 강점기 시절과 해방 직후까지 약 6,000여 편의 내방가사가 창작되었다고 합니다. 내방가사가 영남 지방에서 주로 지어진 까닭은 영남 지방에 한글을 깨우치고 교양을 갖춘 부녀자들이 많았기 때문이라고 알려져 있습니다. 이들은 서민들이 지어 부른 민요 대신 사대부의 가사를 선택하여 자신들의 감정과 정서를 노래했을 것입니다.

봉건적 관습과 여성의 삶을 그리다

내방가사의 주요 내용은 상당수가 양반 부녀자들의 생활 주변에서 나온 것이었습니다. 양반 사대부가 유교적인 이념을 전달하기 위해 골몰했던 것과 달리 실생활을 사실적으로 그려 놓고자 했지요.

따라서 사대부의 가사와는 큰 차이를 보였고 어떤 점에서는 서민들이 지은 가사와 그 성격이 유사했습니다. 관념이 아니라 실제 생활을 다루었기 때문에 내방가사는 다양한 주제와 소재를 표현할 수 있었지요. 내방가사의 주요 내용을 분류해 보면 다음과 같습니다.

먼저 부녀자들이 지켜야 할 도리를 노래한 작품들이 다수 있습니다. 시집간 딸이 지켜야 할 내용을 노래한 작품이 있는가 하면 부모님을 그리워하는 「사친가」도 있고, 자신의 환경을 탄식하는 「여탄가」, 「여자탄식가」도 전해지고 있습니다. 봉건적 인습 속에서 살아가야 했던 여성들의 고민과 정서를 호소하는 내용이었습니다. 물론 내방가사라고 해서 현실이나 환경을 한탄하는 내용만 있는 것은 아니었습니다. 「화전가」나 「향원행락가」와 같이 때로는 여성들이 지닌 취미라든가 놀이도 노래로 지어 불렀고 당시의 문물이나 풍속도 소재로 활용되었습니다.

허난설헌의 「규원가」, 가장 뛰어난 문학성을 지닌 내방가사

현재까지 전해지는 내방가사 중에 가장 오래된 작품으로는 허난설헌의 「규원가」를 들 수 있습니다. 허난설헌은 「홍길동전」을 지은 허균의 누이로 우리에게 아주 잘 알려진 인물이지요. 뛰어난 문학적 재주를 지녔던 허난설헌은 어릴 때부터 재주가 남달랐다고 알려져 있습니다. 여덟 살 어린 나이에 한시를 지어 어른들을 놀라게 했으니까요.

문학적인 재주가 뛰어난 그녀였지만 삶이 순탄한 것은 아니었습니다. 비극은 결혼을 하면서 시작되었습니다. 허난설헌은 열다섯 살에 김성립과 혼인을 합니다. 그런데 김성립의 집안은 허난설헌의 집안과는 달리 지극히 가부장적이었습니다. 그런 까닭에 시어머니와의 사이가 좋지 않았지요. 더군다나 남편은 무뚝뚝하고 고집스러웠으며 허난설헌을 버거워하여 집안을 돌보지 않은 채 밖으로만 돌아다녔습니다. 불행은 여기서 그치지 않았습니다. 허난설헌이 낳은 두 아이도 돌림병에 걸려 어린 나이에 목숨을 잃었습니다. 또한 아버지와 오빠의 잇따른 죽음으로 상심이 컸지요. 마침내 그녀도 몸과 마음이 쇠약해져 스물일곱 꽃다운 나이에 목숨을 잃고 맙니다.

그리움과 기다림의 사계

「규원가」는 작품 제목대로 규방에서 지내는 여인의 원한을 그린 가사입니다. 작품의 내용으로 미루어 볼 때 허난설헌에게 남편에 대한 그리움이 아직 남아 있을 때 지어졌던 것 같습니다. 왜냐하면 남편의 사랑을 잃고 슬픔에 잠긴 채 원망과 그리움을 함께 표현하고 있기 때문이지요. 「규원가」의 일부를 현대어로 풀이하여 감상해 보겠습니다.

삼삼오오 어울려 다니는 기생집에 새 기생이 나타났는가? 꽃 피고 날이 저물 때 정처 없이 나가 있다가 좋은 말을 타고 어디어디를 머물며 놀고 있는가? 원근의 지리를 모르는데 임의 소식을 어찌 알까. 인연을 끊으려 한들 임 향한 생각이 없을까. 임을 못 보거든 그립지나 말 것을, 하루 열두 때 길기도 하고 한 달 서른 날이 지루하기만 하다. 창밖에 심은 매화 몇 번이나 피고 졌는가? 겨울 밤 차고 찰 때 눈이 섞어 내리고, 여름날 길고 길 때 궂은비는 무슨 일인가? 아름다운 봄철에 좋은 풍경을 보아도 아무 감흥이 없다. 가을 달이 방에 비치고 귀뚜라미가 침상에서 울 때에 긴 한숨 떨어지는 눈물에 헛된 생각만 많다. 아마도 모진 목숨 죽기도 어렵겠구나.

    – 허난설헌, 「규원가」 중에서

    자, 감상한 부분이 어떻습니까. 일단 남편이 이곳저곳을 떠돌아다녀도 봉건적인 질서 속에서 부녀자는 집 안에서 기다릴 수밖에 없다는 것을 알 수 있겠네요. "원근의 지리를 모르는데"라는 구절을 보면 당시 부녀자들의 바깥출입이 엄격히 통제되어 있었다는 사실을 미루어 알 수 있을 것입니다.

    하지만 이 작품을 지을 당시 허난설헌은 남편에 대한 기대를 버린 것 같지는 않습니다. 임 향한 생각이 여전하며, 임을 그리워하는 마음도 가슴속에 남아 있음을 표현하고 있으니 말입니다. 인용된 뒷부분에는 봄, 여름, 가을, 겨울 사계절이 변하도록 임이 오지 않는 것을 그리워하는 모습이 그려져 있습니다. 겨울밤 눈이 섞어 내리고 여름에 궂은비가 내리며 가을날 귀뚜라미가 우는 상황은 임과 떨어져 지내는 시적 화자의 정서를 더욱더 애달프게 하는 데 기여하는 객관적 상관물입니다. 아마도 이러한 표현에서 이 작품의 문학성이 드러나는 것이겠지요.

뜬금있는 질문

허난설헌이 남긴 작품에는 어떤 것들이 있나요?
허난설헌은 죽기 전까지 끊임없이 창작을 했다고 알려져 왔습니다. 그러나 그녀는 자신이 죽기 직전에 모든 작품을 다 태우라고 유언을 남깁니다. 그런 까닭에 남아 있는 작품은 그다지 많지 않지요. 지금 전해지는 허난설헌의 작품은 허균이 죽은 누이의 작품이 그대로 사라지는 것을 안타까워해서 예전에 보았던 누이의 작품을 기억으로 재구성한 것들입니다. 이것들은 모두 『난설헌집』에 실려 있는데 한시 142편 정도가 전해지고 있습니다. 『난설헌집』에는 당시 중국과 일본에서도 극찬을 받을 정도로 뛰어난 작품들이 수록되어 있습니다.

021　시조에 연과 행의 구분이 있나요?

시조는 초장—중장—종장으로 구성되었다고 배웠어요. 그렇다면 시조
에는 연과 행의 구분이 없는 것인가요? 연시조라는 말이 있던데 연시조
는 어떤 것인가요?

시조 한 수가 하나의 연이 되다

우리가 알고 있는 평시조는 대개 초장—중장—종장으로 이루어져 있고 45자 내
외로 쓰여집니다. 시조는 현대 시처럼 연과 행의 구분이 존재하지는 않지요. 그런데
시조 중에는 평시조 여러 편이 묶여서 마치 현대 시에서 여러 연을 지닌 작품처럼 지
어지는 시조도 있습니다. 이런 시조를 연시조라고 합니다. 시조 한 편으로는 담지 못
할 내용을 여러 편의 시조로 묶어서 작품을 쓰는 것이지요. 각각의 시조는 독립된 작
품이지만 크게 보면 여러 작품이 하나의 주제를 이루는 것입니다.

최초의 연시조는 조선 세종 때 맹사성이 지은 「강호사시가」입니다. 이 작품은 총 네 수의 시조로 되어 있는데 첫 번째 시조는 봄날 시냇가에서 물고기를 잡고 술을 마시며 풍류를 즐기는 내용이며, 두 번째 시조는 여름날 바람을 쐬며 더위를 잊고 지내는 한가로움을 그리고 있습니다. 세 번째 시조는 가을날 강가에 배를 띄우고 고기잡이를 하는 모습을, 네 번째 시조는 겨울에 눈 내린 경치를 바라보며 추위를 견디는 소박한 생활을 표현하고 있지요. 각각의 시조는 독립적이지만 그 내용이 '자연을 즐기며 한가롭게 살아가는 삶'이라는 점에서 주제가 하나로 모아집니다. 이처럼 연시조는 커다란 주제를 놓고 각각의 시조들이 하나의 연처럼 배열되는 것을 일컫는 말입니다.

유교의 이념을 실어 나르다

조선 전기에 지어진 연시조는 사대부들의 시조로서 유교의 이념을 전달하는 내용이 주를 이루고 있습니다. 대표 작품은 이황의 「도산십이곡」과 이이의 「고산구곡가」, 그리고 주세붕의 「오륜가」, 정철의 「훈민가」를 들 수 있습니다. 이 작품들은 모두 사대부의 이상과 삶의 태도가 잘 나타난 작품입니다. 「도산십이곡」은 총 열두 수로 학문하는 자세와 이상적인 자연을 노래하고 있으며, 「고산구곡가」는 총 열 수로 학문하는 즐거움을 표현하고 있습니다. 또한 주세붕의 「오륜가」는 삼강오륜과 같은 유교의 덕목을 계몽적인 어조로 노래한 작품이며, 정철의 「훈민가」는 노래 제목대로 백성에게 유학의 도리를 가르치는 노래입니다.

청산靑山은 어찌하여 만고萬古에 푸르르며
유수流水는 어찌하여 주야晝夜에 그치지 아니하는고
우리도 그치지 마라 만고상청萬古常靑 하리라
– 이황, 「도산십이곡」 중 11곡

이 작품은 이상적인 자연을 닮고자 하는 화자의 소망이 나타난 작품입니다. 유학자들은 인간 세상보다 자연을 이상적이라고 생각했습니다. 자연은 질서와 조화를 갖춘,

인간 세계의 복잡한 갈등이 존재하지 않는 이상 세계로 비추어졌습니다.

이 작품에서 청산과 유수, 즉 푸른 산과 흐르는 물은 아무리 세월이 흘러도 변치 않는 모습, 즉 어떠한 갈등도 존재하지 않는 상태를 보여 줍니다. 이는 인간이 상황에 따라서 달라지는 것과 대조를 이루기도 합니다. 이렇게 볼 때 청산과 유수는 인간이 본받아야 할 이상적인 삶의 태도를 지닌 존재입니다. 유학자들은 청산과 유수처럼 변하지 않는 이상적인 모습을 지닌 존재로 거듭나기 위해 학문을 해야 한다고 보았고 그러한 생각이 작품으로 표현된 것입니다. 사대부의 작품 속에서 자연이 자주 등장하는 것은 이런 맥락이라고 생각할 수 있습니다.

연시조의 슈퍼스타, 윤선도

앞에서 언급한 이황, 이이, 주세붕, 정철의 연시조는 모두 유교적 이념을 전달한다는 목적성이 분명한 작품이었습니다. 그러나 문학 작품에서 이념적 목적이 지나치면 독자들이 작품을 읽는 즐거움을 잘 느끼지 못할 수도 있습니다. 앞의 작품들은 감동을 주기에 앞서 마치 훈계와 설교를 하는 것 같은 기분이 들지요.

이러한 목적성과 계몽성에서 벗어나 문학적인 재미와 상상력, 표현의 다양성을 갖춘 연시조 작가가 등장하는데 그가 바로 윤선도입니다. 윤선도는 「오우가」 여섯 수, 「견회요」 다섯 수, 「만흥」 여섯 수, 「어부사시사」 사십 수 등 다양한 연시조 작품을 써낸 연시조계의 슈퍼스타였습니다. 그의 시조는 편수도 많지만 문학적인 상상력과 표현도 세련되어 있어서 지금까지 높은 평가를 받고 있습니다.

우는 것이 뻐꾸기인가 푸른 것이 버드나무숲인가
노 저어라 노 저어라
어촌 두어 집이 안개 속에 들락날락하는구나
지국총 어사와 지국총 어사와
맑고도 깊은 못에 온갖 고기 뛰노는구나
– 윤선도, 「어부사시사」 중 춘사 4수

이 작품은 윤선도가 당쟁으로 귀양을 가 있던 보길도에서 지은 것입니다. 잠시 여러분 머릿속에 남해안에 펼쳐져 있는 수많은 섬들을 떠올려 보세요. 배를 저어 가면 나타났다가 사라지는 섬들이 정말 아름답게 보이겠지요. 이 작품은 바로 남해의 다도해 풍경을 작가가 어부가 되었다고 가정하고 쓴 시조입니다.

그런데 이 작품은 언뜻 보기에 시조가 아닌 것 같은 느낌이 듭니다. 초장—중장—종장으로만 되어 있는 것이 아니기 때문이지요. 하지만 중간에 "노 저어라 노 저어라"와 "지국총 어사와 지국총 어사와"를 생략하면 온전한 시조의 모습이 드러납니다. 윤선도가 중간 중간에 반복되는 구절을 쓴 까닭은 어부가 배를 타고 노를 젓는 모습을 생동감 있게 표현하고자 했기 때문이지요.

앞에서 우리가 살펴보았던 이황 등의 연시조와는 느낌이 사뭇 다르지요? 이황의 시조에서 보았던 엄숙함 대신 경쾌하고 생동감 넘치는 묘사가 펼쳐지고 있음을 여러분도 느낄 수 있을 것입니다. 인용된 작품 이외에 윤선도의 작품을 찾아 읽는다면 그의 문학적 면모를 더욱 뚜렷하게 느낄 수 있을 것입니다.

뜬금있는 질문

윤선도는 「어부사시사」를 지을 때 진짜 어부로 살았나요?
아닙니다. 윤선도는 어부로서 살아간 것이 아니라 자신이 어부가 되었다고 가정한 채 작품을 지었지요. 그런 까닭에 작품 속에 등장한 어부는 고기잡이의 어려움과 고통, 애환을 느끼지 않고 자연의 아름다움만을 즐기고 있지요. 만약 진짜 어부였다면 손이 부르트게 고단한 일상, 추위에 떨며 고기를 잡지 못해 안타까워하는 심정도 나타나 있지 않았을까요? 윤선도의 작품은 어부의 삶을 사실적으로 그렸다기보다는 낭만적으로 아름답게 그려 냈다고 보는 것이 맞겠지요. 그런 맥락에서 「어부사시사」에 등장한 어부는 진짜 어부가 아니라 가짜 어부입니다.

022 '사설이 길다'와 '사설시조'의 '사설'이 같은 글자라고요?

어른들을 보면 수다를 잔뜩 늘어놓고는 "사설이 길었다"고 하잖아요? 근데 국어 시간에 '사설시조'를 배우면서 설마 같은 글자는 아니겠지 했는데, 국어사전을 뒤적여 보니 웬걸 "사설(辭說)은 말이나 이야기, 잔소리나 푸념을 늘어놓는 것을 말한다. 판소리에서 가락을 붙이지 않고 이야기하는 '아니리'를 말한다"라고 적혀 있어요. 정말 같은 글자였어요!

시조의 유쾌한 반란, 사설시조

말씀 사辭에 말씀 설說, 두 글자가 이어지니 꼬리에 꼬리를 물고 이어지는 말의 잔치가 떠오르지요? 우리는 시조 하면 흔히 초장—중장—종장의 3장 6구 45자 내외의 평시조를 떠올립니다. 조선 시대 사대부들의 시조는 거의 대부분이 이와 같은 평시조에 해당하지요. 하지만 조선 후기 시조는 더 이상 사대부만 향유하는 문학이 아니었습니다. 기녀, 중인, 상인, 몰락한 양반 등 다양한 계층이 시조를 지어 부르기 시작했지요. 그리고 이들은 사대부처럼 유교의 이념을 전달할 필요가 없었습니다.

오히려 이들은 시조를 통해 일상적인 삶의 이야기들을 표현했습니다. 재미있는 이야깃거리도 있었고 욕설이나 음담패설도 들어 있었지요. 또한 권위를 풍자하거나 세태를 비판하는 내용도 적지 않았습니다. 해야 할 이야깃거리가 많아졌기 때문에 시조의 형식도 변하기 시작했습니다. 평시조의 형식적인 제약으로부터 벗어나 더 많은 내용을 시조에 담아냈지요. 초장·중장·종장의 구별은 있었지만 그것들의 길이는 점차 늘어나기 시작했습니다. 특히 중장은 평시조의 두 배 내지 세 배를 넘는 경우도 많았습니다. 이처럼 평시조보다 길어진 시조를 사설시조라고 부릅니다. '사설이 길다'라는 관용구가 떠오르는 건 어찌 보면 자연스런 일이지요.

사랑과 그리움 듬뿍 담은 '서정성'

사설시조가 주제로 삼았던 대표적인 내용은 임에 대한 사랑이었습니다. 사대부의 시조에서는 기대하기 어려운 내용이었지요. 사대부로서 남녀상열지사라고 비난받을 수 있는 작품을 쓸 수는 없으니까요. 그런 까닭에 임에 대한 사랑은 기생들의 노래에 주로 등장했습니다. 그러다가 향유층이 넓어지면서 서민들도 사설시조를 통해 연인에 대한 그리움을 작품으로 형상화한 것입니다.

귀뚜라미, 저 귀뚜라미 가련하다 저 귀뚜라미
어찌 된 귀뚜라미인지 지는 달, 새는 밤에 긴 소리 짧은 소리 마디마디 슬픈 소리 저 혼자 울어 지낼 때 규방에 살짝 든 잠을 살뜰하게 깨우는구나
두어라, 제 비록 미물이나 외로운 밤 내 뜻 알기는 너뿐인가 하노라
– 작자 미상의 시조

현대어로 풀이해서 리듬감이 떨어졌지만 임을 향한 그리움을 표현한 대표적인 사설시조입니다. 작품 속 시적 화자는 귀뚜라미에 감정을 이입하여 귀뚜라미의 처지와 자신의 처지를 동일시하고 있습니다. 외로운 밤 혼자 지내야 하는 자신의 처지에서 볼 때 밤새 내내 울고 있는 귀뚜라미도 가련하게 느껴졌던 것입니다.

임에 대한 그리움은 사설시조에서 흔히 볼 수 있습니다. 바람도 쉬어 넘고, 구름도 쉬어 넘고, 새들도 쉬어서 넘는 고갯길을 임이 왔다고 하면 한 번도 쉬지 않고 가겠다는 시조도 있고, 임을 그리워하는 마음에 지나가는 구름의 그림자를 임 그림자로 오해했다는 내용의 시조도 있습니다. 이처럼 사설시조에는 남녀 간의 애정이 우리말로 진솔하게 표현되어 있습니다.

웃음보 간질이는 '해학성'

사설시조의 내용상 특징 중 하나는 해학성에 있습니다. 해학이라는 것은 말 그대로 우스꽝스러운 면이 있다는 것입니다. 구름 그림자를 임으로 착각한다든가, 답답한 심정 때문에 가슴에 창문을 내고 싶다든가, 게젓 장수가 게젓 하나를 팔면서 온갖 유식한 말을 한다는 등의 상황은 듣는 이들에게 웃음을 짓게 합니다.

개를 열 마리 넘게 기르지만 이 개처럼 얄미우랴
미운 임이 오면 꼬리를 회회 치면서 치뛰락 내리뛰락 반겨서 내닫고 고운 임 오게 되면 뒷발을 바둥바둥 물러섰다가 나왔다가 캉캉 짖어 돌려 보내는 요 암캐야
쉰밥이 그릇 그릇 난들 너 먹일 줄 있으랴
– 작자 미상의 시조

미운 임이 오면 꼬리를 치며 반기고 고운 임이 오면 캉캉 짖는 개가 있다면 그 개를 어떻게 해야 할까요? 주인이 개를 오래 돌보지는 않을 것 같네요. 하지만 실제로 개에게 무슨 잘못이 있을까요? 잘못이 있다면 오지 않는 임에게 있지요. 종로에서 뺨 맞고 한강에서 눈 흘기는 격이랄까요. 원망해야 할 대상은 임인데 괜히 개에게 화풀이를 하고 있네요. 이런 상황을 지켜보노라면 은근히 웃음을 짓지 않을 수 없지요.

권력의 횡포에 도전하는 '풍자성'

사설시조의 또 다른 특징으로는 풍자성을 들 수 있습니다. 풍자란 웃음을 통해서

기존의 권위를 무너뜨리는 것을 말합니다. 풍자는 겉으로는 우스꽝스럽지만 속으로는 비판적인 메시지를 담고 있지요. 좀 전에 소개했던 게젓 장수가 게젓을 팔면서 온갖 유식한 말을 지껄이는 우스꽝스러운 상황도 자신의 유식함을 내세우는 이들을 풍자하기 위한 것이라고 할 수 있지요.

> 두꺼비 파리를 물고 두엄 위에 치달아 앉아
>
> 건너편 산을 바라보니 흰 송골매가 떠 있거늘 가슴이 끔찍하여 펄쩍 뛰어 내닫다가 두엄 아래 자빠졌구나
>
> 모쳐라 날랜 나였기에 망정이지 피멍 들 뻔했구나
>
> – 작자 미상의 시조

위 작품은 탐관오리의 횡포와 허세를 풍자한 작품입니다. 파리는 힘없는 사람들, 즉 민중을 의미하고 두꺼비는 지방관리를 의미하지요. 송골매는 두꺼비를 잡아먹는 존재로 두꺼비보다도 더 막강한 권력을 지닌 존재입니다. 따라서 이 작품은 힘 있는 자에게는 엎드리고 힘없는 자에게는 군림하려 드는 양반, 혹은 관리를 풍자하고 있습니다. 마지막 구절에 나오는 "날랜 나였기에 망정이지 피멍 들 뻔"했다는 두꺼비의 독백은 그들의 자기합리화, 혹은 허세를 연상시킵니다. 풍자가 이루어진 것입니다.

사설시조처럼 서민들이 즐기던 풍자적인 예술 장르로는 또 무엇이 있을까요?

가장 대표적으로는 〈시집살이 노래〉를 예로 들어 보자면, 시부모의 학대와 시집살이의 고된 노동, 남편의 외도로 인한 여성의 한스러운 삶이 풍자적으로 그려져 있습니다. 작품의 일부를 감상해 보시기 바랍니다. "시아버지 호랑새요 / 시어머니 꾸중새요 / 동서 하나 할림새요 / 시누이 하나 뾰족새요 / 남편 하나 미련새요 / 자식 하나 우는 새요 / 나 하나만 썩는 샐세 / 귀먹어서 삼 년이요 / 눈 어두워 삼 년이요 / 말 못해서 삼 년이요 / 석 삼 년을 살고 나니 / 배꽃 같던 요 내 얼굴 / 호박꽃이 다 되었네 / 삼단 같던 요 내 머리 / 비사리춤(싸리나무 껍질)이 다 되었네"

023 한시는 한자로 쓰였는데 왜 국어 시간에 배우나요?

한시는 우리 문학 작품에 포함되나요? 그리고 조선 후기에는 방랑시인 김삿갓이 지은 작품도 있고, 실학자 정약용이 지은 한시도 있다는데, 어떤 내용이었나요?

한시는 우리 시가 문학에 속한다

　한시는 우리의 시가 문학에 속합니다. 한 민족의 문학은 그 민족에 속한 사람이 그 민족의 사상과 이념, 또는 정서를 그 민족의 언어로 표현해야 합니다. 따라서 한국 문학은 한국인이 한국인의 사상과 정서를 한국어로 표현한 것을 뜻합니다. 그런데 여기서 문제가 발생합니다. 우리나라는 세종이 훈민정음을 창제하기 전까지 고유의 문자가 없었기 때문입니다. 그런 까닭에 우리말로 된 노래와 시 들은 입에서 입으로 전해졌고, 한자어로 우리 민족의 사상과 감정을 표현한 작품도 적지 않았습니다. 한자로 적혀 있다고 해도 그 안에는 한민족이 지닌 고유한 사상이나 감정이 담겨 있습니다. 비록 한자로 쓰여졌지만 한시를 한국 문학으로 인정해야 하는 것은 이런 이유 때문입니다. 만약 한자로 기록된 문헌들을 모두 인정하지 않는다면 이는 우리 민족의 문화유산을 스스로 버리는 일이 될 것입니다.

을지문덕도 신사임당도 한시 작가

한시가 창작된 것은 아주 오래전부터입니다. 삼국 시대에 이미 을지문덕이 지은 「여수장우중문시」가 있었고 신라 말기에 최치원이 지은 작품들도 지금까지 남아 있습니다. 고려 시대에도 한시는 적극적으로 창작되었습니다. 고려는 광종 시절부터 과거를 실시하였는데 이를 계기로 한문학이 크게 발전했던 것입니다. 정지상, 이제현, 이인로, 이규보, 이색 등 뛰어난 한시를 남긴 이들이 고려 시대에 많았습니다.

조선 시대에도 뛰어난 한시 작가들이 많았습니다. 기생 황진이, 그리고 그와 인연이 있던 서경덕과 임제, 세조의 왕위 찬탈에 반발하며 세상을 떠돌았던 『금오신화』의 작가 김시습, 「홍길동전」을 지은 허균과 그의 누이 허난설헌, 이율곡의 어머니인 신사임당 등 당대에 내로라하는 명성을 지닌 이들은 모두 한시를 잘 지었습니다.

방랑시인 김삿갓, 풍자적인 시를 짓다

자, 이제 여러분이 질문했던 방랑시인 김삿갓을 알아볼까요? 그의 원래 이름은 김병연입니다. 양반가에서 태어났지만 가문이 몰락하여 숨어 지내다가 사면을 받아 과거에 급제한 인물이지요. 과거에 급제할 당시 김병연은 홍경래의 난에 항복한 김익순을 비판하는 글을 답으로 써냈는데 사실은 그가 비판한 김익순이 김병연의 조부였습니다. 뒤늦게 이 사실을 알게 된 김병연은 벼슬을 버리고 스스로를 하늘을 볼 수 없는 죄인이라 생각하고 큰 삿갓을 쓰고 다녔습니다. 그 까닭에 사람들이 그를 두고 김삿갓이라고 부른 것입니다. 김병연은 전국을 방랑하면서 시를 남겼는데 그의 작품 중에는 권력자와 부자를 풍자한 것이 많아 민중시인으로 불립니다.

일출원생원日出猿生原 해 뜨자 원숭이가 언덕에 나타나고

묘과서진사猫過鼠盡死 고양이 지나가자 쥐가 다 죽네

황혼문첨지黃昏蚊檐至 황혼이 되자 모기가 처마에 이르고

야출조석사夜出蚤碩士 밤 되자 벼룩이 자리에서 쏘아 대네

— 김병연, 「원생원元生員」

이 시는 김병연의 풍자적인 경향을 바로 알 수 있는 작품입니다. 시의 해석을 보면 등장하는 것들이 사람이 아니라 원숭이와 쥐, 모기, 벼룩과 같은 미물이라는 것을 쉽게 알 수 있습니다. 그런데 한시의 원문을 보면 '원생원', '서진사', '문첨지', '조석사'라는 말이 눈에 띕니다. 이 말에서 각각 '원숭이 원猿', '쥐 서鼠', '모기 문蚊', '벼룩 조蚤' 자를 떼어 내 볼까요. 그럼 생원, 진사, 첨지, 석사라는 말이 남습니다. 어디선가 많이 들어본 말이지요. 특히 생원과 진사는 조선 시대를 다룬 TV드라마나 영화에서 많이 접했을 것입니다. 생원은 생원시에 합격한 사람을, 진사는 진사시에 합격한 사람을 가리키는데 생원시, 진사시는 모두 조선 시대 과거시험이었지요. 그렇다면 첨지와 석사는 무슨 뜻일까요? 첨지는 나이 많은 남자를 가리키는 말, 석사는 벼슬하지 않은 양반을 가리키는 말입니다. 그러니까 이 시는 생원, 진사, 첨지, 석사처럼 마을에서 유세를 떠는 사람들을 각각 원숭이, 쥐, 모기, 벼룩에 비유한 것입니다. 조선 후기에 민중을 핍박하고 못살게 굴던 지방관리와 유지 들을 이처럼 풍자한 것입니다. 자, 김삿갓이 어떻게 풍자를 작품 속에서 활용하고 있는지 알겠지요?

정약용, 백성의 삶을 건강하게 표현하다

다산 정약용은 조선 후기 실학을 집대성한 인물입니다. 또한 거중기를 이용하여 수원 화성을 건설하는 등 실질적인 일들에도 힘을 썼지요. 『목민심서』, 『경세유표』 등 다양한 저서를 남긴 인물이기도 합니다. 그는 한시도 많이 남겼습니다. 그의 작품은 현실을 사실적으로 묘사하며 실사구시 정신을 담고 있는 것이 특징이지요.

신추탁주여동백 新蒭濁酒如湩白 새로 거른 막걸리 젖빛처럼 뿌옇고

대완맥반고일척 大碗麥飯高一尺 큰 사발에 보리밥, 높기가 한 자로세

반파취가등장립 飯罷取枷登場立 밥 먹자 도리깨 잡고 마당에 나서니

쌍견칠택번일적 雙肩漆澤翻日赤 검게 탄 두 어깨 햇빛 받아 번쩍이네

호사작성거지제 呼邪作聲擧趾齊 옹헤야 소리 내며 발 맞춰 두드리니

수유맥수도랑자 須臾麥穗都狼藉 삽시간에 보리 낟알 마당에 가득하네

— 정약용, 「보리타작」 중에서

이 시에는 사대부의 한시에서 보기 어려운 장면이 담겨 있습니다. 바로 농민들의 생활상입니다. 사대부들은 주로 자연을 그리거나 유교적인 이념을 노래했는데 이 작품에는 보리를 타작하는 농민의 건강한 모습이 표현되어 있습니다. 인용에는 누락되어 있지만 이어지는 구절에는 "마음이 몸의 노예 되지 않았네"라는 표현이 있는데, 이는 농민의 삶이야말로 육체와 정신이 일치하는 생활이라며 그렇지 못한 사대부와 자기 스스로를 성찰하는 것으로 볼 수 있지요. 이처럼 정약용은 실사구시 정신을 바탕으로 현실의 건강한 모습을 그려 냈습니다.

뜬금있는 질문

정약용은 주로 어떤 작품들을 지었나요?

정약용은 학자이기 이전에 시인이었습니다. 그가 지은 시들은 대부분 삶의 현장을 사실적으로 그린 것이었지요. 그는 19세기 초 조선의 농촌 사회를 구석구석 섬세하게 살펴보고 당대 사회의 모순을 사실적으로 묘사하기 위해 노력하였습니다. 봉건적 신분 제도의 모순, 과거 제도의 폐해 비판 등도 정약용 시의 주제의식이었습니다. 또한 그는 「조선시 선언」이라는 글을 통해서 조선 사람이 조선 사람의 정서를 표현하면서 중국 시의 율격에 얽매일 필요가 없다고 말하는 등 주체적인 문화적 태도를 갖춘 인물이었습니다.

part. 02

고전
산문·소설

국어 선생님도 궁금한 101가지 문학질문사전

024 이야기는 누가 발명했나요?

우리는 이야기에 둘러싸여 있는 것 같아요. 그리스·로마 신화도 알고 보면 이야기인 것 같고, 설악산 울산바위 전설처럼 어느 지역에 얽힌 이야기도 있는 것 같아요. 이야기는 어떻게 생겨났고, 어떤 종류가 있나요?

여러 사람의 입이 만들어 낸 인류의 발명품

우리가 살아가는 세상에는 참으로 많은 이야기가 존재합니다. 소설도 이야기이고, 신화와 전설도 이야기이지요. 그런데 예로부터 전해 내려오는 이야기 대부분은 처음부터 글로 창작되기보다는 입에서 입으로 전해져 내려오다가 기록된 경우가 많습니다. 입에서 입으로 전해져 온 문학을 구비 문학이라고 부릅니다. 이런 경우 특정한 작가가 있다고 보기도 어렵고 잘 만들어진 이야기 구조를 갖추기도 어렵습니다.

이에 반해 소설은 이야기이기는 하지만 처음부터 작가가 자신의 생각을 표현하기 위해 의도적으로 만들고 문자로 기록한 것이므로 구비 문학이라고 할 수 없지요. 그래서 우리는 구비 문학에 속한 이야기를 보다 정확한 말로, 곧 설화로 바꿔 불러야 하겠습니다. 설화는 입에서 입으로 전해지는 이야기를 가리키는 말이지요.

설화는 크게 신화, 전설, 민담으로 나뉩니다. 신화는 그리스·로마 신화처럼 신이나 신적인 인물이 주인공이 되어 전개되는 이야기이며, 전설은 영웅이 주인공으로 등장하는 이야기입니다. 이에 반해 민담은 평범한 사람들의 이야기이지요. 모두 그런 것은 아니지만 대체로 그렇다는 말입니다. 신화, 전설, 민담은 어떤 차이가 있을까요? 단지 주인공이 다르다는 차이점뿐일까요?

신화를 만든 질문 : 세상은 어떻게 만들어졌나?

현대의 학자들은 고대인들이 자연 현상을 이해하기 위해 신화를 지었을 것이라 추측합니다. 현대인들이 자연 현상을 탐구하듯이 고대인들도 자연 현상에 관심이 깊었습니다. 그들은 세상이 어떻게 만들어졌는지, 해와 달은 어떻게 뜨고 지는지, 사람은 어떻게 해서 만들어졌으며 그 밖의 동식물도 어떻게 만들어졌는지를 궁금해 했지요. 이런 궁금증이 천지창조와 같은 신화를 만들어 낸 원동력이었습니다. 그리스·로마 신화라든가 기독교의 『성경』은 모두 이러한 천지창조 신화를 포함하고 있습니다. 아쉽게도 우리나라에는 문헌으로 전해지는 천지창조 신화가 존재하지 않습니다. 무당들의 노래에 간혹 등장하여 무속 신화로 구전되고는 있지요.

역사가 발전하고 국가가 생겨나면서 사람들은 자기 나라를 다른 국가보다 훨씬 우월한 나라로 만들고 싶은 욕망을 지니게 됩니다. 또한 통치권이 하늘로부터 부여받은 정당한 것임을 널리 알리는 일도 필요했지요. 그런 과정에서 만들어진 신화가 건국 신화입니다. 통치자는 건국 신화를 통해서 국가의 통치 기반을 확실하게 다지고 지배 권력의 정당성을 얻을 수 있었습니다.

천지창조 신화는 물론이고 건국 신화에 등장하는 주인공들은 모두 한결같이 신이거나 신적인 존재입니다. 이야기에 신성성을 부여하면 이야기를 받아들이는 이들은 모두 신의 후손이거나 적어도 신의 지배를 받는 축복받은 민족이 됩니다. 우리를 다스리는 분이 하느님의 아들이거나 적어도 하늘의 명을 받은 인물이라고 할 때 지배를 받는 사람들도 스스로 우월감을 지니게 되지요.

전설은 진실한 이야기, 민담은 흥미 위주의 이야기

전설은 신화와 달리 신이나 신적인 존재가 아니라 사람이 주인공입니다. 하지만 그 중에서도 비범한 인물이 주인공이지요. 평범하지 않은 사람이, 때로는 영웅이 주인공입니다. 전설은 신성성을 지니지 않는 대신 진실성을 지니고 있는 이야기이지요. 우리 설화 중에서 대표적인 전설은 '바보 온달' 이야기를 들 수 있습니다. 이 작품의 등장인물은 평강공주와 온달장군인데 이 두 사람은 역사 속에 등장하는 인물입니다. 이야기가 전개되는 구체적인 시간과 장소도 등장하지요. 그러므로 전설은 진실성을 지닌 이야기라고 할 수 있습니다.

또한 전설은 특정한 장소성을 지니고 있는데 예를 들자면 설악산에 있는 울산바위에 관한 전설을 들 수 있습니다. 하늘이 세상을 만들 때 아름다운 명산을 만들기 위해 각지의 이름난 바위를 모으던 중 울산에 있던 바위도 그곳에 가고자 했으나 덩치가 너무 커서 잠시 쉬게 되었는데 그 사이에 금강산 1만 2,000봉은 모두 만들어지고 울산바위는 어쩔 수 없이 설악산에 자리를 잡았다는 이야기이지요. 각 지역에는 이처럼 지명과 관련된 이야기들이 많이 있는데 이것들이 바로 전설에 해당합니다.

신화와 전설에 비해 민담은 흥미 위주의 이야기입니다. 우리가 흔히 재미있는 옛날이야기라고 하는 것은 민담에 해당합니다. 어릴 때 읽었던 '혹부리 영감' 이야기라든가, '호랑이와 곶감' 이야기, 각종 도깨비 이야기들은 민담에 해당합니다. 민담은 뚜렷한 시간과 장소가 나타나지 않으며 평범한 사람이 주인공이라는 것도 특징입니다.

설화는 현재진행중

설화를 단순히 옛날이야기라고 볼 수는 없습니다. 지금도 우리가 여전히 신화와 전설, 민담을 즐기면서 살아가고 있기 때문이지요. 요즘 TV드라마라든가 영화를 보면 설화를 소재로 삼고 있는 것들이 적지 않습니다. 단군 신화 이야기가 드라마 〈태왕사신기)에 등장하기도 했고, 드라마 〈주몽〉도 고구려 주몽 신화를 토대로 만들어졌지요. 〈공주의 남자〉도 수양대군의 딸과 김종서의 아들이 서로 사랑했다는 설화를 바탕으로 제작되었습니다. 이처럼 설화는 현재에도 드라마와 영화를 비롯한 수많은 문화 콘텐츠의 뿌리가 되고 있습니다.

설화 중에 근원 설화라는 것이 있던데 무엇을 뜻하는 말인가요?

근원 설화에서 근원은 무엇의 뿌리가 된다는 뜻입니다. 근원 설화라는 용어는 우리의 고전 판소리 소설을 공부할 때 등장하지요. 「춘향전」, 「심청전」, 「흥부전」 같은 판소리 소설은 누구 한 사람의 작품이 아닙니다. 전해져 오는 옛날이야기에 다른 이야기를 덧붙여서 만들어 낸 소설이지요. 그 옛날이야기에 해당하는 것이 바로 근원 설화입니다. 우리 고전 판소리 소설의 근원 설화는 각각 다음과 같습니다. 「춘향전」─도미 설화, 「심청전」─효녀 지은 설화, 「흥부전」─방이 설화, 「토끼전」─구토 설화 등이지요. 대표적으로 하나씩만 대응시켰지만 하나가 아니라 여러 개의 근원 설화가 어우러지는 가운데 각각의 판소리 소설이 탄생했다고 보는 것이 적절합니다.

025   우리는 정말 곰의 자손인가요?

단군 신화에는 곰과 호랑이가 등장하는데 어째서 많은 동물 중 곰과 호랑이를 등장시켰나요? 단군 신화가 사실이라면 우리 민족은 모두 곰의 자손인가요?

곰과 호랑이, 하늘을 섬기던 사람들

세계 모든 지역의 신화에는 상징성이 있습니다. 단군 신화도 예외가 아닙니다. 따라서 신화 속에 등장하는 곰과 호랑이는 상징으로 해석할 수 있습니다. 일단 곰과 호랑이는 곰과 호랑이를 토템으로 섬기는 부족이었을 가능성이 있습니다. 토템이란 원시 부족들이 신성하다고 생각하여 섬기는 자연물을 뜻합니다. 즉 원시 한반도에 곰을 숭배하는 부족과 호랑이를 숭배하는 부족이 있었다고 추측해 볼 수 있습니다. 그리고 그곳에 좀 더 발달된 문명을 지닌 하늘을 섬기는 부족이 옮겨 왔는데 곰 부족은 하늘 부족과 화합하여 살아갔던 반면에 호랑이 부족은 조화를 이루지 못하고 쫓겨 간 것이라고 해석할 수 있지요. 단군 신화의 환웅과 웅녀의 결합은 곧 곰 부족과 하늘 부족의 결합으로 이주민과 원주민의 화합에 의해 고조선이 건국되었음을 상징한다고 할 수 있습니다. 자, 이제 단군 신화의 다른 상징성도 살펴볼까요?

바람과 비, 구름이 말해 주는 것들

고대인들은 대부분 농경과 목축을 하며 살아갔습니다. 농경과 목축에 있어 가장 중요한 것은 하늘의 상태였지요. 하늘이 비를 내려야 농사를 짓고 가축들에게 물을 먹일 수 있었지요. 따라서 하늘은 고대인들에게는 숭배의 대상이었습니다. 그래서 고대인들은 하늘의 후손임을 자처하곤 했습니다.

단군 신화에서 단군이 환웅의 자식이고 환웅은 다시 환인, 곧 하늘의 자식인데 이렇게 볼 때 단군은 곧 하늘의 자손이 됩니다. 그리고 단군이 만들고 다스린 나라의 백성은 하늘의 백성이 되지요. 선택받은 백성인 것입니다. 따라서 단군 신화에서 환웅이 인간 세계로 내려와 신시를 열고 웅녀와 함께 단군을 낳았다는 이야기는 우리 민족이 하늘의 자손임을 세상에 널리 알리는 것이라고 할 수 있습니다.

여기서 한 가지 더 주목할 것은 환웅이 인간 세계에 내려올 때 풍백, 우사, 운사를 거느리고 왔다는 것입니다. 풍백과 우사와 운사는 각각 바람과 비와 구름으로 농경 사회에서 가장 중요한 매일의 일기를 결정짓습니다. 그리스 · 로마 신화에서 등장하는 전쟁의 신 아테네, 미의 여신 아프로디테, 대장장이 신 헤파이스토스와 같은 존재가 아니라 풍백, 우사, 운사를 거느린 까닭은 고조선이 농사를 지으며 살아갔거나 적어도 농사를 중요하게 여긴 나라였음을 상징합니다.

신화는 안경이다!

단군 신화에서 가장 믿기 어려운 것은 아마도 곰이 쑥과 마늘을 먹고 인간이 된다는 설정일 것입니다. 그런데 이 내용을 고대 사회의 성인식을 상징적으로 표현했다고 볼 수도 있습니다. 지금도 세계의 원시 부족들은 성인식을 치릅니다. 아마존의 어느 부족은 긴 회초리로 아이를 인정사정없이 때리며 그것을 견뎌 내면 성인으로 인정을 해 주고, 그렇지 않을 경우에 다시 아이로 취급하기도 하지요. 고대 그리스의 스파르타에서도 성인식으로 고된 매질을 했다고 전해지고 있습니다. 미성숙한 존재가 성숙한 존재가 되기 위해서는 마땅히 통과해야 할 의식이 있었던 것입니다.

이를 일반적으로 통과의례라고 부르는데 단군 신화에서 곰이 인간이 되기 위해서 겪는 고통이 바로 통과의례이자 성인식이라고 할 수 있지요. 동굴 속에서 햇빛 한 점 보지 못한 채 쑥과 마늘로 견뎌야 하는 것은 더없는 고통이지만 그 고통을 겪고 난 뒤에는 성숙한 존재로 받아들여질 수 있는 것입니다.

여기서 쑥과 마늘도 상징적인 의미가 있습니다. 여러분이 잘 알다시피 쑥과 마늘은 향이 강해서 예로부터 사악한 기운을 내쫓는 것으로 알려져 있습니다. 특히 마늘은 서양 민담 속에서도 흡혈귀들이 가장 싫어하고 두려워하는 것으로 설정이 되어 있지요. 따라서 단군 신화에서는 쑥과 마늘이 짐승의 성격을 사라지게 하는 효험이 있는 것으로 받아들일 수 있습니다.

자, 어떻습니까. 신화를 허황된 이야기로만 받아들여서는 안 되겠다는 생각이 들지 않나요? 이처럼 신화는 고대 사회를 이해하는 하나의 안경이라고 생각할 수 있겠습니다.

뜬금있는 질문

왜 '곰'을 신으로 섬겼어요?

토템은 원시 부족 사회에서 신앙의 대상이었습니다. 따라서 토템에는 상징성이 부여되어 있다고 할 수 있지요. 그렇다면 '곰'에는 어떤 상징성이 있을까요? 대개 곰은 겨울에 깊은 잠에 빠집니다. 그런데 겨울은 자연이 생명 활동을 잠시 쉬는 시점이기도 하지요. 그러니까 곰이 자면 자연도 자고, 곰이 깨면 자연도 깨어나는 것입니다. 따라서 곰은 자연을 재생하고 부활시키는 상징성을 지닐 수 있겠지요. 이런 점 때문에 '곰'은 원시 부족 사회에서 토템으로 자리를 잡았던 것으로 추측할 수 있습니다.

026　우리나라 영웅은 왜 알에서 태어나는 건가요?

전설 속에 등장하는 영웅들은 시작부터 다른 것 같아요. 새나 거북이도 아닌데 알에서 태어나고……. 영웅들은 대체 왜 이런 이상한 탄생 비화를 지니게 된 건가요?

우린 조력자!

영 웅

영웅의 조건 하나, 고귀한 혈통

　이야기 속의 영웅들은 아주 오래전부터 세계 곳곳에 존재해 왔습니다. 고대 그리스·로마 신화에 등장하는 아킬레우스라든가 헤라클레스, 그리고 『성서』에 등장하는 모세도 모두 민족의 영웅이라고 할 수 있지요. 우리나라에도 영웅이 존재했습니다. 고구려를 세운 주몽을 시작으로 고대 왕국부터 조선에 이르기까지 숱한 영웅들이 활약을 했습니다. 그런데 이 영웅들은 각각 태어난 지역과 시대가 다름에도 불구하고 비슷한 점이 있었습니다. 그들의 일대기를 살펴보면 평범한 인간의 삶과는 다른 특징들이 적지 않습니다.

일단 영웅은 고귀한 혈통을 지니고 태어납니다. 그리스 신화에 등장하는 아킬레우스는 바다의 여신 테티스와 인간 남자 사이에서, 헤라클레스는 신들의 왕 제우스와 인간 여자 사이에 태어난 인물입니다. 그 누구보다도 고귀한 혈통을 타고난 것입니다. 우리나라의 주몽도 고귀한 혈통이었습니다. 여러분도 잘 알다시피 주몽은 해모수와 유화 사이에서 태어난 인물입니다. 해모수는 천제하느님의 자식이었고, 유화는 물의 신 화백의 딸이었지요. 따라서 주몽은 하늘의 신과 물의 신이 결합하여 탄생한 고귀한 혈통을 지닌 인물이었습니다. 이처럼 영웅들은 고귀한 혈통을 지니고 있었습니다.

둘, 기이한 출생

영웅들은 대개 출생 상황 또한 독특했습니다. 대표적으로 술의 신 디오니소스는 제우스와 세멜레 사이에서 잉태되어 세멜레가 죽자 제우스의 허벅다리 속에서 달을 채우고 태어나지요. 『성서』에서 예수의 탄생도 신비롭기는 마찬가지인데 처녀가 잉태하여 아이를 낳았으니 기이한 출생이라고 할 수 있습니다. 우리나라의 주요 영웅들 — 주몽, 김수로, 김알지 등이 알에서 태어난 사실은 여러분도 익히 알고 있을 것입니다. 이처럼 영웅들은 고귀한 혈통을 지닌 채 기이한 출생을 했던 배경이 있습니다.

셋, 재능 혹은 괴력의 소유자

영웅들은 자라면서 범인이 지닐 수 없는 능력을 얻게 됩니다. 돌연변이로 태어난 인간들이 초능력을 발휘하여 악당을 물리치는 영화 〈엑스맨〉처럼, 기이하게 태어난 까닭인지 영웅들에게는 특별한 힘이 있었습니다. 주몽은 활을 잘 쏘는 재주를 지니고 있었습니다. 어머니 유화가 갈대로 활과 화살을 만들어 주었더니 주몽이 그것으로 파리를 쏘아 맞혔다지요. 그리스·로마 신화에 등장하는 아킬레우스는 아킬레스건에 난 상처를 제외하고는 그 어떤 상처도 회복할 수 있는 능력을 지니고 있었고 헤라클레스는 엄청난 힘을 지닌 존재였지요. 이처럼 영웅들은 비범한 능력을 지니고 있었습니다.

넷, 고난의 성장기

하지만 이런 재주로 인해서 영웅들은 시기와 질투의 대상이 되기도 합니다. 고구려의 주몽은 어려서부터 매우 총명하고 활을 잘 쏘았으며 성장할수록 재능이 출중해졌습니다. 부여의 일곱 왕자들이 무리를 거느리고 겨우 사슴 한 마리를 잡는 동안 주몽은 혼자서 사슴 여러 마리를 쏘아 잡을 정도였지요. 부여 왕자들은 이를 질투하여 주몽을 나무에 매어 두었으나 주몽은 나무까지 뽑아서 이고는 궁으로 돌아왔습니다. 마침내 왕자들은 아버지 금와왕에게 주몽을 죽일 것을 요구합니다.

주몽은 목숨을 부지하기 위해 마구간을 청소하는 허드렛일을 맡았는데 천손의 후손으로서 심히 부끄러움을 느꼈지요. 그는 더 이상 비참한 생활을 할 수 없어 부여를 탈출하고자 합니다. 하지만 이를 눈치챈 왕자들이 무리를 이끌고 주몽을 쫓기 시작하지요. 주몽은 절체절명의 위기를 맞습니다. 뒤에는 부여의 왕자들이 쫓아오고, 앞에는 '개사수'라는 강물이 흐르고 있었습니다.

다섯, 조력자

주몽은 절망 속에서 하늘을 우러러 이렇게 외칩니다. "나는 천제의 손자요, 하백의 외손으로서 지금 난리를 피해 이곳에 이르렀으니 나를 불쌍히 여겨 급히 다리를 만들어 주소서." 마치 『성서』의 모세가 이집트 군대에 쫓겨 홍해를 맞닥뜨리고 야훼 신에게 외치는 소리와 비슷하지요.

자, 어떻게 되었을까요. 모세가 바닷물을 가르고 길을 낸 것처럼 주몽은 물고기와 자라 들이 만들어 낸 다리를 타고 강을 건너갈 수 있었습니다. 물론 뒤쫓아 오던 부여군은 다리가 없어지자 이내 물에 빠져 죽습니다. 주몽은 어떻게 위기를 극복했나요? 그것은 조력자의 도움이 있었기 때문에 가능했습니다. 영웅 이야기에는 영웅을 돕는 사람들이 한 번쯤 등장하기 마련입니다.

여섯, 승리

영웅은 마침내 승리자가 됩니다. 주몽은 강을 건너고 난 뒤에 나라를 세웠습니다.

위기를 극복하고 승리를 얻은 것입니다. 물론 모든 영웅담이 성공담으로 끝나는 것은 아닙니다. 전설 속에는 실패한 영웅의 이야기도 적지 않습니다. 아킬레우스라든가 헤라클레스처럼 비극적인 영웅들도 있습니다. 그러나 세계의 수많은 영웅 이야기를 종합한 학자들의 의견을 따르면 보편적으로 영웅들은 위기를 극복하고 승리를 쟁취한다고 합니다. 중세 유럽의 기사들이 용을 물리치고 성 안에 갇힌 공주를 구하는 이야기는 아주 널리 퍼져 있으며 우리나라의 영웅 소설도 대개 위기를 극복하고 승리자가 되는 것으로 결말을 맺습니다.

이야기에도 공식이 있다!

결론적으로 말해서 이야기 속의 영웅들은 ① 고귀한 혈통을 지녔고 ② 기이하게 태어났으며 ③ 비범한 재주와 능력을 갖췄고 ④ 고난과 시련에 처한 뒤에 ⑤ 조력자의 도움으로 위기를 극복하고 ⑥ 마침내 승리자가 되는 단계를 거칩니다. 물론 이런 이야기 흐름에 다른 내용이 추가되기도 하고 어떤 과정은 생략되기도 하겠지만 보편적인 영웅의 일대기는 위와 같다고 할 수 있습니다.

영웅의 일대기가 소설로 드러난 예에는 어떤 것이 있나요?
우리나라 고전 소설에는 영웅이 주인공인 경우가 많습니다. 그래서 영웅 소설이라는 장르마저 생겨났지요. 가장 대표적인 소설로는 「홍길동전」이 있고, 이 밖에 「유충렬전」, 「전우치전」도 영웅 소설에 속합니다. 그리고 김만중의 「구운몽」에서 주인공 성진이 양소유로 살아가는 부분도 영웅 소설에 해당한다고 할 수 있습니다. 여성 영웅이 등장하는 「박씨전」도 있으니 영웅의 일대기는 소설에서 아주 흔하게 사용된 구조라고 볼 수 있습니다.

027 꽃이 말을 하고, 술이 생각을 한다고요?

어린 시절 동화책에서는 강아지똥도 말을 하고, 나무도 독백을 하고 그랬는데요……. 만화 속에서는 자동차도 말을 하고 기차도 자기 나름의 삶을 살아가고요. 혹시 고전 중에도 이런 작품이 있을까요?

의인화의 전통

여러분은 우화를 잘 알고 있을 것입니다. 주로 인간사를 동물이나 곤충의 이야기에 빗대어 교훈을 전달하는 것이지요. '개미와 베짱이', '토끼와 거북이' 등은 아주 잘 알려진 우화이지요.

우리나라에도 우화에 가까운 작품이 있습니다. 신라 때에는 설총이라는 인물이 「화왕계」를 지어서 임금이 지녀야 할 도리를 깨우쳐 주었습니다. '모란'을 꽃들의 임금으로, '장미'는 겉은 화려하고 현재의 만족만을 취하는 성향의 아첨 많은 신하로, '할미

꽃'은 미래를 위한 준비를 중히 여기는 성향의 정직한 신하로 설정하여 왕이 나아갈 방향을 깨우친 글이었지요. 이처럼 우리나라에도 오래전부터 사람이 아닌 존재를 의인화하여 표현한 이야기가 있었습니다.

가짜 전기문의 탄생

고려 때에는 신라의 「화왕계」를 더욱 발전시켜 '가전체'라는 장르가 생기기도 했습니다. 일단 가전체를 이해하기 위해서는 '전傳'을 알아야 합니다. 낯설게 생각할 필요는 없습니다. 여러분이 어린 시절 읽었던 위인전을 떠올리거나 전기문을 생각해 보세요. 바로 그것이 전입니다. 전은 인물의 출생부터 죽음에 이르기까지의 과정을 서술하고 마지막 부분에는 인물에 대한 평가를 덧붙인 글입니다. 인물의 삶을 통해서 교훈을 얻고자 하는 것이 전을 읽고 쓰는 이유이지요.

가전체는 주인공이 인물이 아니라 사물이라는 것이 독특하지요. 쉽게 말하자면 가전체는 '가짜 전기문'이라고 생각하면 됩니다. 그렇다면 어째서 실제 전기를 쓰지 않고 가전체를 이용해서 주제를 전달하고자 했던 것일까요. 바로 사물의 올바른 쓰임새도 전달하고 사람들의 생활도 함께 이야기할 수 있는 효율적인 형식이기 때문이었습니다. 이를테면 돈을 의인화하면 돈의 올바른 쓰임새를 이야기하는 한편 돈을 숭상하는 사람들의 생활을 풍자할 수도 있는 것이지요.

왜 하필 고려 중엽에?

고려 때에 가전체가 많이 등장하게 된 것은 고려 중엽 이후 사회가 무척 혼란했기 때문이라고 볼 수 있습니다. 무신란과 몽고의 침입까지 겪는 상황에서 고려 사회는 심하게 흔들리고 있었는데 이런 상황에서 가치관의 혼란을 막으려는 시도로 가전체가 지어진 것입니다. 또한 고려 중엽 이후 등장하기 시작한 신진 사대부들은 관념이 아니라 실제 사물에 대한 관심이 높았는데 이와 같은 그들의 관심이 사물을 주인공으로 삼은 가전체를 등장시킨 것이었습니다.

술도 주인공이 될 수 있다!

가전체는 등장인물이 존재하고 구체적인 시간과 공간이 있으며, 일정한 구성 단계를 거친다는 점에서 서사적이라고 할 수 있습니다. 본격적인 소설이라고 할 수는 없으나 조선 시대 소설의 형성에 큰 영향을 미친 것만은 사실이지요. 자, 그렇다면 술을 주인공으로 삼았던 작품을 소개해 보겠습니다.

술을 의인화한 작품은 두 편이 전해지고 있습니다. 한 편은 임춘이 지은 「국순전」이고 다른 한편은 이규보가 지은 「국선생전」입니다. 두 작품은 모두 술을 의인화했다는 점에서 비슷하나 술을 대하는 태도는 달랐습니다.

임춘의 「국순전」, "순이 권세를 얻고 일을 맡게 되자 ······"

임춘의 「국순전」은 술이 사람에게 미치는 영향을 언급한 것으로 술이 막힌 것을 열어 주고 굳은 것을 풀어 주기도 하지만 많이 마시면 인간을 타락시키고 망신시킬 수 있다는 점을 일깨우는 작품입니다. 주인공으로 등장하는 국순은 사람들의 기운과 사기를 높여 주고 성품이 맑아 많은 이들로부터 사랑을 받아 정계에 진출하게 됩니다. 하지만 이후에 국순은 국가의 중요한 일에 관여하여 부정하게 재산을 늘렸고 향락에 빠진 임금에게 아첨을 하며 임금의 정신을 어지럽혔습니다. 이는 당시 고려 왕실과 신하들이 술에 빠져 향락을 일삼고 타락해 버린 상황을 풍자한 것이라고 할 수 있습니다.

순醇이 권세를 얻고 일을 맡게 되자, 어진이와 사귀고 손님을 접함이며, 늙은이를 봉양하여 술 고기를 줌이며, 귀신에게 고사하고 종묘에 제사함을 모두 순醇이 주장하였다. 위에서 일찍 밤에 잔치할 때도 오직 그와 궁인宮人만이 모실 수 있었고, 아무리 근신이라도 참예하지 못하였다. 이로부터 위에서 곤드레만드레 취하여 정사를 폐하고, 순은 이에 제 입을 재갈 물려 말을 하지 못하므로 예법禮法의 선비들은 그를 미워함이 원수 같았으나, 위에서 매양 그를 보호하였다.

– 임춘, 「국순전」 중에서

이규보의 「국선생전」, "태평 얼근한 공을 이루었으니……"

반대로 이규보가 지은 「국선생전」은 역시 술을 소재로 삼고 있지만 술의 좋은 점을 더욱 부각시킨 작품입니다. 그렇다고 해서 비판적인 정신이 없었던 것은 아닙니다. 주인공인 국성은 맑은 인품과 많은 재주로 임금의 총애를 얻습니다. 하지만 관직에 나아가고 난 뒤에는 방종하여 타락하였지요. 여기까지는 「국순전」과 크게 다르지 않습니다. 하지만 국순이 끊임없이 타락한 것과 달리 국성은 이내 자신의 잘못을 뉘우칩니다. 그리고 국가가 전란에 휩싸였을 때 나라를 구해 냅니다.

사신史臣이 말하기를, "국씨麴氏는 대대로 본시 농가農家요, 성聖이 흐뭇한 덕과 맑은 재주로 임금의 심복이 되어 나라 정사를 짐작하고, 임금의 마음을 기름지게 함이 있어 거의 태평 얼근한 공을 이루었으니 장하도다. 그 총애가 극에 미쳐서는 거의 나라의 기강을 어지럽혀 비록 화가 아들에게 미쳤으나 유감이 없다 하겠다. 그러나 만절晩節이 족함을 알고 스스로 물러나 능히 천수로 세상을 마쳤다. 역易에 이르기를, '기미를 보아 이루어 나간다.' 하였으니 성聖에 거의 가깝도다." 하였다.
　– 이규보, 「국선생전」 중에서

이처럼 「국선생전」은 「국순전」과는 달리 긍정적인 결말을 맺고 있지요.

뜬금있는 질문

가전체에서 소재로 쓰였던 사물에는 어떤 것들이 있나요?
엽전을 의인화한 「공방전」은 재물을 탐내는 현실 사회를 풍자하고 비판한 작품이지요. 「저생전」은 종이를 의인화하여 문인의 도리가 무엇인지 서술하고 당시 유생들이 지닌 문제점을 비판하였습니다. 「청강사자현부전」은 거북이를, 「정시자전」은 지팡이를 의인화하여 각각 사람이 도를 깨닫고 행동해야 한다는 교훈을 전달하고 있습니다. 「죽부인전」은 대나무를 통해 현숙하고 절개 있는 여성상을 표현하면서 당대의 성문란을 풍자했습니다.

028 『금오신화』는 제목이 신화인데 왜 소설이라고 하나요?

우리나라 최초의 소설이 『금오신화』라는데 어째서 그런지 설명해 주세요.
그리고 『금오신화』의 내용은 어떤 것인지도 알고 싶어요.

최초의 한문 소설, 『금오신화』

우리나라 최초의 소설은 김시습이 지은 『금오신화』입니다. 정확하게 말하자면 이 책에 실린 다섯 편의 작품을 소설이라고 보고 있지요. 일단 소설은 서사성을 특징으로 합니다. 이야기가 있어야 한다는 뜻입니다. 인물과 사건과 배경이 갖춰져야 하지요. 그런데 여기서 이야기의 주된 인물은 '인간'입니다. 신이나 신적인 인물이 주인공인 것은 신화이지요. 이것이 전부가 아닙니다. 소설은 허구성을 지녀야 합니다. 여기서 말하는 허구성이란 실제로 일어난 일은 아니지만 삶의 진실을 담고 있는 허구성을 뜻합니다.

따라서 우스갯소리처럼 들리는 흥미 위주의 민담은 소설 속에 포함하기 어렵겠지요.

김시습의 『금오신화』는 이런 점에서 볼 때 소설로서 가장 적당한 형식과 주제를 지니고 있는 작품입니다. 먼저 등장인물, 특히 주인공은 모두 인간 사회에서 살아가는 평범한 인물들입니다. 이들은 신적인 인물도 아니고 영웅으로 묘사되어 있지도 않습니다. 다만 죽은 사람과 통하고 선녀와 용왕, 염라대왕을 만난다는 신비로운 설정이 존재할 따름이지요. 따라서 인간 주인공이 신비로운 체험을 하는 내용으로 작품이 이루어져 있다고 생각하면 됩니다. 이런 성질을 대개 전기적傳奇的이라고 부릅니다. 쉽게 말해서 세상에 전할 가치가 있을 만큼 기이한 성격의 것이라는 뜻입니다.

『금오신화』가 최초의 소설로서 평가를 받는 이유는 그 내용에도 있습니다. 대개의 신화나 전설은 인간 사회를 추구하지는 않습니다. 단군 신화를 비롯한 각종 건국 신화들은 인간 사회를 긍정하기보다는 계몽의 대상으로 생각합니다. 힘들고 연약한 인간들을 위해 신이 은혜를 베풀었다고 할 수 있습니다. 전설에서도 인간 사회가 긍정적으로 그려져 있지는 않습니다. 반면 『금오신화』에는 인간 사회를 지향하는 인물들이 등장합니다. 죽은 사람이 인간 사회에서 좀 더 살아가기 위해 이생에 더 남아 있는 것을 봐도 알 수 있습니다. 또한 『금오신화』의 인물들은 현실 속에서 여러 제도와 인습, 전쟁, 인간의 운명에 맞서 강력히 대결하려는 의지를 지니고 있습니다. 자아와 세계가 대결하는 모습이 『금오신화』에 나타나 있는 것이지요.

이러한 이유로 우리는 『금오신화』를 최초의 소설로 보고 있는 것입니다.

유교적 인습을 극복한 사랑 이야기, 「이생규장전」

『금오신화』에는 총 다섯 편의 소설이 실려 있습니다. 「이생규장전」, 「만복사저포기」, 「취유부벽정기」, 「남염부주지」, 「용궁부연록」입니다.

이 중에서 「이생규장전」은 유교적 제도와 인습을 뛰어넘어 사랑을 쟁취하는 내용을 담고 있습니다. 지금 보아도 자유분방한 연애담이라고 할 수 있지요. 주인공은 이생과 최랑입니다. 개성에 살던 이생은 글공부를 하러 다니던 중에 아름다운 최랑을 보고 사랑에 빠집니다. 이생은 자신의 마음을 전하고 두 사람은 부모 몰래 사랑에 빠집니다.

하지만 이생 부모의 반대로 두 사람은 이별하게 되지요. 갑작스러운 이별에 최랑은 시름시름 앓게 되고 이를 딱히 여긴 최랑의 부모가 마침내 이생의 부모를 찾아가 설득을 한 끝에 두 사람은 혼인을 하게 됩니다. 자, 어떤가요? 엄격한 유교적 질서가 있었던 조선 시대에 두 남녀가 자유롭게 사랑을 했다는 것 자체만으로 이 작품에는 인간의 의지가 나타났다고 말할 수 있습니다.

하지만 두 사람의 행복에는 또다시 위기가 찾아옵니다. 이생이 과거를 보러 간 사이에 홍건적의 난이 일어나 아내 최랑이 죽음을 맞이하게 된 것입니다. 운명이 인간의 의지를 꺾어 버린 셈이지요.

그러나 두 사람은 죽음의 운명을 극복합니다. 죽은 아내 최랑이 다시 환신을 하여 이생과 사랑하게 되었으니까요. 죽은 여인과 사랑한다는 설정이 황당하기는 하지만 인간의 의지가 전쟁과 죽음, 인습을 극복해 냈다는 점에서 이 작품은 충분히 소설로서 그 가치를 인정받을 수 있습니다.

삶과 죽음을 초월한 사랑, 「만복사저포기」

『금오신화』에는 죽음을 극복한 사랑 이야기가 한 작품 더 있습니다. 바로 「만복사저포기」이지요. 작품의 제목을 풀이하면 만복사에서 저포놀이를 하는 이야기입니다. 만복사는 남원에 있던 절의 이름이고 저포놀이는 주사위놀이나 윷놀이와 비슷한 놀이로 전해지고 있습니다.

주인공은 양생으로 노총각이지요. 그는 만복사의 부처와 저포놀이 내기를 해서 이깁니다. 그리고 자신의 소원대로 여자 한 사람을 얻습니다. 양생은 그녀와 더불어 3일 밤낮을 즐겁게 보내고 다시 만날 것을 약속하면서 잠시 헤어집니다. 그런데 양생이 그녀와 만났던 3일은 현세에서는 3년에 해당하는 시간이었습니다. 여자는 산 사람이 아니라 전란에서 억울하게 죽은 여인의 혼령이었지요.

이후 양생은 여자의 제사를 지내려는 부모와 우연히 마주치고 모든 사실을 알게 됩니다. 양생과 여자는 제삿밥을 나누어 먹고 영원한 이별을 맞이합니다. 여자가 자신의 한을 풀고 저승으로 가게 된 것이지요. 양생은 지리산으로 들어가 약초를 캐는 것으로 작품이 끝을 맺게 됩니다.

「만복사저포기」 역시 「이생규장전」과 마찬가지로 인간의 운명과 운명을 벗어나 사랑을 쟁취하려는 의지가 뚜렷한 대결구도를 이루고 있지요. 이처럼 『금오신화』의 작품들은 운명을 벗어나려는 인간의 의지가 나타나 있다는 점에서 최초의 소설로 볼 수 있습니다.

『금오신화』의 다른 작품들은 어떤 내용인가요?

「취유부벽정기」는 주인공 홍생이 평양의 부벽정이라는 정자에서 술에 취해 시를 읊던 중 선녀를 만나는 이야기입니다. 하룻밤을 즐겁게 보낸 뒤 선녀는 하늘로 올라가고, 홍생은 마음에 병이 들어 죽고 난 뒤 신선이 되어 하늘로 올라갑니다. 「남염부주지」는 경주의 박생이 꿈에 남염부주라는 지옥에 가서 염라대왕을 만나 귀신, 왕도, 불교에 대해 문답을 하는 내용으로 상당히 철학적인 내용을 담고 있습니다. 끝으로 「용궁부연록」은 글재주가 뛰어난 한생이 꿈속에 용궁에 초대되어 궁궐의 상량문을 지어 주고 여러 선물을 받고 돌아온다는 이야기입니다. 『금오신화』의 이야기는 현실과 비현실의 경계를 넘나들며 환상적이고 신비로운 분위기 속에서 전개되는데 이러한 특성은 조선의 전기적인 소설이 지닌 보편적 특징으로 자리를 잡게 됩니다.

029 광해군의 스승이었던 허균, 왜 참형을 당했나요?

영화 〈광해〉에도 등장하는 허균은 실제로 어떤 사람이었나요? 그는 광해군 시절에 능지처참을 당했다는데 그 이유가 무엇인가요? 그리고 그가 「홍길동전」을 지은 이유가 뭔지 알고 싶어요.

허균은 왜 서자의 삶에 관심이 많았을까?

「홍길동전」을 지은 허균은 영화 같은 삶을 살았던 인물입니다. 우리는 홍길동이 홍판서의 첩에게서 태어난 서자여서 소설을 지은 허균도 서자일 거라고 지레짐작하는 경향이 있습니다. 그러나 허균은 명문가의 자제였지요. 그의 아버지 허엽은 동인을 대표하는 인물이었고 그의 형 허성은 예조판서에 이어 이조판서를 거친 인물이었으며 누이는 여류시인 허난설헌이었으니 참으로 대단한 집안이었습니다. 그런데 어째서 허균은 첩의 자식인 서자들의 삶에 관심을 갖게 되었을까요?

허균의 스승은 허균의 둘째 형인 허봉과 그의 친구 손곡 이달이었습니다. 손곡 이달은 허난설헌의 스승으로도 알려져 있는 사람이지요. 손곡 이달은 양반 아버지와 관기 사이에서 태어난 서자였습니다. 관기는 관청에 소속되어 있는 기생이니 손곡 이달이 출세를 하는 것은 어려웠습니다. 그는 당나라 시에 뛰어나 당시 백광훈, 최경창과 함께 이름을 떨칠 정도로 뛰어난 재주를 지녔으나 출신 때문에 울분을 삼켜야 했습니다. 허균은 이러한 스승의 삶을 안타깝게 여겨서 스승이 죽은 후에는 「손곡산인전」이라는 추모의 글을 짓기도 했지요.

허균은 신분 때문에 출세를 하지 못하는 서자들을 늘 안타깝게 생각했습니다. 그래서 언제나 평등한 세상을 꿈꿨지요. 하지만 이러한 허균의 생각은 당시 사대부들에게는 위험천만한 것이었습니다. 더군다나 일곱 명의 서자가 역모를 꾸민 사건이 발생해 허균은 대단히 난처해졌지요. 허균은 결국 그를 견제하던 이들의 모함을 받아 역모죄로 잡히고 맙니다. 그리고 한때 광해군의 스승이자 친구였던 허균은 끝내 사지가 찢기는 참형을 당하게 되지요.

허균이 꿈꾼 세상, 홍길동이 펼치다

홍길동이 서자로 태어나 온갖 고난과 역경을 겪는 것은 적서차별의 폐해를 비판한 것이며, 홍길동이 탐관오리들을 물리치고 백성들을 돕는 것은 사회 개혁에 대한 허균의 꿈이 반영된 것이라고 할 수 있습니다. 「유재론」과 「호민론」의 생각은 고스란히 「홍길동전」과 이어집니다.

「유재론」, 차별 문제를 고발하다

허균의 글 속에는 그의 사상이 고스란히 담겨 있습니다. 먼저 「유재론」에는 적서차별의 문제가 나타나 있습니다.

하늘이 사람을 낼 때는 귀한 집 자식이라고 하여 풍부하게 주고 천한 집 자식이라 하여 인색하게 주지는 않는다. 그래서 옛날의 어진 임금은 이런 것을 알고, 인재를 더러 초야草野에서도 구하고 더러 항복한 오랑캐 장수 중에서도 뽑았으며, 더러 도둑 중에서도 끌어올리고, 더러 창고지기를 등용하기도 했다.

— 허균, 「유재론」 중에서

허균은 중국은 신분의 귀천을 가리지 않고 인재를 두루 쓰는 데 비해 조선은 땅덩이도 좁고 인재가 날 가능성이 없는데도 첩이 낳은 자식이라 하여 인재를 쓰지 않으니 이는 하늘이 내준 인재를 스스로 버리는 꼴이 되었다고 비판합니다. 조선 사회에서 널리 퍼져 있는 적서차별의 분위기를 정면으로 돌파하고자 했던 것입니다.

「호민론」, 미래의 혁명을 내다보다

「호민론」에서 허균은 백성을 세 부류로 나눕니다. 먼저 항민은 생계에 얽매여 있는 백성들로 자기의 권리나 이익을 주장할 의식이 없는 사람입니다. 이들은 법을 받들고 윗사람에게 부림을 당하면서 살아가지요. 원민은 수탈을 당한다는 점에서는 항민과 비슷하지만 이를 못마땅하게 여겨 윗사람을 탓하고 원망하는 백성들입니다. 하지만 이들은 모두 윗사람을 원망하는 데에 그칠 뿐이지요. 마지막으로 호민은 다른 사람들 모르게 다른 마음을 품고 있다가 때를 타서 떨쳐 일어나는 사람들입니다. 그들은 자기가 받는 부당한 대우와 사회의 부조리에 도전하는 존재이지요. 그리하여 호민이 반기를 들고 일어나면 원민이 저절로 모여들고, 항민도 살기 위해서 따라 일어서게 됩니다. 혁명이 일어나는 것이지요. 호민은 현대적인 관점에서 볼 때 시민에 해당한다고 할 수 있습니다.

왜 허균은 「홍길동전」을 '한글'로 썼나?

「홍길동전」은 한문이 아니라 한글로 쓰여진 최초의 소설입니다. 허균이 한글로 소설을 쓴 까닭은 이 작품이 일반 백성들에게도 널리 읽히길 바라는 마음이 있었기 때문이었겠지요. 그래야만 자신이 꿈꾸던 신분차별 없는 평등한 세상이 하루빨리 올 테니까요. 또한 이전의 작품들이 소재와 내용을 중국에서 따온 것들이 적지 않았는데「홍길동전」은 우리나라를 배경으로 창작되었다는 점도 높이 평가받을 만합니다.

한 가지 더「홍길동전」의 의의를 말한다면 이 작품이 최초의 영웅 소설이라는 점입니다. 설화 속에 존재하던 영웅의 일대기가 소설의 옷을 입고 새롭게 첫선을 보인 것입니다. 고귀한 가문에서 태어났지만 적자가 아닌 서자로 태어났고, 비범한 재주와 능력을 지녔으나 어려서 버림을 받아 시련을 당한 것은 모두 영웅 일대기의 구조와 일치합니다. 또한 시련을 극복하고 승리자가 되어 율도국을 다스린다는 설정도 기존 영웅담의 결말과 크게 다르지 않지요.「홍길동전」은 조선 후기 다양한 영웅 소설이 나타나는 계기가 됩니다.

우리나라 고전 작품 중에 영웅을 소재로 한 소설에는 어떤 것들이 있나요?

「홍길동전」이후 다양한 영웅 소설이 창작됩니다.「전우치전」,「유충렬전」,「임경업전」,「조웅전」 등은 모두 영웅 소설이며「홍길동전」과 크게 다르지 않은 구조를 지니고 있습니다. 특히「전우치전」은 사회의 부조리 타파와 개혁의식이 드러난 점에서「홍길동전」과 비슷하고「유충렬전」은 간신의 모함에 빠져 고난을 당하던 주인공 유충렬이 위기를 극복하고 국가와 임금을 구해 낸다는 점에서 전형적인 영웅의 일대기를 보여 주고 있습니다.

030   왜 「구운전」이 아니라 「구운몽」인가요?

고전 소설의 제목은 대개 「흥부전」, 「토끼전」, 「홍길동전」처럼 '전'이라는 말로 끝나는 경우가 많은 것 같아요. 그런데 왜 김만중의 「구운몽」은 '몽' 자로 끝나나요? 그 이유를 알고 싶어요. 또 제목에 어떤 의미가 있는지도 설명해 주세요.

인생은 '전'으로 남기보다 '꿈'처럼 사라지는 것?

김만중의 소설 「구운몽」의 전체적인 줄거리는 다음과 같습니다. 중국 당나라 때 남악 형산 연화봉에서 주인공 성진이 육관대사 밑에서 도를 닦고 있었습니다. 그러던 어느 날 성진은 육관대사의 명을 받아 용왕에게 인사를 다녀옵니다. 그런데 그곳에서 성진은 용왕의 권유로 술을 받아 마십니다. 또한 돌아오는 길 위에서 여덟 명의 선녀들과 희롱을 주고받습니다. 절에 돌아온 성진은 선녀들의 모습을 떠올리며 세속의 부귀영화를 생각하게 되고 이를 알아챈 육관대사에 의해 연화도장에서 쫓겨나게 됩니다. 물론 여덟 명의 선녀들도 내쫓기게 되지요. 성진은 인간 세상에서 양소유로 환생하여 두 명의 아내와 여섯 명의 첩을 얻습니다. 그들은 사실 천상에서 쫓겨난 팔선녀들이지요. 양소유는 국가에 큰 공을 세워 승상의 자리에 올라 온갖 부귀영화를 누리고 벼슬에서 은퇴하지요. 어느 날 양소유는 인생의 부귀영화가 모두 헛되다는 것을 깨닫고 인도로 가서 불도를 닦으려 하지요. 그 순간 늙은 스님이 나타납니다. 다름 아닌 육관대사였지요. 육관대사에 의해 꿈에서 깨어난 성진은 양소유로 살아갔던 세월이 모두 하룻밤 꿈이었다는 것을 비로소 깨닫습니다. 성진은 자신의 잘못을 깨우치고 육관대사의 설법을 받들어 팔선녀와 함께 참된 진리를 얻게 됩니다. 세상의 온갖 부귀와 명예, 권세가 하룻밤 꿈과 같이 지나가 버린 것이지요.

이렇게 보면 '구운몽'이라는 제목에서 '구九'는 성진과 팔선녀를 가리키고 '운雲'은 덧없이 흘러가는 인생을 빗대고 있다고 할 수 있습니다. 그리고 '몽夢'은 주인공 성진이 부귀공명이 덧없다는 것을 깨닫기 위해 통과해야 했던 꿈이라는 무대를 뜻하지요. 작품의 전체적인 내용이 꿈 이야기가 주를 이루고 있으므로 '전傳'이라는 말보다는 '몽夢'이라고 하는 것이 작품의 성격을 잘 나타내 줄 수 있을 것입니다. 또한 '전'이 한 개인의 삶에 초점을 맞춰 그 사람을 평가하는 것이므로 이 소설처럼 다양한 인물들이 깨달음을 얻는 경우에는 '전'이라는 명칭이 적절하다고 할 수 없지요.

「구운몽」에 나타난 유 · 불 · 선 사상

「구운몽」은 우리나라 고전 소설에서 상당히 큰 의미를 지니고 있습니다. 사대부들이 소설을 긍정적으로 평가하기 시작한 것도 「구운몽」이 발표된 이후였고, 꿈과 현실의 구조가 소설 속에 정착된 것도 「구운몽」 이후부터였습니다. 또한 김만중의 우리말 사랑이 드러난 작품으로 한글로 지어진 점도 큰 의미를 지닙니다.

「구운몽」의 빼놓을 수 없는 가치는 유교와 불교, 그리고 도교의 세계관을 한 작품 속에 아주 잘 어울리도록 배치했다는 점에도 있습니다. 세 가지 사상은 모두 동양의 철학임에도 불구하고 그 차이가 분명했습니다. 그런데 소설 「구운몽」은 이러한 사상들을 모두 포괄하는 내용으로 되어 있지요.

가장 먼저 눈에 띄는 것은 유교적 가치관입니다. 「구운몽」의 꿈속 주인공 양소유는 어려서 아버지를 잃고 어머니의 보살핌 속에 자랍니다. 이는 작가 김만중의 어린 시절이 그대로 반영된 것이지요. 홀어머니의 고생을 보고 자란 양소유는 언제 어디를 가서든 어머니를 걱정하고 좋은 일이 있을 때 어머니를 찾아 잔치를 베풀지요. 유교의 효 사상을 그대로 반영하고 있는 것입니다. 또한 양소유는 국가가 위기에 처했을 때 큰 공을 세우는데 이는 유교의 충 사상이 반영되었다고 볼 수 있습니다.

다음으로 불교적 가치관을 들 수 있습니다. 불교는 이 작품의 주제의식과도 통합니다. 양소유가 벼슬에서 물러나 불교의 가르침을 받으러 인도에 간다는 설정이나 성진이 꿈속에서 깨어나 불교에 귀의하는 내용, 팔선녀가 머리를 깎고 여승이 된다는 설정은 모두 불교의 영향이라고 할 수 있습니다. 특히 소설의 마지막 장면에 등장하는 '모든 것이 물거품 같고, 그림자 같고, 이슬과 번개와 같다'는 불교 경전 『금강경』의 한 구절은 이 작품이 불교의 주제의식을 담고 있다는 단적인 증거가 되어 주지요.

마지막으로 도교의 영향입니다. 「구운몽」에는 비현실적인 내용들이 자주 등장합니다. 용왕과 팔선녀가 등장한다든지, 양소유의 아버지가 옥황상제의 명을 받고 신선이 된다는 내용은 당시 조선 사회에 널리 퍼져 있던 도교적 세계관이 반영된 것이지요.

꿈을 소재로 한 소설에는 어떤 것들이 있나요?
꿈을 소재로 한 소설은 크게 몽자류 소설과 몽유록 소설로 나누어집니다. 몽자류 소설은 현실—꿈—현실의 구조를 지닌 작품으로 「구운몽」처럼 어떤 인물이 꿈을 꾸어 다른 인물의 삶을 경험하다가 꿈을 깨어 다시 자신의 모습으로 되돌아오는 구조로 되어 있습니다. 「구운몽」의 영향을 받은 「옥루몽」과 「옥련몽」이 그 예이지요. 몽유록 소설은 서술자가 꿈꾸기 이전 자신의 모습을 유지한 채 꿈속 세계로 나아가 일련의 일을 겪은 뒤 본래의 현실로 되돌아와 그 체험을 서술하는 것을 가리킵니다. 임제의 「원생몽유록」이 대표적인 작품입니다.

031

김만중은 왜 어머니에게 「구운몽」을 써 드린 걸까요?

김만중이 늙은 어머니를 위로하며 쓴 소설이 「구운몽」이라고 들었는데요. 제 생각에는 어르신이 부귀영화만 좇는 젊은이들에게 '얘, 인생은 구름이야' 했다면 모를까, 김만중이 연로한 어머니께 이런 글을 썼다는 게 좀 이상한 것 같아요.

김만중, 유복자로 태어나다

「구운몽」의 작가 김만중은 유복자로 태어났습니다. 그의 아버지 김익겸은 병자호란이 일어나자 강화도로 건너가 성을 지키다가 함락 직전에 화약 위에 앉아 자결을 했습니다. 어머니 윤씨 부인은 참판을 지낸 윤지의 딸이었습니다. 윤씨 부인은 남편을 잃고 두 아이를 데리고 살아가는 것이 고되고 힘들었지만 아들을 가르치는 일에 온갖 열의를 다했습니다. 윤씨 부인은 어려서부터 학문에 재주가 많았는데 그의 할머니는 선조와 인빈 사이에서 태어난 정혜옹주였습니다. 이런 까닭으로 윤씨 부인은 어린 시절부터 엄격한 예법과 수준 높은 학문을 익히고 있었습니다. 젊어서 남편을 잃고 경제적으로 어려웠지만 아들들을 직접 가르칠 수 있었지요.

그녀는 때로는 곡식을 주고 때로는 옷감을 팔아서 책을 구입하거나, 그렇지 않으면 빌린 책들을 직접 베껴 써 가며 두 아들을 교육했습니다. 책에 대한 윤씨 부인의 애착은 남다른 데가 있었습니다. 이런 어머니의 정성 때문에 첫째 아들 김만기는 병조판서와 대제학을 지냈고 둘째 아들 김만중 역시 대제학과 공조판서 등에 오를 수 있었습니다.

꼬리에 꼬리를 무는 당쟁, 그리고 귀양살이

김만중이 살았던 시대는 정치적 상황이 한창 혼란스러운 시기였습니다. 붕당 간의 다툼이 끊이질 않았지요. 특히 남인과 서인이 서로 정권을 잡을 때마다 상대 당과 사람들을 멀리 귀양을 보냈습니다. 김만중은 서인의 한 사람이었고 남인이 세력을 쥘 때마다 여러 차례 파직을 당하고 귀양을 가야만 했습니다.

그때마다 김만중에게는 그의 어머니가 떠올랐습니다. 자신을 걱정하는 어머니에 대한 죄송한 마음이 컸지요. 젊어서 청상과부가 되고 늙어서 자식의 귀양살이를 지켜 봐야만 하는 어머니의 심정을 김만중이 헤아렸던 것입니다.

「구운몽」을 쓰게 된 것은 그런 어머니를 위로하고 편안하게 해 드리기 위한 목적이 강했습니다. 책과 이야기에 남다른 애착을 지녔던 어머니를 즐겁게 해 드리는 최선의 방법이었던 것이지요.

김만중은 소설 속에 고달픈 시대 상황 속에서도 일희일비하지 않고, 또 위축되지 않는 자신의 마음과 인생관을 담아냅니다. 어쩌면 '어머니, 저는 부귀영화를 잃었지만 그렇다고 절망하거나 한탄하지 않습니다. 그런 것은 구름처럼 왔다가 사라지는 것일지도 모르니까요. 그러니 저를 걱정하지 마세요'라고 넌지시 말하고 싶었던 것은 아닐까요?

소설을 감상하는 새로운 시선을 불러오다

「구운몽」은 소설을 바라보는 사대부들의 시선을 바꾸어 놓았습니다. 「구운몽」 이전에 소설을 바라보던 사대부의 시선은 싸늘했습니다. '소설小說'이라는 명칭도 '설說*'

이라는 한문체와 비슷하지만 그 격이 떨어져 붙인 이름일 것입니다. 사대부들이 유학에서 얻은 깨달음을 글로 표현하는 것과 그저 재미를 위해 지어진 소설은 큰 차이가 있다는 것이지요. 또한 「구운몽」 이

설說
한문 문체의 하나. 설은 어떤 사실에 대한 해석과 서술을 주요 내용으로 하는 문체입니다. 이규보의 「경설」, 「슬견설」 등이 대표적이지요.

전의 소설들은 기이한 소재들을 많이 다뤘는데 그러한 내용도 현실을 중시하는 사대부의 생각과는 맞지 않았지요. 우리 고전 소설 중에 작가가 밝혀지지 않은 소설이 많은 까닭도 소설 작가가 자신의 신분을 드러내는 것을 자랑스럽게 여기지 않았기 때문일지도 모릅니다.

그런데 「구운몽」은 달랐습니다. 일단 어머니를 기쁘게 해 드리기 위해서 쓰였으므로 창작 의도가 매우 숭고하다고 평가할 수 있지요. 부모에게 효를 행하는 것이 유교에서 가장 중요하게 여기는 덕목이었으니 「구운몽」을 저속하다고 말할 수는 없었을 것입니다. 그뿐만 아니라 내용도 사대부들이 즐기기에 충분했지요. 세속의 부귀영화는 한낱 이슬과 같다는 주제의식이라든가, 장부로 태어나 나라 밖에 나아가 장수가 되어 나라를 지키고 공을 인정받아 재상이 되는 내용은 사대부들이 아주 좋아하는 내용이었지요. 또한 유·불·도의 가르침이 모두 녹아 있는 점도 사대부들의 마음을 흔들었습니다. 이후 사대부들 사이에서 늙으신 부모님을 위해 소설을 창작하는 것이 유행이 된 것 역시도 「구운몽」이 남긴 업적이라고 할 수 있겠습니다.

소설 「구운몽」의 주인공 성진과 작가 김만중 사이에는 어떤 공통점이 있을까요?
「구운몽」의 주인공 성진은 연화도장에서 도를 닦는 인물로 김만중의 생애와는 공통점이 많지 않습니다. 그런데 성진이 꿈을 꾸어 양소유로서 살아가는 모습은 작가 김만중의 모습과 닮은 점이 많습니다. 일단 김만중은 유복자로 태어났는데 양소유도 태어나자마자 부친이 하늘로 올라가 버리고 말지요. 또한 양소유는 어디를 가든 어머니를 생각하며 어머니에게 효도를 다하고자 했는데 이 점은 김만중의 모습과 일치한다고 할 수 있을 것입니다. 이와 같이 「구운몽」 속에는 작가 김만중의 삶이 어느 정도 반영되어 있다고 할 수 있습니다.

032   역사 공부 힘들 때 읽을 만한 고전 소설 없을까요?

소설은 그 소설이 쓰인 시대를 배경으로 하기도 하잖아요? 역사 공부가 버거울 때 읽으면 쏙쏙 들어올 만한 고전 소설, 없을까요?

이름 : 장희빈
소속 : 남인
숙종의 첩에서 왕후가 되었다가 다시 후궁이 되고 결국엔 사약을 마시고 죽음을 맞이함.

이름 : 인현왕후
소속 : 서인
왕후에서 폐비되고 다시 복위하지만 결국 35세의 나이에 세상을 뜸.

가엾은 사씨 부인, 남쪽으로 쫓겨가네

고전 소설 중에는 실제 역사를 소재로 한 작품도 더러 있습니다. 임진왜란을 배경으로 한 「임진록」이라든가, 병자호란을 배경으로 한 「임경업전」 등이지요. 전쟁이 아니라 궁중에서 일어난 사건을 다룬 작품도 있습니다. 바로 김만중의 「사씨남정기謝氏南征記」입니다. 이 작품은 일부다처제 사회의 모순부터 숙종 시대의 정치적 갈등까지 살펴볼 수 있는 소설이지요. 겉으로 드러난 소설의 공간적 배경은 중국이지만 실제로는 숙종 시대 조선 사회를 연상케 하지요. 제목은 한자의 의미 그대로 사씨가 남쪽으로 쫓겨난다는 뜻입니다. 김만중이 살았던 숙종 임금 시절에 궁궐에서 내쫓긴 사람이 누구일까요? 바로 인현왕후입니다. 따라서 작품 속의 주인공 사씨는 장희빈의 모략과 술수 때문에 폐비가 되어 쫓겨난 인현왕후로 볼 수 있습니다.

작품의 배경은 중국 명나라 때입니다. 15세에 장원 급제하여 한림학사가 된 유연수는 덕성과 학문을 두루 갖춘 사씨사정옥와 혼인을 합니다. 그런데 결혼한 지 한참이 지나도 아이가 생기지 않자 교씨교채란를 첩으로 들이지요. 교씨는 천성이 악한 인물로 아들을 낳자 온갖 방법을 동원하여 사씨를 모함하지요. 그녀는 자신의 욕망을 채우기 위해 심지어 자신이 낳은 아들을 살해하는 일마저 서슴지 않고 자신이 벌인 일을 사씨에게 뒤집어씌워 그녀를 집안에서 몰아냅니다. 작품의 제목처럼 사씨가 남쪽으로 쫓겨난 것입니다.

교씨의 탐욕은 이것으로 그치지 않았습니다. 그녀는 유연수의 집에 머물고 있는 동청이라는 자와 간통까지 저지르지요. 그리고 동청은 유연수를 모함하여 귀양을 보냅니다. 유연수가 천자에 대해 불평불만이 많다는 내용을 승상에게 알려 유배를 보낸 것입니다. 시간이 흘러 사실이 밝혀지자 유연수는 풀려나고 유연수를 모함한 동청은 처형을 당하게 됩니다. 유연수도 지금까지 있었던 모든 일이 교씨가 꾸며 낸 것임을 깨닫고 교씨를 잡아 처형하고 사씨와 더불어 행복한 나날을 보냅니다.

사씨는 인현왕후, 교씨는 장희빈?

이 작품 속에 등장하는 인물들은 역사 속의 인물들과 아주 잘 들어맞습니다. 처와 첩을 거느린 유연수는 숙종 임금을, 사씨는 인현왕후를, 교씨는 장희빈을 의미한다고 볼 수 있지요. 실제로 역사 속에서 인현왕후는 왕자를 낳지 못했고 장희빈은 아들 균을 낳았지요. 장희빈이 낳은 아들은 훗날 경종이 됩니다.

여러분도 인현왕후와 장희빈의 이야기는 드라마라든가 영화를 통해서 한 번쯤 만나 본 적이 있을 것입니다. 대개 드라마 속에서 인현왕후는 예의가 바르고 덕성이 높아 국모로서 백성들의 사랑을 받은 인물로 그려져 왔지요. 그에 반해 장희빈은 미모가 출중해서 숙종의 마음을 사로잡았지만 권력에 대한 탐욕을 채우기 위해 어떤 악행도 서슴지 않고 저지르는 인물로 그려지고요. 왕자를 낳지 못한 인현왕후는 마침 내 폐비가 되어 궁 밖으로 쫓겨나는데 이러한 역사적 사실은 「사씨남정기」의 내용과 거의 일치합니다.

따라서 김만중이 이 작품을 쓴 이유는 숙종 임금이 인현왕후를 폐비시킨 것이 옳지 않고 장희빈을 왕후로 삼은 것이 그릇된 것임을 널리 알리고 싶어서였을 것입니다. 임금의 잘못을 직접 말하기보다는 에둘러 말해서 스스로 잘못을 깨우치도록 하려 했던 것이지요. 이런 방법을 '풍간諷諫'이라 부르기도 합니다.

가정 문제를 다룬 소설의 탄생

이 작품은 역사적인 사실과 한 가지 다른 점이 있습니다. 인현왕후는 끝내 아이를 낳지 못하지만 소설 속 사씨는 유연수의 아들을 낳는다는 사실입니다. 교씨가 아들 장주를 낳은 후 시간이 흘러 사씨도 임신을 하고 아들 인아를 낳았지요.

부인이 만삭이 되어 아들을 낳으니 골격이 비범하고 신체가 뛰어난지라. 유한림이 크게 기뻐하여 이름을 인아라고 지으니라. 인아는 차차 자라 장주와 같이 한 곳에서 놀매 인아 비록 어리나 씩씩한 기상이 장주의 약함과는 현저히 다른지라. 한림이 한번 밖으로 들어오다가 두 아이의 노는 것을 보고 먼저 인아를 안고 어루만져 가로되, "이 아이의 이마 흡사히 선친을 닮았으니 장래 반드시 우리 가문을 빛나게 하리로다" 하고 내당으로 들어갔더니 장주 유모 들어와서 교씨에게 고하여 가로되, "상공이 인아만 안아 주고 장주는 돌아보지 않더이다" 하고 눈물을 흘리니 교씨 또한 애를 태우는지라.
— 김만중, 「사씨남정기」 중에서

교씨가 사씨를 모함한 가장 큰 이유는 유연수가 인아를 장주보다 귀하게 여긴다고 생각했기 때문이었습니다. 남편의 사랑이 인아와 사씨에게 치우칠 것을 예감한 교씨가 불안감을 느껴 악행을 저지른 것입니다.

그렇게 보면 이 소설의 주요 갈등은 처첩 간의 갈등이라고 할 수 있습니다. 조선 시대 양반들은 본처 외에도 첩을 두었는데 본처와 첩 사이에는 갈등이 끊이질 않았습니다. 이 작품에서도 교씨가 악행을 저지른 이유는 남편의 사랑을 독차지하려는 욕심 때문이라고 할 수 있지요. 이 작품이 일부다처제를 비판한다고 보는 까닭은 이런 맥락 때문입니다.

「사씨남정기」는 「구운몽」 못지않게 문학사적으로 큰 의미를 지닌 작품입니다. 먼저 이 작품은 일부다처제로 인한 처첩 간의 갈등을 소재로 한 최초의 소설입니다. 이후에 처첩 간의 갈등을 다룬 소설들이 본격적으로 등장하게 되는 것이지요. 같은 맥락에서 가정 문제를 소설로 표현한 것도 의미가 적지 않습니다. 여러분이 잘 알고 있는 「장화홍련전」, 「콩쥐팥쥐전」처럼 가정 문제를 다룬 작품들은 모두 「사씨남정기」 이후에 등장했지요.

장희빈은 정말 악랄했나요?

숙종은 인현왕후를 폐비시키고 장희빈을 왕후로 맞이했지만 그 기간이 오래가지는 않았습니다. 장희빈에게 마음이 멀어진 숙종은 다시 인현왕후를 복위시키고 장희빈은 후궁으로 강등시키지요. 하지만 인현왕후는 35세의 짧은 나이로 세상을 뜹니다. 그런데 그 죽음을 두고 장희빈과 갈등 관계에 있었던 숙빈 최씨가 장희빈이 왕후를 죽이기 위해 신당을 차려 놓고 인현왕후를 저주한 탓이라고 밀고하지요. 결국 장희빈은 이 일로 사약을 받습니다.

그런데 여기서 한 가지 생각할 점은 역사는 승자의 기록이라는 사실입니다. 숙종 시대는 당쟁이 가장 심하던 시절이었습니다. 장희빈은 남인에 속하는 사람이었고 인현왕후는 서인에 속하는 사람이었습니다. 장희빈을 밀고했던 숙빈 최씨도 서인에 가까웠지요. 「사씨남정기」를 쓴 김만중도 서인이었습니다. 따라서 장희빈과 인현왕후, 장희빈과 김만중은 정치적으로 대립해 있었습니다. 장희빈이 역사와 소설 속에서 악행을 서슴지 않는 사악한 인물로 그려진 것은 정치적으로 대립각을 세웠던 사람들의 의도가 반영된 것으로도 볼 수 있습니다.

033　조선 후기 전쟁 영웅을
주인공으로 한 작품은?

영웅들이 본격적으로 소설에 등장한 것으로는 어떤 작품들이 있나요? 특히 조선 시대에는 임진왜란도 있었고 병자호란도 있어서 전쟁 영웅을 소재로 한 작품들이 꽤 있을 것 같아요.

전쟁 영웅을 주인공으로 삼다

영화 최종병기 〈활〉 같은 사극 영화에서 보면 알겠지만 우리나라를 침략한 외적들은 약탈과 방화를 서슴지 않았습니다. 그런 까닭에 전쟁의 승패와 관계없이 민간인들은 큰 피해를 입었습니다. 또한 민족적 자부심에도 큰 상처를 입었습니다. 특히 병자호란 때에는 임금이 적군 앞에 머리를 조아리고 사죄를 했으니 그 치욕은 말로 이루 헤아릴 수 없었을 것입니다.

이런 치욕을 씻고 민족적 자부심을 다시 찾기 위해서 사람들은 상상력을 동원했습니다. 국가가 처한 위기를 훌륭히 극복하고 적군을 물리치는 전쟁 영웅을 상상 속에서 떠올린 것입니다. 그리고 그것을 소설로 그린 것이 바로 군담 소설이지요. 허구적 세계 속에서라도 대리만족을 하고자 하는 민중의 욕구가 반영된 것이라고 할 수 있지요. 이들 작품은 「홍길동전」이나 「전우치전」처럼 영웅 소설로 분류되기도 하지만 전쟁 이야기를 소재로 한다는 점에서 군담 소설로 불리기도 합니다.

영웅 소설 속 군담 소설

군담 소설의 내용은 대부분 비슷합니다. 먼저 주인공은 대개 귀족 집안에서 귀하게 태어납니다. 부모들은 온갖 치성을 다해 주인공을 얻지만 주인공이 태어나자마자 위기가 찾아옵니다. 갑자기 전쟁이 일어나거나 아니면 부모가 억울한 누명으로 유배를 당하게 되어 주인공은 생사의 갈림길에 놓이게 되지요. 그 순간 구원자가 등장합니다. 비범한 재주를 지닌 도사라든가 스승을 만나 위기를 극복하고 자신도 뛰어난 능력을 갖춥니다. 주인공이 어느 정도 성장하자 나라가 전란의 위기에 놓입니다. 간신들은 적에게 투항하기에 바빠서 나라를 곧 빼앗길 상황이 됩니다. 이때 주인공은 비범한 재주로 나라를 구합니다. 결말은 대개 어릴 때 이별한 부모를 다시 만나서 부귀영화를 누린다는 해피엔딩이지요.

자, 내용을 간추려 보니 어떤가요? ① 고귀한 혈통을 지녔고 ② 기이하게 태어났으며 ③ 비범한 재주와 능력을 갖췄고 ④ 고난과 시련에 처한 뒤에 ⑤ 조력자의 도움으로 위기를 극복하고 ⑥ 마침내 승리자가 되는 것! 영웅의 일대기와 다를 바가 거의 없어 보이지요?

군담 소설의 단골 무대가 중국?

대표적인 군담 소설로는 작자 미상의 「유충렬전」을 들 수 있습니다.

중국 명나라 때에 유심은 늦도록 자식이 없어 근심하다가 남악 형산에서 치성을 드려 아들 충렬을 얻습니다. 그런데 이때 명나라의 신하 중 정한담과 최일귀가 유심을 모함해서 멀리 귀양을 보내고 가족도 모두 죽이려고 하지요. 천신만고 끝에 살아

남은 충렬은 백룡사라는 절에서 늙은 스님으로부터 무예를 배우며 자신이 세상에 나설 때를 기다립니다. 이 무렵 오랑캐들이 명나라에 쳐들어오자 신하들은 투항하고 황제는 곤경에 처합니다. 이때 유충렬이 등장하여 오랑캐를 섬멸하고 반란군을 제압하여 황제를 구합니다. 또한 간신들도 모두 잡아들이지요. 그리고 자신의 가족도 모두 구한 뒤에 높은 벼슬을 얻어 부귀영화를 누리며 살게 됩니다.

그런데 한 가지 의문점이 남습니다. 이 작품은 대개 병자호란이 있은 뒤에 그 경험을 바탕으로 쓰여진 것으로 알려져 있습니다. 병자호란의 굴욕과 패배감을 소설을 통해 극복한 것이라고 할 수 있지요. 그렇다면 어째서 배경을 조선 대신 현실 속에서 사라진 명나라로 설정했을까요? 그것은 상상의 한계를 넘어 사건 구성을 보다 더 자유롭게 할 수 있었기 때문입니다. 만약 실제 역사를 서술한다면 좀 더 많은 제약이 존재하겠지요. 따라서 당시의 군담 소설은 배경이 중국인 경우가 적지 않았습니다.

군담 소설은 주로 어떤 사람들이 쓴 것인가요? 문(文)을 숭상하던 사대부들이 군담 소설을 쓰지는 않았을 것 같은데 말이에요.

군담 소설의 작가는 대부분 알려져 있지 않습니다. 당시 양반 사대부가 전쟁을 소재로 글을 쓰는 것은 어려웠을 것입니다. 또한 대부분의 군담 소설은 한글로 쓰여졌기 때문에 고루한 양반이 썼다고 보기에는 무리가 있지요. 그래서 학자들은 몰락한 양반이나 중인 계층이 군담 소설을 지었을 것이라고 추측합니다. 특히 「유충렬전」은 몰락한 양반이 자신들의 명예를 회복하기 위해 지었을 것으로 볼 수도 있지요. 유충렬의 아버지 유심은 간신들의 모함으로 유배를 가 있었으니 말입니다.

034   여성이 영웅인 소설은 없나요?

임진왜란과 병자호란은 군인들만 참가한 전쟁은 아니라고 들었습니다. 계층과 지위를 가리지 않고 적들에게 대항했다고 하는데 여성이 영웅이 거나 주인공인 소설은 혹시 없나요? 고구려와 백제를 세울 때 활약했던 소서노 같은 영웅 말이지요.

남성 중심 사회를 비판한 여성 영웅

우리나라 고전 소설에는 여성이 전쟁 영웅으로 등장하는 작품이 있습니다. 여성 영웅이 자신의 능력으로 국가의 위기를 극복하는 소설이 분명히 있었지요. 그리고 이 소설들은 대개 임진왜란과 병자호란 이후에 등장했습니다. 여러분도 잘 알고 있다시 피 임진왜란과 병자호란은 우리나라가 승리한 전쟁이라고 하기 어렵습니다. 임진왜 란은 승패를 따지기 전에 오랜 전쟁으로 국토가 폐허가 되었고 병자호란은 임금이 청 나라에게 패배를 인정한 전쟁이었습니다. 한마디로 당시의 조선 사회는 전쟁을 이겨

낼 힘이 없었지요. 따라서 사회를 이끌어 가던 사람들에 대한 비판이 자연스럽게 일어나게 되었습니다. 그중 하나가 남성 중심 사회에 대한 비판이었습니다.

조선은 본래 사대부와 유교의 나라입니다. 유교는 임금과 신하, 남편과 아내, 부모와 자식이 각각 해야 할 도리가 따로 있다고 보았습니다. 그런 까닭에 시간이 흐르면 흐를수록 여성 활동에 대한 제약이 강해지기 시작했지요. 사회적 활동은 남성이 해야 할 몫이라고 보았기 때문입니다. 여성의 재산상 권리는 축소되었으며 사회적 활동은 제한되었고 여성을 집 안에 묶어 두려는 경향이 강해져 갔습니다. 그러면서 여성은 연약하고 힘없는 존재, 주체성이 없는 존재, 보호받아야 할 존재로 유형화되어 갔습니다. 여성들은 심리적으로 위축되었고 이에 대해 자신들의 욕구를 보상받을 길을 찾았을 것입니다. 이런 상황에서 남성 위주의 사회가 임진왜란과 병자호란을 막아 내지 못하자 남성 사회를 간접적으로 비판하면서 등장한 소설이 여성 영웅 소설입니다. 「박씨전」, 「최척전」, 「금방울전」, 「홍계월전」 등 다양한 작품이 이런 시대적 위기 속에서 등장했다고 할 수 있지요.

현명한 여성의 목소리에 귀를 기울여라, 「박씨전」

여성 영웅이 등장한 대표적인 작품은 「박씨전」입니다. 이 작품은 병자호란이라는 실제 일어난 일을 바탕으로 '임경업', '이시백', '용골대' 등 실존인물들이 등장하고 있습니다. 간추린 줄거리는 다음과 같습니다.

어려서 매우 총명했던 이시백은 박처사의 딸과 혼인을 합니다. 그런데 이시백은 부인의 얼굴이 매우 추한 까닭에 실망하여 얼굴조차 마주 보려 하지 않습니다. 부인 박씨는 뒤뜰에 '피화당'을 지어서 그곳에서 홀로 지내게 되지요. 박씨는 이곳에서 신기한 도술의 힘으로 가정을 풍족하게 해 주고 남편 이시백을 장원급제까지 하게 해 줍니다. 이때까지도 이시백은 그녀를 거들떠보지 않습니다. 그런데 어느 날 박씨의 아버지 박처사가 찾아와 액운이 끝났다며 딸의 허물을 벗겨 줍니다. 박씨는 아주 아름다운 여인으로 변하게 되고 남편 이시백과 가족들의 사랑을 받게 됩니다.

여기까지가 작품의 전반부이지요. 박씨 부인이 피화당에서 홀로 살아가며 집안을 일으키는 모습은 조선 시대 여성들이 자유를 억압받고 살아가면서도 부인으로서의 도리를 다하는 내용을 표현하기 위한 것이라고 할 수 있지요.

작품의 후반부에서는 청나라와의 전쟁이 펼쳐집니다. 박씨 부인은 병조판서가 된 남편과 임경업 장군을 죽이려는 첩자를 쫓아 보내며 남편을 통하여 청나라의 침입에 대비하도록 조정에 알리지요. 하지만 조정에는 김자점이라는 간신이 있어서 박씨 부인의 말은 받아들여지지 않습니다. 마침내 청나라 군대가 침입하자 임금은 남한산성으로 피난했다가 항복하고 많은 사람들이 고통을 당합니다. 여성의 말을 듣지 않는 남성 사회의 독단적인 모습을 간접적으로 비판한다고 볼 수 있지요. 현명한 여성의 말을 듣지 않으면 참혹한 결과를 얻는다는 메시지를 전하고 있습니다.

국토가 유린당하는 상황 속에서도 박씨 부인이 있는 피화당은 '화를 피하는 집'이라는 의미처럼 안전했습니다. 이곳에 많은 부녀자들이 모여 안전하게 지낼 수 있었지요. 그런데 그곳에 적장 용골대의 아우가 침입을 합니다. 하지만 박씨 부인의 도술로 용골대의 아우는 목숨을 잃습니다. 아우의 복수를 하러 온 용골대도 박씨 부인에게 혼쭐이 나서 돌아가던 중 임경업 장군을 만나 패배하지요. 마침내 임금은 지난날을 후회하고 박씨 부인의 공을 치하하면서 작품은 끝을 맺습니다.

여성이 남성 사회가 극복하지 못한 일을 해낸다는 설정은 이처럼 남성 사회를 효과적으로 비판하지요. 물론 병자호란 때 민중이 당한 고통과 아픔을 작품으로 씻어 낸다는 대리만족도 분명히 있었을 것입니다.

뜬금있는 질문

박씨 부인이 못생겼던 까닭은?

박씨 부인이 추한 모습이 된 것은 박씨가 전생에 지은 죄 때문이라고 되어 있습니다. 이것은 일종의 입사의식이라고 할 수 있지요. 입사의식이란 개인이 특정한 사회에 진입하기 위해 치러야 할 과제라고 생각하면 됩니다. 박씨가 피화당에서 3년 동안 홀로 지낸 것은 새로운 공동체의 구성원이 되기 위해 거쳐야 할 과정이라고 할 수 있습니다. 삼 년 동안 홀로 지내면서 다양한 덕을 쌓아 비로소 아름다운 여인이 되었다는 설정은 100일 동안 햇빛을 보지 않고 마늘과 쑥만 먹으며 지냈던 단군 신화의 웅녀를 연상케도 하지요.

035　멜로 영화 뺨치는 사랑 이야기, 고전 소설에 있나요?

멜로 영화나 드라마를 보면 안타까운 사랑 이야기가 많아요. 부잣집 남자와 가난한 여자의 사랑 이야기부터 집안끼리 앙숙이어서 서로 사랑할 수 없거나 또는 불치병에 걸린 사람을 사랑하는 안타까운 이야기가 있잖아요. 우리나라 고전 소설은 대개 행복한 결말로 끝난다고 하는데 안타까운 사랑 이야기는 없을까요?

영웅 이야기가 시들고 사랑 이야기가 싹트다

우리나라 고전 소설 중에 가장 많이 창작된 것이 영웅 소설이라면 그다음이 바로 사랑을 다룬 소설일 것입니다. 이 소설들을 염정 소설이라 부르기도 하는데 이 작품들은 영웅 소설이 시들해지자 본격적으로 읽히기 시작했다고 합니다.

영웅 소설과 염정 소설의 가장 큰 차이는 영웅 소설은 집단의 심리를, 염정 소설은 개인의 심리를 작품 속에 반영하고 있다는 점입니다. 대개의 영웅 소설, 특히 전쟁을 소재로 한 작품들은 상처 입은 민족적 자긍심을 회복하기 위해 쓰여진 경우가 많습니다. 따라서 그 성격이 민족적이라고 말할 수 있지요. 그에 반해 사랑은 개인적인 감정이기 때문에 염정 소설은 그 성격이 개인적이라고 할 수 있습니다. 임진왜란과 병자호란이 끝나갈 무렵 사람들의 관심도 민족적인 것에서 개인적인 삶으로 옮아가게 되었는데 그 시점에 염정 소설들이 많이 창작되었다고 보면 됩니다.

사랑, 그것은 기성 질서에 대한 저항

염정 소설의 가장 대표적인 작품으로는 「춘향전」을 들 수 있습니다. 고전 소설의 결말답게 행복하게 끝을 맺지요. 「춘향전」과 비슷한 설정으로 된 「옥단춘전」이라든가, 그 외에 「숙향전」, 「숙영낭자전」, 「채봉감별곡」과 같은 염정 소설들도 대부분 행복한 결말을 맞이합니다.

그렇다고 해서 안타까운 사랑 이야기가 없는 것은 아닙니다. 이루지 못한 사랑 이야기도 있습니다. 염정 소설의 기원이라고 할 만한 김시습의 『금오신화』에 실린 「이생규장전」이나 「만복사저포기」는 남자 주인공이 혼자 남겨진다는 점에서 행복한 결말이라고 말할 수만은 없습니다. 또 「운영전」과 「심생전」처럼 사랑을 이루지 못하고 죽음을 맞이하는 불행한 결말도 있습니다.

그런데 결말이 어떻든지 간에 사랑을 다룬 소설들은 대부분 기성 질서에 저항하는 내용이 담겨 있습니다. 「춘향전」을 예로 들면, 주인공 춘향은 신분제라는 기성 질서에 저항하는 인물이라고 할 수 있습니다. 기생의 딸이지만 양반을 사랑하여 그와 혼인한다는 발상은 이미 정해진 사회적 질서를 벗어나 사랑을 쟁취하는 개인적인 욕망이 나타난 것으로 이해할 수 있습니다. 「채봉감별곡」에서 아버지의 부당한 요구를 무시하고 집을 뛰쳐나가는 딸의 모습이나, 「심생전」에서 과거 시험보다도 자기 연인을 더 중하게 여기는 선비의 모습은 모두 기성 질서를 벗어나려는 시도로 읽을 수 있습니다.

자유의 몸짓도 죄가 될 수 있는가?

안타까운 사랑 이야기를 소재로 삼은 대표적인 작품으로는 「운영전」을 꼽을 수 있습니다. 작품의 주인공 운영의 신분은 궁녀이지요. 궁녀는 궁에 소속된 인물로서 행동이 매우 제한되어 있습니다. 마치 왕실 사람들을 위해 존재하는 도구와도 같았지요. 그 자체로 존재의 의미를 지닌 사람이 아니었습니다.

작품 속의 안평대군은 이런 궁녀의 처지를 아주 잘 이용하는 인물입니다. 그는 풍류를 즐기기 위해 궁녀들에게 시와 음악을 가르치며 어떤 남자도 사랑하지 말 것을 명령합니다. 그런데 어느 날 궁녀 운영은 안평대군을 찾아온 김진사에게 반하고 김진사 역시 운영에게 사랑을 느낍니다. 두 사람은 서로의 감정을 편지로 확인하고 은밀하게 사랑을 나누기 시작합니다. 김진사가 밤마다 궁궐 담을 넘어 들어왔던 것입니다. 얼마 지나지 않아 안평대군이 이 사실을 알고 크게 노하여 궁녀들을 추궁하니 운영은 스스로 목숨을 끊습니다. 김진사 역시 운영의 제사를 지낸 다음 슬픔이 병이 되어 죽음을 맞이합니다. 참으로 비극적인 사랑 이야기이지요.

앞에서 언급한 것처럼 염정 소설은 기존 질서에서 벗어나고자 하는 인간의 욕망을 담고 있습니다. 「운영전」 역시 그렇습니다. 운영은 왕실의 질서와 안평대군의 명령이라는 정해진 질서 안에서 살아가야 하는 궁녀입니다. 하지만 궁녀이기 이전에 인간이었습니다. 사랑을 느끼고 사랑을 하고 싶은 인간이었지요. 그녀에게 사랑해서는 안 된다는 명령은 인간의 본성과 자유를 억압하라는 것입니다. 그녀가 질서와 명령을 어긴 것은 범죄가 아니라 인간성의 해방을 위한 몸짓이라고 할 수 있겠지요.

「운영전」이 액자식 구성이라는데 그 구성상 특징을 알고 싶어요.

이 작품은 유영이라는 선비가 홀로 술잔을 기울이던 중 잠이 들었다가 잠시 깨어나 운영과 김진사를 만나 대화를 주고받는 내용으로 되어 있습니다. 그런데 운영과 김진사는 이미 죽은 사람이기 때문에 유영이 본 것은 환상이거나 꿈이라고 해야 이해할 수 있습니다. 또한 유영은 김진사와 대화를 나누다가 다시 졸게 되는데 깨어 보니 김진사는 온데간데없고 김진사와 운영의 일이 기록된 책만 남아 있었다고 합니다. 마치 영화 〈인셉션〉처럼 꿈이 현실인지, 현실이 꿈인지 분간하기 어려운 상황이지요. 이 점이 「운영전」의 구성상 특징이라고 말할 수 있습니다.

036

못된 계모 이야기가 사실은 아버지 뒷담화라구요?

우리나라에도 신데렐라 이야기처럼 못된 계모가 등장하는 소설이 있을까요? 그 이야기 속에 '권선징악'이라는 메시지 외에 또 다른 메시지도 있는지 알고 싶어요. 이 밖에 가정 문제를 소재로 삼아 지어진 소설에는 어떤 것들이 있나요?

콩쥐의 계모, 장화의 계모

「콩쥐팥쥐전」

우리나라 고전 중에서 신데렐라 이야기와 가장 비슷한 작품은 여러분도 잘 알고 있는 「콩쥐팥쥐전」입니다. 전라도 전주 근처에 살던 최씨와 부인 조씨 사이에 콩쥐가 태어납니다. 하지만 조씨는 병이 들어 세상을 떠나고 최씨는 배씨와 다시 혼인을 해 그 사이에서 팥쥐를 낳게 되지요. 계모 배씨는 팥쥐가 태어난 후로 콩쥐를 온갖 방법으로 학대하지만 콩쥐는 선녀의 도움으로 고을의 감사와 혼인을 합니다. 여기까지는 신데렐라 이야기와 매우 비슷합니다. 특히 잃어버린 신을 매개로 해서 결혼하게 된다는 설정은 놀라울 정도로 흡사하지요.

뒷부분은 조금 다릅니다. 콩쥐는 결국 계모와 팥쥐의 흉계에 의해 목숨을 잃고 팥쥐가 콩쥐 대신 감사의 부인 행세를 하게 됩니다. 그러다가 이웃집 노파의 도움으로 모든 사실이 밝혀지고 콩쥐는 환생을 합니다. 감사는 팥쥐를 처형하고 그 시체를 항아리에 담아 계모에게 보내면서 작품이 끝을 맺습니다.

「장화홍련전」

「장화홍련전」도 「콩쥐팥쥐전」 못지않게 우리나라 사람들에게 많은 사랑을 받는 계모형 소설입니다. 이 작품은 종종 영화로도 제작되었지요. 이 작품에서도 친어머니는 장화와 홍련 두 딸을 낳고 일찍 죽습니다. 아버지 배좌수는 아들을 낳기 위해 허씨를 후처로 삼았고 허씨는 세 아들을 낳습니다. 하지만 배좌수가 아들보다 장화와 홍련을 더 애틋하게 대하자 허씨는 시기심으로 장화, 홍련을 학대합니다. 그리고 흉계를 꾸며 장화를 죽게 만들지요. 얼마 후 홍련도 장화의 죽음을 알고 연못에 투신합니다.

장화와 홍련은 원한을 품은 귀신이 되어 고을을 다스리는 원님에게 자신들의 한을 씻겨 줄 것을 부탁합니다. 하지만 부임하는 원님마다 혼령을 보고 기절하여 죽지요. 마침내 담력이 있는 부사가 나타나 두 사람의 원한을 씻어 주고 계모 허씨와 허씨를 도와 장화를 살해한 장쇠를 처형합니다. 이후에 배좌수는 셋째 부인을 맞이했는데 그 사이에서 장화와 홍련이 쌍둥이로 다시 태어나 부귀를 누리며 살게 되지요.

아버지의 역할을 묻다

우리는 흔히 계모형 소설을 읽으며 착한 사람은 복을 받고 악한 사람은 벌을 받는다는 권선징악의 결말에만 주목하는 경향이 있습니다. 물론 이는 작품에서 전달하고자 하는 주요 내용이겠지요.

그런데 계모형 소설을 읽다 보면 한 가지 의문이 드는 것이 있습니다. 바로 아버지의 역할이 지나치게 소극적인 것입니다. 「콩쥐팥쥐전」이나 「장화홍련전」에서 아버지는 본처의 자식을 사랑합니다. 하지만 자신이 사랑하는 사람을 지키려는 능동적인 행동을 하지는 않지요.

특히 「장화홍련전」에서 장화가 아버지 몰래 아이를 가졌다가 지웠다는 계모의 흉계를 제대로 알아보지도 않고 처리한 점에는 아쉬움이 남습니다. 양반의 체통만 중시하면서 사건에 대해 자세히 알아보지도 않는 아버지는 너무나 소극적이고 무능력하게 묘사되어 있지요.

이처럼 가정 내에서 아버지의 역할을 소극적인 모습으로 묘사한 것은 전근대적인 봉건적 질서가 점차 모순을 드러내기 시작하는 사회적 맥락과 무관하지 않다고 할 수 있습니다.

봉건 사회의 처첩 갈등

가정 문제를 다룬 고전 소설 중에는 처첩 간의 갈등을 다룬 작품들이 많습니다. 김만중이 지은 「사씨남정기」에서 사씨와 교씨가 남편의 사랑을 차지하기 위해 갈등하는 것은 그 대표적인 사례라 할 수 있습니다. 숙종과 인현왕후, 장희빈을 빗대어 왕실에서 일어난 사건을 쓴 소설이지만 일부다처제의 문제를 제기한 첫 번째 소설이라고 할 수 있지요. 「사씨남정기」 이후로 처첩 간의 갈등을 다룬 소설들은 다양하게 창작되었습니다. 「옥린몽」, 「조생원전」, 「정진사전」, 「창선감의록」 등이 대표적이지요. 이 중에서 「창선감의록」을 잠시 살펴보겠습니다.

이 작품은 중국 명나라를 배경으로 화욱의 집안에서 일어난 일을 소재로 하고 있습니다. 명나라에서 높은 벼슬을 하고 있던 화욱에게는 세 부인이 있었습니다. 심씨, 요씨, 정씨였습니다. 세 부인은 각각 화춘, 화진, 화빙선을 낳았습니다. 그런데 이 중에서 맏아들 화춘은 너그러운 성품이 아니어서 아버지로부터 사랑을 받지 못했습니다. 대신 둘째 아들 화진이 아버지의 사랑을 받았지요. 셋째 화빙선은 요씨가 일찍 죽으면서 정씨에게 맡겨졌지요.

첫째 부인 심씨의 마음은 편하지 않았습니다. 자신이 낳은 맏아들 화춘이 아버지의 사랑을 받지 못했기 때문입니다. 시간이 흘러 아버지 화욱은 세상을 떠나고 심씨가 집안에서 가장 영향력 있는 인물이 되지요. 이때부터 둘째 화진과 셋째 화빙선의 고난과 역경이 시작됩니다. 자신이 낳은 자식이 아니기도 하거니와 시기와 질투의 대상이었으니 이루 말할 수 없을 만큼 고통을 주지요.

마침내 둘째 화진은 심씨와 형 화진의 계략으로 유배까지 가게 됩니다. 하지만 유배지에서 화진은 조력자를 만나 도술과 병법을 배워서 해적들이 일으킨 반란을 물리치는 공을 세웁니다. 그것으로 화진은 풀려나게 되지요. 악행을 서슴지 않았던 심씨와 화춘도 지난날의 잘못을 스스로 뉘우치고 가족들과 재회하며 행복한 결말에 이릅니다.

뜬금있는 질문

계모형 소설이나 처첩의 갈등을 다룬 소설은 주로 어떤 사람들이 읽었나요?

그 당시 소설의 독자들은 대개 중인 계층을 포함한 일반 백성들이었습니다. 조선 후기, 소설은 많은 사람들에게 사랑을 받아서 인쇄된 책들도 적지 않았고, 시장과 같은 개방된 공간에는 소설을 읽어 주는 사람도 있었습니다. 이들을 강담사라고 부르지요. 한마디로 이야기꾼이 있었던 것이지요. 「창선감의록」이나 「사씨남정기」, 「장화홍련전」과 같은 작품들은 대개 그 내용이 가정을 배경으로 하고 있고 여자들의 역할이 돋보이기 때문에 주로 여성 독자들에 의해 애독되었을 것으로 보입니다. 조선 후기에는 소설의 독자가 여성으로까지 널리 확대되어 소설이 비약적으로 발전하게 된 것이지요.

037　조선 시대에도 가부장 질서를 비판한 소설이 있었다고요?

조선 시대는 현재보다 가부장적인 질서가 더 강했다고 들었습니다. 지금도 가족 중에 가장 권위 있는 사람이 아버지인데 예전에는 그것이 큰 문제였던 것 같아요. 그렇다면 가부장의 권위를 비판하는 소설은 없었나요?

추락하는 권위, 풍자의 대상으로

임진왜란과 병자호란은 조선 사람들에게 정신적으로 큰 영향을 미쳤습니다. 기존의 체제가 사실상 다른 나라의 침입을 제대로 막지 못한 까닭에 사람들이 기존 체제를 불신하기 시작한 것이지요. 사농공상의 전통적인 신분 제도에도 균열이 생기고 유교적인 도덕규범도 흔들리기 시작했습니다. 임진왜란 때 백성들이 자신들을 버리고 도망치기에 바쁜 임금을 원망하여 경복궁에 불을 지른 일은 상징적인 사건이라고 할 수 있습니다.

기존 체제에 대한 비판은 남성 지배 중심의 사회에 대한 비판으로도 이어졌습니다. 원래 조선은 유학을 따른 나라였고 그에 따라 사대부들은 각각의 신분이나 계층에 따라 사람들이 지켜야 할 역할이 있다고 보았습니다. 특히 남녀가 해야 할 일을 아주 분명히 구분지어서 그 결과 남성 중심의 가부장 사회가 만들어졌지요. 가정 내에서 가부장은 가족을 보호할 책임을 지는 한편 막강한 권위를 지녔습니다.

그러나 임진왜란과 병자호란은 가부장의 권위에도 큰 타격을 주었습니다. 전쟁을 겪으면서 가부장이 가족을 보호할 수 없는 존재라는 것이 드러났고 더러는 무능력한 존재로 비춰지는 일이 생겨났으니까요. 가부장의 권위는 도전을 받게 됩니다. 그렇다고 해서 가부장이 스스로 권위를 내려놓지는 않았습니다. 실질적으로는 무능력하면서도 이를 인정하지 않고 허세 속에서 살아가는 가부장이 적지 않았지요. 바로 이러한 존재들이 고전 소설에서 비판과 풍자의 대상이 되었지요.

무능한 가부장 VS 능력 있는 아내

가부장의 허세와 권위를 비꼬았던 대표적인 소설로는 「이춘풍전」을 들 수 있습니다. 이 소설에 등장하는 이춘풍은 본래 부잣집에서 태어났지만 그의 부모가 죽은 후에 술과 여자를 좋아하다 재산을 모두 탕진합니다. 하지만 부인 김씨가 부지런히 일하여 5년 만에 집안을 다시 일으키지요.

그런데 춘풍은 또다시 방탕한 마음이 들어서 돈을 빌려 평양으로 장삿길에 나섭니다. 평양에서 춘풍은 추월이라는 기생의 유혹에 빠져 돈을 다 날리고 그 집의 하인으로 살아가게 되지요. 부인 김씨는 이 소식을 듣고 분노하던 중에 평양감사의 비장 벼슬을 얻어 남자로 변신하여 평양으로 갑니다. 그리고 그곳에서 기생 추월과 남편 이춘풍을 잡아들여 혼을 내고 기생 추월에게 이춘풍에게서 빼앗은 돈을 돌려주도록 하지요. 이후 부인 김씨는 다시 서울로 돌아와 이춘풍이 돌아오기를 기다립니다. 이때까지 이춘풍은 자신의 아내를 전혀 알아보지 못하지요.

평양에서 돌아온 이춘풍은 마치 자신이 장사를 잘하고 돌아온 듯이 아내 앞에서 거드름을 피웁니다. 이 모습을 본 아내가 다시 남편을 혼내 주기 위해 비장의 옷으로 갈

아입고 남편 앞에 나타나 혼쭐을 냅니다. 마침내 자신의 정체를 밝히니 이춘풍은 부끄러워하면서 지난날을 반성하고 소설의 대단원이 마무리됩니다.

소설 속에 등장하는 이춘풍의 아내 김씨는 가부장제라는 사회 제도 속에서 남편에게 순종만 하는 수동적인 여성은 아닙니다. 그녀는 남편이 주색잡기로 돈을 다 날렸을 때 성실하게 일해서 집안을 다시 일으켜 세웠고 남편이 평양 기생에게 또다시 돈을 잃었을 때 돈도 찾고 남편도 구하는 적극적인 행동을 하지요. 능력 있는 여성의 등장으로 이춘풍은 풍자의 대상이 되고 마는 것입니다.

따라서 이 작품은 남성의 무능을 폭로하면서 가부장적 질서를 풍자하며 진취적인 여성상을 제시하고 있다고 평가할 수 있습니다.

열녀 되기를 거부한 까투리 이야기

「이춘풍전」 못지않게 유명한 작품으로는 동물을 등장인물로 내세운 우화 소설 「장끼전」을 들 수 있습니다.

어느 겨울날 자식 열둘을 거느린 장끼와 까투리 부부가 먹이를 구하러 산기슭으로 떠납니다. 때마침 장끼는 먹음직스러운 콩알 하나를 발견하지요. 하지만 까투리는 전날 불길한 꿈을 꿨다며 콩을 먹지 말라고 장끼를 말립니다. 장끼는 여자의 말을 들을 필요는 없다며 까투리의 말을 무시하고 콩을 먹다가 덫에 걸립니다.

장끼는 죽어 가면서 까투리에게 수절해서 정렬부인이 되라고 유언합니다. 자기가 죽더라도 다른 남자를 만나지 말라는 것이지요. 결국 장끼는 죽고 까투리는 장끼의 깃털 하나를 주워다 장례를 치릅니다. 그런데 장끼의 장례식에 조문을 하러 온 까마귀, 부엉이, 물오리 등 온갖 잡새들이 까투리에게 수작을 걸며 청혼합니다. 까투리는 새들의 청혼을 모두 거절합니다. 장끼가 남긴 유언을 지키는 듯이 보이지요. 그러나 홀아비 장끼가 나타나 청혼하자 유유상종類類相從을 내세워 재혼을 하고 행복하게 살아갑니다.

이 소설에는 남편과 의견이 다르지만 자신의 의견을 분명히 내세우고 있는 아내 까투리가 등장합니다. 가부장의 권위에 도전하는 인물이지요. 그에 비해 작품 속 장끼는 여자의 말을 우습게 듣고 남성 우월주의에 갇힌 모습을 보여 주지요. 또한 죽으면서까지 까투리에게 수절을 강요하는 등 권위적인 태도에서 벗어나지 못합니다. 그러나 까투리는 자기가 마음에 들어 하는 짝이 나타나자 본능적인 욕구에 따라서 수절을 포기합니다. 이는 남성 중심의 사회 제도에서 벗어나 본성에 충실하고 자신의 자아를 실현하려는 진보적인 의식의 발현이라고 할 수 있습니다.

조선 시대에 진취적인 여성상을 그린 소설에는 어떤 것이 있나요?

앞에서 살펴본 「이춘풍전」, 「장끼전」 외에도 「최척전」, 「금방울전」, 「채봉감별곡」 등에서 여성 주인공들의 진취적인 모습을 볼 수 있지요. 이 중에서 「채봉감별곡」을 살펴보겠습니다. 김진사의 딸 채봉은 꽃구경을 하던 중 마주친 필성과 사랑에 빠져 결혼을 약속합니다. 한데 이런 사정을 알지 못한 김진사는 벼슬을 얻기 위해서 딸을 판서 댁의 첩으로 보내려고 합니다. 이 사실을 알게 된 채봉은 아버지 몰래 도망하여 스스로 운명을 개척하고자 하지요. 또한 아버지가 곤란에 처하자 스스로 기생이 되어 아버지를 구하기 위해 노력합니다. 그러다가 자신을 진심으로 위해 주는 필성을 다시 만나 혼인하여 행복한 결말을 맞이합니다. 「채봉감별곡」은 주체적인 의지로 자신의 삶을 개척하고자 하는 여성상을 아주 잘 형상화하고 있습니다.

038 양반이 양반을 소설로 '디스'했다고요?

조선 후기에 가면 신분제가 동요해서 벼슬을 사고파는 일까지 생겼다고 하잖아요? 그 당시 양반을 조롱하고 풍자하기 위해 쓴 작품이 있을까요?

양반을 비판한 양반

조선 후기에는 신분제의 동요가 갈수록 심해졌습니다. 관직을 사고파는 일도 자주 있었지요. 아예 국가에서 돈을 받고 양반의 지위를 내주는 공명첩이 발행된 적도 있었지요. 양반을 사고파는 행위와 양반의 특권을 동시에 비판한 작품으로 박지원의 「양반전」을 들 수 있습니다.

연암 박지원은 조선 후기의 실학자였습니다. 실학이란 실제로 소용되는 학문이라는 뜻으로 헛된 학문의 반대말이라고 생각하면 됩니다. 조선 건국 이래 나라의 사상적 기틀이 되어 온 성리학은 관념적이고 추상적이어서 사람들의 실제 삶과는 관련이 없었습니다. 실학은 이와는 달리 현실에서 나타난 문제를 해결하기 위한 실질적인 학문이었지요. 농사를 잘 지을 수 있는 방법이라든가 경제를 살릴 수 있는 방법, 화폐의 유통이나 상업의 진흥 등과 같은 것이 바로 실학이 관심을 보였던 분야였습니다.

실질적인 것을 중시하는 실학자들은 권위를 내세우거나 허위의식에 사로잡힌 양반 사회를 신랄하게 비판하기도 했지요. 「양반전」에는 바로 그런 날 선 비판의식이 담겨 있습니다.

도둑이 된 양반

「양반전」의 내용은 다음과 같습니다. 정선군에 살고 있는 어느 가난한 양반이 관가에서 쌀을 타다가 먹고 살았습니다. 조선 시대에는 환곡이라는 제도가 있어서 가난한 사람들이 관가에서 쌀을 빌려 생활을 할 수 있었습니다. 물론 곡식을 수확하면 다시 갚아야 했지요. 그런데 이 양반은 빌린 곡식을 갚을 길이 없어 빚이 천 석이 넘었습니다. 그러던 중에 관찰사가 이 사실을 알고서 양반을 잡아들입니다. 고을 군수는 빌린 곡식을 갚을 길이 없는 양반을 딱하게 여겼지요.

이웃에 사는 어느 부자가 이 소문을 듣고, 양반을 찾아가 천 석을 갚아줄 테니 양반 신분을 달라고 제안하지요. 양반은 바로 승낙하고 부자는 약속대로 빚을 갚아 줍니다. 고을 군수는 양반이 빚을 갚게 된 까닭을 알고 부자에게 양반 증거 문서를 써 주겠다고 하지요. 그런데 여기서 문제가 발생합니다. 고을 군수가 만든 양반 증서의 내용을 듣고 부자가 "나를 도둑놈으로 만들 작정인가"라며 양반 되기를 포기한 채 달아나 버리는 일이 벌어진 것이지요.

나를 도둑놈으로 만들 작정인가

그렇다면 부자는 어떤 내용을 들었길래 양반을 포기한 것일까요? 그것은 양반 증서 속에 명분만으로 가득한 양반 생활의 법도와 도둑질만큼 부도덕한 행태를 저지를 권리가 적혀 있기 때문이었습니다.

세수할 때 주먹을 비비지 말고, 양치질해서 입내를 내지 말고, 소리를 길게 뽑아서 여종을 부르고, 걸음을 느릿느릿 옮겨 신발을 땅에 끈다. 손에 돈을 만지지 말고, 쌀값을 묻지 말고, 더워도 버선을 벗지 말고, 밥을 먹을 때 맨상투로 밥상에 앉지 말고, 국을 먼저 훌쩍 떠먹지 말고, (중략) 가난한 양반이 시골에 묻혀 있어도 무단으로 이웃집 소를 끌어다 먼저 자기 땅을 갈고 마을의 일꾼을 잡아다 자기 논의 김을 맨들 누가 감히 나를 괄시하랴. 너희들 코에 잿물을 디리붓고 머리끄덩을 회회 돌리고 수염을 낚아채더라도 누가 감히 원망하지 못할 것이다.

　– 박지원, 「양반전」 중에서

　인용한 부분은 바로 양반 증서의 내용입니다. 중략 표시 이전의 내용은 양반으로서 지켜야 할 생활 태도로 양반의 허세를 표현한 것입니다. 한마디로 당시 양반들은 허위의식이 가득했다는 것이지요. 중략 표시 이후의 내용은 양반이 서민들에게 얼마나 짓궂은 존재였는지를 알게 합니다. 내용을 읽다 보면 「흥부전」의 놀부가 심술을 부리는 장면과 크게 차이가 없어 보이는군요. 당시 양반들이 백성들의 가난한 현실을 외면한 채 부정부패를 일삼던 것을 비판한다고 볼 수 있습니다.

박지원 소설에서 「양반전」처럼 인물을 풍자한 작품에는 어떤 것이 있나요?

조선 시대에는 열녀가 사회적으로 높은 평가를 받았습니다. 남편이 죽더라도 다른 남자와 다시 만나지 않고 절개를 지키는 여자가 바로 열녀였지요. 하지만 인간의 본성이란 다시 사랑하는 사람을 만나 살아가길 꿈꿀 것입니다. 박지원은 「열녀함양박씨전」에서 열녀 두 명을 제시합니다. 한 사람은 평생 자기의 본성을 억누르느라 밤마다 동전 굴리기를 하며 지낸 열녀이고, 또 한 사람은 폐병이 든 남편과 혼인한 뒤, 남편이 죽자 바로 따라서 죽은 여인이었습니다. 박지원은 이 두 열녀를 통해서 열녀라는 것이 얼마나 비인간적인가를 비판하고자 했습니다. 이 소설 이외에도 박지원은 「호질」이라는 작품을 통해 유학자와 열녀를 동시에 비판하기도 했습니다.

039   '근대적 인간'이 뭐예요?

조선 후기에는 신분제가 동요하고 민중의식이 성장하는 등 사회 곳곳에서 근대적인 사회로 변화하려는 움직임이 있었다고 합니다. 소설 속에 등장한 근대적인 인간상에 대해 알고 싶어요.

근대적 인간과 사회

근대와 전근대를 어떻게 나눌까요? 대개 근대 이전의 사회는 봉건 사회라고 부릅니다. 그리고 봉건 사회의 가장 큰 특징은 신분이 존재한다는 사실이지요. 왕, 귀족, 평민, 혹은 영주, 기사, 농노, 혹은 사농공상의 신분 등이 존재하던 것이 봉건 사회의 특징입니다. 근대적인 인간이란 이러한 신분 질서로부터 해방이 된 인간을 가리키지요. 귀족, 평민, 노예의 구분 없이 모두 시민이 되었을 때 그 사회가 근대 사회라고 할 수 있습니다.

까투리와 이춘풍의 아내, 실학자의 공통점은?

우리나라 고전 소설의 주인공은 대개 재자가인형才子佳人形 인물들이 많았습니다. 재자가인이란 뛰어난 재주를 가진 아름다운 사람을 가리키는 말로서 대개 그에 해당하는 인물은 고귀한 혈통을 타고난 양반과 귀족에 해당했지요. 이들을 근대적인 인간이라고 보기는 어렵겠지요. 수많은 영웅 소설의 주인공이라든가, 김만중이 쓴 「구운몽」이나 「사씨남정기」의 인물도 근대적이라고 보기에는 아쉬움이 있습니다.

그렇다고 해서 우리 고전 소설에 근대적인 인물이 없는 것은 아닙니다. 「장끼전」의 까투리라든가, 「이춘풍전」에 등장하는 아내의 모습은 가부장제 사회에서 '여성'이라는 제약을 뛰어넘어 자신의 재능과 의지를 펼쳐 보인다는 점에서 근대적이라고 할 수 있습니다. 또 근대적인 인물상이 잘 나타난 소설로는 실학자 박지원의 소설 「광문자전」과 「예덕선생전」을 들 수 있습니다.

거지가 소설의 주인공이 되다

「광문자전」의 주인공 광문은 못생기고 볼품없고 신분이 미천한 거지입니다. 영웅 소설과 같은 기존의 소설에서는 절대 주인공이 될 수 없는 인물이지요. 작품의 내용은 비교적 단순합니다.

종로 네거리에서 거지들의 우두머리 노릇을 하던 광문은 어느 날 병든 거지를 죽였다는 누명을 쓰고 동료들에게 두들겨 맞고 내쫓깁니다. 광문은 엉금엉금 기어서 어느 집으로 피신을 하였는데 집주인은 그를 도둑으로 오해해서 붙잡지요. 하지만 광문의 순박한 모습을 보고 주인이 풀어 주자 광문은 버려진 죽은 거지의 시체를 수습해서 잘 묻어 줍니다. 이를 목격한 집주인은 그를 의롭다고 생각하여 약방을 하는 어느 부자에게 추천을 해 주고 광문은 약방의 점원이 되지요.

하루는 약방에 돈이 없어져 부자는 광문을 의심합니다. 그러나 며칠 후 주인의 처조카가 나타나 자신이 너무 급해서 돈을 가져갔노라고 실토하여 광문에 대한 의심이 풀리지요. 부자는 광문에게 사과하고 그의 인품을 칭찬하여 광문의 이름이 널리 알려지지요. 이후 광문은 마흔이 넘도록 장가도 가지 않고 자신의 분수를 지키며 욕심 없는 생활을 하며 살아갑니다.

광문은 입이 커서 주먹이 들락거릴 정도로 외모가 극히 추악하고 말솜씨도 남을 감동시킬 만하지 못했지만 성품은 모든 사람이 인정할 정도로 신의가 있었습니다. 기생들마저도 광문이 인정해 주지 않으면 장사를 할 수 없었으니까요.

그렇다면 대체 광문처럼 천한 인물을 주인공으로 내세운 작가의 의도는 무엇일까요? 아마도 작가는 광문을 통해서 새로운 인간상을 제시하려 했던 것으로 보입니다. 신분적인 배경이나 권력, 경제적인 부와 같은 조건을 갖추지 않았더라도 신의 있고 인정 많고 성실한 인간이야말로 새로운 시대를 맞이할 수 있다고 본 것이지요.

똥을 져 나르는 사람을 예찬하다

「광문자전」처럼 신분이나 지위가 낮은 사람이 주인공이 된 또 다른 사례로 「예덕선생전」이 있습니다. 예덕선생에서 '예穢'는 한자로 더럽다는 뜻으로 똥을 가리킵니다. 예덕선생은 똥을 져 나르는 엄행수라는 사람의 별칭이지요. 이 작품은 선귤자와 그의 제자 자목의 문답으로 이루어져 있는데 그 내용이 엄행수라는 사람에 관한 것입니다.

어느 날 자목이 선귤자에게 찾아와 엄행수와의 사귐을 따져 묻습니다. 엄행수는 마을에서 똥을 져 나르는 천한 사람으로 그 사람과 벗하는 것은 매우 치욕스러운 일인데도 스승인 선귤자가 그를 예덕선생이라 부르며 친하게 지내므로 이제 더 이상 스승으로 섬기지 않겠다고 다짐하지요.

이에 스승 선귤자가 자목에게 사람을 사귀는 일은 이해 관계를 따지거나 아첨으로 해서는 안 되며 마음과 덕을 바탕으로 해야 한다고 깨우쳐 줍니다. 아무리 자신이 하는 일이 비천하더라도 자신의 분수를 지키면서 욕심내지 않고 자기 삶에 만족하는 자세야말로 군자의 삶에 가까운 것인데 똥을 져 나르는 엄행수야말로 그런 태도를 지녔다고 보았던 것이지요. 그래서 선귤자는 그를 예덕선생이라 부르며 사귄 것이라고 말해 주지요.

이 소설에도 「광문자전」의 광문처럼 신분이 미천한 엄행수가 등장합니다. 그는 자신의 일을 성실하게 해내고 자기 분수를 알며 욕심이 없는 삶을 살아갑니다. 이는 신분은 비록 높지만 허위의식에 빠진 채 비생산적인 삶을 살아가는 양반의 태도와 대조적이지요. 당시 양반들은 겉으로는 도를 내세우면서도 화려함을 좇고 자신의 권력으로 타인의 것을 욕심내며 전근대적인 의식에 사로잡혀 있었습니다. 선귤자의 제자인 자목이 바로 그러한 양반에 속한다고 할 수 있지요. 따라서 이 작품은 근대적인 인간상을 제시하는 동시에 전근대적인 양반의 모순을 비판하는 소설이라고 말할 수 있습니다.

박지원의 소설은 근대적인 것이 많은데 왜 한문으로 지어졌나요?

박지원의 소설은 내용은 근대적이지만 우리말로 쓴 것은 없습니다. 모두 한자로 쓰여졌지요. 그 까닭은 독자층에서 찾을 수 있습니다. 박지원은 소설의 독자를 일반 백성이 아니라 한자를 해독할 수 있는 양반으로 한정했다고 할 수 있지요. 양반이 읽고 양반 스스로 자기 반성을 하라는 의미였다고 볼 수 있을 것입니다.

040 조선 후기 경제 이야기가 담긴 고전 소설은?

조선 후기에는 상업이 발달하고 부농이 등장하는 등 근대적인 경제 요소가 많이 등장했다고 합니다. 또한 화폐가 유통되는 일도 예전보다 훨씬 많아졌다고 하는데 이러한 사회상을 잘 보여 주는 소설에는 어떤 것이 있나요?

상업을 천시 마라, 시대의 흐름이다!

조선 후기에 북학파로 불리던 사람들이 있었습니다. 이들은 청나라에 다녀온 후에 청나라 문명의 우수성을 인식하고 그것을 배우자고 주장한 실학자들이었지요. 박제가, 박지원, 홍대용, 유득공, 이덕무와 같은 이들이 북학파에 속하는 학자들이었습니다. 이들은 대개 이용후생利用厚生의 정신을 지니고 있었는데 이용후생이란 실생활에 도움이 되는 풍요로운 경제를 통해 행복하고 만족스러운 생활을 하자는 실학 이념입니다. 따라서 북학파는 어느 학자들보다도 상업을 중요하게 생각했고 무역을 강조했습니다. 수레와 벽돌을 사용하여 교통수단을 개선하자는 의견을 제시하기도 했지요.

북학파의 주장과는 별도로 당시 사회는 여러 가지 변화가 있었습니다. 상업이 발달했고 화폐도 널리 유통되기 시작했지요. 자본주의가 발달할 수 있는 토대가 만들어지고 있었던 것이지요. 하지만 조선에는 여전히 상인에 대한 편견이 존재했고 유통구조도 매우 열악했으며 다른 나라와의 교역도 활발하지 않았습니다. 이러한 현실을 비판한 작품이 바로 북학파 박지원이 지은 「허생전」입니다.

책 읽기를 그만두고 장사를 시작한 선비

남산 밑 묵적골에 사는 허생은 다른 일은 하지 않고 오로지 책 읽는 일에 몰두하는 선비였습니다. 그런데 하루는 생활고에 시달린 아내가 남편에게 묻습니다. 과거를 볼 생각도 없고 기술도 없다면 도둑질이라도 해 보는 것이 어떠냐고 심하게 질책한 것이지요.

허생, 떼돈 벌다

이에 허생은 책 읽기를 접고 가장 큰 부자인 변씨를 찾아가 만 냥을 빌립니다. 그러고 난 뒤에 그 돈으로 과일과 말총을 매점매석하여 큰돈을 벌어들입니다. 매점매석이란 특정한 상품이 가격이 오르거나 내릴 것을 예상하여 그 상품을 한꺼번에 많이 사 두고 가격이 오를 때 폭리를 취하는 행위를 말합니다. 당시 조선은 유통구조가 매우 열악하여 부자들이 얼마든지 매점매석 행위를 할 수 있었지요. 따라서 작가가 매점매석을 소재로 삼은 까닭은 조선의 유통구조가 형편없으며, 제대로 된 상업이 발달되지 못한 현실을 풍자하기 위한 것이었습니다.

허생, '해상왕' 되다

한편 나라에는 도적들이 들끓어 조정에서는 골치를 앓고 있었습니다. 이때 허생은 자신이 보아 둔 빈 섬으로 도적들을 데리고 들어갑니다. 도적의 수괴와 담판을 지어서 빈 섬에서 농사를 지으며 살아갈 수 있게 해 준 것이지요. 도적들은 농사를 잘 지었고 허생은 곡식을 일본의 여러 섬에 가져다가 팔았지요. 작가 박지원은 조선도 적극적으로 무역을 해야 한다는 사실을 소설로써 전달하고 싶었던 것입니다.

허생, 돈을 버리다

마침내 허생은 막대한 돈을 벌어들입니다. 하지만 그는 그 돈을 자신을 위해 사용하지 않습니다. 그는 자신이 벌어들인 돈을 바다에 던지면서 자신이 번 돈이 조선에서 유통될 수 없음을 안타까워합니다. 그가 벌어들인 돈을 사용하게 되면 조선은 갑자기 돈이 많아져서 물가상승 등 부작용이 벌어질 수밖에 없다는 사실을 알고 있었던 것이지요. 그는 남은 돈을 빈민들을 돕는 데에 쓰고 나머지 십만 냥을 돈을 빌려 주었던 변씨에게 찾아가 갚습니다.

북벌론의 허와 실

「허생전」에는 근대적인 사회상이 반영되어 있고 조선의 현실에 대한 비판도 함께 담겨 있습니다. 이 밖에도 무시할 수 없는 「허생전」의 주제는 당시 사대부들 사이에서 유행하던 북벌론의 허위에 대한 비판입니다.

북벌론이란 병자호란 때에 우리 민족이 겪었던 치욕을 씻고자 청나라를 공격하자는 주장을 가리킵니다. 북벌론이 본격적으로 전개된 것은 청나라에 포로로 잡혀간 봉림대군이 돌아오면서 시작됩니다. 봉림대군은 임금으로 즉위하자 본격적으로 군대를 양성하는 등 청나라를 공격할 준비를 했지요. 그러나 현실적으로 조선의 국력으로 청나라를 공격하는 것은 무리였습니다. 청나라는 이미 중국 대륙마저 통일할 만큼 강성한 국가였기 때문이지요. 이후 조선 사회에서 북벌론은 정치적으로 이용될 뿐이었습니다. 「허생전」은 바로 이 북벌론의 허위를 비판했습니다.

허생, 허세의 시대에 분노하다

허생이 변씨에게 돈을 갚고 자기 집에서 머물고 있을 때 어느 날 변씨가 이완대장을 데리고 찾아옵니다. 이완은 실존인물로서 북벌 정책을 전개했던 어영청의 대장이었습니다. 작가 박지원은 북벌론을 주장했던 이완을 등장시켜 북벌론의 허위를 비판하고자 했던 것이지요.

허생은 이완에게 북벌을 하기 위한 세 가지 방법을 알려줍니다.

첫째는 임금이 참된 신하를 찾기 위해서 직접 찾아갈 것, 둘째는 왕실의 여인들을 명나라 장수들에게 시집보낼 것, 셋째는 청나라에 건너가 변발을 하고 호복을 입고서 과거에 응시할 것 등이었습니다. 실질적인 일들을 위해서 사대부라는 명분을 버릴 것을 주문했던 것입니다.

이에 대해서 이완은 사대부들이 예법을 지키고 있어서 세 가지 방법이 모두 불가능하다고 말합니다. 이완의 대답을 들은 허생은 매우 호통을 치면서 칼을 찾아 찌르려 하지요. 결국 이완은 놀라서 돌아가고 다음 날 아침 허생은 종적도 없이 사라집니다. 작가 박지원은 실질적인 일에 힘쓰지 않고 명분에만 집착한 채 살아가는 양반 사회를 신랄하게 비판하고자 했던 것이지요.

뜬금있는 질문

허생이 사라지면서 소설이 끝나는 이유는 뭔가요?
「허생전」은 일반적인 고전 소설과 달리 행복한 결말로 끝나지 않습니다. 그 이유는 허생이 현실적인 사회에 속한 인물이 아닌 점을 드러내기 위한 것이라고 할 수 있습니다. 허생이 제안한 내용들이 지나치게 급진적이었기 때문에 그를 이인(異人)으로 그릴 필요가 있었습니다. 작가에게 쏟아질 비난을 무마하기 위한 일종의 장치였던 셈이지요.

041　　왜 판소리는 작자 미상인가요?

우리나라 판소리 소설을 보면 작가가 없는데 도대체 누가 어떻게 지은 것 인가요? 판소리의 유래와 특징이 궁금해요.

문자가 있기 전 소리가 있었더라

우리나라 고전 소설 중에 가장 인기 있고 세계적으로도 널리 알려진 작품이 무엇 이냐고 물으면 아마 대부분의 사람들은 「춘향전」, 「심청전」 등을 들 것입니다. 「춘향 전」은 영화로도 여러 번 만들어졌고 「심청전」은 뮤지컬로 공연되는 등 한국의 대표 고전으로 알려져 있습니다. 이 밖에 「흥부전」과 「토끼전」도 한국 사람이라면 누구나 알고 있는 고전 작품이라고 할 수 있지요.

그런데 이 작품들은 아쉽게도 지은 사람이 누구인지 알 수 없습니다. 특정한 작가가 창작한 작품이 아니라 아주 오래전부터 전해져 내려온 이야기가 시간이 흐르면서 수많은 사람들에 의해 내용이 덧붙여졌기 때문입니다. 혼자서 만들어 낸 작품이 아니라 세대와 세대, 계층과 계층을 뛰어넘어 이야기가 만들어졌던 것이지요. 이런 문학 작품을 '적층 문학'이라 부르기도 한답니다.

이 작품들은 문자로 인쇄되어 책으로 유통된 것이 아닙니다. 먼저 판소리라는 노래의 형태로 지어 불렸지요. 시장과 같은 공공장소에서 소리꾼과 북을 치는 고수가 장단에 맞춰 노래를 부르면 사람들이 모여들어 함께 판소리를 즐겼던 것이지요. 그런데 판소리의 인기가 높아지니 그 내용이 문자로 기록되어 책으로 유통되기에 이른 것입니다.

지금도 판소리 소설을 읽다 보면 마치 노랫말을 읽는 것 같은 리듬이 느껴지는 까닭은 판소리 소설이 원래 노래였다는 것을 증명해 줍니다.

판소리는 어디에서 왔나

판소리 소설들이 판소리라는 노래에서 왔다면 판소리는 어디에서 온 것일까요? 판소리의 기원에 대해서는 크게 두 가지 학설이 있습니다.

첫째는 판소리가 무당의 노래에서 왔다는 것입니다. 우리나라의 무당들은 굿판을 벌일 때 그냥 춤만 추는 것이 아니라 노래도 부릅니다. 그런데 이 노래 중에는 이야기의 구조를 지닌 노래들이 적지 않습니다. 여러분이 알고 있는 '바리데기 공주' 이야기는 본래 무당이 부르는 노래였습니다. 그런 까닭에 판소리가 무당의 노래에서 왔다는 주장이 가능한 것이지요.

또 다른 설로 제기되는 것은 중국의 강창극에 영향을 받았다는 것입니다. 강창극은 우리나라 판소리처럼 말하는 부분아니리과 노래하는 부분창으로 나뉘어져 있습니다. 당시 우리나라는 중국 문화의 영향을 적지 않게 받았기 때문에 판소리 역시 강창극의 영향을 받았다고 추측할 수 있겠지요.

판소리가 어디에서 왔는지 정확히는 알 수 없지만 두 의견 모두 합리적이고 타당한 면이 있습니다.

부분의 독자성 : 완창이 아니어도 좋은 이유

판소리, 혹은 판소리계 소설의 가장 큰 특징으로는 부분의 독자성을 들 수가 있습니다. 여러분은 판소리를 전부 부르는 데에 몇 시간 정도 걸릴 것이라고 예상하는지요? 아마 아무리 짧아도 다섯 시간 이상은 걸릴 것입니다. 그런데 이런 판소리를 시장처럼 공개된 장소에서 다섯 시간씩 공연을 했을까요? 아마 그랬다면 판소리를 하는 사람도 그것을 지켜보는 사람도 모두 대단히 힘들었을 것입니다.

판소리는 본래 완창을 하는 것이 아닙니다. 완창은 소리꾼들이 자신의 능력을 시험하고 재주를 뽐내기 위해서 인위적으로 공연을 한 것이지 자연발생적인 것은 아니지요. 판소리는 본래 부분적으로 불렸습니다. 이를테면 〈흥보가〉에서 박 타는 대목이라든가, 흥보가 매 맞는 대목이 공연된 것이지 〈흥보가〉 전체를 한 장소에서 오랜 시간을 두고 부르지는 않았다는 말이지요.

그러다 보니 판소리는 작품 전체의 유기적인 구성을 중요시하기보다 부분의 독자적 성격을 더욱 중시하게 되었습니다. 전체 줄거리 중 한 장면이지만, 이 한 장면은 나름대로 어느 정도 완결된 형식으로 발전해 나간 것이지요. 이를 두고 부분의 독자성이라고 합니다.

비판과 저항의 문학

판소리와 판소리 소설은 귀족적인 예술 장르는 아니었습니다. 설화로부터 시작되어 사람의 입에서 입으로 전해져 음악이 되고 문학이 되었기에 귀족적인 성격을 띠기보다는 일반 백성들의 삶의 애환이 담겨 있는 예술로 발전한 것이지요.

따라서 판소리에는 삶의 현장이 생동감 있게 묘사되어 있고 서민들의 해학과 풍자도 깃들어 있습니다. 허위의식에 가득 찬 양반을 조롱하거나 풍자하여 양반의 권위에 간접적으로 도전하는 내용도 있고 사회의 부조리와 모순을 웃음으로 극복하려는 시도도 엿볼 수 있습니다. 그런 까닭에 판소리를 비판과 저항의 예술로도 평가할 수 있지요.

판소리에 사용된 언어는 대단히 역동적입니다. 일단 판소리가 평민들의 문학인 만큼 서민들이 사용하는 비속어들도 여과 없이 등장합니다. 동시에 양반들이 사용하는 고상한 문체도 더러 나타나는데 이는 서민들의 신분 상승에 대한 욕구가 반영된 결과일 수도 있고 양반 문화를 모방하려는 심리가 나타난 것이라고 볼 수도 있지요. 또한 판소리에는 한시가 등장하기도 하고 당시 유행하던 가요가 등장하기도 하는 등 다양한 형식의 언어들이 사용되었습니다.

판소리는 어떤 소리들로 구성되어 있나요?

판소리는 창과 아니리, 발림, 추임새 등으로 구성되어 있습니다. '창'은 노래로 부르는 것인데 가장 빠른 장단부터 가장 느린 장단까지 다양한 리듬으로 부르게 되어 있습니다. '아니리'는 일종의 대사라고 생각할 수 있습니다. 아니리를 읊을 때 소리꾼은 목을 쉴 수 있는 휴식을 가집니다. '발림'은 판소리의 연극적인 요소로서 창자의 몸짓을 의미하지요. 판소리 광대가 어떤 동작을 흉내 낼 때가 있는데 그것이 바로 발림입니다. 마지막으로 '추임새'가 있습니다. 추임새는 청중과 북을 치는 고수에 의해서 이루어집니다. 이들은 소리꾼의 흥을 돋우기 위해서 '얼씨구', '좋다', '그렇지', '잘한다' 등의 감탄사를 내뱉는데 그것들이 바로 추임새에 해당합니다.

042 춘향은 양반인가요, 기생인가요?

「춘향전」을 읽다 보면 춘향은 이몽룡을 유혹하는 기생인 것 같기도 하고, 절개와 지조를 지킨다는 점에서 양반인 것 같기도 합니다. 춘향을 어떻게 보는 게 좋을까요? 또 소설을 공부할 때 나오는 '전형적이다', '개성적이다'는 말이 무엇을 의미하는지도 함께 설명해 주세요.

춘향은 입체적인 인물이다

여러분이 생각하는 것처럼 춘향은 양반이기도 하고, 동시에 기녀이기도 합니다. 어떻게 동시에 가능하냐고요? 춘향이라는 인물이 입체적인 인물이기 때문입니다.

소설 속에는 다양한 인물 유형이 존재합니다. 여기서 말하는 인물은 일상적으로 사용하는 인물과는 그 뜻이 약간 다릅니다. 소설에서 사용하는 '인물'은 영어로 'person'이나 'human'에 대응되는 것이 아니라 'character'에 대응되지요. 이 말은 사전적으로 '성격'이라는 의미입니다. 따라서 소설에서의 인물은 곧 성격을 가리키는 말입니다. 현실에서 사람들의 성격이 다양한 만큼, 소설 속에서도 인물의 유형은 몹시 다양합니다. 춘향을 이해하기 위해서는 먼저 일반적인 인물 유형부터 이해하는 것이 좋을 것 같습니다.

입체척 인물 VS 평면적 인물

가장 먼저 입체적인 인물과 평면적인 인물의 차이부터 살펴보겠습니다.

입체적인 인물은 처음과 달리 성격이 변화하는 인물입니다. 이에 비해 평면적인 인물은 소설의 시작부터 끝까지 성격이 변하지 않지요. 자, 이제 춘향의 성격을 살펴볼까요. 춘향은 소설의 전반부와 후반부에서 각각 다른 성격을 보여 줍니다.

전반부에서는 단옷날 그네를 높이 뛰며 남성을 유혹하는 모습을 보여 주는데, 양반 사대부 댁의 규수라면 감히 엄두도 낼 수 없는 행동이지요. 또 만난 지 얼마 되지 않은 이몽룡과 밤을 함께 보낸다는 것도 상상할 수 없는 행동입니다. 전반부의 춘향은 남성을 유혹하는 기녀에 가깝습니다.

그런데 후반부로 가면, 춘향이 달라집니다. 변학도가 아무리 치근대고 윽박지르고, 위협을 가해도 정절을 잃지 않으려는 모습을 보여 주니 말입니다. 기녀라기보다는 사대부 댁 규수의 태도를 보이지요. 이처럼 춘향은 전반부와 후반부에서 각각 다른 모습을 보여 주고 있습니다. 상황에 따라 성격도 변모하는 입체적인 인물인 것이지요.

이에 반해서 「춘향전」에는 변치 않는 성격을 보여 주는 인물도 적지 않습니다. 월매는 처음부터 끝까지 세속적인 욕망으로 가득 차 있고, 방자와 향단도 특별한 변화가 없지요. 특히 변학도는 처음부터 끝까지 탐관오리로서의 성격을 유지합니다. 사또로 부임하자마자 기생을 찾기 시작하고, 백성들은 굶고 있는데 술과 고기로 자신의 생일 잔치를 벌이는 등 탐욕스럽고 부패한 벼슬아치로서의 성격에 조금도 변화가 없지요. 이처럼 인물의 성격에 아무 변화가 없는 경우 평면적 인물이라 합니다.

주동인물 VS 반동인물

다음으로 설명할 소설의 인물 유형으로는 주동인물과 반동인물을 들 수 있습니다.

주동인물은 말 그대로 이야기 속에서 사건을 이끌어 가는 인물을 뜻합니다. 매우 능동적인 역할을 하는 인물이지요. 이와 반대로 반동인물은 주동인물과 갈등 관계에 놓인 인물로, 사건을 이끌어 가는 또 다른 중심인물입니다.

「춘향전」에서 주동인물에 해당하는 인물로는 성춘향과 이몽룡을 꼽을 수 있습니다. 이들은 신분을 초월하여 사랑을 얻고자 하는 인물로 이야기를 능동적으로 전개하지요. 이에 반해 변학도는 자신의 신분적 특권을 이용해 주동인물들의 소원이 성취되는 것을 방해하는 반동적인 인물에 해당합니다. 일반적으로 주동인물은 선하고, 반동인물은 악할 수 있지만, 현대 소설에서 주동인물과 반동인물이 곧 선과 악으로 구분되는 것은 아닙니다. 현대 소설에서는 악인도 주동인물로 더러 등장하지요.

전형적 인물 VS 개성적 인물

이제 마지막으로 전형적 인물과 개성적 인물에 대해서 알아봅시다. 전형이라는 말은 영어로 'type'입니다. 이 말은 유형이나 견본을 뜻합니다. 다시 말해서 많은 것들을 대표한다는 뜻이지요. 따라서 전형적인 인물이란 사회의 어떤 계층이나 공통된 성격을 대표하거나 한 시대의 일반적인 현실을 보여 주는 인물을 뜻합니다. 반대로 개성적인 인물이란 다른 어떤 인물에서도 찾아볼 수 없는, 독특한 성품을 지닌 사람을 의미하지요.

다시 「춘향전」을 떠올려 볼까요. 이몽룡은 당시 양반 계층의 사고방식을 보여 준다는 점에서 전형적인 인물로 생각할 수 있습니다. 과거 급제를 위해서 공부하고 권위를 앞세워 아랫사람을 부리는 모습은 영락없는 당시의 양반 계층을 대표한다고 할 수 있습니다.

그러나 한편으로 그는 개성적인 모습도 지니고 있습니다. 체통을 깨고 단옷날 그네 뛰는 아낙을 바라본다든가, 또 그 여인을 찾아가 정을 통하는 것은 당시 양반으로서는 해서는 안 될 일이었습니다. 이몽룡은 당시 양반에게서는 찾아볼 수 없는 독특한 성격을 지녔는데, 이렇게 보면 이몽룡은 개성적인 인물로도 볼 수 있겠습니다. 결국 전형성과 개성은 한 인물 안에서 공존할 수도 있는 것이지요.

만약 인물의 성격 중에 전형성만 두드러지면 판에 박힌 인물이 되기가 쉬울 것이고, 개성만 두드러진다면 현실성이 없는 인물이 됩니다. 따라서 일반적으로는 한 인물이 작품 속에서 생명력을 얻기 위해서는 전형성과 개성을 균형 있게 갖춰야 합니다.

자, 지금까지 소설 속의 인물에 대해서 살펴보았습니다. 주동인물과 반동인물, 평면적인 인물과 입체적인 인물, 개성적인 인물과 전형적인 인물까지 말입니다. 이제 소설을 읽을 때 어떤 인물이 주동인물이며 전형적인 인물인지 생각하며 읽어 보기 바랍니다.

이몽룡은 어떤 인물 유형에 속하나요?

춘향의 상대역인 이몽룡은 일단 소설에서 주요 이야기를 전개하는 인물이므로 당연히 주동인물이지요. 그리고 철없는 사대부 집 도령에서 근엄한 어사또로 변하는 것을 보면 입체적 인물이기도 합니다. 마지막으로 과거 급제를 준비하는 양반 사대부의 전형적인 모습을 보여 주는 한편, 신분을 초월하는 사랑을 한다는 점에서 개성적인 모습 역시 보여 준다고 할 수 있습니다.

043 「춘향전」의 진짜 주제가 따로 있다고요?

판소리 소설 「춘향전」은 성춘향이 이몽룡과 약조한 지조와 절개를 지키기 위해 본관 사또 변학도에게 수청을 거부하는 이야기로 알고 있습니다. 보통은 조선 시대에 여자들이 지녀야 할 열녀의 자세를 주제로 말하는 것 같은데 진짜 주제는 따로 있다면서요?

표면의 주제, 이면의 주제

「춘향전」을 연구하는 학자들은 겉으로 드러난 주제와 속에 담겨 있는 주제가 서로 다르다고 보고 있습니다. 이것은 비단 「춘향전」에만 한정되는 것이 아니고 판소리 소설 모두에 해당되는 이야기입니다.

판소리 소설은 양반 귀족의 문학으로 출발한 것이 아니라 일반 백성들의 문학이었습니다. 오래전부터 전해 내려오는 설화에 이야기를 덧붙여 완성한 것이 판소리이지요. 따라서 판소리에는 민중의 욕망이 고스란히 담겨 있습니다. 이를테면 신분제에서 벗어나 자유롭고 싶다거나 경제적인 풍요를 누리고 싶다는 가지각색의 욕망이 작품 속에 나타나기 마련이지요.

이런 욕망을 겉으로 드러내 놓고 내세울 수는 없었습니다. 지배층의 탄압을 받을 수 있는 위험한 이야기였기 때문이지요. 그런 까닭에 판소리 소설들은 겉으로는 지배층의 윤리와 도덕을 주제인 것처럼 내세웠습니다. 더불어 지배층의 윤리를 내세워 민중에 한정된 독자층을 양반층까지 확대하는 효과도 얻게 되었지요. 판소리의 주제가 이중적인 것은 바로 이러한 까닭이라고 할 수 있습니다.

「심청전」을 예로 들어 볼까요? 「심청전」의 주제는 누가 보더라도 '효'인 것 같습니다. 아버지의 눈을 뜨게 하기 위해 인당수에 몸을 던져 희생한 심청의 모습은 효를 몸소 실천한 본보기가 되었지요. 양반들은 심청의 모습에 감탄했을 것이고 「심청전」은 모범적인 작품으로 널리 읽혔을 것입니다. 하지만 「심청전」의 또 다른 주제는 심청처럼 가난하고 미천한 사람도 자기를 희생하고 옳은 일을 선택하게 되면 그에 대한 보상으로 고귀한 신분에 이를 수 있다는 것이기도 하지요. 신분 상승에 대한 민중의 강한 욕구가 반영된 것이라고 할 수 있습니다.

이처럼 판소리 소설들은 겉으로 드러난 주제와 속에 담긴 주제가 서로 다를 수 있습니다. 겉으로 드러난 주제를 표면적 주제, 속에 담긴 주제를 이면적 주제라고 합니다.

겉으로는 열녀의 덕을, 속으로는 신분 상승과 자유의지를

그렇다면 「춘향전」의 표면적 주제와 이면적 주제는 어떤 것일까요? 여러분도 잘 알다시피 「춘향전」의 겉으로 드러난 주제는 '여성의 굳은 정절'이라고 할 수 있습니다. 변학도의 수청을 거부한 채 죽음을 불사하는 춘향의 모습은 조선 사회를 지배했던 유교 윤리에 정확히 부합하는 것이었습니다. 과부의 재가마저 금지한 채 열녀 만들기에 나섰던 양반 사회의 윤리를 「춘향전」은 아주 잘 보여 주었던 것이지요.

그렇다면 「춘향전」의 숨겨진 주제는 무엇일까요? 이는 춘향이라는 인물을 통해서 답을 찾을 수 있습니다. 춘향은 본래 기생 월매와 전임 사또 사이에서 태어난 인물입니다. 양반의 피가 흐르기는 했지만 기생의 딸이라는 신분적인 한계를 지니고 있었지요. 춘향은 비록 기생이지만 양반의 노리개가 되는 것을 거부한 채 주체적인 삶을 살아가고자 했습니다. 신분적인 한계를 벗어나 자유롭게 살아가고자 한 것이지요. 적어도 민중들은 춘향이 신분적인 한계를 벗어나 자유롭게 되는 모습을 보며 대리만족을 하고 싶었을 것입니다. 춘향이 이몽룡과 혼인하는 설정은 바로 민중의 신분 상승 욕구와 자유롭게 살고자 하는 의지의 표출이었다고 할 수 있습니다. 작품 속에 담긴 참된 주제는 신분적 구속에서 벗어난 인간 해방인 것입니다.

탐관오리를 향한 민중의 저항

「춘향전」의 또 다른 주제는 탐관오리에 대한 비판과 저항입니다. 이몽룡 일가가 떠나고 난 뒤 남원에 새로 부임한 변학도는 조선 후기 부패한 관료의 전형을 보여 주는 인물입니다. 그는 부임하자마자 다른 일은 물려 두고 기생점고부터 시작합니다. 기생점고란 기생을 하나둘씩 불러서 점검하는 일을 가리킵니다. 민생은 돌보지 않고 향락을 일삼을 생각부터 한 것이지요. 백성은 굶주리는데 생일잔치를 위해 흥청망청하는 모습도 부패한 변학도의 모습을 잘 부각시키고 있습니다. 가장 극적으로는 이몽룡이 변학도의 생일잔치에 거지 행색으로 나타나 밥술을 얻어먹으며 쓴 한시에 나타나 있습니다.

금준미주천인혈金樽美酒千人血 금잔에 담긴 향기로운 술은 천 사람의 피요
옥반가효만성고玉盤佳肴萬成膏 옥쟁반의 맛있는 안주는 만백성의 기름일세
촉루낙시민루락燭淚落時民淚落 촛농 떨어질 때 백성 눈물 떨어지고
가성고처원성고歌聲高處怨聲高 노랫소리 높은 곳에 원망 소리 높구나

위의 시처럼 당시 조선은 부패한 관료들이 백성들의 고혈을 짜서 향락만을 일삼고 있었지요. 이런 맥락에서 보면 춘향이 변학도에게 수청을 거부한 채 죽음을 맞이하려고 하는 것은 탐관오리에 대한 민중적 저항의 의미로도 읽을 수 있습니다.

풍자와 해학으로 웃음의 만찬을 차리다

「춘향전」은 지배층의 권위를 비판하고 이에 저항하기 위해서 풍자와 해학을 동원합니다. 웃음은 지배 계층의 권위를 해체하는 기능을 하지요. 아래 인용문은 변학도의 생일잔치에 모인 양반들이 암행어사가 출두한 직후 허둥대는 모습을 묘사한 것입니다.

좌수, 별감 넋을 잃고, 이방, 호방 실혼失魂하고, 삼색나졸三色羅卒 분주하네. 모든 수령 도망할 제 거동 보소. 인궤印櫃 잃고 과줄 들고, 병부兵符 잃고 송편 들고, 탕건宕巾 잃고 용수 쓰고, 갓 잃고 소반小盤 쓰고, 칼집 쥐고 오줌 누기, 부서지니 거문고요, 깨지느니 북, 장구라.

– 「춘향전」 중에서

인용한 부분은 혼비백산한 사람들이 어찌할 줄 모르고 있는 상황을 연출하고 있습니다. 도장 상자인 인궤와 군역을 기록한 장부인 병부는 관청에서 가장 중요한 물건입니다. 관리들이 가장 먼저 챙겨야 할 물건이지요. 그런데 그 대신 과자와 송편을 든다는 설정이 우리를 웃게 합니다. 또한 탕건 대신에 술 거르는 통, 용수를 쓴다는 것도 우스꽝스러운 설정이지요. 이처럼 「춘향전」과 같은 판소리 소설들은 해학과 풍자로 부당한 권위를 해체했습니다.

「춘향전」에서 '방자'의 역할도 중요한가요?

「춘향전」의 해학성에 기여하는 인물로 방자를 빼놓을 순 없지요. 그는 이몽룡의 하인으로서 상전의 위세를 믿고 양반 행세를 하기도 하고 자기 마음에 들지 않으면 양반에게도 능청스럽게 구는 등 매우 희극적인 인물입니다. 〈봉산탈춤〉의 말뚝이처럼 양반을 조롱하는 인물형에 가깝습니다.

044　　「토끼전」의 토끼와 용왕은 누구?

「토끼전」은 인간의 이야기를 동물에 빗댄 우화인 것 같습니다. 소설 속에 등장하는 인물들은 누구를 비유적으로 표현한 것인가요? 그리고 우화는 인간 사회를 풍자한 것이라고 하는데 「토끼전」에서 그 대상이 무엇인지 알고 싶습니다.

힌트 하나 : 조선 후기 사회를 관찰하라

한국 사람이라면 어린 시절 누구나 동화로 「토끼전」을 읽습니다. 책으로 읽지 않으면 만화로 보거나 어른들이 들려 주는 옛이야기로, 그것도 아니면 주변 친구들로부터라도 「토끼전」을 접하게 되지요.

이야기는 동해 용왕이 병이 들어 이를 고치기 위해 충성스러운 신하 별주부_{자라}가 토끼의 간을 구하러 뭍으로 온 것부터 시작하지요. 토끼는 별주부를 의심하지만 물질적인 욕망에 사로잡혀 별주부를 따라 용궁에 갑니다. 그곳에서 토끼는 결박당하고 죽을 고비를 맞이하지만 꾀를 내어서 도망치는 데에 성공하지요.

사람들은 아무리 위험하고 어려운 일에 처하더라도 슬기롭고 지혜롭게 대처해야 한다는 삶의 지혜를 「토끼전」으로부터 얻지요. 한편으로 충성심을 지닌 자라에 대한 연민을 느낄 수도 있고요. 하지만 이런 감상은 「토끼전」을 온전히 제대로 읽었다고 보기에는 한계가 있습니다.

「토끼전」은 「춘향전」, 「흥부전」과 같은 판소리계 소설입니다. 판소리 〈수궁가〉가 먼저 존재했고 그것이 나중에 소설로 정착된 것이지요. 판소리 소설의 일반적인 특징 처럼 소설 「토끼전」에도 오랜 세월 동안 쌓인 민중의 삶의 애환과 욕망이 고스란히 담겨 있다고 할 수 있습니다.

학자들에 따르면 「토끼전」은 대략 조선 후기 17~18세기 때에 형성되었다고 합니다. 17~18세기는 임진왜란, 병자호란 이후 국가의 재정이 바닥나서 서민들의 삶이 무척 고단한 때였습니다. 하지만 지배층은 민생을 해결하지도 못한 채 자신들의 사리 사욕만을 챙기는 등 부패하고 있었습니다. 백성들은 신분제로부터 벗어나 근대적인 사회로 나아가길 희망했지만 정치 권력은 그에 미치지 못하고 있었습니다. 민중은 현실 사회에 불만이 쌓여 갔고 이를 표출하고 싶었습니다. 「토끼전」은 이러한 맥락에서 등장한 우화 소설이었던 것이지요. 우화를 이용하면 보다 자유롭게 지배층의 무능과 부패를 표현할 수 있었으니까요.

힌트 둘 : 모든 등장인물을 비판적으로 검토하라

그렇다면 「토끼전」에서 비판의 대상은 누구였을까요? 작품의 내용을 보면 제일 먼저 떠오르는 풍자의 대상은 용왕입니다.

용왕이 병이 든 까닭은 무엇일까요? 궁궐을 새로 짓고 연일 잔치를 벌이면서 술을 지나치게 많이 먹었기 때문이었습니다. 민생을 보살피고 올바른 정치를 펼치는 것이 아니라 주색잡기에 빠져 병을 얻었다는 설정은 지배 권력에 대한 민중의 반감이 나타난 것입니다. 또한 용왕은 간을 넣었다 뺄 수 있다는 토끼의 허무맹랑한 거짓말에 속아 넘어가는 등 세상 물정 모르는 어리석은 인물로 묘사되어 있습니다. 이러한 설정도 무능한 임금에 대한 백성들의 우회적인 비판으로 생각할 수 있습니다. 마지막으로 토끼의 간을 빼내 자신의 약으로 쓰고자 하는 태도에서는 백성을 쥐어짜 자신의 이익만을 추구하는 부당한 정치 권력의 모습도 엿볼 수 있습니다. 이렇게 보면 토끼는 서민을 상징하는 셈이지요.

둘째로 풍자의 대상이 되는 것은 별주부를 포함한 용궁의 대신들입니다. 이들은 서로 토끼를 잡아오겠다고 다투는 등 싸움을 일삼습니다. 이는 조선 후기에 출세와 부귀를 위해서 다툼만을 일삼던 지배관료층을 풍자한 것입니다. 부귀영화를 위해서라면 토끼의 간이라도 빼서 용왕에게 충성해야 한다는 별주부의 생각은 봉건 사회 지배관료가 지닌 맹목적인 충성심이라고 할 수 있지요.

마지막으로 풍자의 대상이 되는 것은 주인공 토끼입니다. 토끼는 별주부에게 속아 용왕에게 간을 내어놓아야 하는 처지에 놓였다는 점에서 힘없고 나약한 백성을 상징한다고 할 수 있습니다. 하지만 별주부에게 속아 넘어가는 과정에서 토끼도 비판의 대상이 되지요. 작품이 창작되던 조선 후기 사회는 물질이나 금전을 중시하는 분위기가 널리 퍼져 있었습니다. 서민들도 예외는 아니어서 헛된 욕망을 품고 살아가는 사람들이 적지 않았지요. 토끼는 분수에 넘치는 헛된 명예와 부귀를 쫓으려는 서민들을 비판하기 위해 설정된 인물인 것입니다.

최후의 승리는 토끼에게로

소설의 결말은 여러분이 잘 아는 대로 용왕과 용궁의 대신들이 토끼의 꾀에 속아서 결국 토끼가 육지로 되돌아오는 것으로 되어 있습니다.

밤에 즐겁게 놀고, 이튿날 왕께 하직하고 별주부의 등에 올라 만경창파 큰 바다를 순식간에 건너와서, 육지에 내려 자라에게 하는 말이,

"내 한 번 속은 것도 생각하면 진저리가 나거늘 하물며 두 번까지 속을쏘냐. 내 너를 다리뼈를 추려 보낼 것이로되 십분 용서하노니 너의 용왕에게 내 말로 이리 전하여라. 세상 만물이 어찌 간을 임의로 꺼내었다 넣었다 하리오. 신출귀몰한 꾀

에 너의 미련한 용왕이 잘 속았다 하여라."

  -「토끼전」중에서

  이러한 결말은 작품의 주요 창작자인 백성들의 욕망이 반영된 것이지요. 현실에서
는 정치 권력의 억압과 수탈에서 벗어나기 힘들지만 작품에서라도 통쾌한 복수를 하
고 싶었던 것이 민중의 욕망이었고 그것이 결말로 나타난 셈이지요. 결말에서 토끼
가 별주부를 보면서 간을 빼놓고 다니는 짐승이 어디 있느냐며 조롱하는 장면은 지
배 계층에 대한 야유와 비방을 통해서 현실의 욕구 불만을 해소하는 민중의 모습을
엿보게 합니다.

뜬금있는 질문

고전 작품 중 「토끼전」 이외의 우화 소설에는 어떤 것이 있나요?
가장 대표적인 우화 소설로는 「장끼전」을 들 수 있지요. 이 소설에서는 장끼와 까투리를 등장시
켜 남존여비와 과부의 개가 금지라는 유교적인 인습을 풍자하고 비판하였지요. 이와 비슷한 작
품으로는 「서동지전」이 있습니다. 쥐를 의인화한 소설로 아내의 말을 듣지 않는 부도덕한 다람
쥐가 마침내 곤욕을 치른다는 내용이지요. 개화기에는 동물을 등장시켜 인간의 부도덕한 모
습을 신랄하게 비판한 안국선의 「금수회의록」이 발표되기도 했습니다.

045   흥부는 양반, 놀부는 상인을 상징한다고요?

어려서부터 '흥부 놀부' 이야기라면 늘 '착하게 살라'라는 한 줄의 주제가 전부라고 배웠어요. 설마 그렇게 단순하기만 할까요? 혹시 숨어 있는 상징이나 메시지는 없을지 궁금해요.

흥부는 몰락 양반, 놀부는 신흥 부자

판소리 소설 「흥부전」을 공부하다 보면 흥부는 몰락한 양반을, 놀부는 신흥 부자를 상징한다는 말이 자주 나옵니다. 그래서 두 사람이 서로 형제가 아닌 것처럼 생각하는 경우도 종종 있지요. 그러나 「흥부전」의 첫 장면에는 충청, 전라, 경상의 경계에 연생원이라는 사람이 아들 형제를 두었다고 분명히 적혀 있습니다. 그러니 두 사람은 분명 형제지간이 맞습니다. 생원의 아들이었으니 굳이 따지자면 두 사람 모두 양반이라고 할 수 있지요. 그렇다면 어째서 흥부가 양반, 놀부가 신흥 부자를 상징한다고 보았을까요?

　이를 이해하기 위해서는 흥부와 놀부의 성격을 이해하는 것이 중요합니다. 먼저 흥부를 살펴보면 흥부는 가난하지만 착하고 우애와 신의가 있는 인물로 그려져 있습니다. 그는 형 놀부에게 무일푼으로 쫓겨나면서도 그를 원망하거나 증오하지 않습니다. 가족의 생계보다 형제 간의 우애를 더 중요하게 생각하는 인물이지요. 이를 좀 더 확장시켜 이해하면 실제 생활보다 명분이나 의리를 더 중시하는 인물이라고 할 수 있고 이 점에서 흥부는 양반 계층을 상징한다고 할 수 있습니다. 유교적인 명분과 의리가 실생활보다 더 중요하다고 생각했던 것이 양반이었으니까요. 「흥부전」이 만들어지던 조선 후기 사회에는 몰락한 양반들이 적지 않았는데 흥부는 그런 계층을 상징한다고 할 수 있습니다.

　반면에 놀부는 자신의 사유재산을 늘리기 위해서 부모의 유산을 독차지한 인물입니다. 그는 형제 간의 우애 같은 유교적인 가르침에는 아랑곳하지 않고 도덕성을 잃어버린 채 물질적인 욕망만 추구하지요. 또한 재산을 축적하는 과정에서도 흥부와는 달리 대단히 적극적인 태도를 취합니다. 제비의 다리를 일부러 부러뜨린다든지, 손해를 보면서도 계속 박을 타는 행동에서 놀부의 적극적인 재산 축적 의지를 확인할 수 있지요. 그러므로 놀부는 명분과 의리를 중시하는 양반보다는 실질을 중시하는 신흥 부자 계층을 상징한다고 할 수 있습니다. 비록 형제였지만 작품 속에서 상징하는 계층은 서로 달랐던 것입니다. 이런 설정이 가능했던 것은 판소리 소설이 특정한 사람의 작품이 아니라 여러 사람이 오랜 시간을 걸쳐 만들어 낸 문학이기 때문입니다.

놀부의 눈으로 흥부 보기

　그렇다면 「흥부전」을 통해서 전달하고자 하는 주제의식은 무엇일까요? 일단 겉으로 드러난 주제는 여러분도 잘 알다시피 형제 간의 우애와 착한 일을 하면 복을 받는다는 '권선징악'이겠지요. 하지만 이 주제는 어디까지나 겉으로 나타난 것일 뿐입니다. 판소리 소설들은 겉으로 드러난 주제와 속에 담긴 주제가 차이가 있는데 「흥부전」도 그러하지요. 그렇다면 속에 담긴 주제는 무엇일까요?

「흥부전」의 이면적인 주제는 누구를 초점화하느냐에 따라서 주제의식이 조금씩 달라진다고 할 수 있습니다. 먼저 흥부의 편에 치우쳐서 주제의식을 찾는다면 무엇보다도 물질만을 숭상하는 조선 후기 사회상에 대한 비판이라고 할 수 있습니다. 조선 후기에는 양반마저도 돈으로 사고파는 일이 허다했을 정도로 물질적인 것이 모든 것을 좌우했습니다. 물질을 추구하기 위해서는 인륜을 저버리는 일마저 서슴지 않았던 것이지요. 이런 사회상 속에서 흥부는 그 존재만으로도 물질주의적인 세계를 비판하는 인물입니다. 그는 물질보다 인륜을 중시했고 선량했으며 또한 성실했습니다. 따라서 흥부를 초점으로 작품의 주제를 찾는다면 그것은 물질주의적인 세계관에 대한 비판과 인간성의 옹호라고 말할 수 있습니다.

다음으로 놀부의 관점에서 보면 작품의 주제는 달라집니다. 당시 조선 사회는 명분만 앞세우고 실질적인 일에 소홀한 양반들이 많았습니다. 경제적으로 무능했지만 신분적으로 낮은 계층들을 무시하기 일쑤였지요. 이에 비해 상인들은 경제적 능력은 훌륭했지만 신분적인 제약으로 어려움을 겪고 있었지요. 놀부의 관점에서 보면 「흥부전」은 몰락한 양반과 신흥 부농 사이의 갈등을 그려 놓은 것으로 해석할 수 있습니다. 이때 흥부는 실질적으로 능력은 없고 운에만 기대어 사는 몰락한 양반과 같이 부정적으로 해석됩니다.

뜬금있는 질문

「흥부전」의 근원 설화는 무엇인가요?
「흥부전」은 하나의 이야기가 발전된 것이 아니라 다른 판소리 소설처럼 여러 이야기가 결합된 형식으로 되어 있습니다. 그중에서도 가장 널리 알려진 근원 설화로는 '방이 설화'와 '박 타는 처녀 설화'가 있습니다. 방이 설화는 「흥부전」과는 달리 착한 형과 못된 아우로 설정이 되어 있지요. 가난한 방이가 동생에게 곡식의 씨앗을 구걸했는데 아우는 삶은 씨앗을 주었지요. 하지만 이상하게도 곡식이 잘되었고 방이는 곡식을 물고 도망가는 새를 쫓다가 금방망이를 얻어서 부자가 된다는 이야기입니다. 박 타는 처녀 이야기는 한 처녀가 다리 다친 제비를 치료해 주었더니 제비가 박씨를 물어 왔고 거기에서 열린 박을 타 보니 쌀이 계속 나와 부자가 되었다는 이야기입니다. 「흥부전」의 이야기와 정말 비슷하지요?

046 입장료도, 무대도, 객석도 따로 없는 연극이 있었다고요?

현대 연극은 서구에서 들어온 형식이라고 하는데 우리나라에 옛날부터
전해져 오는 전통 연극은 어떤 것이었나요? 전통 연극이 현대 연극과 어
떤 차이가 있는지 알고 싶어요.

들어는 보았나? 전통 민속극!

우리가 요즘 극장에서 보는 연극은 서구에서 들어온 근대적인 연극입니다. 우리
나라 고유의 공연예술은 아니지요. 우리나라의 공연예술은 민속극으로 발전해 왔습
니다. 민속극이란 민간에서 발생하여 일반 백성들이 즐겨 감상했던 공연예술을 가리
킵니다. 우리나라의 민속극에는 탈춤과 같은 가면극과 꼭두각시놀음 등의 인형극이
있습니다. 아마 여러분도 지역축제 같은 곳에서 탈춤이라든가 인형극을 한두 번씩은

본 적이 있을 것입니다.

그렇다면 가면극과 인형극은 언제부터 만들어졌을까요? 학자들은 대개 삼국 시대로부터 민속극의 뿌리를 찾을 수 있다고 말합니다. 기록에 의하면 신라 때에는 〈처용무〉가 공연된 적이 있고, 고려 때에는 나례가 행해졌으며 조선 시대에는 산대도감극이 있었으므로 우리나라 전통극은 아주 오래전부터 존재해 왔다고 말할 수 있습니다.

현재 전해지고 있는 민속극 중 가면극에는 산대놀이와 탈춤이 있습니다. 산대놀이는 주로 서울이나 서울 근처에서 행해졌던 놀이입니다. 조선 시대를 배경으로 한 TV 드라마나 영화에서 가끔 산대놀이 장면이 나오기도 하는데 주로 몰락한 양반을 풍자하거나 파계승을 비꼬는 내용으로 되어 있습니다. 〈양주별산대놀이〉와 〈송파산대놀이〉가 유명하지요.

탈춤은 주로 황해도 일대에서 공연되었습니다. 주요 내용은 허위의식에 가득 찬 양반을 조롱하고 가부장제를 비판하는 등 봉건 사회의 모순을 풍자하는 것이었지요. 대표적으로는 〈봉산탈춤〉, 〈강령탈춤〉 등이 있습니다.

마지막으로 민속극 중 인형극은 전문적인 놀이패인 남사당패에 의해 공연된 꼭두각시놀음이 있습니다. 꼭두각시놀음도 양반에 대한 조롱과 풍자라든가 처첩 간의 갈등과 같이 봉건 사회의 모순을 비판하는 내용이 주를 이루고 있습니다.

입으로 전해 내려온 대본

가면극이나 인형극은 서구 연극과 달리 작가에 의해서 쓰여진 대본이 없습니다. 서구의 연극은 극작가가 대본을 쓰고 배우들이 대본에 따라 연기를 합니다. 그러나 우리나라 전통 연극은 서구의 근대적인 연극처럼 문자로 적혀진 대본이 있었던 것이 아닙니다. 대신 입에서 입으로 전해져 내려오는 대본이 있었지요.

민속극의 대본은 입에서 입으로 전해져 내려왔기 때문에 일상적인 구어들이 많이 사용되었습니다. 문자로 정해진 대본이 없었으니 상황에 따라서 조금씩 달리 표현할 수 있었지요. 또한 비어 · 속어 · 재담 등이 자유자재로 쓰이기도 했습니다. 도덕적이고 윤리적인 구속에서 벗어나 인간의 감정을 자유롭게 표현할 수 있었습니다.

대체로 옴니버스식 구성

민속극의 특징 중 하나는 옴니버스식 구성입니다. 옴니버스식 구성이란 서로 다른 이야기가 비슷한 주제로 한데 모여 있는 구성방식을 말합니다.

서양 연극은 장과 막의 구분이 있을 뿐 전체적으로 단일한 주제를 지닌 하나의 이야기가 인과적으로 엮여 있습니다. 셰익스피어의 〈로미오와 줄리엣〉 같은 연극을 떠올려 보세요. 막과 장의 구분이 있지만 인물들이 끝까지 하나의 이야기를 가지고 이룰 수 없는 사랑이라는 주제를 표현하고 있지요.

이에 반해 가면극은 각 과장의 이야기가 서로 완전히 다르게 진행됩니다. '과장'이란 서구 연극의 장이나 막에 해당하는 구성 단위를 가리키는 말이지요. 어느 과장에서는 양반을 풍자하는 놀이가, 어느 과장에서는 파계승을 풍자하는 놀이가 펼쳐지는 것이 가면극의 특징이지요.

전통극의 열린 무대

우리나라의 전통 민속극과 서양식 근대 연극은 무대를 설정하는 데에도 큰 차이가 있습니다. 여러분이 극장에서 관람하는 연극은 별도의 무대가 마련되어 있습니다. 그리고 무대에는 여러 가지 조명이라든가 무대 장치들이 갖춰져 있는데 이는 무대 위를 좀 더 사실적으로 꾸미기 위해서입니다. 또한 근대 연극에서 무대와 객석은 엄격히 구분되어 있습니다. 실험적인 연극을 제외하고는 무대 위의 배우는 객석에 갈 수 없고 객석에 앉은 관객은 극의 진행을 방해하지 않기 위해 침묵해야 합니다. 극을 진행하는 중에 절대로 개입해서는 안 되지요.

하지만 우리나라 전통극은 무대와 객석의 구분이 존재하지 않습니다. 물론 극이 진행되는 영역과 관람자의 영역은 분명한 차이가 있습니다. 그렇다고 해서 서양 연극처럼 공간적으로 분리되어 있는 것은 아닙니다. 또한 특별한 조명이나 무대 장치도 필요 없습니다. 무대를 사실적으로 꾸밀 필요가 없는 것입니다. 이처럼 열린 무대의 성격을 지니기 때문에 전통극에서 관객은 공연 중에 능동적으로 참여할 수 있습니다. 서양 연극처럼 수동적으로 극을 감상하는 것이 아니라 적극적으로 자신의 감정을 드러내는 말을 내뱉을 수도 있지요.

그렇다고 해서 전통극과 근대 연극 중 어느 것이 더 우수한지를 따지는 것은 온당한 일이 아닙니다. 각자 나름대로의 특성을 살려서 관객에게 감동과 즐거움을 주면 되는 것입니다.

산대놀이가 주로 서울 지방이나 서울 근교에서 행해진 까닭은 왜인가요?

산대놀이가 서울과 그 주변 지역에서 연희된 까닭은 조선 시대 나례도감이라는 곳과 관련이 깊습니다. 나례도감은 나례를 행하던 관청이었는데 나례란 사악한 귀신을 내쫓기 위해 행해진 춤과 노래를 가리킵니다. 예인들과 광대들이 이곳에 속해 있어서 외국 사신을 접대하거나 왕의 행차 때에 여러 가지 공연을 주관했지요. 그런데 이 관청이 인조 때에 없어지자 그곳에 속한 예인과 광대 들이 놀이패를 조직해서 민간을 떠돌며 공연을 했지요. 이것이 민간에서 행해지던 산대놀이인 것입니다. 그런 까닭에 산대놀이는 서울이나 서울 근교에서 활발하게 공연될 수 있었던 것이지요.

047 탈춤을 출 때 탈을 바꿔 써도 될까요?

탈춤을 보면 꽤 다양한 탈이 나오는 것 같아요. 하얀 탈도 있고, 까무잡잡한 탈이 있는가 하면 빨간색인 탈도 있던데……. 탈춤을 출 때 이 탈들이 각각 역할이 다른 건지 궁금해요.

말뚝이 탈은 왜 얼굴이 검은 걸까?

탈은 인물의 성격을 암시한다

탈춤에서 탈은 등장인물의 성격을 특징적으로 보여 주는 도구입니다. 따라서 탈의 모습을 잘 살펴보면 인물의 성격을 이해할 수 있습니다. 그러니 만약 탈을 바꿔 쓴다면 맡는 역할 또한 바뀌겠지요? 각각의 탈이 지닌 캐릭터가 이미 약속되어 있는 것이니까요.

탈춤은 대개 황해도 지역에서 공연되었는데 〈봉산탈춤〉, 〈강령탈춤〉, 〈은율탈춤〉등이 대표적입니다. 이들 탈춤은 약간의 차이가 있을 뿐 양반을 조롱하고 가부장제를 비판한다는 점에서 비슷한 인물과 비슷한 주제로 이루어져 있습니다. 이 중 〈봉산탈춤〉에 사용된 특징적인 탈을 살펴보겠습니다.

일단 〈봉산탈춤〉의 대략적인 줄거리를 알아보지요. 탈을 이해하려면 누가 등장해서 어떤 사건을 벌이는지 정도는 미리 알아 두는 게 좋을 테니까요. 〈봉산탈춤〉은 전체가 7과장으로 구성되어 있습니다. 과장이란 서양 연극의 막과 장에 해당되는 개념이지요. 하지만 탈춤에서의 과장은 서양 연극의 막과 장처럼 서로 연결된 이야기가 아니라 서로 독립된 내용을 담고 있습니다.

1과장은 사상좌춤입니다. 사상좌춤은 동서남북 사방을 지키는 신에게 예를 올리는 의식이라고 할 수 있습니다. 특별한 내용은 없습니다. 2과장은 팔목중춤입니다. 팔목중춤은 파계한 중을 우스꽝스럽게 표현하는 내용으로 되어 있습니다. 3과장, 사당춤은 특별한 내용 없이 춤을 추는 장면이 이어지고 4과장은 노장과장으로 늙은 스님이 파계해서 젊은 여자를 쫓아다니는 이야기입니다. 5과장은 사자가 파계승을 혼내는 장면으로 연극적인 내용보다는 대체로 춤으로 구성되어 있습니다.

이어 6과장과 7과장은 〈봉산탈춤〉에서 가장 연극적인 요소가 많은 과장입니다. 이들 과장에서 등장하는 탈은 계층을 상징하고 있다는 점에서 주목할 필요가 있지요. 자, 그럼 6과장과 7과장을 중심으로 〈봉산탈춤〉의 탈과 각각의 역할을 살펴보도록 하지요.

어리숙한 양반 탈, 건강한 말뚝이 탈

먼저 6과장은 양반과장으로 양반 삼형제와 말뚝이, 그리고 취발이가 등장합니다.

언청이 양반 탈

양반 삼형제는 각각 샌님, 서방님, 도련님입니다. 그런데 이들은 권위와 위엄을 떨치는 양반의 모습과는 거리가 멀지요. 〈봉산탈춤〉의 내용을 살펴보면 샌님은 언청이 두 줄, 서방님은 언청이 한 줄로 되어 있습니다. 언청이란 입술이 찢어져 위로 치켜 올라간 상태를 가리키는데 어리숙한 인상을 주기 마련이지요. 양반 삼형제 중 막내인 도련님은 입이 비뚤어진 채 아무런 대사가 없이 형들의 얼굴을 부채로 때리며 방정맞게 굽니다. 양반의 모습이 매우 익살스럽게 그려져 있지요. 탈춤이 민중의식에 기반하여 양반의 허위를 조롱하는 주제의식을 지녔음을 보여 주는 사례입니다.

검은빛 말뚝이 탈

양반과장에 등장하는 또 다른 인물인 말뚝이는 얼굴이 아주 검습니다. 양반의 탈이 모두 하얀 것과 대조를 이루고 있지요. 이는 민중의 고단한 삶과 건강한 생명력을 상징하는 것으로 해석할 수 있습니다. 말뚝이는 양반 삼형제를 조롱하는 인물로서 채찍과 벙거지를 들고 있는 것으로 보아 말을 다루던 마부라고 짐작할 수 있습니다. 따라서 양반과장의 가장 핵심적인 재미는 낮은 계층을 대표하는 마부가 높은 계층인 양반을 조롱하며 풍자하는 통쾌한 역설에 있다고도 할 수 있습니다.

대춧빛 취발이 탈

한편 양반과장에 등장하는 또 다른 탈로는 취발이를 들 수 있습니다. 취발이는 얼굴이 무르익은 대춧빛같이 붉습니다. 취발이는 조선 후기 등장한 상인 계층을 상징한다고 주로 알려져 있습니다. 양반이 가장 싫어하는 계층이었지요. 양반과장의 후반부에 보면 양반들이 말뚝이를 시켜 취발이를 잡아와 그를 죽이라고 합니다. 그 이유가 나라의 돈을 함부로 가져갔다는 것인데 이것을 볼 때 취발이는 돈을 많이 모은 신흥 상인이라고 할 수 있습니다. 마지막 장면에서 말뚝이는 취발이를 죽이라는 양반의 명령에 취발이의 돈을 나눠 쓰자는 말로 무마하며 갈등을 해결하지요.

미얄탈은 검고, 덜머리집 탈은 희고

〈봉산탈춤〉의 마지막 7과장은 미얄과장입니다. 미얄은 한 손에 부채를 한 손에 방울을 든 것으로 보아 무당을 표현한 것으로 보입니다. 미얄과장에 등장하는 또 다른 탈로는 영감과 덜머리집이 있습니다. 영감은 미얄의 남편으로 머리에 이상한 모자를 쓰고 장삼중이 입는 옷을 입고 있습니다. 그리고 덜머리집은 젊은 여자의 탈로 미얄탈이 검은 데 비해서 하얀색으로 만들어져 있습니다. 7과장의 주요 갈등은 크게 두 가지로 나눌 수 있습니다.

첫째는 미얄과 영감 사이의 갈등입니다. 영감은 가부장적인 권위를 지닌 인물로 아내 미얄을 구박합니다. 특히 두 사람이 재회했다가 다시 갈라서는 부분에서 온갖 재물들을 자신이 차지하고 아내 미얄에게는 쓸모없는 것들만을 주려 하지요. 미얄이 이에 반발하자 영감은 미얄을 떠밀어 죽음에 이르게 합니다. 가부장의 부당한 권위에 희생당하는 아내의 모습을 그리고 있는 것이지요.

또 다른 갈등은 처첩 간의 갈등입니다. 미얄은 영감의 부인이고 덜머리집은 영감의 첩이었습니다. 미얄이 영감과 다투게 된 이유는 사실 덜머리집 탓이라고 할 수 있지요. 본처 이외에 첩을 두는 조선 시대의 부적절한 관습이 처첩 간의 갈등을 낳은 것입니다. 이처럼 미얄과장은 가부장제와 처첩 제도라는 전근대적인 관습을 비판하고 있습니다.

〈봉산탈춤〉의 대사들은 풍자적이라던데 예를 들어 주세요.
〈봉산탈춤〉의 6과장 양반과장은 말뚝이가 양반 삼형제를 놀리는 장면이 많습니다. 그중에서 한 대목을 살펴보겠습니다.

(가운데쯤에 나와서) 쉬이. 양반 나오신다아! 양반이라고 하니까 노론, 소론, 호조, 병조, 옥당 을 다 지내고 삼정승, 육판서를 다 지낸 퇴로재상으로 계신 양반인 줄 알지 마시오. 개잘량이라 는 '양' 자에 개다리 소반이라는 '반' 자 쓰는 양반이 나오신단 말이오.
— 〈봉산탈춤〉 중에서

이 대사는 말뚝이가 양반을 소개하는 장면입니다. 노론·소론·호조·병조·옥당·삼정승· 육판서는 모두 조선 시대 벼슬을 뜻하는 말이며 '퇴로재상'은 현직에서 물러난 높은 벼슬아치 를 가리킵니다. 그런데 말뚝이는 지금 나오는 양반이 그런 양반이 아니라 개잘량 '양' 자에, 개 다리 소반 '반' 자 쓰는 양반이라고 합니다. 개잘량은 개의 가죽으로 만든 방석을 뜻합니다. 따 라서 말뚝이가 소개하는 양반이란 개의 가죽이나 개의 다리와 같은 것이지요. 양반을 한마디 말로 조롱하고 있는 것을 쉽게 확인할 수 있을 것입니다.

part. 03

현대 시

국어 선생님도 궁금한 101가지 문학질문사전

$O48$　시어에는 뭔가 특별한 것이 있다?

시에서 사용하는 말들은 일상적인 말들과 다른 특징이 있는 것 같아요. 시를 아무리 읽어도, 단어의 사전적 의미를 다 알아도 무슨 뜻인지 잘 이해하지 못할 때도 많고 상식적으로 말이 안 될 때도 있잖아요. 왜인가요? 시어에는 뭔가 특별한 게 있는 건가요?

함축적 의미를 지닌 시어

　산문은 그냥 줄을 따라 읽으면 의미가 쉽게 파악되는데 시는 집중을 하고 주의를 기울여 읽어도 이해되지 않는 경우가 많습니다. 왜일까요? 그것은 시에 사용된 언어가 함축적인 성격을 지니고 있기 때문입니다. 함축은 문자 그대로, 무엇인가를 포함하고 모아 두며 때론 의중을 겉으로 드러내지 않는다는 뜻입니다. 시어는 일상 속에 사용하는 의미만 지닌 것이 아니라 다양한 의미를 포함하고 모아 두는 것이지요. 따라서 시어를 일상적인 산문처럼 읽다가는 시어가 품고 모아 둔 다양한 의미를 놓칠 수 있습니다.

내가 그의 이름을 불러 주기 전에는

그는 다만

하나의 몸짓에 지나지 않았다.

내가 그의 이름을 불러 주었을 때

그는 나에게로 와서

꽃이 되었다.

내가 그의 이름을 불러 준 것처럼

나의 이 빛깔과 향기에 알맞은

누가 나의 이름을 불러다오.

그에게로 가서 나도

그의 꽃이 되고 싶다.

우리들은 모두

무엇이 되고 싶다.

너는 나에게 나는 너에게

잊혀지지 않는 하나의 눈짓이 되고 싶다.

– 김춘수, 「꽃」

이름을 불러 주었더니 꽃이 되는 현상은 일상적인 현실에서는 일어나지 않습니다. 따라서 이 시에서 꽃은 단순히 식물로서의 꽃을 가리키는 것이 아닙니다. 이름을 부르는 행위도 단순히 소리 내어 누군가의 이름을 부르는 것만 뜻하는 것이 아니지요.

일단 이름을 부른다는 말은 무슨 뜻일까요? 그것은 상대방을 의미 있게 받아들인 다는 뜻입니다. 여러분도 선생님이 '야!' 혹은 '너!'라고 부를 때보다 이름을 불러 줄 때가 더 기분이 좋을 것입니다. 그 까닭은 선생님이 '나'를 알아봐 준다는 생각 때문입니다. 그냥 스쳐 지나가는 한 명의 학생, 매년 새로운 사람으로 다시 채워지는 '몇 학년 몇 반 몇 번'이 아니라 고유한 '나'로서 관계를 맺을 수 있게 되지요. 이처럼 이름을 부르다는 말에는 대상을 인식한다는 뜻이 담겨 있습니다.

그렇다면 꽃은 어떤 의미일까요? 꽃은 대개 식물의 가장 윗부분에서 색깔과 향기를 지닌 채 피어납니다. 따라서 식물을 볼 때 가장 먼저 시선이 가는 것이 꽃이라고 해도 과언이 아니겠지요. 어떤 식물들은 꽃으로 씨앗을 지키기도 합니다. 이런 맥락에서 꽃은 커다란 가치를 지닌 것이라고 할 수 있을 것입니다. 그러므로 김춘수의 「꽃」은 내가 먼저 대상을 의미 있게 받아들일 때, 대상이 나에게 가치 있는 것으로 다가올 수 있다는 의미로 해석될 수 있습니다.

이처럼 이 시에서 '이름을 부른다'는 표현과 '꽃'이라는 단어에는 일상적인 의미 이외에 다른 의미들이 포함되고 쌓여 있는 것입니다. 이런 의미들을 함축적인 의미라고 합니다. 시어는 일상적인 언어와 달리 함축적인 의미를 지니고 있지요.

시는 일종의 랩

시어의 또 다른 특성으로는 음악성을 들 수 있습니다. 음악성은 시어의 배열 속에서 느껴지는 리듬을 가리킵니다. 원래 시는 악기의 리듬에 맞춰 부르는 노래였습니다. 서정시를 뜻하는 영어의 'lyric'은 '리라lyra'라는 악기의 리듬에 맞춰 부르는 노래라는 뜻이었지요. 오늘날에도 작사가의 이름을 쓸 때 'lyrics by ○○○'로 표기하기도 하고요.

시는 산문과는 달리 리듬을 지니고 있습니다. 시를 줄글로 쓰지 않고 행과 연을 구분하여 쓰는 것도 모두 리듬과 운율을 살리기 위한 것입니다. 어찌 보면 대중음악의 랩과 비슷하다고 생각할 수 있지요.

살어리 살어리랏다 청산에 살어리랏다
머루랑 다래랑 먹고 청산에 살어리랏다
얄리얄리 얄랑셩 얄라리 얄라
－「청산별곡」 중에서

이 시는 고려 가요입니다. 마지막 줄 "얄리얄리 얄랑셩 얄라리 얄라"는 'ㄹ' 소리와 'ㅇ' 소리를 반복해서 독특한 리듬을 보여 줍니다. 리듬을 만드는 가장 기본적인 방법은 소리의 반복입니다. 'ㄹ'과 'ㅇ' 소리가 반복해서 나타나니 그 안에 리듬의식이 만들어진 것입니다. 그러고 보면 위의 고려 가요에는 반복되는 것이 하나 더 있습니다. "살어리 살어리랏다"는 '살어리 ✔ 살어리 ✔ 랏다'로 세 번 끊어 있는 것이 자연스러운데 이처럼 세 번 끊어 읽는 말들이 계속 반복되고 있지요. 뒤에 살펴보겠지만 이를 음보율이라고 합니다. '보步'가 '걸음'을 나타내는 글자니까 쉽게 얘기해서 '음이 발자국을 찍는 자리', 즉 끊어 읽는 횟수라고 생각하면 쉬울 거예요. 이처럼 시는 일상적인 말들과 달리 음악성을 지니고 있습니다.

시는 형상성을 지닌다

시어의 특징 중 빠뜨릴 수 없는 것은 형상성입니다. 우리는 시 구절을 읽으면 어느 구절에선가 머릿속에 떠오르는 이미지들을 만나게 됩니다. 그것은 시각적일 때도 있고 촉각적이고 후각적일 때도 있으며 둘 이상의 감각을 동시에 자극하는 경우도 있습니다.

잠 이루지 못하는 밤 고향집 마늘밭에 눈은 쌓이리.
잠 이루지 못하는 밤 고향집 추녀 밑 달빛은 쌓이리.
발목을 벗고 물을 건너는 먼 마을.
고향집 마당귀 바람은 잠을 자리.
– 박용래, 「겨울밤」

이 시의 화자는 고향집에 있지 않습니다. 고향을 그리워해서 잠 이루지 못하는 밤을 보내고 있지요. 그런데 이 사람에게 고향집 마늘밭에 쏟아지는 눈과, 추녀 밑의 달빛이 떠오릅니다. 분명히 현실 속에는 없는 것이지만 독자의 머릿속에도 그것들이 떠오르게 될 것입니다. "발목을 벗고 물을 건너는 먼 마을"에서는 발목에 서늘한 시냇물이 닿은 것 같은 촉각적인 느낌도 얻을 수 있지요. 물론 상상력을 동원한다는 조건을 만족한다면 말이지요. 이처럼 시는 지금 당장에 존재하지 않는 것들을 머릿속에 떠올리게 만드는 형상성을 지니고 있습니다.

자, 이제 정리해 봅시다. 시는 일상어를 사용하기는 하지만 그 의미와 성격은 실제 쓰이는 표현과 조금 다릅니다. 시어는 함축적인 의미를 지니고 있으며 음악적인 리듬도 갖추고 있고 상상력을 동원해서 읽으면 형상성마저 느낄 수 있습니다. 시어는 일상 언어와 형태는 같을지 몰라도 그 쓰임새는 다른 것입니다.

뜬금있는 질문

시는 문법을 지키지 않아도 되나요?

시는 문법을 따로 지키지 않아도 됩니다. 다만 기본적인 소통이 되지 않을 정도로 쓰면 안 되겠지요. 시의 분위기라든가 주제의식을 드러내기 위해서는 문법에 어긋난 것도 허용하는 경우가 있습니다. 이를 '시적 허용'이라고도 부릅니다. 예를 들면 김영랑의 시 「끝없는 강물이 흐르네」에서 "돋쳐 오르는 아침 날빛이 빤질한 / 은결을 도도네"의 경우에서 "도도네"는 '돋우네'가 정확한 표현입니다. 또한 "빤질한"은 '반질반질'이라는 부사를 활용하여 시인이 만들어 낸 말이지요. 이처럼 시인은 운율을 위해서 문법에 어긋난 표현을 일부러 사용할 수도 있습니다.

049 | 시인과 시적 화자는 다르다고요?

시에서 말하는 사람을 시적 화자라고 하는데 시인과 시적 화자를 구분하는 이유는 뭔가요? 굳이 그렇게 구분해서 얻는 효과는 무엇인가요? 그리고 소설에서 말하는 서술자와 시적 화자는 어떤 차이가 있는지도 알고 싶어요.

시인이 작가라면, 시적 화자는 배우

시인과 시적 화자는 분명히 다릅니다. 여러분이 좋아하는 아이돌 가수들을 떠올려 보세요. 대개 사랑과 실연의 아픔을 표현한 노래를 많이 부릅니다. 그런데 그들 중에서 실제로 사랑에 빠졌거나 실연을 당한 사람이 있나요? 그런 사람도 있겠지만 이별의 아픔이 없는 사람도 있고 사랑에 빠져 있지 않은 사람도 있을 것입니다. 그런데도 자기들이 마치 실제로 그런 상황에 놓인 것처럼 기쁘거나 슬픈 표정을 짓지요. 그러지 않으면 그들의 노래가 우리 마음을 흔들 수 없겠지요. 혹은 무대 매너가 별로라고 인기가 곤두박질칠지도 모릅니다. 사람들은 노래가 가수의 실제 경험이 아닌 줄 알면서도 가수가 노래에 실감나게 감정을 담아 부를 때 큰 감동을 얻습니다. 물론 노래가 끝나면 가수들은 언제 그랬느냐는 듯이 일상으로 되돌아옵니다.

시인과 시적 화자의 관계도 비슷합니다. 시인은 시를 쓰는 사람일 뿐 시 속에서 말하는 사람은 아닙니다. 시 속에서 이야기하는 사람은 노래를 하는 아이돌처럼 시의 상황에 흠뻑 취하고 그것을 현실로 받아들이지만 시인은 시라는 무대가 아닌 작품 밖에, 즉 삶 속에 머무르는 생활인입니다. 무대 밖에서 노래를 만들고 가사를 쓰는 작곡·작사가처럼 말입니다.

물론 가수가 자신이 직접 겪은 일을 노래할 수 있듯이 시인도 자신이 직접 겪은 이야기를 시로 쓸 수도 있습니다. 하지만 만약 시인이 자기 이야기만 쓴다고 가정해 보세요. 그는 얼마 지나지 않아 더 이상 작품을 쓰기가 곤란해질 것입니다. 소재도 떨어지고 자기가 쓴 시 때문에 실제의 삶 속에서 여러 가지 제약도 생길 수 있지요. 시인은 자신의 생각이나 느낌을 효과적으로 전달하기 위해 허구적인 대리인을 내세울 필요가 있는 것입니다. 우리는 그를 시적 화자라고 부르며 또 다른 말로는 '서정적 자아'라고도 하지요.

시적 화자는 1인칭과 3인칭으로 존재한다

시적 화자는 소설의 서술자처럼 복잡하지 않습니다. 소설의 서술자는 1인칭과 3인칭으로, 다시 1인칭은 주인공·관찰자 시점으로 3인칭은 관찰자·전지적 작가 시점으로 복잡하게 구분이 되지만 시적 화자는 이보다 훨씬 단순하게 나뉩니다. 시적 화자는 시 안에 직접 나타나는 경우와 그렇지 않은 경우로 나눌 수가 있지요.

나 보기가 역겨워
가실 때에는
말없이 고이 보내 드리우리다
 — 김소월, 「진달래꽃」 중에서

강나루 건너서
밀밭 길을

구름에 달 가듯이
가는 나그네.
— 박목월, 「나그네」 중에서

두 편의 시를 보면 시적 화자가 어떻게 다른지 금방 짐작할 수 있습니다. 두 작품 모두 시적 화자가 존재합니다. 그런데 첫 번째 작품은 '나'가 직접 작품 속에 등장하지만, 두 번째 작품에서는 시적 화자가 직접 드러나지 않습니다. 소설의 3인칭 관찰자처럼 객관적인 상황만 제시하고 있는 것이지요.

시적 화자가 1인칭인 경우, 시인은 자신이 표현하고 싶은 섬세하고 미묘한 감정과 정서를 효과적으로 나타낼 수 있습니다. 김소월의 「진달래꽃」에서 이별의 슬픔이 그토록 안타깝게 느껴지는 것은 '나'라는 화자의 감정이 '나'의 입을 통해 섬세하게 전달되었기 때문이지요. 반면 시적 화자가 3인칭인 경우, 독자들은 시적 상황과 대상을 좀 더 사실적이고 현장감 있게 느낄 수 있습니다. 박목월의 「나그네」에서 나그네의 외로운 정서는 시에 나타난 강나루, 밀밭, 구름 등 사실적인 소재들이 제시되었기 때문에 가능한 것입니다. 이처럼 현대 시에서 화자는 작품의 주제를 표현하는 데에 매우 중요한 역할을 하고 있습니다.

시인과 시적 화자가 서로 다른 입장을 지닐 수도 있나요?

물론입니다. 시인과 시적 화자는 서로 다른 인격이기 때문에 굳이 입장을 같이할 필요는 없지요. 특히 시인이 자기 반성과 성찰을 한다든가, 자신을 스스로 풍자할 때는 시인과 시적 화자가 지향하는 것이 서로 다를 수 있습니다. 예를 들면 김광규의 「상행」에서 시인은 물질적인 가치만을 중시하는 시적 화자를 내세워 시적 화자 자체를 풍자하기도 했습니다.

050 | 남성적/여성적 어조라는 표현, 이거 성차별 아닌가요?

시에서 화자의 어조를 공부하다 보면 남성적 어조, 여성적 어조라는 말이 나옵니다. 남성, 여성으로 어조를 가르는 것이 성차별적인 것은 아닌가요?

어조 : 시적 화자의 말투

시를 공부하다 보면 어조라는 말 때문에 신경이 쓰일 때가 있습니다. 하지만 어조는 아주 단순한 말입니다. 쉽게 말하자면 어조는 '말투'를 좀 더 고상하게 표현한 말이지요. 우리가 사용하는 말에는 단어와 문장만 있는 것이 아니라 사람들 각자의 독특한 억양과 강세, 음색, 속도, 목소리의 크기 등이 존재합니다. 기분에 따라서 말투가 달라지기도 하고 누구와 말하느냐에 따라 표현이 달라지지요. 같은 말을 두고도 새침하고 뾰로통하게 전달할 수도 있고 격식을 갖춰 이야기할 수도 있습니다. 그렇기 때문에 말투에 따라 의미가 잘못 전해져 가끔 사람들 사이에 오해가 생기기도 하지요.

시에서도 일상생활처럼 말투가 존재합니다. 그것을 바로 어조라고 부르지요. 같은 의미를 전달하더라도 어조에 따라서 느낌이 달라지기 때문에 어조는 시의 주제를 형성하는 데에 적지 않은 역할을 합니다.

> 가을에는
> 사랑하게 하소서……
>
> 오직 한 사람을 택하게 하소서.
> 가장 아름다운 열매를 위하여 이 비옥한
> 시간을 가꾸게 하소서.
> ― 김현승, 「가을의 기도」 중에서

'~소서'로 된 어조를 '~다'로 바꿔 볼까요. '가을에는 사랑하고 싶다. 오직 한 사람을 택하고 싶다. 가장 아름다운 열매를 위하여 이 비옥한 시간을 가꾸고 싶다.' 위의 시에서는 시적 화자의 어조가 어떤 절대자에게 기도를 드리는 것처럼 기원의 의미를 지니지만 바꾼 문장에서는 화자의 의지와 바람을 나타내는 소망의 의미로 바뀝니다. 어조에 따라 의미가 달라지는 것이지요. 이와 같이 시적 화자의 어조는 시의 주제를 강조하거나 시적 화자의 태도를 반영하는 역할을 해 줍니다.

외계인의 어조를 상상해 볼까?

시의 어조는 상황에 따라서 아주 다양하게 존재할 수 있습니다. 제일 먼저 듣는 이가 있는지 없는지에 따라 시의 어조는 독백적 어조, 대화체 어조로 나뉩니다. 또한 듣는 이가 누구인지에 따라 명령적 어조, 청유적 어조, 기원적 어조 등이 존재할 수 있지요. 그뿐만 아니라 시적 화자의 정서에 따라 영탄적 어조, 격정적 어조, 그리움의 어조, 낙천적 어조 등으로, 대상을 바라보는 태도에 따라 냉소적 어조, 풍자적 어조, 비판적 어조, 해학적 어조, 예찬적 어조 등으로 구분할 수 있지요. 마지막으로 시적 화자가 누구인지에 따라 어조가 달라지기도 합니다. 어른인지, 어린이인지, 지식인인지, 노동자인지, 남성인지, 여성인지에 따라서 어조가 달라지지요.

'남성적 / 여성적 어조'는 사회적 관습의 반영

자, 이제 여러분이 궁금해 했던 남성적 어조, 여성적 어조를 살펴봅시다.

일단 남성적 어조는 대개 상황을 단정하는 어미나 명령형 종결 어미를 취하는 것이 특징입니다. 그래서 메시지를 강하게 전달하는 데 어울리며 의지적이고 힘찬 기백을 담은 내용을 전달하기에 적절합니다.

이에 반해 여성적 어조는 부드럽고 유연한 느낌의 여성성이 드러나는 경우를 말합니다. 여성적 어조는 간절한 기원, 애상의 내용을 전달하기에 적합하며, 높임, 청유형, 가정형 등의 표현으로 나타납니다.

까마득한 날에
하늘이 처음 열리고
어데 닭 우는 소리 들렸으랴

모든 산맥들이
바다를 연모해 휘달릴 때도
차마 이곳을 범하든 못하였으리라
  - 이육사, 「광야」 중에서

님은 갔습니다 아아 사랑하는 나의 님은 갔습니다
푸른 산빛을 깨치고 단풍나무 숲을 향하여 난 작은 길을 걸어서 차마 떨치고 갔습니다
황금의 꽃같이 굳고 빛나던 옛 맹세는 차디찬 티끌이 되어서 한숨의 미풍에 날

아갔습니다

　－ 한용운, 「님의 침묵」 중에서

　두 편의 시에서 어느 것이 남성적이고 어느 것이 여성적일까요? 아마 대부분 쉽
게 답을 맞혔을 텐데 여러분의 생각대로 이육사의 「광야」는 남성적 어조를, 한용운
의 「님의 침묵」은 여성적 어조를 지닌다고 말할 수 있지요. 전자가 '~으리라'라는 의
지적인 표현을 쓴 반면에 후자는 '~습니다'처럼 높임과 존경의 의미를 나타내는 어
미를 사용하고 있으니까요.

　하나의 작품 안에서 남성적 어조와 여성적 어조가 함께 드러나는 경우도 있습니
다. 김소월의 시 「초혼」을 보면 남성적인 어조, 여성적인 어조를 모두 찾을 수 있지요.

　산산이 부서진 이름이여!

　허공 중에 헤어진 이름이여!

　불러도 주인 없는 이름이여!

　부르다가 내가 죽을 이름이여!

　심중에 남아 있는 말 한마디는

　끝끝내 마저 하지 못하였구나.

　사랑하던 그 사람이여!

　사랑하던 그 사람이여!

　－ 김소월, 「초혼招魂」 중에서

　'초혼'은 죽은 사람의 영혼을 부른다는 뜻입니다. 시적 화자는 이미 세상을 떠난 사
람의 이름을 "부르다가 내가 죽을"만큼 간절하게 외치며 그리워하고 있지요.

　사랑하는 사람을 잃은 슬픔을 절규하듯이 적극적으로 드러내고 있다는 점에서 이
시는 남성적인 어조로 쓰였다고 할 수 있습니다. 하지만 앞서 말한 애상의 정서를 드

러내는 것은 일반적으로 여성적 어조라고 봅니다. 같은 시인데도 혹자는 '남성적 어조'로, 혹자는 '여성적 어조'로 설명하고 있는 것은 이런 이유 때문입니다.

그러다 보니 이 시의 어조를 '남성이냐, 여성이냐'로 제한하지 않고 '반복과 영탄을 통한 강렬한 어조'로 보는 시각도 꽤 있습니다.

그럼 남성적 어조, 여성적 어조는 왜 이렇게 유형화되었을까요? 다름 아닌 사회적 관습 때문입니다. 예전에 남자들에게는 주로 의지적이고 기백이 있는 모습들이 요구되었고, 여자들에게는 순종적이고 간절히 갈구하는 모습들이 요구되었지요. 이는 우리 사회가 과거에 그러했던 것을 언어가 반영한 것이지 언어 표현으로 남녀를 차별하려 한 것은 아닙니다.

요즘은 남성과 여성에게 요구되는 사회적 지위가 과거와 달리 많이 변했지요. 예컨대 남성적 성향으로 일컬어 왔던 '당당함'에 대해 한번 생각해 볼까요? 과연 당당함이 남성 고유의 성향일까요? 성별을 떠나 사람, 동물, 사물의 태도에서 발견할 수 있는 성향일 텐데 말이지요. 마찬가지로 흔히 여성적 성향으로 일컬어 온 '섬세함' 또한 남성에게서도 발견할 수 있는 것입니다. 사회적으로 남성과 여성에 대한 선입견이 조금씩 사라질수록 화자의 어조를 성별에 따라 나누는 것은 의미가 없어지겠지요. 하지만 아직까지는 적지 않게 쓰이는 말이니 알아두는 게 좋을 것 같습니다.

뜬금있는 질문

시는 아름다움을 언어로 표현한 것인데 냉소적이거나 풍자적일 수도 있나요?
시는 언어를 통해 아름다움을 표현하는 예술입니다. 이때 아름다움이란 굳이 서정적인 것만을 대상으로 하지는 않습니다. 조화롭고 균형 잡힌 아름다움 이외에도 초월적이거나 비극적인 아름다움도 존재하지요. 대개 냉소적이거나 풍자적인 시들은 현대 문명이라든가 세계의 모순을 초월하고자 하는 의지를 담고 있다고 할 수 있지요. 이런 점에서 시에서도 성찰적, 냉소적, 풍자적 어조를 찾아볼 수 있습니다. 김수영 시인의 「사령」이라든가, 최승호 시인의 「북어」를 읽어 보시기 바랍니다.

051   '이것'만 있으면 리듬을 만들 수 있다?

제 장래희망은 싱어송라이터예요. 그런데 음악하는 선배들에게 제가 쓴 가사를 보여 주면 내용은 좋지만 리듬이 느껴지지 않는다고들 해요. 대체 어떻게 하면 리듬을 만들 수 있을까요? 시에서 리듬을 만드는 방법을 알면 큰 도움이 될 것 같아요.

리듬은 반복에서 시작된다

시는 노래로부터 시작했습니다. 그러니까 시와 음악은 본래는 같은 것이었지요. 시간이 흐르면서 분화한 것입니다. 시가 노래에서 분화되기는 했지만 시에는 여전히 리듬감이 존재합니다. 우리는 그것을 운율이라고 부릅니다. '운'은 규칙적인 소리의 반복을 뜻하며 '율'은 소리가 반복되는 패턴을 의미합니다. 운율, 즉 리듬은 소리의 반복을 통해서 형성됩니다. 아무 음악이라도 떠올려 보세요. 어떤 박자를 계속 반복하면 리듬감이 생겨납니다. 시도 마찬가지입니다. 비록 음악처럼 선율은 없지만 특정한 소리나 호흡의 단위를 반복하면 리듬감이 생깁니다.

소리를, 단어를, 문장구조를 반복해 볼까?

시에서 반복되는 리듬의 요소는 몇 가지로 구분할 수 있습니다. 첫째로 특정한 소리가 반복되는 것입니다. 고려 가요 「청산별곡」에서 'ㄹ' 소리와 'ㅇ' 소리가 반복되어 나타나는 후렴구 "얄리얄리 얄라셩 얄라리 얄라"와 같은 경우도 있고, 최남선의 「해에게서 소년에게」에서 파도의 소리를 흉내 낸 "텨……ㄹ썩, 텨……ㄹ썩, 텩, 쏴……아."처럼 음절이 반복되는 경우도 있습니다.

둘째로 낱말이 반복될 때도 리듬감이 생길 수 있습니다. 김소월의 「금잔디」에서 "잔디, / 잔디, / 금잔디, / 심심산천에 붙는 불은 / 가신 님 무덤가에 금잔디"라는 시구에는 '잔디'라는 단어가 반복되면서 리듬감이 형성되고 있습니다. 같은 시인의 「접동새」에서 "접동 / 접동 / 아우래비 접동"과 같은 구절도 '접동'이라는 단어가 반복되어 운율감이 형성되었지요.

셋째로 문장구조가 반복되어 리듬감이 형성되기도 합니다. '주어+서술어, 주어+서술어'와 같이 문장구조가 반복되면 안정적인 리듬감이 만들어지는 동시에 주제를 강화할 수도 있습니다.

유관순 누나로 하여 처음 나는
삼월 하늘에 뜨거운 피무늬가 어려 있음을 알았다
우리들의 대지에 뜨거운 살과 피가 젖어 있음을 알았다
우리들의 조국은 우리들의 조국
우리들의 겨레는 우리들의 겨레
우리들의 자유는 우리들의 자유이어야 함을 알았다
― 박두진, 「3월 1일의 하늘」 중에서

위 시에는 '~음을 알았다'는 구절이 세 차례나 반복되어 있습니다. 조국에 대한 사랑이라는 주제를 강조하는 동시에 운율감을 형성하지요. 또한 "우리들의 조국은 우리들의 조국"처럼 '관형어 + 주어'의 형식이 반복되면서 문장의 리듬감이 형성되기도 합니다.

덧붙여서 음성 상징어를 구사해서 리듬을 형성하는 것도 생각할 수 있습니다. '도란도란', '퐁당퐁당', '쑥덕쑥덕'처럼 음성 상징은 그 자체에 이미 반복적인 리듬이 존재하기 때문에 시의 리듬을 형성하는 데에 큰 도움을 줍니다. 이육사의 「청포도」에서 "이 마을 전설이 주저리 주저리 열리고"라든가, 박두진의 「묘지송」에서 "삐이 삐이 배, 뱃종! 뱃종!" 같은 표현에서 이런 사례들을 찾을 수 있습니다.

음절수의 반복, 호흡 단위의 반복

운율은 소리와 단어와 문장이 반복되는 것 이외에도 만들 수 있는 방법이 있습니다. 읽는 패턴에 따라서 글자수가 반복되거나 일정하게 호흡의 단위가 반복되면 리듬감이 형성됩니다. 특정한 글자수가 반복되는 것을 음수율이라고 하고 호흡 단위가 반복되는 것을 음보율이라고 합니다.

산 너머 남촌南村에는
누가 살길래

해마다 봄바람이
남南으로 오네
– 김동환, 「산 너머 남촌에는」 중에서

산산이 부서진 이름이여!
허공 중에 헤어진 이름이여!
불러도 주인 없는 이름이여!
부르다가 내가 죽을 이름이여!
– 김소월, 「초혼」 중에서

첫 번째 작품을 보면 1연과 2연이 뭔가 비슷하다는 느낌을 받을 것입니다. 글자의 배열이 첫행은 3자, 4자, 둘째행은 5자로 되어 있다는 점이지요. 3자, 4자, 5자가 반복된 것입니다. 앞의 3자, 4자를 합하면 7자가 되어 7자, 5자의 형식이 만들어지지요. 이를 두고 사람들은 7 · 5조라는 말을 사용합니다. 7 · 5자의 글자수가 각 행에 동일하게 반복되면서 음수율이 만들어진 것입니다. 근대 시 초기에 많이 등장했던 운율입니다.

두 번째 작품은 글자수가 잘 맞지 않습니다. 그런데도 약간의 규칙성이 느껴지지요. 그것은 각 행을 세 번씩 끊어 읽으며 리듬이 형성되었기 때문입니다. "산산이 ✔ 부서진 ✔ 이름이여! / 허공중에 ✔ 헤어진 ✔ 이름이여!"처럼 세 번씩 끊어 읽기가 반복되면서 자연스럽게 음보율이 형성된 것입니다. 이처럼 시의 리듬은 박자와 선율이 없어도 다양한 방법을 통해서 만들어질 수 있습니다.

내재율은 어떻게 만들어지나요?
내재율은 겉으로는 드러나지 않고 시 속에서 은근하게 느껴지는 운율을 말합니다. 따라서 일정한 규칙이 없이 각각의 시에 따라서 자유롭게 만들어지게 되지요. 대개는 주제의식에 따라 형성되는 주관적이고 개성적인 운율이라고 생각하면 되겠습니다.

052

이미지라는 말이 어렵게 느껴져요.
정체가 뭐지요?

시를 공부할 때 이미지라는 말이 자주 나옵니다. 이미지는 마음속에 떠오르는 영상 같은 것을 가리킨다는데 그것들이 어떻게 만들어지는지 알고 싶어요. 그리고 이미지가 시에서 어떤 기능을 하는지, 그 종류에는 어떤 것들이 있는지도 알려 주세요.

이미지의 연금술

시를 읽다 자신도 모르게 마음속에 어떤 감각적인 영상이 떠오르는 것을 느낀 적이 있을 것입니다. 그때 그런 영상을 이미지, 또는 심상이라고 합니다. 자, 흥미로운 시를 하나 살펴볼까요.

머언 산 청운사靑雲寺

낡은 기와집

산은 자하산紫霞山
봄눈 녹으면

느릅나무
속잎 피어 가는 열두 굽이를

청노루
맑은 눈에

도는
구름
— 박목월, 「청노루」

여러분은 혹시 청노루를 본 적이 있나요? 아마 대부분 도시 생활을 하니까 노루 같
은 야생동물을 보는 것이 어렵겠지요. 그래도 흔하게는 동물원에서, 아주 우연히는
산길을 가다가 한 번쯤 노루를 보았을 것입니다. 노루의 색깔은 어떤가요? 대개는 노
란색이나 붉은색을 조금 띠고 있는 갈색일 것입니다.

그런데 이게 웬일인가요? 이 시에서 노루는 청색을 띠고 있습니다. 솔직히 여러분
도 이 시를 읽으면서 별 의심 없이 청색 노루를 떠올렸을 것입니다. 청색 노루가 현
실 속에 존재하는지는 생각해 보지도 않고 말입니다. 이처럼 시를 읽다 보면 시의 분
위기에 취해서 어떤 특정한 모습을 마음속에 그리게 됩니다. 그것이 바로 이미지, 곧
심상입니다.

이미지를 만드는 세 가지 레시피 : 묘사, 비유, 상징

시에서 이미지를 만드는 데는 크게 세 가지 방법이 있습니다. 첫 번째 방법은 묘사
에 의한 방법입니다. 앞에서 제시된 박목월의 「청노루」를 보세요. 다른 방법을 사용

하지 않고 대상에 대한 묘사만으로 이미지를 만들어 내고 있습니다. "청노루 / 맑은 눈에 // 도는 / 구름"을 시각적으로 묘사함으로써 마치 눈앞에서 청노루를 보는 듯한 착각을 만들어 놓고 있지요.

두 번째는 비유에 의한 방법입니다. 비유하려는 대상을 매개물에 빗대어 표현함으로써 이미지를 형성하는 방법입니다. 직유, 은유, 대유, 의인 등의 방법을 통해서 시의 이미지가 만들어질 수 있습니다.

눈을 감으면

어린 시절, 선생님이 걸어오신다
회초리를 들고서

선생님은 낙타처럼 늙으셨다
늦은 봄 햇살을 등에 지고
낙타는 항시 추억한다
– 이한직, 「낙타」 중에서

이 작품에는 나이 드신 선생님의 모습이 낙타로 비유되어 있습니다. 선생님은 이곳에 존재하지 않지만 선생님을 떠올리면 낙타의 모습도 함께 연상이 되지요. 그 반대도 성립이 가능하고요. 낙타의 모습을 떠올려 보세요. 왠지 행동도 굼떠 보이고 퀭한 눈을 깜박거리는 것이 노인의 이미지와 잘 어울리지요. 이처럼 비유를 활용하면 생동감 있는 이미지를 만들어 낼 수 있습니다.

세 번째 방법은 상징을 이용하는 것입니다. 상징은 추상적인 관념을 아무 관련 없는 다른 대상에 의미를 부여하는 것인데 이 과정에서 구체적인 사물을 이용하면 이미지가 만들어집니다.

괴로웠던 사나이,

행복한 예수 그리스도에게

처럼

십자가가 허락된다면

모가지를 드리우고

꽃처럼 피어나는 피를

어두워 가는 하늘 밑에

조용히 흘리겠습니다.

　　　－ 윤동주, 「십자가」 중에서

위 시에는 두 가지 상징적인 시어가 나타나 있습니다. 예수와 십자가입니다. 예수는 인류를 죄로부터 구원하기 위해 자기를 희생한 존재이며 십자가는 그가 못 박혀 죽은 형틀이지요. 두 가지 시어 모두 자기희생의 이미지가 담겨 있는 것입니다. 상징적 심상은 감각적인 이미지와 달리 감각적인 인상을 느끼게 하는 것이 아니라 '자기희생'과 같은 관념을 연상시킨다는 점에 그 특징이 있습니다.

이미지, 오감을 자극하다

이미지는 앞에서 말했듯이 크게 감각적인 이미지와 상징적인 이미지로 나눌 수 있습니다. 감각적인 이미지는 감각을 연상시키고 상징적인 이미지는 관념을 연상시키지요. 그리고 감각적인 이미지는 다시 시각, 청각, 촉각, 후각, 미각 등으로 구분될 수 있습니다. 각각의 이미지들의 실례는 아래와 같습니다.

시각 : 가을날 노랗게 물들인 은행잎이 / 바람에 흔들려 휘날리듯이 / 그렇게 가오리다 / 임께서 부르시면 ……. － 신석정, 「임께서 부르시면」 중에서

청각 : 가난하다고 해서 두려움이 없겠는가 / <u>두 점을 치는 소리</u> / <u>방범대원</u> <u>의 호각 소리 메밀묵 사려 소리</u>에 / <u>눈을 뜨면 육중한 기계 굴러가는 소리</u> – 신 경림, 「가난한 사랑 노래」 중에서

촉각 : 젊은 아버지의 <u>서느런 옷자락</u>에 / <u>열로 상기한 볼을 말없이 부비는 것</u> 이었다. – 김종길, 「성탄제」 중에서

후각 : 방 안에서는 새 옷의 내음새가 나고 / 또 <u>인절미, 송구떡, 콩가루차떡</u> <u>의 내음새</u>도 나고 – 백석, 「여우난곬족」 중에서

미각 : 산골집은 대들보도 기둥도 문살도 자작나무다 / 밤이면 캥캥 여우가 우는 산山도 자작나무다 / <u>그 맛있는 모밀국수를 삶는 장작</u>도 자작나무다 / 그 리고 <u>감로甘露같이 단샘이 솟는 박우물</u>도 자작나무다 – 백석, 「백화白樺」 중에서

밑줄 친 부분을 읽으면 아마도 여러분은 각각의 감각들이 마음속에 떠오르는 것을 느끼게 될 것입니다. 만약에 잘 느껴지지 않는다면 상상력을 동원해 보세요. 상상력 이 없이 문학 작품을 접한다면 아무리 훌륭한 작품을 읽는다 해도 감흥이 없으니까요.

두 가지 이미지가 함께 제시되는 경우는 없나요?

하나의 시 구절에서 두 가지 이미지가 제시되는 경우는 얼마든지 있습니다. 이를 두고 공감각 적 심상이라고 합니다. "금(金)으로 타는 태양(太陽)의 즐거운 울림"(박남수, 「아침 이미지」 중 에서)이라든가, "나비 허리에 새파란 초승달이 시리다"(김기림, 「바다와 나비」 중에서)를 살펴 보세요. 전자는 시각적인 대상인 태양이 '울림'이라는 청각적인 이미지와 만나고 있고, 두 번 째 구절은 '초승달'이라는 시각적 대상을 '시리다'는 촉각적 이미지와 연결해 놓았네요. 이처럼 두 가지 이미지가 함께 제시되는 공감각적 심상은 우리 시에서 흔히 볼 수 있습니다.

053 비유를 잘하고 싶어요. 방법이 있을까요?

말재주가 좋아서 인기 있는 친구들을 보면 비유를 참 잘 써요. 뜨는 유행어를 잘 만드는 코미디언도 비유를 잘 쓰는 것 같고요. 좋은 비유를 만드는 비밀은 대체 뭘까요?

비유 : 유사성 속에서 차이 만들기

사람들은 왜 직접 말하지 않고 빗대어 말하는 것을 좋아할까요? 빗대어 표현하면 대상을 보다 친근하고 익숙하게 인식할 수 있기 때문입니다. 또한 낯설게 표현함으로써 상투적인 개념들을 새롭게 인식하는 효과를 얻을 수도 있지요. 대상의 이미지가 구체적이고 선명하게 나타날 수도 있고요.

비유가 성립하기 위해서는 원관념과 보조관념이 필요합니다. 원관념이란 작가가 전하고자 하는 본래의 관념을 뜻하며 보조관념은 원관념을 잘 전달하기 위해 활용되는 개념을 일컫습니다.

원관념과 보조 관념은 일단 유사성을 지니고 있어야 합니다. 유사성이 없는 대상을 서로 연결하면 본래의 의미가 전달되는 것이 불가능해집니다. 그렇다고 해서 지나치게 유사한 것을 짝 지우느니 차라리 비유를 사용하지 않는 편이 나을 수도 있습니다. 이를테면 진달래가 철쭉처럼 피었다는 말이 있다고 생각해 보세요. 진달래와 철쭉은 비슷한 분홍색이고 또 봄에 피는 꽃이어서 둘 사이가 아주 비슷합니다. 따라서 진달래와 철쭉을 연결 짓는 것은 좋은 비유라고 보기 어렵습니다. 참신성이 떨어지는 것이지요.

좋은 비유가 되기 위해서는 차이성을 갖춰야 합니다. 유사성을 갖춘 상태에서 원관념과 보조관념 사이의 차이가 클수록 참신한 표현이 되는 것입니다. 참신한 표현일수록 독자들이 긴장을 하게 되고 상상력도 더 발휘하게 되지요. 물론 차이만 있어서는 안 되고 기본적인 유사성은 반드시 갖춰야지요. 서정주의 「동천」에서 밤하늘에 걸린 그믐달을 보고 우리 님의 고운 눈썹을 심어놨다고 비유한 것은 참신한 발상이라고 할 수 있을 것입니다.

비유법, 종류별로 알아볼까?

가장 널리 알려진 비유법은 직유와 은유입니다. 직유는 "돌담에 속삭이는 <u>햇발같이</u> / 풀 아래 웃음 짓는 <u>샘물같이</u>"에서 보듯이 '~처럼', '~같이', '~듯이' 등을 사용하여 원관념과 보조관념을 연결하는 방법입니다. 이에 반해 은유는 "내 마음은 호수요"와 같이 'A는 B이다'의 형식으로 '~처럼'과 같은 연결어를 뺀 채 마치 두 대상이 동일한 것처럼 간접적으로 연결하여 표현하는 방법이지요.

이 밖에도 비유법에는 의인법과 활유법, 대유법, 풍유법 등이 있습니다. 먼저, 의인법은 사물이나 관념과 같은 무생물체에게 인간의 속성을 부여하여 표현하는 방법입니다.

벼는 서로 어우러져

기대고 산다.

햇살 따가워질수록

깊이 익어 스스로를 아끼고

이웃들에게 저를 맡긴다.

　　– 이성부, 「벼」 중에서

　인용된 부분을 보면 소재는 분명히 '벼'입니다. 그런데 작품 속에서 시적 화자는 '벼'를 마치 사람인 양 표현하고 있습니다. "스스로를 아끼고"라든가, "이웃들에게 저를 맡긴다"는 표현은 모두 사람만이 가능한 행위입니다. 따라서 이 작품에서는 '벼＝인간'이라는 비유가 먼저 존재한다고 말할 수 있지요. 직유와 은유처럼 원관념, 보조관념의 형식이 존재하는 것은 아니지만 '무생물＝인간'이라는 비유가 전제되어 있다는 점에서 의인법도 비유법의 일종으로 볼 수 있지요. 활유법은 의인법과 비슷하게 무생물을 생물이라고 전제하고 표현하는 방식입니다. 활유와 의인은 굳이 따로 구분하지 않고 의인법으로 통칭하는 경우가 많습니다.

　대유법은 사물의 일부분이나 특징을 들어 전체를 나타내는 비유법입니다. 대유법은 방법에 따라서 두 가지로 다시 구분됩니다. 대상의 속성이나 특징을 그와 밀접하게 관련된 다른 사물로 나타내는 표현 방법을 환유라고 하고, 사물의 부분을 활용하여 전체를 나타낼 때 이를 제유라고 부릅니다.

아아 온갖 윤리, 도덕, 법률은 칼과 황금을 제사 지내는 연기烟氣인 줄 알았습니다

　　– 한용운, 「당신을 보았습니다」 중에서

지금은 남의 땅— 빼앗긴 들에도 봄은 오는가?

　　– 이상화, 「빼앗긴 들에도 봄은 오는가」 중에서

　첫 번째 한용운의 시에서 시인은 권력과 자본을 칼과 황금에 비유하고 있습니다. 칼은 힘을 지닌 사람이고 그런 점에서 권력과 연결되고, 황금은 물질적인 것과 연결되므로 자본이라고 말할 수 있습니다. 따라서 칼과 황금은 환유법에 해당합니다.

두 번째 이상화의 시에서 빼앗긴 들은 빼앗긴 조국을 뜻합니다. 작품이 발표된 것이 일제 강점기였다는 점을 생각하면 무리한 해석이 아니지요. 여기서 "빼앗긴 들"은 농사를 짓는 땅만을 의미하는 것이 아닙니다. 우리나라 전체를 가리키는 말로 쓰인 것이지요. '들'이라는 아주 작은 부분으로 '나라' 전체를 표현했으니 이 구절은 제유법에 해당합니다.

관념적인 대상도 비유의 대상이 될 수 있을까요?

비유는 유사성과 차이성만 있으면 어떤 대상이든지 가능합니다. 다음 시조를 한번 살펴볼까요. "동짓달 기나긴 밤을 한 허리를 잘라 내어 / 춘풍(春風) 이불 아래 서리서리 넣었다가, / 어론 임 오신 날 밤이여든 구뷔구뷔 펴리라."(황진이의 시조) 자, '동짓달 밤'이 마치 살아 있는 생물이라도 되는 듯이 '허리'를 잘라 낸다고 되어 있습니다. '밤'은 추상적이고 관념적인 대상임에도 불구하고 마치 살아 있는 생물처럼 비유되어 있네요. 이처럼 비유의 대상에는 거의 제한이 없습니다.

054 상징도 결국 비유법의 한 종류 아닌가요?

비유가 어떤 대상을 다른 대상에 빗대어 표현하는 것이면 상징도 비유라고 말할 수 있지 않나요? 상징을 비유라고 하지 않고 굳이 상징이라고 하는 이유가 있나요?

원관념, 꼭꼭 숨어라!

비유와 상징은 원관념을 다른 사물에 빗대어 표현한다는 점에서 유사한 방법이라고 할 수 있습니다. 그런데 비유는 원관념과 보조관념이 모두 나타나지만 상징은 원관념 없이 보조관념만 제시된다는 점에서 차이를 보입니다. 예를 들면 전쟁을 반대하는 집회에 참여한 시민이 '전쟁 없는 세계를 꿈꾸며 하늘에 비둘기를 날립시다'라고 제안한다고 할 때 '비둘기'는 상징적인 의미를 지닙니다. 왜냐하면 이때 비둘기는 단순히 하늘을 날아가는 새의 의미만 지니는 것이 아니라 평화를 기원한다는 의미를 지니고 있기 때문입니다. 평화라는 원관념을 쓰지 않더라도 비둘기는 평화를 상징하는 것이지요. 이처럼 원관념이 문장 표현 속에서 완전히 사라진 것이 상징입니다.

비유가 원관념과 보조관념이 일대일대응을 이룬다면 상징은 원관념과 보조관념 사이가 일대다대응을 이루고 있습니다. 그 까닭은 비유가 둘 사이의 유사성을 기초로 해서 이루어지는 반면 상징은 둘 사이의 유사성이 거의 없어도 성립하기 때문입니다. 두 대상이 공통점 없이 동떨어진 개념이기 때문에 다양하게 해석될 수 있는 것입니다. 이를테면 앞에서 예를 들었던 비둘기와 평화는 어떤 유사점이 있을까요?

과거에는 비둘기 편지가 주요한 통신 수단 중 하나였지요. 그 시절, 이 새는 인간에게 유익한 동물이었습니다. 하지만 오늘날은 어떤가요? 도심의 미관을 해친다는 이유로 온갖 구박을 듣고 있지요. 기생충이 가득한 배설물을 도시 곳곳에 뿌리고 건축물을 부식시킨다는 이유로 혐오의 대상이 되기도 하고요. 다시 말해 오늘날의 비둘기는 인간 세상의 평화와는 별로 관계가 없어 보입니다. 그러나 두 대상 사이에 별 관계가 없기 때문에 오히려 대단히 다양한 의미를 함축할 수 있게 됩니다.

맥락을 알아야 상징이 보인다

상징은 비유에 비해 훨씬 다양하게 해석될 여지가 크기 때문에 해석에 어려움이 있습니다. 비유적인 의미는 유사성을 근거로 바로 파악할 수 있지만 상징의 의미는 시의 전체적인 맥락을 잘 이해해야 합니다.

새는 울어
뜻을 만들지 않고,
지어서 교태로
사랑을 가식하지 않는다.

-포수는 한 덩이 납으로
그 순수를 겨냥하지만,

매양 쏘는 것은

피에 젖은 한 마리 상한 새에 지나지 않는다.

– 박남수, 「새」 중에서

위의 시에서 '새'는 단순한 '새'가 아닙니다. 왜냐하면 새에게 뜻을 만들지 않는다
거나 사랑을 가식하지 않는다는 표현 따위를 할 수 없기 때문이지요. 따라서 새에는
새 자체의 의미가 아닌 다른 의미가 부여되어 있다고 말할 수 있습니다. 그리고 그 의
미는 상징적이어서 바로 이해하는 데에 어려움이 따르지요. 다행히 다음 연에서 시적
화자는 새의 정체를 '순수'라고 밝히고 있습니다. 따라서 새는 순수한 속성을 지닌 모
든 것들로 해석이 가능합니다. 자연, 사랑, 우정 등등을 상징할 수 있지요. 작품 속의
또 다른 상징인 '포수'와 '한 덩이 납'은 순수한 것들을 해치는 존재이지요. 인위적인
것, 폭력적인 것, 수단화하려는 것, 위험한 것 등등 순수를 더럽히는 것들은 모두 포수
와 한 덩이 납에 해당되지요. 이와 같이 상징적인 시어의 의미를 이해하기 위해서는
시 전체의 맥락을 반드시 고려해야 합니다.

관습적 상징, 개성적 상징

흔히 비둘기는 평화를 상징하고 십자가는 기독교를 상징하며 대나무는 지조와 절
개를 상징한다고 하는데 이런 상징들은 오랜 세월 사람들이 되풀이하여 사용해 온 것
들입니다. 그런 까닭에 사람들 대부분이 별다른 노력 없이 단어의 상징적인 의미를
알고 있기 마련이지요. 조금 어렵게 말하자면 이러한 상징들은 사회적으로 공인된 것
이라 할 수 있습니다. 동일한 문화권에서 형성된 풍습이나 제도 속에서 보편성을 얻
은 것들이지요. 시조에서 '해'가 임금을, 해를 가리는 '구름'이 간신을 상징하거나 '대
나무'가 절개를 상징하는 것은 모두 관습적인 상징에 해당합니다.

한편, 한 작품에서만 상징적 의미를 가지며 시인의 독창적인 체험에 의해 특별한
의미를 지닌 상징을 개성적 상징이라고 합니다. 개성적 상징은 의미의 폭이 넓고 암
시적이므로 숨겨진 의도와 참뜻을 알기 위해서는 복잡한 사고작용이 뒤따릅니다.

님은 갔습니다 아아 사랑하는 나의 님은 갔습니다

푸른 산빛을 깨치고 단풍나무 숲을 향하여 난 작은 길을 걸어서 차마 떨치고 갔습니다

황금의 꽃같이 굳고 빛나는 옛 맹세는 차디찬 티끌이 되어서 한숨의 미풍에 날아갔습니다

날카로운 첫 키스의 추억은 나의 운명의 지침을 돌려놓고 뒷걸음쳐서 사라졌습니다

- 한용운, 「님의 침묵」 중에서

원래 '님'은 '사모하는 사람'이라는 뜻입니다. 그런데 작품 속에서 '님'은 단순히 사모하는 사람만을 뜻하지는 않습니다. 왜냐하면 한용운 시인의 독창적인 체험에 비추어 볼 때 달리 해석될 여지도 있기 때문이지요. 한용운이 시인이자 민족운동가이자 승려였고 한 사람의 사내인 것을 생각해 볼 때 그의 시에 나타난 '님'은 절대자, 사랑하는 사람, 조국 등등 다양하게 해석을 할 수 있는 것입니다.

뜬금있는 질문

상징 중에 원형적 상징이 있던데 그것은 무엇인가요?

원형적 상징이란 역사, 문학, 종교 등에서 되풀이되어 나타나 인류에게 유사한 정서나 의미를 불러일으키는 상징물을 뜻합니다. 인간의 잠재의식에 담긴 원초적인 이미지로 전 인류적인 보편성을 지니고 있습니다. 대개 원형적 상징은 아래와 같이 정리할 수 있습니다.

물 : 생명력, 탄생, 죽음, 소생, 정화, 속죄

불 : 밝음, 생명, 정열, 파괴, 분노

해 : 광명, 생명력, 희망, 탄생, 창조

달 : 그리움과 소망의 대상

땅 : 생산, 생명의 근원, 다산, 풍요로움

바다 : 죽음과 재생, 신비, 무한성

055 왜 시인들은 있는 그대로 말하지 않을까요?

시를 읽다 보면 시인이 일부러 반대로 말하는 경우가 종종 있는 것 같아요. 그것을 두고 반어라고 하던데 반어를 사용했을 때에는 어떤 효과가 있는 것인가요? 그리고 말의 앞뒤가 맞지 않는 표현을 역설법이라고 하던데 역설법을 사용하는 까닭을 설명해 주세요.

반어의 힘

사람들은 누구나 새로움을 추구합니다. 익숙한 것에서 벗어나고자 하지요. 대상을 기존의 익숙한 방식이 아니라 색다르게 제시할 때 사람들은 더욱 집중하지요. 익숙한 것을 낯설게 제시하면 호기심과 궁금증이 커지기 마련이니까요. 또한 일상적인 말에 변화를 주면 독자에게 신선한 느낌을 주고 그 의미를 더욱 인상 깊게 느낄 수 있습니다. 반어법과 역설법은 어떤 대상이라든가 전달하려는 메시지를 일상적인 것과 달리 낯설게 표현하는 방법입니다.

먼저 반어법은 표현할 내용을 실제 의미와 반대로 제시하는 방식을 가리킵니다. 즉 전달하고자 하는 말은 숨긴 채 반대로 말하는 방법이지요. 시험을 망친 아이에게 엄마가 화가 나서 "잘했다 잘했어"라고 거꾸로 말하는 것과 같은 것이지요. 반어가 사용된 표현은 본 의미가 감추어져 있기 때문에 표면적으로 나타난 내용만으로 의미를 짐작하기는 어렵습니다.

반어법은 크게 두 가지로 나눕니다. 하나는 언어적 반어이고 또 다른 하나는 상황적인 반어입니다. 언어적 반어는 겉으로 드러난 말과 숨은 의도가 정반대인 경우로 의미를 강조할 때 쓰는 표현입니다.

> 아침저녁으로 샛강에 자욱이 안개가 낀다.
> 안개는 그 읍의 명물이다.
> 누구나 조금씩은 안개의 주식을 갖고 있다.
> 여공들의 얼굴은 희고 아름다우며
> 아이들은 무럭무럭 자라 모두들 공장으로 간다.
> - 기형도, 「안개」 중에서

이 시에서 여공들의 얼굴이 흰 것은 영양을 충분히 섭취하지 못했거나 햇빛을 제대로 보지 못한 채 노동만 했기 때문입니다. 따라서 그녀들의 얼굴은 아름다운 것이 아니라 창백하고 핼쑥하다고 말할 수 있지요. 다음으로 공장으로 가는 아이들이 무럭무럭 자란다고 말할 수는 없습니다. '무럭무럭'은 아무 걱정과 근심 없이 잘 자란다는 의미를 더하기 위한 부사어인데 공장으로 가는 아이들이 아무 걱정이나 근심이 없을 리가 없지요.

따라서 두 표현은 언어적 반어에 해당합니다. 이러한 반어법은 독자들을 긴장시켜 여공들은 정말 아름다운가, 아이들은 정말 무럭무럭 크는가를 질문하게 만듭니다. 그리고 시인의 의도를 파악하기 위해서 다시 한 번 더 생각하게 되지요.

상황적 반어는 시에서보다는 주로 소설이나 희곡에서 사용합니다. 상황적 반어는 독자가 작가의 의도를 알고 있지만 정작 작품 속 인물은 그것을 모르고 행동할 때 생기는 반어입니다. 등장인물이 작중 상황과 맞지 않는 행동을 할 때 상황적 반어가 일어나지요. 김유정의 소설 「만무방」의 마지막 장면에서 쌀도둑을 잡으려고 기다리던 응칠이가 동생 응오가 도둑임을 알게 되는 장면이 상황적 반어에 해당한다고 말할 수 있습니다.

역설 : 이치에 맞지 않는 말이 진실을 내포한다

역설은 겉으로 보면 의미가 모순되고 이치에 맞지 않지만 그 속에 진실이라든가 진리가 담겨 있는 표현입니다. 역설은 반어와 마찬가지로 독자에게 신선함과 놀라움을 불러일으켜 작품에 좀 더 집중하게 만듭니다. 역설은 모순어법과 모순형용으로 나뉩니다.

모순어법은 문장 자체에 논리적인 모순이 나타나는 경우를 말합니다. 한용운의 「님의 침묵」에서 "아아, 님은 갔지마는 나는 님을 보내지 아니하였습니다"라는 구절이 이에 해당합니다. '갔다'와 '보내지 아니했다'의 상황은 동시에는 가능할 수가 없는데 함께 사용하고 있으니 논리적인 모순에 빠져들지요.

모순형용은 꾸미는 말과 꾸밈을 받는 말이 서로 조화롭지 않거나 배치될 때를 일컫습니다.

유리에 차고 슬픈 것이 어른거린다.
열없이 붙어 서서 입김을 흐리우니
길들은 양 언 날개를 파닥거린다.
지우고 보고 지우고 보아도
새까만 밤이 밀려나가고 밀려와 부딪히고,
물 먹은 별이, 반짝, 보석처럼 박힌다.
밤에 홀로 유리를 닦는 것은
외로운 황홀한 심사이어니,
고운 폐혈관이 찢어진 채로

아아, 너는 산새처럼 날아갔구나!

　　– 정지용, 「유리창 1」

　이 시는 정지용 시인이 아들을 잃고 쓴 것으로 유명하지요. 유리에 비친 차고 슬픈
것은 곧 죽은 아이의 환영입니다. 그런데 이 작품에는 아주 독특한 표현 하나가 눈에
띕니다. "외로운 황홀한 심사". '외롭다'는 말은 고독하다, 쓸쓸하다와 같이 부정적인
정서를 일컫는 말이며, 이에 반해 '황홀하다'는 긍정적인 정서를 가리키는 말입니다.
따라서 "외로운 황홀한 심사"는 부정적인 말이 긍정적인 말을 꾸미는 논리적인 모순
을 지닌 것이지요. 이처럼 어울리지 않는 말끼리 서로 꾸밈을 주고받을 때 이를 모순
형용이라고 합니다. 아들을 잃은 슬픔과 아들을 잠시나마 추억할 수 있다는 설렘이
동시에 나타난 것으로 이해하면 되겠지요.

시를 공부하다 보면 '낯설게 하기'라는 말이 나오는데 무슨 뜻인가요?
'낯설게 하기'란 쉽게 말해서 일상적이지 않은 방법으로 내용을 전달한다는 것입니다. 평범한
방식으로 이야기를 전달하다 보면 듣는 이의 이목을 끌지 못하는 경우가 있습니다. 그런데 여
러 가지 비유라든가, 상징·역설·반어 등을 사용하여 일상적인 말보다 낯설게 표현하면 긴장
과 집중 효과가 생기지요. '낯설게 하기'는 바로 이러한 전달방식을 통틀어 가리키는 말이지요.

056 감정이입과 객관적 상관물의 차이?

시를 공부할 때 감정이입이라는 말과 객관적 상관물이라는 말이 잘 이해
가 되지 않아요. 둘 다 화자의 정서를 다른 대상을 이용하여 표현하는 것
이라는데 차이가 뭔지 잘 모르겠어요.

정말 슬픈 건 누구일까?

사람들은 누구나 자기 감정을 다른 사람과 함께 나누고자 합니다. 슬픔은 나누면
절반이 되고, 기쁨은 나누면 두 배가 된다는 말이 있는 것처럼 사람들은 온갖 정서를
타인과 나누고 싶어 하지요. 타인에게서 공감을 얻고 싶어 하는 것입니다.

시에서도 감정을 다른 것과 함께하려는 시도가 있습니다. 그중에서 가장 대표적인
것이 감정이입이지요. 이 말은 독일의 헤르만 로체가 1858년에 처음 사용한 표현입
니다. 시적 화자의 감정을 다른 대상에 이입하여 마치 대상이 화자의 정서를 함께 느

끼는 것처럼 표현하는 방법입니다.

산꿩도 섧게 울은 슬픈 날이 있었다
– 백석, 「여승」 중에서

붉은 해는 서산 마루에 걸리었다.
사슴의 무리도 슬피 운다.
– 김소월, 「초혼」 중에서

백석의 「여승」에서 "산꿩도 섧게 울은"이라는 말에서 '섧게'는 '서럽게'를 줄인 말입니다. 따라서 이 구절은 산꿩이 서러워 한다는 의미를 포함하고 있지요. 산꿩은 서러움을 느끼기 어려운 존재입니다. 산꿩이 시 속 상황을 이해하고 서러움에 빠지기는 더욱 힘들겠지요. 따라서 산꿩이 서럽다는 것은 시적 화자가 느끼는 서러움을 산꿩에 이입한 것으로 볼 수 있습니다.

마찬가지로 김소월의 「초혼」에서 사슴의 무리가 슬피 운다고 했지만 사슴이 어떤 감정을 느끼고 있는지 인간이 이해하기는 어렵습니다. 따라서 슬프다는 감정은 시적 화자의 정서를 이입한 것입니다. 이렇게 보니 의인법으로 표현된 것들도 감정이 이입된 것이라고 생각할 수 있겠네요.

객관적 상관물 : 감정을 간접적으로 드러내 주는 대상

자, 이제 감정이입과 구별이 잘 안 되는 '객관적 상관물'을 살펴봅시다. 객관적 상관물은 20세기 초 영국의 문예비평가이자 시인인 T. S. 엘리어트가 사용했던 말로 그 역사가 감정이입보다는 짧습니다.

객관적 상관물은 화자의 감정이나 생각을 주관적으로 바로 드러내지 않고 다른 대상이나 정황에 빗대어 표현할 때, 그 대상을 가리키는 말입니다. 슬프다는 말을 직설적으로 쓰지 않고 슬픔을 표현할 수 있는 '구슬프게 내리는 비'를 동원할 때 바로 '비'

가 객관적 상관물에 해당하는 것입니다. 따라서 감정이입에 사용된 표현들은 모두 객관적 상관물이 됩니다. 백석의 「여승」에서의 '산꿩'과 김소월의 「초혼」에서의 '사슴'은 감정이입의 대상이기도 하고 객관적 상관물이기도 한 것이지요.

그렇다고 해서 감정이입과 객관적 상관물 사이에 전혀 차이가 없는 것은 아닙니다. 객관적 상관물 중에는 감정이입이 아닌 것들도 존재합니다. 왜냐하면 객관적 상관물은 화자가 어떤 정서를 느끼게 되는 계기를 제공해 주는 대상을 가리키기도 하기 때문입니다. 즉 화자가 느끼는 감정과 같은 감정을 갖지 않더라도 그러한 감정을 불러일으킨 것이라면 객관적 상관물로 볼 수 있지요.

우리 집도 아니고
일가 집도 아닌 집
고향은 더욱 아닌 곳에서
아버지의 침상 없는 최후의 밤은
풀벌레 소리 가득 차 있었다
– 이용악, 「풀벌레 소리 가득 차 있었다」 중에서

시적 화자는 고향이 아닌 곳에서 침상도 없이 비참하게 운명하신 아버지를 떠올리고 있습니다. 화자는 자신의 쓸쓸하고 힘겹고 외로운 정서를 "풀벌레 소리 가득 차 있었다"라는 말로 나타내고 있지요. 따라서 풀벌레 소리는 화자의 정서를 직접 표현하지는 않더라도 화자가 아버지를 여읜 슬픔을 느끼는 계기를 마련하고 있음이 분명합니다. 풀벌레 소리에 감정이입이 직접 일어나는 것은 아니지만 화자의 정서를 느끼게 해 준다는 점에서는 객관적 상관물에 해당하는 것이지요.

이처럼 객관적 상관물은 감정이입을 포함하는 개념이지만 감정이입 외에도 화자의 정서에 기여하는 모든 대상이나 정황 들을 포괄하는 보다 넓은 범주의 개념이라고 보면 됩니다.

좀 더 쉽게 말하자면 감정이입은 슬프다, 기쁘다, 자랑스럽다 등등의 감정을 드러널 만한 표현이 있는 경우이고, 그런 말이 직접 드러나지 않은 채 감정을 일깨우는 대상이나 정황이 존재하면 그것은 객관적 상관물로 보면 되는 것입니다.

감정을 절제한다는 표현도 가끔 눈에 띄는데 어떤 의미인가요?

감정을 절제한다는 건 화자가 직접적으로 자신의 감정을 전달하지 않는다는 뜻입니다. 만약 코미디 배우가 무대에서 자신이 한 이야기가 너무 재미있어서 스스로 웃는다고 가정해 보세요. 그러면 관객들이 무대에 몰입하기 어려워지겠지요. 그래서 배우들은 자기 감정을 절제한 채 공연을 해야 합니다. 시에서도 마찬가지입니다. 시적 화자가 격정적으로 자기 감정을 내세울 때보다 자기 감정을 절제하여 전달할 때가 더욱 감정 전달이 잘 될 수 있으니까요. 독자가 작품을 읽을 때 더욱 안타까워할 수도 있지요. 정지용의 「유리창 1」은 아들의 죽음을 경험하고 쓴 작품이지만 어디 한 군데 슬프다는 말은 없습니다. 그럼에도 불구하고 독자는 그 슬픔을 절절하게 느낄 수 있지요.

057

<사랑한 후에>는 선경후정, <앞으로>는 수미상관?

시의 짜임을 설명하는 말에는 어떤 것들이 있는지 궁금해요. 그리고 각각이 어떤 효과를 지니고 있는지도 함께 설명해 주세요.

노래의 짜임새

시는 어떤 문학 장르와 비교해 봐도 개성이 강한 장르입니다. 시에 사용되는 짜임새도 다양하지요. 선경후정, 수미상관 등은 모두 시의 짜임새를 가리키는 말입니다. 또한 노랫말의 짜임새이기도 하지요. 예컨대 노래 두 곡의 가사를 들여다볼까요?

긴 하루 지나고 언덕 저편에 빨간 석양이 물들어 가면

놀던 아이들은 아무 걱정 없이

집으로 하나둘씩 돌아가는데

나는 왜 여기 서 있나 저 석양은 나를 깨우고

밤이 내 앞에 다시 다가오는데

이젠 잊어야만 하는 내 아픈 기억이

별이 되어 반짝이며 나를 흔드네

저기 철길 위를 달리는 기차의 커다란 울음으로도 달랠 수 없어

나는 왜 여기 서 있나 오늘밤엔 수많은 별이 기억들이

내 앞에 다시 춤을 추는데

— 들국화, 〈사랑한 후에〉 중에서

앞으로 앞으로 앞으로 앞으로

지구는 둥그니까 자꾸 걸어 나가면

온 세상 어린이를 다 만나고 오겠네

온 세상 어린이가 하하하하 웃으면

그 소리 들리겠네 달나라까지

앞으로 앞으로 앞으로 앞으로

— 윤석중 작사의 동요, 〈앞으로〉

선경후정이란 경치를 먼저 제시하고 경치에서 느낀 감정을 그 뒤에 표현하는 짜임을 뜻해요. 마침 〈사랑한 후에〉의 가사는 석양이 지는 하늘 아래 정경을 묘사한 후, 이별의 기억에 젖어드는 자신의 감정을 그리고 있네요.

다음으로, 수미상관은 시의 첫 구절과 마지막 구절을 비슷하거나 같게 만드는 방법을 말하는데, 〈앞으로〉를 보세요. 노래의 시작과 끝이 반복되고 있지요? 자, 그럼 각각의 용어와 효과를 시 작품을 통해 본격적으로 알아볼까요?

선경후정 : 경치를 제시한 후 감정을 노래한다

선경후정은 문자 그대로 경치를 보여 주고 그다음에 화자의 정서를 제시하는 방법을 가리킵니다. 이런 방법은 과거에 한시에서 많이 쓰였지요. 자연으로부터 깨달음을 얻거나 위로를 받거나 또는 흥겨움을 느낄 때 전통적으로 쓰였던 방법입니다.

> 비 갠 긴 둑에는 풀빛이 짙어가고 雨歇長堤草色多
> 그대를 남포에 보내며 슬픈 노래 부르네 送君南浦動悲歌
> 대동강 저 물은 언제쯤 마를까 大同江水何時盡
> 이별의 눈물이 해마다 푸른 물결 더하네 別淚年年添綠波
> – 정지상, 「송인」

위 작품은 친구를 보내며 쓴 작품으로 이별의 슬픔이 잘 나타난 작품입니다. 그런데 이별의 정서를 단순히 직설적으로 표현하지 않지요. 슬픈 노래를 부른다며 화자의 감정을 표현하기 전에 풀빛이 짙어 간다는 경치를 먼저 제시하고 이별의 눈물을 흘린다는 감정 표현에 앞서서 대동강 물이라는 경치를 먼저 제시하고 있지요. 이처럼 감정을 표현하기에 앞서 경치를 제시하는 시의 전개방식을 선경후정이라 합니다.

수미상관 : 머리와 꼬리가 닮았다

수미상관은 처음머리을 가리키는 '수首'와 끝꼬리를 가리키는 '미尾'가 서로 관련성을 지닌다는 말입니다. 다시 말해서 처음과 끝 구절을 비슷하거나 같게 해서 전달하려는 시적 의미를 강조하는 방법이지요. 이런 방법을 사용하면 시의 형태가 전체적으로 안정감을 얻게 되는 효과도 있습니다.

> 산에는 꽃 피네
> 꽃이 피네
> 갈 봄 여름 없이

꽃이 피네

산에
산에
피는 꽃은
저만치 혼자서 피어 있네

산에서 우는 작은 새요
꽃이 좋아
산에서
사노라네

산에는 꽃 지네
꽃이 지네
갈 봄 여름 없이
꽃이 지네
– 김소월, 「산유화」

위 시에서 처음과 끝은 유사한 시 구절로 반복되어 있습니다. 그런 까닭에 꽃이 피고 지는 현상이 전체적으로 순환구조를 이루면서 자연 현상이 지속되고 반복된다는 것을 제시하기에 적절한 짜임새를 이루고 있지요. 이처럼 수미상관의 짜임은 시적인 의미를 만들어 가는 데에 기여한다고 할 수 있습니다.

한 가지 덧붙여 말하면 이 시에는 기승전결의 구조도 함께 나타나 있습니다. 기승전결은 본래 한시의 구성 방법이었지만 현대 시에서도 다양하게 사용되고 있지요. 대개 '기'에서는 시상을 제기하고 '승'에서는 시상을 심화하며 '전'에서는 시상의 전환이 나타나고 '결'에서는 중심 생각이나 정서가 제시됩니다. 「산유화」는 '기'에서 '산에 꽃이 핀다'는 시상을 소개하고 있고, '승'에서는 '꽃과 떨어져 있는' 화자의 처지를, '전'에서는 '꽃을 좋아하는' 화자의 정서를 표현하고 있으며, '결'에서는 자연 현상을 다시 소개하여 전체적인 완결성을 획득하고 있습니다.

이 외에도 공간이나 화자의 시선을 이동시켜 시를 전개할 수도 있고, 시간의 흐름에 따라서 시를 전개할 수도 있지요. 또한 기승전결의 짜임이나 점층적인 전개방식도 생각할 수 있으며, 이미지를 대비시켜 시의 짜임을 이룰 수도 있습니다.

가장 널리 알려진 시의 짜임새를 몇 가지 더 살펴보겠습니다.

시간의 흐름에 따라, 공간의 이동에 따라

선경후정이나 수미상관처럼 전통적인 시상 전개방식 외에도 우리 시에서는 다채로운 시상 전개방식이 존재합니다. 가장 대표적인 것은 시간의 흐름에 따라서 시상이 전개되는 방식입니다. '아침—점심—저녁', '과거—현재—미래', '봄—여름—가을—겨울'과 같은 자연적인 시간의 흐름에 따라 내용이 전개되는 방식을 가리키지요. 이러한 시간적 구성을 다른 말로 추보식 구성이라고도 합니다.

> 한 송이의 국화꽃을 피우기 위해
> 봄부터 소쩍새는
> 그렇게 울었나 보다.
>
> 한 송이의 국화꽃을 피우기 위해
> 천둥은 먹구름 속에서
> 또 그렇게 울었나 보다.
> – 서정주, 「국화 옆에서」 중에서

이 시에서 1연과 2연은 시간의 흐름에 따라 구성되어 있습니다. 2연에는 계절적인 표현이 직접 나타나지는 않지만 천둥이 치고 먹구름이 오는 것을 볼 때 여름 장마가 연상되지요. 이어지는 3연과 4연에 국화꽃이 피어난다는 표현이 있으니 이 시는 전체적으로 계절의 흐름에 따라 시상이 전개되었다고 말할 수 있습니다.

공간의 이동도 시상 전개방식으로 유용하게 쓰입니다. 화자가 위치한 공간이 변화하거나 정서의 흐름이나 전개 양상이 공간의 이동에 따라 전개되는 것입니다.

검정 사포를 쓰고 뚝딱선船을 내리면
우리 고향의 선창가는 길보다는 사람이 많았소
양지바른 뒷산 푸른 송백松柏*을 끼고
남쪽으로 트인 하늘은 깃발旗처럼 다정하고
낯설은 신작로 옆대기를 들어가니
내가 크던 돌다리와 집들이
소리 높이 창가*하고 돌아가던
저녁놀이 사라진 채 남아 있고
그 길을 찾아가면
우리 집은 유 약국
행이불언行而不言을 하시는 아버지께선 어느덧
돋보기를 쓰시고 나의 절을 받으시고
헌 책력冊曆처럼 애정에 낡으신 어머님 옆에서
나는 끼고 온 신간新刊을 그림책인 양 보았소

– 유치환, 「귀고」

이 시는 시적 화자가 오랜 시간이 흐른 뒤에 자기 고향을 찾아가며 쓴 시입니다. 고향의 선창가에서부터 집에 이르기까지 공간을 이동하면서 각 공간 속에서 느낄 수 있는 과거의 추억들이 하나둘 소개되지요. 이런 점에서 이 시는 공간의 이동에 따라 화자의 정서가 전개된다고 볼 수 있지

송백
소나무, 잣나무

창가
노래를 가리키는 말

요. 공간의 이동은 시상 전개에 중요한 역할을 하는 것입니다.

물론 이제까지 소개한 내용은 모두 가장 보편적으로 사용되는 시의 짜임일 뿐 전부를 소개한 것은 아닙니다. 시인 각자의 개성에 따라 얼마든지 독특한 짜임새를 생각해 볼 수 있지요.

이미지가 대립하며 시상이 전개될 수도 있나요?

하나의 작품에서 이미지가 대립하며 시상이 전개될 수 있습니다. 대표적으로 김기림의 「바다와 나비」 같은 시를 떠올릴 수 있습니다. '바다'는 험난하고 '나비'는 연약한 존재인데 이 두 가지 이미지가 함께 제시되면서 시상이 전개되지요. 이런 대립적인 이미지를 제시하면 두 대상이 모두 보다 더 선명해지는 효과가 있습니다.

058 시의 종류에는 어떤 것들이 있나요?

시의 종류에는 어떤 것들이 있나요? 서정시, 서사시라는 말은 흔히 들어 봐서 알 것 같은데 다른 것들은 잘 모르겠어요. 특히 산문시 같은 것도 있던데 리듬이나 운율이 없는 산문도 시가 될 수 있나요? 시의 종류와 각각의 특징을 설명해 주세요.

서정시와 서사시

시의 이론에 대해서 최초로 언급한 책은 아리스토텔레스의 『시학』입니다. 이 책은 사실 시에 대한 설명만 있는 것이 아니라 문학 전반에 대해 논의하고 있습니다. 이 책에서 아리스토텔레스는 문학의 장르를 서정, 서사, 극으로 구분했지요. 이런 구분은 시에도 적용되어서 시의 종류도 서정시, 서사시, 극시로 분류 되었습니다.

일단 서정시는 개인의 감정을 노래한 시입니다. 우리가 접했던 수많은 시들은 대부분 서정시의 갈래에 속하는 것이지요. 어린 아들을 잃고 그 아픔을 노래한 정지용의 「유리창 1」이라든가, 고향을 멀리 떠나 고향의 옛 모습을 그리워하는 박용래의 「겨울밤」, 식민지 지식인의 고뇌와 방황을 보여 준 윤동주의 「십자가」와 같은 작품들은 모두 개인적인 정서를 표현한 서정시입니다.

두 번째로 서사시는 개인의 정서가 아니라 집단의 경험을 표현한 작품을 가리킵니다. 여러분이 한 번쯤 들어 보았을 호메로스의 『일리아드』와 『오디세이』는 모두 산문이 아니라 운문으로 지어진 대표적인 서사시이지요. 서사시의 주요 내용은 트로이 전쟁과 같은 민족의 역사나, 전쟁 영웅 오디세우스가 여러 어려움을 극복하고 마침내 고향으로 되돌아오는 것 같은 영웅 이야기로 되어 있습니다. 우리나라에도 이런 서사시가 없었던 것은 아닙니다. 고려 시대 때 이승휴의 『제왕운기』라든가 이규보의 「동명왕편」은 모두 5언시로 이루어진 서사시였습니다. 현대에 들어와서도 서사시의 전통은 신동엽의 「금강」과 고은의 「만인보」 등으로 이어져 가고 있습니다.

주제에 따라 : 주정시, 주지시, 주의시

시의 종류는 주제에 따라서 주정시, 주지시, 주의시로 구분할 수도 있습니다. 일단 주정시는 인간의 정서나 감정을 주된 내용으로 하고 있으며 개인적이고 주관적인 성격이 강합니다. 서정시는 대체로 주정시에 속한다고 말할 수 있지요.

모란이 피기까지는
나는 아직 나의 봄을 기다리고 있을 테요
모란이 뚝뚝 떨어져 버린 날
나는 비로소 봄을 여읜 설움에 잠길 테요
오월 어느 날 그 하루 무덥던 날
떨어져 누운 꽃잎마저 시들어 버리고는
천지에 모란은 자취도 없어지고
뻗쳐오르던 내 보람 서운케 무너졌느니
모란이 지고 말면 그뿐 내 한 해는 다 가고 말아

삼백예순 날 하냥 섭섭해 우옵내다

모란이 피기까지는

나는 아직 기다리고 있을 테요 찬란한 슬픔의 봄을

– 김영랑, 「모란이 피기까지는」

위의 시에서 시적 화자는 자신의 슬픔을 직설적으로 드러내는 데에 주저함이 없습니다. "설움", "서운케", "섭섭해 우옵내다" 등 자신의 정서를 직접적으로 표현하고 있지요. 이처럼 자기 감정 위주로 표현된 시를 주정시로 볼 수 있습니다.

주지시는 인간의 감정보다는 지적인 측면을 중시하여 관념이 의식, 지성을 표현하는 시입니다. 현대 문명에 대한 비판이나 정치현실에 대한 비판적 태도를 보이고 있다면 대체로 주지시에 가깝다고 말할 수 있습니다.

푸른 하늘을 제압하는

노고지리가 자유로웠다고

부러워하던

어느 시인의 말은 수정되어야 한다

자유를 위해서

비상하여 본 일이 있는

사람이면 알지

노고지리가

무엇을 보고

노래하는가를

어째서 자유에는

피의 냄새가 섞여 있는가를

– 김수영, 「푸른 하늘을」 중에서

위 시는 서정시이기는 하지만 개인의 주관적 감정보다는 현실에 대한 비판적인 인식이 도드라지지요. 자유를 위해서 얼마간 희생이 필요할 수밖에 없다는 인식이 엿보입니다. 이와 같은 시들을 주지시의 영역이라고 생각하면 됩니다. 또한 시의 회화성을 중시하여 시각적 이미지를 두드러지게 사용할 때에도 주지시라는 말을 사용하지요.

세 번째는 주의시입니다. 인간의 정신 세계 중 강한 의지 표현에 중점을 두고 전개하는 시입니다. 대개 시에서는 의지만을 다루기 어렵기 때문에 지성과 감정을 함께 표현하는 경우가 많지요.

내 죽으면 한 개 바위가 되리라
아예 애련愛憐에 물들지 않고
희로喜怒에 움직이지 않고
비와 바람에 깎이는 대로
억년 비정의 함묵緘默에
안으로 안으로만 채찍질하여
드디어 생명도 망각하고
흐르는 구름
— 유치환, 「바위」 중에서

위 시는 굳센 바위와 같이 현실을 초월하는 존재가 되고 싶은 화자의 의지가 표현되어 있습니다. 남성적이고 강인한 어조를 구사하고 있지요. 유치환의 또 다른 작품인 「생명의 서」라든가, 이육사의 「광야」와 같은 작품에서도 이러한 의지적인 태도를 엿볼 수 있는데 이처럼 시적 화자의 의지가 분명히 나타나는 시를 주의시로 볼 수 있습니다.

주정시, 주지시, 주의시는 주제에 따라 구분한 것이지만 최근에는 그다지 주목할 만한 구분법으로 여겨지지는 않은 것 같습니다. 다만 시를 이해하는 하나의 기준으로 받아들이면 좋겠네요.

형태에 따라 : 정형시, 자유시, 산문시

시의 형식에 따라서 정형시, 자유시, 산문시로 구분하기도 합니다.

정형시는 형태가 고정적으로 정해진 작품을 가리킵니다. 우리나라의 대표적인 정형시로는 시조를 들 수 있습니다. 시조는 초장―중장―종장 형식을 갖추고 있으며 각 장이 2구로 되어 있습니다. 그래서 전체적으로 보면 3장 6구 45자 내외라는 정해진 형식이 존재하지요. 이러한 정형시는 시상 전개에 안정감을 부여하고 독자가 주제를 예측할 수 있다는 장점을 지니고 있습니다. 다만 자유로운 표현을 하기에는 한계가 있다는 것이 단점이지요.

자유시는 정형시와 같이 정해진 형식이 딱히 존재하지 않음에도 불구하고 리듬감이 느껴지는 시를 가리킵니다. 현대 시는 대부분 자유시라고 생각할 수 있지요. 최근에 발표되는 시들은 리듬감이 다소 떨어지는 작품들이 많지만 일단 행과 연의 구분이 존재한다면 리듬을 지녔다고 보는 것이 바람직합니다. 자유시에서 느껴지는 운율을 내재율이라고 부릅니다. 외형적으로 나타는 운율이 아니라는 의미인 것이지요.

마지막으로 산문시는 연과 행의 구분도 사라져서 산문처럼 서술되어 있는 시를 가리킵니다. 산문시에도 리듬이 전혀 없는 것은 아닙니다. 동일한 어구를 반복하거나 동일한 음운을 반복하면 충분히 리듬감을 살릴 수 있습니다.

뜬금있는 질문

참여시, 순수시라는 말도 있던데 무슨 뜻인지 궁금합니다.

참여시와 순수시는 시를 주제별로 나눌 때 사용하는 용어라고 생각하면 됩니다. 일단 참여시는 문학이 사회 문제를 해결하는 데에 적극적으로 참여해야 한다는 발상 아래 창작된 작품입니다. 우리나라는 1960년대 시인 김수영을 시작으로 사회 참여적인 작품을 많이 발표되었지요. 김수영은 「풀」, 「어느 날 고궁을 나오면서」와 같은 다양한 참여시를 발표했습니다. 순수시는 문학의 사회 참여를 자제하고 문학의 형식적인 아름다움을 추구하는 시를 가리킵니다.

059 내재적 비평이란?

문학 작품을 감상할 때 꼭 작가가 살았던 삶이나 시대를 알아야 작품을 잘 읽을 수 있나요? 작가의 이름을 가리고 배경 지식 없이 작품을 감상할 수 있는 방법이 없을까요?

관점에 따라 작품이 달리 보인다

문학 작품을 이해하고 평가하며 음미하는 데는 다양한 방법이 있습니다. 우리가 사물을 바라볼 때 각도와 방향에 따라서 달리 보이듯이 작품을 감상할 때에도 어느 관점을 선택하느냐에 따라 의미의 차이가 발생할 수 있지요. 작품을 창작한 사람의 관점에서 감상할 수도 있고, 작품에서 반영하는 현실을 고려하면서 감상할 수도 있으며, 독자들이 무엇을 느끼는가에 주안점을 두고 감상하는 방법도 있지요. 물론 작품의 외부에 존재하는 작가, 독자, 현실 세계를 전혀 고려하지 않고 작품 속에 사용된 언어라든가 작품의 구조 자체에만 주목해서 감상하는 방법도 있습니다. 여러 가지 방법 중에서 작품 자체에만 주목해서 그 의미를 해석하고 감상하는 방법을 '내재적 비평'이라고 합니다. 이 방법은 다른 말로 '절대주의적인 관점'이라고도 하지요.

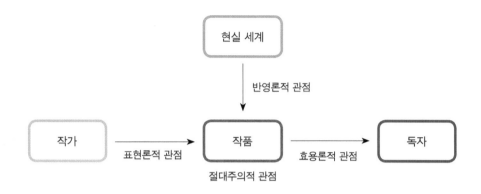

작품 자체에만 주목하라!

내재적 비평은 작품 외부에 존재하는 작가, 독자, 현실 세계는 고려하지 않고 오로지 작품 자체에만 관심을 집중하여 문학 작품을 감상하는 방법을 뜻합니다. 이러한 관점은 작품을 이해하고 감상하는 데에 필요한 것들은 모두 작품 안에 존재한다고 보는 것입니다. 이는 작품을 외부 요소로부터 완전히 단절된 하나의 살아 있는 유기체로 바라보는 관점이지요.

내재적 비평은 시와 소설을 비롯한 모든 문학 작품에서 적용 가능합니다. 시에서는 주로 어조, 운율, 이미지, 수사법, 시상 전개 등의 요소를 중심으로 작품을 감상하고 소설에서는 서술자라든가, 구조, 인물의 유형, 문체, 시점 등을 중심으로 감상합니다. 내재적 비평이 실제로 어떻게 이루어지는지 짧은 시 한 편을 감상하며 알아보도록 합시다.

나 하늘로 돌아가리라
새벽빛 와 닿으면 스러지는
이슬 더불어 손에 손을 잡고.

나 하늘로 돌아가리라

노을빛 함께 단 둘이서

기슭에서 놀다가 구름 손짓하면은.

나 하늘로 돌아가리라

아름다운 이 세상 소풍 끝내는 날.

가서 아름다웠더라고 말하리라……

   - 천상병, 「귀천」

위 시는 전체 3연으로 이루어져 있으며 각 연의 첫 행이 "나 하늘로 돌아가리라"라고 쓰여 있습니다. 하늘로 돌아가겠다는 마음을 반복적으로 표현하여 그 의미를 강조하고 있지요. 또한 '~리라'라는 어조를 사용하여 화자의 의지를 분명하게 표현하고 있습니다.

위 시에서 주목해야 할 이미지로는 '이슬'과 '노을빛', '소풍' 등이 있습니다. 모두 시각적인 이미지를 떠올리게 만들지요. 세 가지 시어의 공통점은 모두 '잠시' 동안만 존재한다는 점입니다. 인생이 잠시 존재하듯이 말입니다. 따라서 이 시어들은 모두 인간의 삶이 유한하다는 메시지를 전해 준다고 할 수 있지요.

그런데 시적 화자는 인간의 짧은 삶을 비극적으로 보지 않습니다. 마지막 연에서 볼 수 있듯이 시적 화자는 인간의 유한한 삶을 "아름다웠더라"고 보고 있습니다. 아마도 새벽빛 와 닿는 이슬이나 노을빛 등을 소재로 활용한 것도 삶을 아름답게 느끼도록 하려고 동원된 것 같습니다. 시적 화자는 세속적인 것들에 집착하지 않지요. 삶을 아름답게 살아가겠지만 그 유한성을 깨닫고 하늘로 돌아가겠다는 시적 화자의 겸허한 인식이 돋보이는 작품입니다.

자, 이제 생각해 볼까요? 방금 시를 감상한 부분에서 혹시 시인에 대한 정보를 알 수 있었나요? 아니면 시를 읽는 독자들의 마음이 어떻게 변했는지 알 수 있었나요? 그것도 아니라면 작품이 배경으로 삼은 시대상과 관련된 언급이 있었나요? 그 어디에서도 작품 외적인 내용을 찾아보기 어려울 것입니다. 시의 이미지와 어조, 언어에 대한 탐구만이 있을 뿐이지 어디에도 작가, 현실, 독자에 대한 언급이 나타나 있지 않지요. 이처럼 작품 자체만으로 작품을 감상하는 방법을 내재적 비평이라고 합니다.

내재적인 관점은 어떤 한계를 지니고 있나요?

내재적인 관점은 작품 자체만을 감상하기 때문에 작품이 사회적으로 어떤 영향을 받았는지, 혹은 어떤 영향을 주었는지 파악하기가 어렵습니다. 따라서 작품을 종합적으로 이해하는 데에 한계가 따를 수 있습니다. 그렇기 때문에 다양한 관점에서 작품을 감상하는 태도가 필요하지요.

060 시 한 편을 배우는데도 작가와 역사를 알아야 하나요?

제가 속한 독서 클럽에서는 작품을 감상하기 전후로 꼭 작가가 누구인지, 어떤 삶을 살았는지, 시대 상황은 어땠는지 찾아서 발제하곤 해요. 그게 그렇게 중요한가요?

작품 밖에서 작품을 바라보다

'외재적 비평'은 작품 외부에 존재하는 작가, 독자, 현실 세계의 관점에서 작품을 감상하는 방법을 통틀어 가리키는 말입니다. 이 중에서 작가를 중심으로 작품을 감상하는 방법을 '표현론적 관점'이라 하고 독자를 중심으로 감상하는 방법을 '효용론적 관점'이라 하며 현실 세계가 어떻게 작품 속에 반영되었는지를 중심으로 감상하는 것을 '반영론적 관점'이라고 하지요. 247쪽의 표를 참고하세요. 물론 이 외에도 다양한 비평 방법들이 존재합니다. 정신분석 비평도 있고, 여성주의 비평도 있습니다. 이 가운데 가장 보편적인 비평 방법을 알아보겠습니다.

표현론적 관점 : 작가가 어떻게 표현하고 있는가

표현론적 관점은 작가가 자신의 체험이나 사상, 감정 등을 작품 속에 표현한 것으로 보고 작품을 감상하는 방법입니다. 다른 요소들보다도 작품과 작가의 관계에 주목한 것이지요. 이와 같은 관점을 택할 때에는 작가의 창작 의도라든가 작가의 전기적인 사실, 즉 가족 관계, 성장 배경, 학력, 취미, 생활 환경 등을 고려하거나 작가가 영향을 받은 사상과 종교 등에 주목해야 합니다. 작가와 관련된 다양한 요소들이 작품 속에 어떻게 나타나는지 살펴보는 것입니다.

창밖에 밤비가 속살거려
육첩방六疊房은 남의 나라,

시인이란 슬픈 천명天命인 줄 알면서도
한 줄 시를 적어 볼까,

땀내와 사랑내 포근히 품긴
보내 주신 학비 봉투를 받아

대학 노―트를 끼고
늙은 교수의 강의 들으러 간다.

생각해 보면 어린 때 동무를
하나, 둘, 죄다 잃어버리고

나는 무얼 바라

나는 다만, 홀로 침전하는 것일까?

인생은 살기 어렵다는데
시가 이렇게 쉽게 씌어지는 것은
부끄러운 일이다.
　　　－ 윤동주, 「쉽게 씌어진 시」 중에서

이 시는 시인 윤동주가 1942년 일본 유학 시절에 지은 시입니다. 여러분도 잘 알다시피 윤동주 시인은 식민지 시절에도 현실과 타협하지 않은 채 고결한 성품을 유지하고 순수한 양심을 지키며 살아가려고 했던 분이지요.

그는 비록 공부를 위해 일본에 건너갔지만 그곳이 남의 나라라는 사실을 잊지는 않았습니다. 많은 지식인들이 일본인들에게 협조할 때에도 윤동주 시인은 자신이 조선 사람인 것을 잊지 않았지요. 그러면서 그는 민족을 위해 아무 일도 하지 못한 채 대학 노트를 끼고 늙은 교수의 강의를 들으러 가는 자기 자신이 한없이 부끄러웠던 것 같습니다. 그의 이러한 심정이 이 시에 고스란히 나타나 있습니다. 시가 쉽게 씌어지고 있는 것에 대한 부끄러움도 위 인용부의 후반에 잘 나타나 있지요. 이처럼 시인이 추구했던 삶이 작품 속에 어떻게 나타나고 있는지를 살펴 작품을 감상하는 것이 표현론적 관점입니다.

효용론적 관점 : 독자가 어떻게 받아들이고 있는가

효용론적 관점은 작품이 독자에게 어떤 효용을 주었는가를 살펴서 작품을 평가하고 감상하는 관점을 말합니다. 작품에서 얻을 수 있는 독자의 감동이 무엇이며 그것이 구체적으로 작품의 어떤 면에서 영향을 받은 것인지 알아보아야 하겠지요. 앞에서 인용한 「쉽게 씌어진 시」를 예로 들어 볼까요.

이 시는 민족이 위기에 처한 상황에서 무엇이 참된 삶인지 고민하게 만드는 시입니다. 우리는 이 작품을 감상하면서 우리가 속한 공동체의 현실이 잘못되었을 때 어떤 판단과 선택을 하는 것이 올바른 것인지 다시 한 번 생각하게 되지요. 잘못된 상황을 모른 척할 것인지, 순수한 학문과 지식을 배우는 것이 나은지 아니면 현실의 모순을 몸소 개선하는 것이 나은지 성찰하게 해 주는 것입니다. 이와 같이 작품을 읽고 독자가 어떤 감동을 받았는지 판단하고 감상하는 것이 효용론적 관점입니다.

반영론적 관점 : 현실이 어떻게 반영되어 있는가

반영론적 관점은 작품이 현실 세계를 어떻게 반영하고 있는지 살펴 작품을 감상하고 평가하는 관점입니다. 작품이 현실 세계의 반영이라고 보는 태도이지요. 반영론적 관점은 일단 작가가 살았던 현실 세계와 작품이 창작된 시대적 배경에 관심을 기울여야 합니다. 그리고 그 후에 작품 속에 삶의 구체적인 현실이 진실하게 드러났는지를 판단해야 하지요.

「쉽게 씌어진 시」의 경우에는 일제 강점기의 현실인식이 제대로 드러나 있는지를 판단해 보아야 합니다. 7연의 "인생은 살기 어렵다는데"라는 구절은 당시 식민지 조선의 현실을 단적으로 표현한 것으로 볼 수 있습니다. 또한 "육첩방은 남의 나라"라는 표현에서 시적 화자가 분명한 민족의식을 지녔다고 할 수 있습니다. 화자 스스로 자신이 식민지 조선이라는 시대 현실 속에 존재함을 나타낸 것입니다. 이와 같이 작품 속에 현실 세계가 어떻게 반영되어 있는지를 통해 작품을 이해하고 감상하는 태도가 반영론적 관점입니다.

그 밖의 비평 방법에는 어떤 것들이 있을까요?

작품을 바라보는 세계관이나 가치관에 따라서 다양한 비평 방법이 있습니다. 작품 속의 주인공들이 지닌 심리적인 상황을 파악하여 감상하는 정신분석 비평이라든가, 우리 문학에 남아 있는 서양적인 것들, 즉 식민지 경험이 미친 영향을 파헤치는 탈식민주의 비평, 작품 속에 등장하는 여성 인물의 변화 과정을 추적해 보는 여성주의 비평 등 다양한 방법들이 비평을 하는 데에 활용되고 있습니다.

061   비장미, 골계미, 숭고미는 무슨 뜻인가요?

시의 해설을 읽다 보면 비장미, 골계미, 숭고미와 같은 말들이 종종 등장합니다. 비장미는 슬픔을, 숭고미는 숭고한 아름다움을 의미하는 것 같은데 막상 그것이 정확히 무엇을 의미하는지는 잘 모르겠어요. 아름다움에도 종류가 있다면 어떤 것들이 있는지 알려 주세요.

아름다움의 여러 갈래

시를 포함한 문학과 예술은 아름다움을 추구합니다. 하지만 그 아름다움이 모두 동일하지는 않습니다. 미술을 예로 들어 볼까요? 어떤 작품은 인체 비례가 조화와 균형을 잘 이뤄서 아름답게 느껴지기도 하지만 반면에 또 다른 작품은 인체가 왜곡되어 있는데도 불구하고 아름답게 느껴질 때가 있습니다. 만화에서 사람의 눈을 얼굴의 절반을 차지할 만큼 크게 그려 놓았는데도 아름답게 보였던 것을 여러분도 한 번쯤 경험했을 것입니다. 이 밖에도 슬프고 애잔한 그림을 보며 아름답다고 생각할 수도 있고 우스꽝스러운 그림을 보면서도 아름다움을 느낄 수도 있습니다. 이처럼 아름다움에는 다양한 범주가 존재한답니다. 문학과 예술을 공부하는 사람들은 대체로 아름다움의 범주를 우아미, 숭고미, 비장미, 골계미로 나누어 설명하지요.

우아미 : 조화와 균형, 통일성의 아름다움

우아미는 조화롭고 균형을 잘 갖춘 대상으로부터 느끼는 아름다움입니다. 대개 고전적인 아름다움이라고 보면 됩니다. 우아미의 가장 이상적인 모델은 아름답고 조화로운 자연입니다. 8등신처럼 비례가 잘 갖춰진 인체에서도 우아미를 느낄 수 있지요. 시에서도 우아미를 찾을 수 있습니다.

성터 거닐다 주워 온 깨진 질그릇 하나
닦고 고이 닦아 열 오른 두 볼에 대어 보다.

아무렇지도 않은 곳에 무르녹는 옛 향기라
질항아리에 곱게 그린 구름무늬가
금시라도 하늘로 피어날 듯 아른하다.

눈 감고 나래 펴는 향그러운 마음에
머언 그 옛날 할아버지 흰 수염이
아주까리 등불에 비치어 자애롭다.
　－ 조지훈, 「향문香紋」 중에서

이 시에서 시적 화자는 성터를 거닐다 깨진 질그릇 하나를 발견합니다. 그러고는 그것을 고이 닦지요. 그런데 그 깨진 질그릇에 그려진 구름무늬가 "하늘로 피어날 듯 아른"거립니다. 구름무늬가 마치 실제 구름인 것처럼 우아하게 그려져 있었기 때문이지요. 그래서 시적 화자는 질그릇에서 느껴지는 아름다움에 동화되어 먼 옛날 할

아버지의 흰 수염이 등불에 비치는 듯한 기분에 사로잡히지요. 시 전체적으로 느껴지는 아름다움의 정체는 질그릇 무늬의 우아함으로부터 생겨난다고 할 수 있습니다.

숭고미 : 장엄하고 거룩한 초월적 아름다움

숭고는 현실 세계를 초월한 것을 뜻하는 말입니다. 인간이 아무리 추구해도 도달할 수 없는 높은 경지에서 느끼는 아름다움이 바로 숭고미이지요. 숭고미는 대체로 경건하고 엄숙한 분위기를 자아내는 경우가 많습니다. 우리 시에서 숭고미를 찾기란 어렵지 않습니다. 초월적 가치를 추구하거나 현실을 벗어나려고 하는 주제의식을 지니고 있는 작품이 모두 숭고미를 지니고 있다고 할 수 있지요.

푸른 산이 흰 구름을 지니고 살듯
내 머리 위에는 항상 푸른 하늘이 있다

하늘을 향하고 산림처럼 두 팔을 드러낼 수 있는 것이 얼마나 숭고한 일이냐

두 다리는 비록 연약하지만 젊은 산맥으로 삼고
부절不絶히 움직인다는 둥근 지구를 밟았거니…….

푸른 산처럼 든든하게 지구를 디디고 사는 것은 얼마나 기쁜 일이냐.

뼈에 저리도록 '생활'은 슬퍼도 좋다
저문 들길에 서서 푸른 별을 바라보자…….

푸른 별을 바라보는 것은 하늘 아래 사는 거룩한 나의 일과이거니…….
─신석정, 「들길에 서서」

위 시에서 시적 화자는 인간의 현실 세계를 거의 언급하고 있지 않습니다. "뼈에 저리도록 '생활'은 슬퍼도 좋다"라는 구절에 현실이 잠시 언급되기는 하지만 시인은 생활에 집착하기보다는 생활을 초월해서 '푸른 별'을 바라볼 거라고 다짐하고 있습니다. 구차한 인간 세계의 생활을 초월한 것이지요. 독자들은 이 시를 읽으면서 시인이 추구하는 초월적인 삶에 대해 엄숙함과 경건함을 느낄 것입니다. 이처럼 평범한 인간이 도달하기 어려운 경지를 접할 때 느끼는 미적 정서를 숭고미라고 합니다.

비장미 : 비극의 아름다움

비장미는 현실 세계를 비극적으로 인식하는 것에서부터 시작합니다. 아무리 인간적인 노력을 기울여도 주어진 여건을 극복할 수 없을 때 미적인 감정을 느꼈다면 그것이 바로 비장미입니다. 비극적인 것이 아름답다고 하면 모순적일 수도 있겠지요. 하지만 비극이 아름다운 것은 거부할 수 없는 운명 앞에서도 끝까지 타협하지 않고 저항하는 인간의 모습 자체가 감동적이기 때문입니다.

동방은 하늘도 다 끝나고
비 한 방울 나리잖는 그때에도
오히려 꽃은 빨갛게 피지 않는가
내 목숨을 꾸며 쉬임 없는 날이여!

북쪽 툰드라에도 찬 새벽은
눈 속 깊이 꽃 맹아리가 옴작거려
제비 떼 까맣게 날아오길 기다리나니
마침내 저버리지 못할 약속이여!

한 바다 복판 용솟음치는 곳
바람결 따라 타오르는 꽃 성에는

나비처럼 취하는 회상의 무리들아

오늘 내 여기서 너를 불러 보노라

– 이육사, 「꽃」

이 시는 일제 강점기 저항시인이던 이육사가 쓴 작품으로 주어진 운명을 극복하는 것이 현실적으로 불가능한데도 현실에 타협하지 않고 끝까지 저항하려는 몸부림을 북극 툰드라에 피어나는 꽃으로 형상화하고 있습니다.

북극 툰드라는 뭇 생명들이 살아가기가 대단히 어려운 곳입니다. 그런데도 불구하고 시적 화자는 꽃이 오히려 빨갛게 피어난다고 표현합니다. "목숨을 꾸며"라는 표현을 감안하면 꽃은 수도 없이 피었다가 다시 져 버리는 운명을 겪었을 것입니다. 다시 말해서 꽃에게는 비극적인 결말이 전제되어 있는 것이지요. 그럼에도 불구하고 꽃은 비장하게 계속 피어납니다. 죽음을 예감하면서도 전쟁터로 나아가는 장수처럼 말이지요. 여기서 느껴지는 아름다움이 비장미입니다.

골계미 : 웃음 속의 아름다움

비장미에 비해 골계미는 세상을 긍정적으로 인식하면서 느낄 수 있는 아름다움을 가리킵니다. 대개 풍자나 해학의 수법으로 우스꽝스러운 상황이나 인간상을 그릴 때 이런 아름다움을 느낄 수 있지요. 골계미는 대상과 상황이 어울리지 않는 부조화를 근거로 그것으로부터 발생하는 재미와 기묘함 등에서 오는 아름다움을 가리킵니다.

세 살 난 여름에 나와 함께 목욕하면서 딸은

이게 구슬이냐? 내 불알을 만지작거리며 물장난하고

아니 구슬이 아니고 불알이다 나는 세상을 똑바로

가르쳤는데 구멍가게에 가서 진짜 구슬을 보고는

아빠 이게 불알이냐? 하고 물었을 때

세상은 모두 바쁘게 돌아가고 슬픈 일도 많았지만

나와 딸아이 앞에는 언제나 무진장의 토요일 오후

– 오탁번, 「토요일 오후」 중에서

이 시에는 아직 사물을 분명하게 인식하지 못하는 순수한 딸아이와 그것을 깨우쳐 주려는 아빠 사이의 에피소드가 담겨 있습니다. 아마 누구라도 이 작품을 보면 웃지 않을 수 없을 것입니다. 서로의 상황이 부조화를 이루고 있기 때문이지요. 아이의 유년 세계와 아빠의 성인 세계는 서로 소통하기 어려운 부조화를 겪습니다. 물론 그 부조화를 보며 독자들은 재미와 즐거움을 느끼게 되지요. 이처럼 웃음을 유발하는 유머라든가, 풍자, 해학이 들어 있는 아름다움을 우리는 골계미라고 부릅니다.

풍자와 해학은 어떤 차이가 있는 건가요?

풍자와 해학은 독자에게 웃음을 준다는 사실은 같지만 성격이 조금 다릅니다. 풍자에서 '자(刺)'는 찌른다는 뜻으로서 대상을 비판하려는 의도가 강합니다. 직접 비판을 하기 어려울 때 간접적으로 돌려 비꼬는 것이 바로 풍자입니다. 이에 반해 해학은 풍자보다는 비판적인 의도가 적은 것으로 익살스러운 행위에 초점이 놓여 있다고 할 수 있습니다.

062   신체시는 무엇을 가리키는 말인가요?

국문학의 역사를 배울 때 신체시라는 말이 나왔어요. 근대 문학 초기에 지어진 것이라고 하는데 신체시는 정확히 무엇을 가리키는 말인가요? 그리고 우리나라에 근대적인 자유시가 등장한 것은 언제부터인가요?

자유시로 나아가는 과도기적 형태

우리나라는 외국에 문호를 개방하면서 문화적으로도 큰 영향을 받았습니다. 시 문학도 예외가 아니어서 전통적인 시조와 가사 외에도 다양한 시 형식이 나타나기 시작했지요. 전통적인 가사가 변한 개화가사도 있었고, 서양 찬송가의 영향을 받은 창가도 있었습니다. 개화가사와 창가는 글자수에 엄격한 제약이 존재했습니다. 개화가사는 4·4조 2행으로 대구의 형식이었고 창가는 7·5조를 기본 율격으로 반드시 글자수를 지켜야 했습니다. 자유로운 형식은 아니었던 것이지요.

그런데 차츰 변화가 나타나기 시작합니다. 글자수를 맞추는 정형적인 외형률에서 벗어난 작품이 등장한 것입니다. 그것이 바로 육당 최남선이 주로 창작했던 신체시입니다. 신체시라는 명칭은 과거에 없었던 새로운 시 형식이라는 의미에서 부여했던 이름이지요.

신체시는 형태적인 고정성에서 벗어나 시적 형식의 자유로움과 개방성을 추구했습니다. 비록 뚜렷한 한계는 있었지만 근대 자유시가 형성되는 데에 계기를 만들어준 점은 긍정적으로 평가할 수 있습니다. 가장 대표적인 신체시인 최남선의 「해에게서 소년에게」를 잠시 살펴보겠습니다.

터……ㄹ썩, 터……ㄹ썩, 턱, 쏴……아.
따린다, 부순다, 무너 버린다.
태산 같은 높은 뫼, 집채 같은 바윗돌이나,
요것이 무어야, 요게 무어야,
나의 큰 힘 아느냐, 모르느냐, 호통까지 하면서
따린다, 부순다, 무너 버린다.
터……ㄹ썩, 터……ㄹ썩, 턱, 튜르릉, 콱.
— 최남선, 「해海에게서 소년에게」 중에서

이 작품은 의인화된 '바다'가 '소년'에게 강한 힘과 기개를 지닐 것을 전하고 있는 시입니다. 표현이 소박하고 내용이 계몽적이어서 본격적인 자유시라고 하기에는 한계를 지니고 있습니다. 그런데 작품의 형식은 창가라든가 개화가사와는 일정한 차이를 보이고 있습니다.

1행과 7행은 파도 소리를 흉내 낸 의성어로 표현되어 있고 2행과 4행과 6행은 "따린다, 부순다, 무너 버린다"처럼 '3·3·5조' 혹은 3음보 율격으로 되어 있습니다. 또한 3행은 4자, 3자, 4자, 5자로 총 4음보로 구성되어 있으며 5행은 4자, 3자, 4자, 4자, 3자로 5음보로 되어 있지요. 이렇게 볼 때 이 시에는 정해진 율격이 있다고 말할 수 없습니다. 각 행이 서로 다른 글자수로 배열되어 있으니 이전까지는 없었던 새로운 리듬이 생겨났다고 말할 수 있지요.

이처럼 신체시는 우리 시에서 최초로 정형률을 깨뜨렸다는 점에서 그 의미를 찾을 수 있습니다.

정형률을 깨뜨리기는 했지만 신체시를 근대적인 자유시라고 하기에는 부족함이 있습니다. 왜냐하면 인용된 1연의 리듬이 전체 6연에 계속 반복되어 나타났기 때문이지요. 내용상 차이가 있을 뿐, 시의 형태가 6연까지 동일하게 반복되는 것입니다. 따라서 신체시를 자유시라고 하기에는 무리가 있습니다. 그뿐만 아니라 신체시는 개인의 정서를 표현하기보다 계몽적인 주제를 전달했다는 점에서도 근대 시로 보기에는 무리가 따랐지요.

근대 자유시의 형성은 1910년대

우리나라에서 근대 자유시는 1910년대에 들어와서 창작되었습니다. 김억과 주요한 같은 시인들이 『태서문예신보』에 프랑스 상징주의 시를 소개하면서 신체시보다 형식적으로 자유로우며 시적 형식과 리듬을 중시한 작품들을 발표했던 것이지요.

아아 날이 저문다, 서편 하늘에, 외로운 강물 우에, 스러져 가는 분홍빛 놀……
아아 해가 저물면 해가 저물면, 날마다 살구나무 그늘에 혼자 우는 밤이 또 오건마
는, 오늘은 사월四月이라 파일날 큰 길을 물밀어 가는 사람소리는 듣기만 하여도 흥
성스러운 것을 왜 나만 혼자 가슴에 눈물을 참을 수 없는고?

 ─ 주요한, 「불놀이」 중에서

이 작품은 한때 우리나라 최초의 자유시로 평가받았던 작품입니다. 1919년 잡지 『창조』의 창간호에 실렸던 작품입니다. 여러분이 눈으로 슬쩍 봐도 알겠지만 이 시는 산문적 형식으로 되어 있습니다. 글자수의 제한이라든가 연과 행에 일정한 규칙이 존재하지 않지요. 내용을 살펴보아도 전혀 계몽적이지 않습니다. "왜 나만 혼자

가슴에 눈물을 참을 수 없는고?"와 같이 시적 화자의 개인적인 정서가 명확히 드러나 있습니다. 민중 계몽으로부터 벗어나 개인적인 정서가 시적으로 표현된 것입니다. 이 작품과 비슷한 시기에 창작된 시들은 이 작품처럼 형식적인 제약으로부터 벗어나 개인적인 정서를 담고 있었지요. 따라서 우리나라 근대 자유시는 대략 1910년경에 나타났다고 볼 수 있습니다.

뜬금있는 질문

우리나라에 서구 문학을 소개한 잡지에는 어떤 것이 있나요?

최남선이 만든 『소년』과 이후에 『창조』, 『백조』, 『폐허』와 같은 것들이 있습니다. 서구 문학을 보다 본격적으로 소개한 잡지로는 김억 등이 창간한 『태서문예신보』가 있습니다. 이 잡지에는 서구의 근대 시를 비롯하여 당대의 최신 시와 시 이론까지 소개되어 있었습니다. 김억은 이 잡지에 다양한 서구의 시들을 번역하여 실었는데 그것들을 모아서 『오뇌의 무도』라는 번역 시집을 간행하기도 했습니다.

063   민요시는 민요인가요, 시인가요?

우리나라 사람들이 가장 많이 애송하는 「진달래꽃」을 민요시라고 하던
데 민요시가 무엇을 뜻하는 말인가요? 민요도 시가 될 수도 있나요?

민요시 : 전통적 리듬, 향토적 정서

『한국민족문화대백과사전』을 보면 민요시라는 명칭을 처음 사용한 것이 1922년 『개
벽』이라는 잡지를 통해서였다고 합니다. 이 잡지에 김소월의 「진달래꽃」이 발표되었는
데 작품이 실리는 과정에서 제목 옆에 부제목으로 '민요시'라는 말이 쓰였다고 하네요.

이처럼 김소월이 처음으로 사용하기 시작한 민요시라는 명칭은 그 후 김소월의 스
승이었던 김억이 김소월의 다른 작품들을 설명하면서 보편적으로 사용되었다고 합니
다. 당시에 김억은 민요시를 "전통적인 민요조에 기반을 두고 곱고 서러운 정서를 아

름답게 짜고 엮어서 만든 시"라고 규정하면서 민요시가 더욱 많이 창작되기를 바랐습니다. 신체시 이후 우리 시 문학이 지나치게 서구적으로 변하자 그에 대해 우리의 리듬을 지키자는 취지에서 민요시 운동이 비롯되었다고 할 수 있습니다.

민요의 리듬을 살려서

그렇다면 민요시의 실체는 어떤 것일까요. 여러분이 가장 잘 알고 있는 김소월의 「진달래꽃」을 보며 민요시가 어떤 특징을 지니고 있는지 살펴보겠습니다.

나 보기가 역겨워
가실 때에는
말없이 고이 보내 드리우리다

영변에 약산
진달래꽃
아름 따다 가실 길에 뿌리우리다

가시는 걸음걸음
놓인 그 꽃을
사뿐히 즈려밟고 가시옵소서

나 보기가 역겨워
가실 때에는
죽어도 아니 눈물 흘리우리다
– 김소월, 「진달래꽃」

이 시의 리듬에 대해서는 서로 다른 견해가 존재합니다. 누군가는 글자수를 리듬으로 삼는 음수율에 기반을 두고 7 · 5조와 그 변형이 나타났다고 보는 반면, 누군가는 호흡 단위를 세 번씩 끊어 읽는 3음보 율격이 사용되었다고도 봅니다. 여러분이 보고 있는 참고서에는 두 가지 견해가 모두 적혀 있을 것입니다. 음수율과 음보율이 모두 쓰인 것처럼 말이지요. 어느 것이 옳다고 말하기는 어렵지만 이 시에 민요시라는 부제가 있는 만큼 민요의 전통적인 리듬이 어떻게 쓰였는지 알아보겠습니다.

우리나라 민요에 쓰인 리듬은 대체로 음보율입니다. 그중에서도 "잠아 잠아 ✔ 깊은 잠아 ✔ 이 내 눈에 ✔ 쌓인 잠아"처럼 4음보율과 "아리랑 ✔ 아리랑 ✔ 아라리요"처럼 3음보율이 대표적입니다.

그렇다면 김소월의 「진달래꽃」에는 어떤 리듬이 사용되었을까요. 바로 3음보 율격입니다. 자, 한번 1연을 읽어 볼까요. "나 보기가 ✔ 역겨워 ✔ 가실 때에는 / 말없이 ✔ 고이 보내 ✔ 드리우리다" 어떻습니까, 호흡의 단위를 세 번씩 끊어 읽으니 자연스럽지요?

이처럼 「진달래꽃」에는 3음보 율격, 그러니까 민요의 리듬이 아주 잘 활용되었던 것입니다. 물론 그렇다고 해서 「진달래꽃」이 민요는 아닙니다. 민요의 리듬을 살린 근대적인 서정시이지요. 민요시라고 해서 민요는 아니지요.

전통적 정서를 담다

그렇다면 민요시에 나타난 정서는 어떤 것일까요? 1920년대 쓰였던 작품들은 대체로 서구의 근대적인 시들을 흉내 내려는 것이 많았습니다. 당시 우리나라에 수입된 서구의 근대 시들은 퇴폐적이고 상징적인 시들이 많았는데 우리나라 시인 중에는 이런 시들의 영향을 받아서 퇴폐적이고 상징적인 시를 쓰는 이들이 적지 않았습니다.

그런데 「진달래꽃」은 달랐습니다. 이 작품의 주요 내용은 '임과의 이별', '이별의 정한'이라고 볼 수 있지요. 이는 우리나라의 고전 작품들과 비슷한 내용이었습니다. 고대 가요인 「공무도하가」, 고려 가요 「가시리」, 「서경별곡」, 「정석가」, 현재까지 사랑받는 민요 〈아리랑〉까지 우리 민족이 즐겨 부르던 노래의 정서는 대개 이별의 정한이었는데 이런 주제가 「진달래꽃」에서 반복적으로 나타난 것입니다.

이렇게 볼 때 민요시는 민요의 리듬을 근대적으로 살려서 우리의 전통적인 정서를 표현한 근대 시라고 보는 것이 가장 적절할 것입니다. 민요가 근대 시는 될 수 없지만 민요의 리듬과 주제가 근대 시에 영향을 준 것은 분명합니다.

뜬금있는 질문

상징주의는 무엇을 가리키는 말인가요?

상징주의는 개인의 사상과 감정이라든가 초월적인 이념 세계를 표현하는 문예 운동을 가리킵니다. 일반적으로 상징주의 시들은 직접적인 표현이 없고 구체적인 이미지를 사용하지 않습니다. 상징주의 시인들은 한눈에 봐서는 이해하기 힘든 상징들을 주로 활용하는데 이러한 까닭에 상징주의 시들을 읽어 내는 데에는 큰 어려움이 뒤따릅니다. 이들에 의해서 시 문학은 오래된 전통과 인습에서 벗어나 현대 시로서 성장할 수 있었습니다. 우리나라에서는 김억이 랭보, 보들레르 등의 시들을 번역하여 소개하였습니다.

064 왜 카프 작품은 교과서에서 잘 다루지 않나요?

일제 강점기 시들을 공부할 때면 가끔씩 카프 계열의 시인이라는 말이 나옵니다. 물론 카프 계열의 소설가도 있고요. 수업 시간에 선생님들은 중요한 것도 아니고 깊이 알 것도 없다고 하시며 가볍게 넘어가는 경우도 있는데 도대체 카프는 어떤 성격의 단체인가요? 그리고 여기에 소속된 사람들은 주로 어떤 작품들을 창작했나요?

카프, 계급 해방을 꿈꾸다

일제 강점기 시절 우리나라는 서로 다른 방향에서 사회 운동이 일어났습니다. 하나는 민족 해방을 중심으로 한 민족주의 운동이고, 다른 하나는 노동자·농민이 잘살 수 있는 세상을 만들려는 사회주의 운동이었지요.

문학계에서도 사회주의 운동이 일어났습니다. 경제적으로 어려움에 처한 노동자·농민을 위해 작품을 창작하는 카프KAPF, Korea Artista Proleta Federatio라는 문학 단체가 결성된 것입니다. 주로 일본 유학을 다녀오거나 사회주의 사상을 접한 젊은 문인들에 의해서 조직된 카프는 노동자·농민을 위한 문학을 지향했습니다.

카프의 주요 문인들은 김기진, 박영희, 임화 등이었습니다.

언제나 철없는 제가 오빠가 공장에서 돌아와서 고단한 저녁을 잡수실 때 오빠 몸에서 신문지 냄새가 난다고 하면

오빠는 파란 얼굴에 피곤한 웃음을 웃으시며

……네 몸에선 누에 똥내가 나지 않니 — 하시던 세상에 위대하고 용감한 우리 오빠가 왜 그날만

말 한마디 없이 담배 연기로 방 속을 메워 버리시는 우리 우리 용감한 오빠의 마음을 저는 잘 알았어요

(중략)

오빠 — 그러나 염려는 마세요

저는 용감한 이 나라 청년인 우리 오빠와 핏줄을 같이한 계집애이고

영남이도 오빠도 늘 칭찬하던 쇠 같은 거북무늬 화로를 사 온 오빠의 동생이 아니에요

그리고 참 오빠 아까 그 젊은 나머지 오빠의 친구들이 왔다 갔습니다

눈물 나는 우리 오빠 동무의 소식을 전해 주고 갔어요

사랑스런 용감한 청년들이었습니다

세상에 가장 위대한 청년들이었습니다

(중략)

그리하여 이다음 일은 지금 섭섭한 분한 사건을 안고 있는 우리 동무 손에서 싸워질 것입니다

— 임화, 「우리 오빠와 화로」 중에서

카프 문학 중 가장 뛰어난 작품으로 거론되는 시입니다. 아쉽게도 일부만을 발췌했는데 그 까닭은 이 시가 꽤 길기 때문입니다. 작품 속에는 여타의 서정시와는 달리 등

장인물도 있고 사건도 있어서 마치 짧은 단편 소설을 읽는 듯한 느낌마저 줍니다. 그런 까닭에 이 시를 '단편 서사시'라고 부르기도 하지요. 전체적인 내용은 다음과 같습니다.

어느 날 가난하게 살아가는 세 남매에게 불행한 일이 닥칩니다. 세 남매의 맏이인 오빠가 일제 경찰에게 잡혀가는 일이 일어난 것이지요. 그가 잡혀간 까닭은 노동자 단체를 조직하는 등 사회주의 운동을 했기 때문입니다.

집안은 순식간에 난장판이 되고 그사이에 거북무늬 화로도 깨어집니다. 거북무늬 화로는 오빠의 굳은 신념과 가족에 대한 사랑을 상징하고 있었지요. 따라서 화로가 깨어졌다는 것은 오빠가 더 이상 신념을 펼칠 수도 없고 가족과 만날 수도 없는 처지에 놓였음을 의미합니다.

하지만 오빠를 떠나보낸 두 남매는 절망하지 않습니다. 오히려 오빠의 친구들과 함께 부정한 세상을 바꿔 나가겠다는 다짐을 합니다. 인용된 마지막 부분에 나온 "지금 섭섭한 분한 사건"은 오빠가 잡혀간 일을 가리키지요. 시적 화자는 이에 절망하지 않고 그다음 일은 우리 동무들이 싸우는 일이라고 새롭게 다짐하고 있습니다.

이처럼 카프에 소속된 시인들은 문학이 사회를 변화시킬 수 있는 도구라고 받아들이고 시를 사회 혁명의 수단으로 삼았습니다.

시 문학이 정치적인 수단으로 변하다

카프 시인들은 1920~1930년대 적지 않은 사람들의 호응을 얻었습니다. 우리나라에 사회주의가 널리 퍼져 가던 시점이었지요. 또한 일제가 운영하는 공장에서 실제로 노동자들이 힘겹고 어려운 삶을 살아가고 있었기 때문에 카프 시인들의 작품이 의미와 가치를 인정받을 수 있었습니다.

그러나 카프 문학은 몇몇 작품을 제외하고는 정치 선전문과 크게 다르지 않았습니다. 행과 연을 구분했을 뿐, 언어예술로서의 아름다움을 느끼기에는 많이 모자랐지요. 「우리 오빠와 화로」가 최초의 단편 서사시로 명명될 정도로 참신한 문학적 형식미를 선보인 것과 같은, 새로운 문학적 시도를 한 작품이 더 이상 발표되지 않았던 것입니다. 낯설고 생경한 정치적인 표어에 독자들이 공감하는 데에는 한계가 있었지요. 또한 기존의 시인들도 카프 시인들이 발표한 작품을 비판적으로 바라보기 시작했습니다. 문학이 정치 수단화되어서 그 형식적인 아름다움을 잃어버렸다고 보았던 것입니다.

그러는 와중에 카프는 일제에 의해 해산당했습니다. 일제가 중일전쟁을 일으키면서 사회주의 사상에 대한 검열을 강화했기 때문이었지요. 이후 카프 시인들의 활동도 뜸해지고 말았지요.

일제 강점기 이후에 사회주의 문학 운동은 없었나요?

우리나라에는 해방 이후에도 사회주의 문학 운동을 하던 이들이 적지 않았습니다. 이들은 '조선 문학가 동맹'이라는 단체를 만들어 활동하였으며 작품의 예술성보다는 문학이 어떻게 사회를 바꿀 수 있는지에 관심을 더 가졌습니다. 대표적인 작품으로는 임화의 「깃발을 내리자」, 오장환의 「병든 서울」 등을 들 수 있지요. 이들은 6·25 전쟁 후에 좌익에 대한 정부의 탄압이 심해지면서 점차 자취를 감추었습니다.

065   서정시를 쓰기 힘든 시대,
서정시를 쓴 사람들?

일제 강점기 문인은 현실을 고발하고 저항하기 위해 펜을 들었을 것 같아요. 말하자면 시절이 하 수상하니 개인의 감정을 노래한 순수시는 별로 없을 거라 생각했는데요. 그럼에도 불구하고 순수 서정시 운동을 주도한 사람들이 있다고요?

1930년대 시문학파, 순수시 운동을 주도하다

여러분의 생각처럼 일제 강점기 현실은 우리 민족에게 큰 시련이었습니다. 따라서 우리 문학가들은 시와 소설을 통해 어렵고 힘든 현실을 고발하거나 일제에 저항하는 태도를 취했습니다. 그러나 문학이 목적성을 강하게 드러내면 낼수록 마치 정치 선전문이나 광고처럼 메시지만 남아, 언어를 통해서 아름다움을 표현하는 시의 본질은 사라지기 쉽지요. 정치적인 구호와 시 사이에 아무 차이가 없어지는 것입니다. 아무리 좋은 목적의 주제를 전달한다 하더라도 형식이 아름답지 않으면 그 누구도 시를 거들떠보지 않겠지요. 이러한 고민은 1930년 『시문학』이라는 잡지가 생겨나면서 어느 정도 해결될 수 있었습니다. 그리고 이때 『시문학』 잡지에 참여했던 이들을 가리켜 '시문학파'라고 부릅니다.

시문학파는 시에서 특정한 사상이나 정치성을 모두 몰아내고 순수 서정시를 지향했습니다. 김영랑, 박용철, 정지용 등이 시문학파로 활동했고 이후에 신석정 시인도 참여했습니다. 이들은 시의 내용과 형식이 조화를 이룰 수 있는 작품을 창작했으며 특히 시가 언어예술인 것을 내세워 언어를 갈고닦아 쓰는 데 뚜렷한 성과를 거두었습니다.

언어의 아름다움이 살아 있다

자, 그렇다면 시문학파 시인들은 실제로 어떤 작품들을 창작했을까요. 다음 작품을 감상하면서 시문학파의 특징을 살펴보도록 하지요.

> 내 마음의 어딘 듯 한편에 끝없는
> 강물이 흐르네.
> 돋쳐 오르는 아침 날빛이 빤질한
> 은결을 도도네.
> 가슴엔 듯 눈엔 듯 또 핏줄엔 듯
> 마음이 도른도른 숨어 있는 곳
> 내 마음의 어딘 듯 한편에 끝없는
> 강물이 흐르네.
> – 김영랑, 「끝없는 강물이 흐르네」

이 시는 시문학파의 대표 시인 김영랑이 쓴 작품입니다. 이 시에서 전달하는 내용은 단순합니다. 시적 화자의 내면이 흐르는 강물처럼 깨끗하고 평화롭다는 것이지요. 가슴인지, 핏줄인지 어디인지 알 수는 없지만 아침 햇빛에 은빛 물결을 이루는 강물처럼 깨끗하고 평화로운 마음이 화자의 내면에 깃들어 있다고 말하고 있습니다. 작품

어디를 보아도 식민지 현실의 모순이 나타나거나 현실에 대한 비판과 저항의 모습은 눈에 띄지 않습니다. 처음부터 끝까지 온전히 순수 서정시인 것입니다.

이 시에서 주목할 것은 시에 'ㄴ', 'ㄹ', 'ㅁ', 'ㅇ'처럼 주로 부드러운 느낌을 지닌 소리들이 자주 쓰였다는 점입니다. 이런 소리들은 시를 읽는 독자에게 부드러운 인상을 남겨서 마치 강물이 유유하게 흘러가고 있는 듯한 인상을 줍니다. 또한 '도도네', '도른도른'과 같이 사전에 없는 말을 만들어 언어의 음악성을 더욱 살리고 있습니다. 평화롭고 아름다운 마음을 표현하기 위해서 일부러 부드러운 어휘들을 선택한 것입니다.

모국어의 힘으로 참신한 은유와 심상을 펼치다

김영랑이 단어의 느낌을 살려서 시의 아름다움을 표현했다면 정지용은 참신한 은유를 통해서 시의 아름다움을 표현했습니다.

돌에
그늘이 차고,

따로 몰리는
소소리 바람.

앞섰거니 하여
꼬리 치날리어 세우고,

종종다리 까칠한
산새 걸음걸이.
- 정지용, 「비」 중에서

이 시의 제목은 「비」입니다. 그런데 작품 속에는 '비가 온다'는 말이 한 구절도 등장하지 않습니다. 어떻게 된 것일까요? 돌 위에 그늘이 찼다는 것은 하늘에 먹구름이 드리워졌음을 뜻하고 소소리 바람은 이른 봄에 부는 매서운 바람을 가리킵니다. 그러고 보니 이 정도면 비가 올 징조이지요. 곧 비가 내립니다. 그런데 정지용은 하늘에서 빗방울이 떨어진다고 하는 대신 "앞섰거니 하여 / 꼬리 치날리어 세우고"라고 말합니다. 빗방울이 후두둑 떨어지는 장면을 마치 새들이 경쟁적으로 날아가는 것처럼 묘사하고 있군요. 이 시의 가장 뛰어난 부분은 빗방울이 떨어져 땅이 조금씩 파인 자리를 "산새 걸음걸이"라고 표현한 대복입니다. 자, 어떻습니까. 정말 참신한 표현이지요. 이처럼 언어로 대상을 새롭게 표현하는 것이 시문학파의 또 다른 모습이었습니다.

시문학파는 식민지 현실에서도 언어의 아름다움을 갈고닦기 위해 적지 않은 노력을 기울였습니다. 식민지라는 부정적인 현실을 극복하는 것도 중요하지만 민족의 언어를 단련하며 서정시를 발전시켜 나간 것도 결코 그 의미가 적다고 말할 수는 없습니다. 우리말이 억압당하고 일본어를 강요받은 1930년대, 순수시라는 그릇 안에 우리말의 체취를 담았던 시문학파도 여러분이 잊지 않고 기억하면 좋겠네요.

시문학파 시 중에 현실 문제를 다룬 작품은 없나요?

꼭 그렇지는 않습니다. 시문학파의 일원이었던 박용철의 시 「떠나가는 배」에는 일제 강점기 현실에서 그리운 고향을 떠나 타향을 떠돌아야 했던 유랑민의 처지가 나타나 있지요. "나 두 야 간다 / 나의 이 젊은 나이를 / 눈물로야 보낼 거냐. / 나 두 야 가련다"에는 식민지 현실에서 살아가야만 했던 사람들의 슬픔이 나타나 있습니다. 또한 김영랑의 시 「독(毒)을 차고」는 일제에 대한 화자의 적극적인 저항의지를 나타내는 시입니다. "나는 독을 품고 선선히 가리라, / 막음 날 내 외로운 혼(魂) 건지기 위하여"에서는 고통스러운 현실을 극복하고자 하는 시적 화자의 내면의지를 엿볼 수 있습니다.

066 모더니즘 시는 어떤 점이 모던한가요?

영어로 '모던(modern)'은 근대 또는 현대라고 되어 있던데 그렇다면 모더니즘은 근대나 현대를 추구하는 사상을 뜻하는 건가요? 시에서 모더니즘이 정확히 어떤 의미인지 알고 싶어요.

전통과 단절하고 현대를 지향하다

모더니즘은 과거로부터 이어져 내려온 전통과 단절하고 이전과는 전혀 다른 새로움을 추구하는 예술 경향을 통틀어 가리키는 말입니다. 합리적인 이성과 도덕을 추구해 오던 인간이 세계대전과 같은 끔찍한 사건을 일으키자 기존의 문명을 비판적으로 바라보기 시작한 것이지요. 이런 까닭에 모더니즘은 전통보다는 개인의 특성을 중요하게 여기며, 이성적이고 합리적이며 도덕적인 것을 거부하기도 합니다. 또한 도시 문명이 인간을 황폐하게 만들었다는 비판적인 인식을 보여 주기도 하지요.

모더니즘은 형식적으로는 새로움을 추구하기 때문에 소설에서는 의식의 흐름 기법이라든가, 자동기술법과 같은 방법이 쓰이기도 했습니다. 의식의 흐름 기법이나 자동기술법은 기억이나 생각이 흘러가는 대로 아무런 장애나 간섭 없이 그대로 서술하는 방법을 가리킵니다. 이 방법들은 기존의 서술방식과 달리 문법에 어긋나는 경우도 있었고, 앞뒤 맥락이 서로 맞지 않기도 했습니다. 합리적인 이성으로 이해하기 어려운 내용과 형식이 사용된 것입니다.

모더니즘 시는 이미지를 중시한다

모더니즘 시는 리듬보다는 이미지를 중시합니다. 전통적인 시들이 리듬을 중요하게 받아들인 것과 달리 모더니즘 시는 회화성을 중시했습니다. 이미지란 순간적으로 포착해 내는 인상을 가리키는 것이어서 합리적인 이성의 작용보다는 직관과 상상력의 작용에 의해 만들어진다고 할 수 있습니다. 그리고 직관과 상상력은 전통에 따른 것이 아니라 개개인마다 일어나는 특수한 정신적 작용이라고 말할 수 있지요.

모더니즘 시의 또 다른 특징은 감정을 직접 드러내기보다는 감정을 절제한다는 것입니다. 전통적인 서정시에서 화자가 감정을 호소하는 것과 뚜렷한 차이가 있었지요. 그런 까닭에 모더니즘 시를 주지주의적이라고 규정짓는 경우도 있고, 때로는 주지시로 부르기도 했습니다. 감정보다는 지적인 분위기를 풍긴다는 점에서 이런 평가를 받았던 것입니다. 아래 시를 감상하며 모더니즘 시의 특징을 더 분명하게 알아볼까요.

아무도 그에게 수심을 일러 준 일이 없기에
흰나비는 도무지 바다가 무섭지 않다.

청무 밭인가 해서 내려갔다가는
어린 날개가 물결에 절어서
공주처럼 지쳐서 돌아온다.

삼월 달 바다가 꽃이 피지 않아서 서글픈

나비 허리에 새파란 초승달이 시리다.

— 김기림, 「바다와 나비」

이 시는 1930년대 모더니즘 시 운동을 이끌었던 김기림 시인의 작품입니다. 일단 이 시에서는 전통적인 리듬의식을 찾아보기가 어렵습니다. 연과 행의 구분은 있지만 겉으로 드러나는 운율을 찾아보기 어렵습니다.

대신 이 시에는 이미지가 분명하게 쓰이고 있습니다. 그것도 대조적인 이미지가 쓰이고 있지요. '흰 나비'와 '청무 밭'에서 일단 흰색과 푸른색의 대비를 느낄 수 있지요. 이러한 대비는 '나비 허리'와 '새파란 초승달'에서도 반복되고 있습니다. 색채의 대비를 통해 시각적인 이미지가 아주 분명하게 나타나고 있지요. 모더니즘 시의 전형적인 특징이 나타나 있는 것입니다.

또한 이 시에는 감정 표현이 비교적 절제되어 있습니다. 전체적으로 이 시는 '나비'로 표현된 가녀리고 순진한 존재가 '바다'로 상징되는 냉혹한 현실 앞에서 상처를 입고 좌절하는 비극적인 내용을 담고 있지만 시적 대상의 좌절과 슬픔, 비극이 직설적으로 나타나 있지는 않지요. '서글픈'이라는 감정이입의 표현이 있기는 하지만 대체적으로 시적 화자라든가 시적 대상의 정서가 직접 표출되어 있다고 보기는 어렵습니다. 이처럼 모더니즘 시는 감정에 대한 절제를 특징으로 삼고 있습니다.

모더니즘 시, 현대 문명을 비판하다

모더니즘 시의 내용상 특징으로는 현대 문명에 대한 비판적 인식을 들 수 있습니다. 현대 문명은 인간에게 물질적인 풍요와 편리한 삶을 제공해 주었습니다. 그러나 동시에 인간을 이기심과 탐욕에 물들게 했고, 자연을 훼손해 왔습니다. 모더니즘 시는 이런 현대 도시 문명을 비판적으로 성찰했습니다. 다음 시는 이런 예를 잘 보여 줍니다.

낙엽은 폴란드 망명정부의 지폐

포화에 이지러진

도룬 시의 가을 하늘을 생각게 한다.

길은 한 줄기 구겨진 넥타이처럼 풀어져

일광日光의 폭포 속으로 사라지고

조그만 담배 연기를 내어뿜으며

새로 두 시의 급행차가 들을 달린다.

포플러나무의 근골 사이로

공장의 지붕은 흰 이빨을 드러내인 채

한 가닥 꾸부러진 철책이 바람에 나부끼고

그 위에 셀로판지로 만든 구름이 하나.

자욱한 풀벌레 소리 발길로 차며

호올로 황량한 생각 버릴 곳 없어

허공에 띄우는 돌팔매 하나

기울어진 풍경의 장막 저쪽에

고독한 반원을 긋고 잠기어 간다.

　　　　　　　　- 김광균, 「추일서정」

　이 시는 도시의 쓸쓸하고 암담한 정서를 그려 내고 있습니다. "공장의 지붕은 흰 이빨을 드러내인 채"라는 표현에서 도시 문명이 지닌 폭력성을 느낄 수가 있지요. 이런 상황 속에서 시적 화자는 "호올로 황량한 생각 버릴 곳 없"다고 말합니다. 도시 문명 속에서 고독과 소외감을 느끼고 있는 시적 화자의 모습이 나타나 있는 것입니다. 이처럼 모더니즘 계열의 시에는 도시 문명에 대한 비판적인 인식이 담겨 있다고 말할 수 있습니다.

초현실주와 다다이즘

모더니즘 시는 앞에서 말한 것처럼 전통과 단절한 채 새로움을 추구하려 합니다. 내용상으로도 그렇고 형식적으로도 그렇지요. 그런 까닭에 모더니즘 시에서는 다양한 형식적인 실험이 가능합니다. 이를테면 숫자를 나열한다거나 그림을 활용하기도 하고 띄어쓰기를 무시한 채 문법에 어긋나는 문장을 사용하는 등 여러 가지 실험을 추구해 왔습니다.

20세기 초에 유행하던 초현실주의라든가, 다다이즘, 아방가르드 등은 모두 모더니즘 안에 포함되는 개념들입니다. 초현실주의는 무의식적인 욕망을 서술하는 것이며, 다다이즘과 아방가르드는 기존의 형식을 일부러 깨뜨려 새로움을 추구하는 예술사조를 뜻합니다. 우리나라에서는 이상의 「오감도」가 대표적이라고 말할 수 있겠지요.

지금까지 살펴본 것처럼 모더니즘은 우리 시를 더욱 풍부하고 현대적으로 발전시켰습니다. 정지용, 김광균, 장만영, 김기림, 이상의 작품들을 찾아서 읽는다면 모더니즘을 더욱 잘 이해할 수 있을 것입니다.

뜬금있는 질문

아방가르드와 다다이즘은 정확히 어떤 의미인가요?

아방가르드(avant-garde)는 불어로 본래는 군대 용어입니다. 우리 말로는 흔히 전위라고 번역되지요. 전위 부대란 전투를 치를 때 선두에서 적진을 향해 돌진하는 부대를 가리킵니다. 돌격대 내지, 선봉이라고 생각하면 쉽지요. 예술에서는 전통이나 관습에 맞서서 새로움을 추구하는 경향을 뜻합니다. 과거에 없었던 혁명적인 예술 경향을 가리키는 말인 셈이지요.

다다이즘(dadaism)은 과거의 모든 예술 형식과 가치를 부정하고 '무의미함'을 추구하는 예술입니다. 'dada'라는 말도 본래는 '목마'를 뜻했지만 크게 의미가 있는 말이 아닙니다. 이러한 예술이 등장한 까닭은 1차 세계대전 후, 예술가들이 기존의 합리적이고 이성적인 철학과 예술, 그리고 학문에 회의를 느꼈기 때문이었습니다. 그런 까닭에 의미 없는 예술을 추구했던 것이지요.

067 세계 저항시의 본보기라고
극찬받은 시 작품은?

일제 강점기에 서정주, 노천명, 김동환, 최남선처럼 유명한 사람들도 친일을 했다고 하더라고요. 저항시인이나 저항시라고 볼 만한 작품은 없나요?

세계 무대에 소개된 저항시, 「그날이 오면」

일제 강점기 시절 우리나라 문학인들은 적지 않게 친일을 했습니다. 그만큼 시인과 소설가 들에게 일제가 가하는 압력이 컸던 것이지요. 하지만 일제 앞에 뜻을 굽히지 않고 저항시를 쓴 분들도 있었습니다. 그중에는 세계적으로 인정을 받은 작품도 있습니다. 영국 옥스퍼드 대학교의 C. M. 바우라 교수는 『시와 정치』에서 심훈의 「그날이 오면」을 두고 세계 저항시의 본보기라는 극찬을 했었지요.

그날이 오면, 그날이 오면은

삼각산이 일어나 더덩실 춤이라도 추고

한강 물이 뒤집혀 용솟음칠 그날이,

이 목숨이 끊기기 전에 와 주기만 할 양이면,

나는 밤하늘에 날으는 까마귀와 같이

종로의 인경을 머리로 들이받아 울리오리다.

두개골은 깨어져 산산조각이 나도

기뻐서 죽사오매 오히려 무슨 한이 남으오리까

그날이 와서 오오 그날이 와서

육조六曹 앞 넓은 길을 울며 뛰고 뒹굴어도

그래도 넘치는 기쁨에 가슴이 미어질 듯하거든

드는 칼로 이 몸의 가죽이라도 벗겨서

커다란 북을 만들어 들쳐 메고는

여러분의 행렬에 앞장을 서오리다,

우렁찬 그 소리를 한 번이라도 듣기만 하면

그 자리에 꺼꾸러져도 눈을 감겠소이다.

－심훈, 「그날이 오면」

『상록수』라는 농촌 계몽 소설로도 유명한 심훈은 한때 영화배우로 활동하기도 하고 영화를 직접 제작하기도 했으며 시집을 출간하려던 적도 있었지요. 일제의 검열에 의해서 무산당했지만 그의 시집은 해방 이후에 유고시집으로 간행이 되었습니다.

「그날이 오면」은 심훈 자신도 참여했던 3·1 운동을 기념하기 위해 1930년에 창작했다고 전해집니다. 작품은 민족의 독립이 오는 날을 가정하여 그날의 기쁨을 격정적으로 노래하고 있지요. 삼각산이 춤을 추고 한강물이 용솟음칠 만큼 그날의 감격은 온 민족에게 환희를 안겨 줄 것이라고 생각한 것입니다. 까마귀가 되어 종로의 인

경본래 '인정'으로 통행금지를 알리기 위해 만든 커다란 종을 들이받아 죽더라도, 그리고 자신의 몸 가죽을 벗겨 북을 만들어 치더라도 그날만 온다면 원이 없겠다는 표현에서는 전율마저 느낄 수 있습니다.

이상화의 절규, 「빼앗긴 들에도 봄은 오는가」

저항시로서 빠뜨릴 수 없는 또 하나의 작품이 있지요. 이상화의 「빼앗긴 들에도 봄은 오는가」입니다. 그 일부를 살펴보겠습니다.

내 손에 호미를 쥐어 다오
살진 젖가슴과 같은 부드러운 이 흙을
발목이 시도록 밟아도 보고 좋은 땀조차 흘리고 싶다.

강가에 나온 아이와 같이
짬도 모르고 끝도 없이 닫는 내 혼아
무엇을 찾느냐 어데로 가느냐 우서웁다 답을 하려무나.

나는 온몸에 풋내를 띠고
푸른 웃음 푸른 설움이 어우러진 사이로
다리를 절며 하루를 걷는다 아마도 봄 신령이 지폈나 보다.

그러나 지금은 — 들을 빼앗겨 봄조차 빼앗기겠네
– 이상화, 「빼앗긴 들에도 봄은 오는가」 중에서

빼앗긴 들에도 봄은 오는가? 답은 '오지 않는다'입니다. 그렇다면 이 시는 패배주의적인 작품일까요? 봄이 오지 않는다는 결론을 내렸으니 말입니다. 아닙니다. 이 시는 오히려 분명한 현실인식을 통해 민족의 저항을 불러일으키고 있지요.

빼앗긴 들에 봄이 오는 것이 가능할까요? 만약 그렇다면 애써 '들'을 찾을 필요가 없겠지요. 빼앗긴 들에 봄이 오지 않으니, 빼앗긴 들을 다시 찾아야만 하는 것입니다. 빼앗긴 들에서 누리는 모든 것은 온전한 것들이 아닙니다. 자유는 통제되고 인권은 무시되며 생계는 빠듯해져만 갑니다. 우리가 빼앗긴 들에서 누리는 봄은 진정한 봄이 아닌 것입니다.

시인이 생동감 넘치는 봄을 제시한 것은 진정한 봄과 현실의 봄이 어떻게 다른지 분명히 인식하라는 의미일 것입니다. 식민지 현실에서 사는 것은 겨우겨우 목숨을 유지하는 것일 뿐, 진정한 삶이 아니라는 것을 알리고 싶었던 것이지요. 진정한 봄을 맞으려면 '빼앗긴 들'을 반드시 되찾아야 한다는 메시지를 전하고 있습니다.

이육사, 윤동주, 한용운의 저항시

이제 '저항시' 하면 머릿속에 바로 떠오르는 시인들, 이육사, 윤동주, 한용운의 시를 살펴보겠습니다.

이육사, 독립 투사의 저항의지

이육사는 실질적으로 독립 운동에 가담했던 경험이 있는 시인이었습니다. 그는 의열단과 같은 독립 운동 단체에서 활약하는 등 옥에 간힌 것만 해도 열일곱 번이나 되는 독립 투사였습니다. '육사'는 그가 감옥에 있을 때 불리던 죄수 번호 '64'에서 따온 호입니다.

이육사의 대표 시로는 「광야」, 「꽃」, 「절정」 등을 꼽을 수 있습니다. 이들 시에서 이육사는 "북쪽 툰드라"(「꽃」 중에서), "서릿발 칼날 진 그 위"(「절정」 중에서)와 같은 한계 상황 속에서도 끝까지 신념을 포기하지 않는 존재를 제시하고 있습니다. 일제 강점기 하에서 독립에 대한 뜻을 굽히지 않겠다는 다짐을 펼쳐 보였던 것이지요. 이육사는 이와 같이 저항의지가 단호하게 나타난 시를 주로 창작했습니다.

윤동주, 식민지 지식인의 자기 성찰

윤동주는 자기 성찰적인 시를 썼습니다. 「서시」, 「십자가」, 「또 다른 고향」 등은 모두 식민지 현실을 살아가는 지식인의 자기 성찰을 다루고 있는 작품이지요. 윤동주가 「쉽게 씌어진 시」에서 자신이 시를 너무 쉽게 쓰는 것은 아닌지 부끄러워하면서도 마지막에 가서 "등불을 밝혀 어둠을 조금 내몰고, / 시대처럼 올 아침을 기다리는 최후의 나"라고 자기 정체성을 규정한 것을 보면 그가 자기 양심을 지키려 얼마나 노력했는지를 알 수 있습니다. 또한 역사의 사명을 감당하고자 했던 모습도 확인할 수 있지요.

한용운, '임'을 위한 저항시

마지막으로 만해 한용운의 시를 살펴보겠습니다. 한용운의 시에서 '님'은 시인이 승려였기 때문에 '부처'일 수도 있고, 민족의 독립을 위해 노력했다는 점에서 '조국'으로 볼 수도 있으며, 때로는 '연인'으로 볼 수도 있습니다. 다음과 같은 시를 보면 식민지 현실을 극복하기 위한 저항시로 보는 데에 무리가 없습니다.

나는 갈고 심을 땅이 없으므로 추수가 없습니다

저녁거리가 없어서 조나 감자를 꾸러 이웃집에 갔더니 주인은 "거지는 인격이 없다 인격이 없는 사람은 생명이 없다 너를 도와주는 것은 죄악이다"고 말하였습니다

그 말을 듣고 돌아 나올 때에 쏟아지는 눈물 속에서 당신을 보았습니다

나는 집도 없고 다른 까닭을 겸하여 민적民籍이 없습니다

"민적 없는 자는 인권이 없다 인권이 없는 너에게 무슨 정조냐" 하고 능욕하려는 장군이 있었습니다

그를 항거한 뒤에 남에게 대한 격분이 스스로의 슬픔으로 화하는 찰나에 당신을 보았습니다

– 한용운, 「당신을 보았습니다」 중에서

이 시에서 시적 화자는 '거지', '민적 없는 자'로 그려져 있습니다. 민적이란 지금의 주민등록을 가리킵니다. 민적이 없다는 말은 자기를 증명할 수 없다는 말인데 이는 일제 강점기 시절 나라를 빼앗긴 사람들의 처지를 떠올리게 하지요. 따라서 이 시는 식민지 시절 굴욕적인 삶을 살아야 했던 우리 민족의 삶과 그 굴욕을 극복하려는 의지를 그려 낸 것으로 이해할 수 있습니다. 만해 한용운의 시는 저항시로서 충분한 의미를 지닌 것이지요.

뜬금있는 질문

일제 강점기 시절에 공동체를 중시했던 우리 민족을 형상화한 시는 없었나요?

적극적으로 저항시를 쓰지는 않았지만 민족 공동체적 감수성을 담아 노래한 시인이 있습니다. 백석이지요. 그의 시 「팔원—서행시초」 속 화자는 우연히 승합자동차에서 일본인 집에서 허드렛일을 하던 조선인 여자아이를 마주치게 됩니다. 그리고 손잔등이 밭고랑처럼 터진 모습을 보며 연민의 정서를 느낍니다. "계집아이는 몇 해고 내지인(일본인) 주재소장 집에서 / 밥을 짓고 걸레를 치고 아이보개(아이보기)를 하면서 / 이렇게 추운 아침에도 손이 꽁꽁 얼어서 / 찬물에 걸레를 쳤을 것이다"라는 구절을 보면 시적 화자가 여자아이에 대해 안타까워하는 심정이 고스란히 드러납니다. 이 밖에도 백석은 「가즈랑집」, 「여우난곬족」, 「수라」와 같은 시에서 가족 공동체의 모습과 그것이 파괴된 안타까운 현실을 그려 내고 있습니다.

시인 서정주를
어떻게 바라봐야 할까요?

얼마 전에 우리나라 시인 중에 가장 과대 평가받는 작가로 미당 서정주 시인이 꼽혔다고 하네요. 서정주 시인이 친일을 해서라고요. 서정주 시인이 남긴 친일시가 있다면 어떤 것인지 알고 싶어요.

뛰어난 시인이지만 훌륭한 삶은 아니다

미당 서정주는 빼어난 작품을 많이 창작한 시인입니다. 여러분도 아마 서정주의 시 한두 편 정도는 어김없이 배웠을 것입니다. 「견우의 노래」, 「추천사」, 「무등을 보며」, 「자화상」, 「신부」 등 그는 토속적이면서도 세련된 언어를 구사하여 많은 사람들의 사랑을 받았습니다. 그가 지은 짧은 시 한 편을 감상해 볼까요?

내 마음속 우리 임의 고운 눈썹을

즈믄 밤의 꿈으로 맑게 씻어서

하늘에다 옮기어 심어 놨더니

동지 섣달 날으는 매서운 새가

그걸 알고 시늉하며 비끼어 가네.

— 서정주, 「동천冬天」

이 시는 겨울 밤하늘에 떠 있는 그믐달을 바라보며 쓴 작품입니다. 시적 화자는 그 믐달의 모습을 보며 "우리 임의 고운 눈썹"을 떠올립니다. 그러고 보니 눈썹과 그믐 달의 모습은 형태적으로 닮은꼴이지요. 그런데 그 눈썹은 그냥 눈썹이 아니라 즈믄천 일 밤의 꿈으로 맑게 씻은 귀하고 소중한 대상입니다. 또한 하늘에다 옮기어 심어 놓 은 것으로 봐서 시적 화자가 추구하는 절대적인 가치라고 생각할 수 있지요. '매서운 새'는 그러한 가치를 추구하지만 결코 그것에 도달하기 어려운 세속적인 존재, 즉 세 속적인 인간을 가리킨다고 말할 수 있습니다.

어떻게든 이상에 도달해 보려고 노력하지만 결코 도달할 수 없는 숙명적인 인간의 한계를 그려 내고 있습니다. 마치 「추천사」에서 춘향이가 그네를 타고 하늘로 올라가 고 싶지만 그넷줄이 묶여 더 이상 하늘로 날아가지 못하는 것과 비슷하네요. 시인 서 정주는 이처럼 짧은 시 속에 인간의 숙명적인 한계를 아주 탁월하게 표현해 내는 시 인이었습니다. 어쩌면 그가 자신의 숙명적인 한계를 너무나 잘 알고 있어서였을까요?

서정주 시인의 삶은 시처럼 아름답지는 않았습니다. 그가 가장 아끼는 제자였던 시 인 고은이 서정주를 평가했던 「미당 담론」이라는 글을 보면 서정주의 부끄러운 삶이 고스란히 나타나 있습니다. 고은 시인은 스승의 등에 칼을 꽂는다는 비난을 받으면서 도 서정주 시인의 부끄러운 모습을 낱낱이 파헤쳤지요.

일단 서정주는 일제 강점기에 일제를 찬양하는 10여 편의 시와 소설, 비평문을 썼 습니다. 그뿐만이 아닙니다. 해방 이후 독재자 이승만을 기리는 이승만 전기를 썼고 박정희 정권 시절에는 베트남 파병을 촉구하는 시를 발표하기도 했습니다. 또한 전두 환 정권이 들어설 때 텔레비전에 출연하여 그를 지지하는 발언을 했으며, 전두환의

56세 생일에는 축하 시를 발표하기도 했습니다.

이 같은 삶의 행적을 돌아볼 때 서정주가 어쩔 수 없이 친일을 할 수밖에 없었고 소극적인 자세로 가담했다는 말은 신뢰하기가 어렵습니다. 그는 친일 행적만 했던 것이 아니라 해방 이후 정권이 교체될 때마다 정권을 쥔 사람들에게 잘 보이기 위한 문학 활동을 했던 것입니다.

부끄러운 시, 「송정 오장 송가」

그렇다면 실제로 서정주의 친일시는 어떤 모습이었을까요. 자, 아래 시를 잠시 감상하겠습니다.

마쓰이 히데오!
그대는 우리의 가미가제 특별공격대원
귀국대원

귀국대원의 푸른 영혼은
살아서 벌써 우리게로 왔느니
우리 숨쉬는 이 나라의 하늘 위에
조용히 조용히 돌아왔느니

우리의 동포들이 밤과 낮으로
정성껏 만들어 보낸 비행기 한 채에
그대, 몸을 실어 날았다간 내리는 곳
소리 있이 벌이는 고흔 꽃처럼

오히려 기쁜 몸짓 하며 내리는 곳
쪼각쪼각 부서지는 산더미 같은 미국 군함!

수백 척의 비행기와

대포와 폭발탄과

머리털이 샛노란 벌레 같은 병정을 싣고

우리의 땅과 목숨을 뺏으러 온

원수 영미의 항공모함을

그대

몸뚱이로 내려져서 깨었는가?

깨뜨리며 깨뜨리며 자네도 깨졌는가—

– 서정주, 「송정 오장 송가」 중에서

이 시에서 '가미가제 특별공격대원'이라는 말이 눈에 띕니다. 가미가제 특공대는
비행기를 타고 미국과 영국의 연합군 항공모함에 돌격해 그대로 자폭하는 자살 특공
대를 가리키는 말입니다. 전쟁물자도 부족하고 전세가 자신들에게 불리해지자 일제
가 생각해 낸 방법이었지요. 특공대 중에는 불행하게도 식민지 조선의 청년들도 끼어
있었습니다. 일제는 자신들이 일으킨 전쟁에 조선 청년들을 참여하게 했던 것입니다.
이 시의 주인공 '마쓰이 히데오'는 바로 조선 청년이었고 가미가제 특공대의 일원이
되어 값진 목숨을 허무하게 잃고 말았지요.

이처럼 안타깝고 허무한 죽음 앞에서 서정주는 흥분된 어조로 가미가제 특공대를
미화하기에 여념이 없었습니다. 가미가제 특공대의 죽음이 마치 조국과 민족을 위한
숭고한 죽음인 것처럼 표현하고 있지요. 이처럼 서정주는 정복자이자 침략자인 일제
의 행위를 숭고한 것처럼 포장하는 데에 자신의 재능을 이용했습니다.

작품과 작품을 쓴 사람은 엄연히 다릅니다. 서정주의 시 작품 중에는 뛰어난 작품
들이 참 많습니다. 그러나 서정주의 삶은 그다지 훌륭하지 않았습니다. 반민족적이고
반민주적인 행동을 거듭해 왔던 것이지요. 그가 창작한 뛰어난 작품의 가치는 인정할
수 있지만 그의 생애는 비판적으로 살펴보아야 할 것입니다. 또한 시가 아무리 빼어
나더라도 그것은 최종적으로 시인이 쓴 것입니다. 따라서 시인의 세계관과 가치관이

투영되어 있다고 할 수 있습니다. 그가 살았던 시대에 대한 인식도 작품 속에 녹아 있다고 보아야 하지요. 서정주의 시들을 좀 더 비판적으로 감상하고 검토해야 하는 이유가 바로 여기에 있습니다.

뜬금있는 질문

서정주 이외에 친일 문인으로는 어떤 이들이 있는지요?

불행하게도 우리나라에서 친일을 한 문학가들은 적지 않습니다. 이광수, 김동인, 김동환, 주요한, 모윤숙, 노천명에 이르기까지 상당한 문인들이 친일 행적을 벌이거나 친일적인 작품을 발표했습니다. 그중 노천명의 작품으로 알려진 「군신송」을 소개합니다. "이 아침에도 대일본특공대는 / 남방 거친 파도 위에 / 혜성 모양 장엄하게 떨어졌으리 // 싸움하는 나라의 거리다운 / 네거리를 지나며 / 12월의 하늘을 우러러본다 // 어뢰를 안고 몸으로 / 적기(敵機)를 부순 용사들의 얼굴이 / 하늘가에 장미처럼 핀다 / 성좌처럼 솟는다." 자, 누가 봐도 일제에 동조하고 전쟁 참여를 유도하고 있다고 보아야 하겠지요. 부끄럽기는 하지만 이런 사실도 부정하지 말고 우리의 역사로 받아들여야 할 것입니다.

069　청록파의 '청록'은 무엇을 뜻하나요?

청록파에 속하는 시인들은 누구인가요? 그리고 청록파라는 이름은 어떻게 해서 만들어진 것인가요?

시여, 청록의 자연과 순수한 인간성을 회복하라

　청록파는 1946년에 간행된 『청록집』이라는 시집에서 유래된 이름입니다. 1939년 문예지 『문장』을 통해 조지훈, 박목월, 박두진 등 세 명의 시인이 등단했는데 이들이 해방 이후 자신들의 시를 모아서 펴낸 시집이 바로 『청록집』이었지요. 그리고 이 시집의 이름을 따서 이들을 청록파라고 불렀던 것입니다. 세 시인은 각각의 개성을 분명히 지니고 있었지만 시 문학이 정치라든가 사회적 목적 같은 다른 이유 때문에 수단이나 도구로 변질되어서는 안 된다는 생각에는 차이가 없었습니다.

일제 강점기 시절 우리 시 문학은 순수성을 지키기 어려웠습니다. 일제 강점기를 벗어나기 위해 문학을 사회 변화의 도구로 활용하려는 이들이 적지 않았고 그런 까닭에 목적성이 강한 문학 작품이 쓰여질 수밖에 없었습니다. 대표적인 이들이 카프의 사회주의 문학가들이었지요.

그뿐만 아니었습니다. 갈수록 사상 탄압의 강도가 세지자 이를 견디지 못하고 반민족적인 친일시들을 창작하는 이들마저 생겨났지요. 어떤 이들은 심지어 일본어로 시를 짓기까지 했습니다.

조지훈, 박목월, 박두진 세 시인은 이처럼 문학이 도구로 전락하는 것에 반발하여 순수 문학을 지키려는 의지를 지니고 있었습니다. 이들은 우리말의 특징을 잘 살려 자연을 소재로 자연의 심성과 순수한 인간성을 표현하는 작품을 쓰고자 했지요. 물론 이들 세 사람에게도 서로 다른 개성은 나타나고 있었습니다.

조지훈 : 전통에 대한 향수

조지훈은 청록파 중에서 가장 전통적 감수성이 돋보이는 시인이라고 말할 수 있습니다. 「봉황수」, 「고풍의상」, 「승무」를 포함한 열두 편의 시를 『청록집』에 발표했는데, 이 작품들은 전통에 대한 향수를 회고적으로 그려 놓은 것들이었습니다.

「봉황수」는 황폐해진 옛 궁궐을 지켜보면서 지난 역사를 회고하는 내용으로 구성되어 있고, 「고풍의상」은 한국 여인의 예스러운 의상이 지닌 우아함과 곡선의 아름다움을 부각시키며 사라져 가는 우리 전통미에 대한 아쉬움을 담담하게 표현하고 있습니다.

조지훈의 시 중에서 가장 많이 사랑받는 「승무」도 한국의 전통미를 형상화하고 있습니다. "얇은 사紗 하이얀 고깔은 / 고이 접어서 나빌레라"로 시작되는 이 작품은 절에서 추는 춤을 묘사한 것으로 "소매는 길어서 하늘은 넓고, / 돌아설 듯 날아가며 사뿐히 접어 올린 외씨버선이여"와 같이 한국적인 곡선을 아름답게 표현하고 있지요.

박목월 : 향토적이고 자연적인 정서

박목월은 청록파의 이름에 가장 잘 어울리는 시인입니다. 『청록집』이라는 시집 이름도 사실 그가 지은 시 「청노루」에서 따온 것이었습니다. 그는 자연의 풍경을 묘사하고 그 안에서 살아가는 전통적인 삶의 의식을 표현한 시인으로 많이 알려져 있습니다. 그런 맥락에서 민요풍의 시를 즐겨 지었다고 전해지지요.

그의 대표작 「나그네」에는 이러한 특징들이 아주 잘 나타나 있습니다. "강나루 건너서 / 밀밭길을 // 구름에 달 가듯이 / 가는 나그네. // 길은 외줄기 / 남도 삼백 리 // 술 익는 마을마다 / 타는 저녁놀 // 구름에 달 가듯이 / 가는 나그네." 시를 읽어 보면 바로 알겠지만 이 작품은 김소월의 시처럼 3음보 율격으로 되어 있습니다. 우리 민요에 사용되는 율격 그대로지요. 시의 내용도 외로운 나그네의 여정을 통해서 삶에 달관한 자세를 보여 주고 있는데 이는 전통적인 정서에 닿아 있다고 말할 수 있습니다.

이처럼 박목월은 향토적인 정서를 민요풍으로 표현한 시인이었습니다.

박두진 : 구원과 치유

박두진 시인은 다른 두 시인과 마찬가지로 우리말의 특징을 잘 살려서 자연을 노래했습니다. 독특한 점은 그가 그려 낸 자연에는 기독교적인 세계관이 깔려 있었다는 것이지요. 기독교는 죄악에 빠진 인간을 구원하는 종교입니다. 박두진은 현실의 모순과 갈등을 죄악이라고 보고 그것을 극복하기 위해서는 자연을 통한 정화와 치유가 있어야 한다고 보았습니다.

어서 너는 오너라 별들 서로 구슬피 헤여지고 별들 서로 정답게 모이는 날, 흩어졌던 너이 형 아우 총총히 돌아오고, 흩어졌던 네 순이도 누이도 돌아오고, 너와 나와 자라나던, 막쇠도 돌이도 복술이도 왔다.

눈물과 피와 푸른빛 깃발을 날리며 너는 오너라……. 비둘기와, 꽃다발과 푸른 빛 깃발을 날리며 너는 오너라……

복사꽃 피고, 살구꽃 피는 곳, 너와 나와 뛰놀며 자라난 푸른 보리밭에 남풍은 불고 젖빛 구름 보오얀 구름 속에 종달새는 운다. 기름진 냉이꽃 향기로운 언덕, 여기 푸른 잔디밭에 누어서, 철이야 너는 너는 닐 닐 닐 가락 맞춰 풀피리나 불고, 나는, 나는, 두둥싯 두둥실 봉새춤 추며, 막쇠와 돌이와, 복술이랑 함께, 우리, 우리, 옛날을 옛날을, 딩굴어 보자.

— 박두진, 「어서 너는 오너라」 중에서

이 시는 해방 전에 지었지만 해방 후에 발표되었다고 합니다. 일제의 탄압을 받아 유랑하던 민족이 모두 돌아와 만나기를 염원하며 지은 시라고 생각할 수 있지요. 시의 마지막 연은 모든 존재가 돌아와 한바탕 어울리는 장면을 그려 내고 있습니다. 그리고 그 장면이 일어나는 공간은 다름 아니라 자연입니다. 자연과 어울리는 풍경 속에서 묵은 상처와 아픔은 치유되며 인간이 구원받고 있는 것이지요. 이처럼 박두진의 시는 인간 구원의 종교적인 내용까지 포괄하고 있습니다.

뜬금있는 질문

청록파는 이후에도 자연만을 노래했나요?
꼭 그런 것은 아닙니다. 이들은 현실 문제, 특히 우리 사회가 독재에 시달리고 있을 때 민주 사회가 되어야 한다는 생각을 펼치기도 했습니다. 특히 박두진 시인과 조지훈 시인은 박정희 정권 시절 일본과의 한일 협정에 반대하는 운동에 적극 동참하기도 했고 4·19 혁명을 기념하는 시를 짓기도 했습니다. 박두진 시인은 『인간밀림』과 같은 시집을 통해 자유에 대한 열망을 시적으로 꾸준히 형상화해 왔습니다.

070 6·25 전쟁을 소재로 쓴 작품에는 어떤 것이 있을까요?

우리나라는 참으로 많은 전쟁을 겪었지만 그중에서도 한민족끼리 총부리를 겨누어야 했던 6·25 전쟁은 정말 비극적인 것 같습니다. 서로에게 깊은 상처를 남겼겠지요? 6·25 전쟁을 소재로 한 작품에는 어떤 것들이 있나요?

전쟁의 참상과 비극

6·25 전쟁은 우리 민족에게 지울 수 없는 상처를 주었습니다. 무고한 사람들의 생명이 처참하게 희생당하는 일이 벌어진 것이지요. 6·25 전쟁을 목격한 시인들은 무엇보다도 전쟁의 참상과 비극을 고발하는 데에 집중합니다. 조지훈 시인은 「다부원에서」에서 전쟁 중에 죽어간 병사들의 처참한 모습을 묘사했고 박인환 시인은 「검은 강」에서 "폭음과 초연이 가득 찬 / 생과 사의 경지에 떠난다"는 구절로 전쟁터로 향하는 젊은이에 대한 안타까움을 표현하기도 했습니다. 이 밖에도 애국심이라든

가 민족의식을 형상화한 시인도 있었고 생명의 소중함을 노래한 시인도 있었습니다.

할머니 꽃씨를 받으신다.
방공호 위에
어쩌다 핀
채송화 꽃씨를 받으신다.

호壕 안에는
아예 들어오시질 않고
말이 숫제 적어지신
할머니는 그저 노여우시다.

─진작 죽었더라면
이런 꼴
저런 꼴
다 보지 않았으련만……
– 박남수, 「할머니 꽃씨를 받으시다」 중에서

위 작품이 6·25 전쟁을 배경으로 하고 있는 것은 '방공호'라는 단어를 통해 알 수 있습니다. 방공호란 적의 공습을 피해서 대피해 있는 곳을 의미하지요. 방공호에 들어가는 행위는 적의 공습이 진행되고 있다는 것을 의미하며 전쟁 중이라는 사실을 말해 줍니다. "진작 죽었더라면"이라는 말로 보아 할머니는 전쟁에 대해 분노하고 있음이 분명합니다. 그런데 할머니는 폭력의 위협 속에서도 방공호에 들어가지 않습니다. 대신 "방공호 위에 / 어쩌다 핀 / 채송화 꽃씨"를 받고 계시지요. 전쟁이 계속되고는 있지만 생명에 대한 희망을 버릴 수 없다는 시인의 의식이 담겨 있는 것입니다.

초토에서 부르는 화해의 노래

여러분은 아마 '초토화'라는 말을 가끔 들어봤을 것입니다. 이 말의 사전적인 의미는 초토로 만든다는 것인데, 이때 '초토焦土'는 모든 것을 불태워서 황폐해진 땅을 의미합니다. 이 말에 주목하여 6·25 전쟁 중에 모든 것이 불타 버린 상황을 그려 낸 작가로 구상 시인이 있습니다. 그는 「초토의 시」라는 연작을 통해서 전쟁과 분단의 비극을 형상화했지요. 그중에서 여덟 번째 작품 일부를 살펴보겠습니다.

> 오호, 여기 줄지어 누웠는 넋들은
> 눈도 감지 못하였겠구나.
>
> 어제까지 너희의 목숨을 겨눠
> 방아쇠를 당기던 우리의 그 손으로
> 썩어 문드러진 살덩이와 뼈를 추려
> 그래도 양지 바른 두메를 골라
> 고이 파묻어 떼마저 입혔거니
> 죽음은 이렇듯 미움보다도 사랑보다도
> 더욱 너그러운 것이로다.
> (중략)
>
> 손에 닿을 듯한 봄 하늘에
> 구름은 무심히도
> 북으로 흘러가고,
> 어디서 울려오는 포성砲聲 몇 발
> 나는 그만 이 은원恩怨의 무덤 앞에
> 목 놓아 버린다.
> – 구상, 「초토의 시 8 — 적군 묘지 앞에서」 중에서

이 시는 제목처럼 적군 묘지, 즉 북한군 묘지를 소재로 삼고 있습니다. 서로 죽고 죽이는 전투를 벌였지만 적군에게 무덤을 만들어 준 것이지요. 모든 것이 전쟁으로 황폐해진 초토로 변했지만 인간이 지녀야 할 최소한의 감정은 존재하고 있음을 이 시는 보여 주고 있습니다. 또한 적군의 죽음을 애도하고 있다는 점에서 남과 북의 화해 가능성도 엿보이고 있지요.

이 시의 또 다른 주제의식은 분단에 대한 안타까움입니다. 마지막 행에 나오는 "울려오는 포성 몇 발"은 남북이 여전히 대치하고 있는 상황을 그리고 있습니다. 이런 상황에서 시적 화자는 은원, 즉 은혜와 원한이라는 모순된 감정에 놓입니다. 동포로서의 사랑과 함께 적으로서의 미움을 지녀야 하는 현실에 시인이 '목 놓아 버릴' 만큼 절망하는 것입니다.

분단을 소재로 한 시 작품이 궁금해요

분단을 소재로 한 시는 수없이 많습니다. 그중에서 가장 유명한 작품으로는 문병란 시인의 「직녀에게」를 들 수 있습니다. 이 시에서 시인은 남과 북의 대치 상황을 직녀와 견우가 이별한 상황으로 설정하고 이들이 반드시 서로 다시 만나야 함을 힘주어 말합니다. "이별이 너무 길다 / 슬픔이 너무 길다 / 선 채로 기다리기엔 은하수가 너무 길다. / 단 하나 오작교마저 끊어져 버린 / 지금은 가슴과 가슴으로 누둣돌을 놓아 / 면도날 위라도 딛고 건너가 만나야 할 우리"라는 표현을 보면 어떤 어려움과 아픔이 있더라도 그것을 극복하고 반드시 다시 만나야 한다는 시인의 의지를 느낄 수 있습니다. 이 밖에도 신동엽의 「껍데기는 가라」, 박봉우의 「휴전선」, 김명인의 「동두천」 연작은 분단을 소재로 하는 대표적인 작품입니다.

071 참여시인으로는 누가 있나요?

우리나라는 1960년대에 참여시가 많이 발표되었다고 하는데 참여시인에는 누가 있나요? 그리고 그들이 쓴 작품에는 어떤 것들이 있는지 알고 싶어요.

김수영 : 젊은 시인이여 기침을 하자

우리나라 참여시를 떠올릴 때 가장 먼저 생각나는 작가는 김수영 시인입니다. 그가 남긴 마지막 작품 「풀」은 부당한 권력에 의해 고통받는 민중의 저항의지를 불태운 작품이었습니다. 「풀」은 민중들이 힘겹고 어려움에 처해 있을 때 위로와 격려를 보내 주었지요. 연약해서 거센 비바람에 쓰러지는 풀은 "바람보다 늦게 누워도 / 바람보다 먼저 일어나고 / 바람보다 늦게 울어도 / 바람보다 먼저 웃는" 끈질긴 생명력을 지닌 것으로 그려졌지요.

김수영 시인은 원래 모더니즘적인 시를 쓰던 작가였습니다. 도시 문명에 대한 비판과 전통적 시 형식에 대한 실험적 의식을 지닌 시인이었지요. 그런데 정치 권력이 지나치게 부패하자 이를 참지 못하고 현실에 적극적으로 참여하기 시작합니다.

눈은 살아 있다
죽음을 잊어버린 영혼과 육체를 위하여
눈은 새벽이 지나도록 살아 있다

기침을 하자
젊은 시인이여 기침을 하자
눈을 바라보며
밤새도록 고인 가슴의 가래라도
마음껏 뱉자
― 김수영, 「눈」 중에서

이 시에서 "밤새도록 고인 가슴의 가래"는 부정적인 것을 가리킵니다. 따라서 젊은 시인에게 "기침을 하자"고 권하는 것은 부정한 현실에 대해 용감하게 대응하자는 뜻으로 읽힙니다. 그렇다면 왜 하필 "눈을 바라보며" 가래를 뱉자고 한 것일까요. 순결한 눈 위에서 더러운 가래가 더욱 두드러지게 나타나기 때문입니다. 이처럼 김수영 시인은 현실 참여적인 작품들을 꾸준히 발표했습니다. 「폭포」, 「어느 날 고궁을 나오면서」, 「푸른 하늘을」과 같은 시도 함께 감상해 보기 바랍니다.

신동엽 : 종로 5가의 비참한 현실

참여시인 중에 빠뜨려서는 안 될 이로는 신동엽 시인이 있습니다. 신동엽 시인은 여러분에게 「껍데기는 가라」라는 작품으로 익숙할 것입니다. 이 작품에서 신동엽은 4월 혁명의 정신과 동학 혁명의 정신적 본질을 잊지 말 것을 주문하면서 남과 북이 외세에 휘둘리지 말고 스스로 화해를 이루자는 메시지를 형상화했습니다.

신동엽은 1960년대 시대 현실을 날카롭게 그려 내 현실 참여를 적극 유도하기도 했습니다.

> 그리고 언젠가 보았어.
> 세종로 고층건물 공사장,
> 자갈지게 등짐 하던 노동자 하나이
> 허리를 다쳐 쓰러져 있었지.
> 그 소년의 아버지였을까.
> 반도의 하늘 높이서 태양이 쏟아지고,
> 싸늘한 땀방울 뿜어낸 이마엔 세 줄기 강물.
> 대륙의 섬나라의
> 그리고 또 오늘 저 새로운 은행국銀行國의
> 물결이 뒹굴고 있었다.
> ― 신동엽, 「종로 5가」 중에서

한 편의 이야기처럼 느껴지는 작품입니다. 작품 전체를 살펴보면 시적 화자인 '나'는 길거리에서 우연히 어떤 소년 하나를 마주합니다. 그 소년은 이제 막 초등학교를 졸업한 것처럼 보이는 어린 나이에 매우 초라한 모습으로 시골에서 올라온 것 같은 인상이었습니다. 소년을 보면서 시적 화자는 소년이 찾으러 온 사람이 누굴까 상상합니다.

그런데 그 상상 속의 인물들은 모두 어렵고 비참하게 살아가는 사람들이었습니다. 첫 번째는 몸을 파는 여자였고 두 번째는 위의 인용부에서 보듯이 고층건물 공사장에서 자갈지게 등짐 지다가 허리를 다쳐 쓰러진 노동자였습니다. 신동엽은 이 두 사람을 통해서 당시의 현실이 얼마나 힘겹고 어려운지를 보여 주고자 했습니다.

그런데 위 인용문의 마지막 세 행을 보면 이토록 현실을 어렵게 만드는 이유가 외세의 침략과 관련이 있다고 시인이 말하려는 것 같습니다. 대륙, 섬나라, 은행국은 각각 중국, 일본, 미국을 가리키는데 이들에 의해서 현실의 삶이 어려워졌음을 제시하려 했던 것입니다.

조태일, 이성부, 민영, 김지하, 고은의 작품도 주목하길!

김수영, 신동엽 이외에도 현실 문제에 적극 참여하고자 했던 시인은 적지 않습니다. 그중에서도 조태일, 이성부, 민영 시인의 작품은 여러분이 직접 읽어 볼 것을 권합니다. 조태일의 「국토 서시」는 민중의 강인한 생명력과 우리 국토에 대한 한없는 애정이 담긴 시이며, 이성부의 「벼」는 민중의 공동체적인 연대의식과 공동체를 위한 희생의 태도가 아름답게 형상화되어 있습니다. 이성부의 또 다른 시 「봄」은 부정한 현실을 극복하고 자유로운 세계에 대한 희망의 끈을 놓지 않는 시인의 마음이 나타나기도 했지요. 민영의 「용인 지나는 길에」는 외세에 물든 현실에 대한 비판적 성찰이 잘 드러나 있습니다. 이 밖에도 김지하의 「타는 목마름으로」, 고은의 「화살」 같은 작품도 꼭 읽어 보길 바랍니다.

문학의 현실 참여 논쟁은 무엇인가요?

문학에서의 현실 참여 논쟁은 1960년대, 문학이 현실에 참여해야 하는지, 순수한 문학성을 지녀야 하는지를 두고서 벌였던 논쟁을 가리킵니다. 이 논쟁은 문학평론가 김우종이 당시의 문학이 어려운 현실을 외면하고 있다고 지적하면서 시작되었지요. 이후 이형기 시인이 순수 문학을 옹호하는 발언을 했고 또다시 김수영 시인과 이어령 평론가 사이에서 논쟁이 일어났습니다. 이 과정에서 김수영 시인은 '모든 전위 문학은 불온하다. 모든 살아 있는 문화는 불온한 것이다'라며 문학을 한 가지 흐름에만 가두어 놓으려는 경향을 비판했습니다. 현실 참여 논쟁은 서구의 앙가주망(참여 문학)으로부터 영향을 받기도 했지만 본질적으로 4·19 혁명을 경험하면서 싹튼 사회 참여적 흐름이 문학에 나타난 것이라고 할 수 있습니다.

072 산업화 시대의 풍경을 그린 시는?

산업화는 긍정적이기도 하고 부정적인 것 같기도 해요. 예전에는 먹고 살기 힘든 가난에 허덕였다는데 산업화 이후 우리나라가 굶지 않고 살아가게 되었으니까요. 하지만 산업화로 인해 환경이 파괴되고 빈부 격차가 심해진 것도 사실인 것 같아요. 현대 시에서 산업화는 주로 어떻게 그려졌나요?

성북동 비둘기, 번지가 없어졌다

우리나라의 산업화는 경제 성장의 밑거름이 되었지만 자연을 황폐하게 만들고 인간의 이기심을 조장한 측면이 적지 않습니다. 시인들은 경제 성장의 화려한 면보다는 산업화에서 소외된 존재들을 주로 그렸습니다. 소외된 사람들을 위로하고 그 마음을 보듬는 것이 시가 존재하는 이유이기에 산업화에 대해 비판적인 정서를 지닌 시인들이 많았던 듯합니다.

성북동 메마른 골짜기에는

조용히 앉아 콩알 하나 찍어 먹을

널찍한 마당은커녕 가는 데마다

채석장 포성이 메아리쳐서

피난하듯 지붕에 올라앉아

아침 구공탄 굴뚝 연기에서 향수를 느끼다가

산1번지 채석장에 도루 가서

금방 따낸 돌 온기에 입을 닦는다.

– 김광섭, 「성북동 비둘기」 중에서

이 시는 김광섭 시인의 작품 중에서 가장 널리 알려진 작품이지요. 이 시의 시적 화자는 성북동에서 살아가는 비둘기를 관찰하고 있습니다. 서울의 성북동이 한참 개발되던 1960년대, 원래의 자연은 자취를 감추고 채석장 포성이 메아리치듯 울려 퍼졌습니다. 도시를 개발하고 건축물을 올리기 위해 자연을 훼손한 것입니다.

이처럼 1960년 서울은 산업화로 인해 자연 환경이 황폐해지고 그곳에서 살아가던 원래 주민들도 다른 곳으로 옮겨가야 했지요. 이것이 바로 김광섭 시인이 바라본 산업화의 현실이었습니다.

뿌리 뽑힌 노동자, "얼굴이 없어 잠도 없고……"

산업화를 비판한 시인으로 정희성 시인을 빼놓을 수는 없습니다. 정희성 시인의 대표작은 「저문 강에 삽을 씻고」입니다. 그는 이 작품에서 강물에 삽을 씻으며 고단한 자신의 삶을 되돌아보는 노동자의 모습을 그려 놓습니다. "삽자루에 맡긴 한 생애가 / 이렇게 저물고, 저물어서 / 샛강 바닥 썩은 물에 / 달이 뜨는구나"에서 보듯이 시인은 당시 노동자의 삶이 산업화에서 철저히 소외당하고 있다고 보았지요. 정희성 시인의 또 다른 작품, 「물구나무서기」에도 노동자의 소외된 삶은 그대로 이어집니다.

한 달에 한 번은 꼭 조국을 위해

누이는 피 흘려 철야작업을 하고

날만 새면 눈앞이 캄캄해서

쌍심지 돋우고 공장문을 나섰더라

너무 배불러 음식을 보면 회가 먼저 동하니

남이 입으로 먹는 것을 눈으로 삼켰더라

대낮에 코를 버히니

슬프면 웃고 기뻐 울었더라

얼굴이 없어 잠도 없고

빵만으론 살 수 없어 쌀을 훔쳤더라

물구나무서서 세상을 보고

멀리 고향 바라 울었더라

— 정희성, 「물구나무서기」 중에서

이 시에서 '누이'는 한 달에 한 번 밤을 새워 가며 작업을 해야 했습니다. 조국을 위해서라지만 누이는 "남이 입으로 먹는 것을 눈으로" 삼켜야만 했습니다. 산업화, 경제 성장을 위해서 아무리 힘겨운 노동을 해도 돌아오는 것은 '빵'뿐이었습니다. '빵'은 노동자의 가난한 형편을 상징하는 소재인 것이지요. "얼굴이 없어 잠도 없고"라는 표현 속에는 인간으로서 누려야 할 최소한의 삶의 조건도 만족시키지 못하는 노동자의 비참한 생애가 고스란히 나타나 있습니다.

이처럼 정희성 시인은 경제 성장의 그늘 속에 노동자의 커다란 희생이 존재하고 있다는 것을 분명하게 보여 주었습니다.

산업화의 폭력

산업화는 「성북동 비둘기」에서 보듯이 자연을 파괴했고, 정희성 시인의 작품 속에서처럼 노동자의 희생을 요구했습니다. 하지만 여기에 그치지 않고 산업화와 도시화가 빈민층의 터전을 빼앗는 경우도 있었습니다.

이시영의 「공사장 끝에」는 산업화, 도시화로 인해 보금자리를 잃게 될 위기에 처한 사람들의 이야기를 시적으로 표현한 작품이지요. 소설 『난장이가 쏘아올린 작은 공』을 시로 쓴 느낌이랄까요.

"지금 부숴 버릴까?"
"안 돼, 오늘 밤은 자게 하고 내일 아침에……."
"안 돼, 오늘 밤은 오늘 밤은 이 벌써 며칠째야? 소장이 알면……."
"그래도 안 돼……"
두런두런 인부들 목소리 꿈결처럼 섞이어 들려오는
루핑집 안 단칸 벽에 기대어 그 여자
작은 발이 삐져나온 어린것들을
불빛인 듯 덮어 주고는
가만히 일어나 앉아
칠흑처럼 깜깜한 밖을 내다본다
        – 이시영, 「공사장 끝에」

이 시는 대화 형식을 통해서 시적인 긴장과 현장감을 고조시키고 있습니다. "작은 발이 삐져나온 어린것들"은 철거민이 겪어야 할 비극을 더욱 고조시키고 있네요. 집이 곧 철거될 것이라는 것을 알고 있는 '그 여자'의 마음은 어떠했을까요. '그 여자'가 내다보는 "칠흑처럼 깜깜한 밖"은 아무래도 그녀의 가족이 곧 겪어야 될 암담한 현실을 가리킨다고 말할 수 있겠지요.

이시영 시인은 이 밖에도 「정님이」, 「마음의 고향」을 통해서 산업화에 희생당한 존재의 아픔을 지속적으로 형상화해 왔습니다.

이 밖에도 현대 시에서 산업화에 대해 비판적인 접근을 했던 시는 적지 않습니다. 김광규의 「상행」, 「젊은 손수 운전자에게」는 산업화를 무작정 따르는 현대인에 대한 성찰을 보여 주는 작품이며, 오규원의 「개봉동과 장미」는 산업화, 도시화로 인해 인간성 상실을 경험하는 현대인에게 경종을 울리는 작품입니다. 신경림의 「농무」는 산업화로 인해 소외된 농촌의 풍경을 다루기도 했습니다.

뜬금있는 질문

산업화 당시 농촌의 현실은 어떻게 그려졌나요?

산업화 당시 우리 농촌의 현실은 매우 열악했습니다. 물가는 계속 오르는데도 쌀값을 올리지 못하도록 정부가 규제했던 까닭에 농촌은 경제적으로 대단히 힘겨웠습니다. 이러한 현실을 반영한 작품으로는 신경림의 「농무」가 있습니다. 「농무」에는 산업화 과정에서 소외되고 황폐해진 농촌의 현실이 고스란히 나타나 있습니다. "산 구석에 처박혀 발버둥친들 무엇하랴 / 비룟값도 안 나오는 농사 따위야 / 아예 여편네에게나 맡겨 두고"라는 표현에서 보듯이 당시 농사짓는 일에는 미래가 없었습니다. 요즘 FTA로 농촌 현실이 어려운데 과거나 현재나 농민들에게는 크게 달라진 것이 없다는 생각이 드네요.

073 현대사 시간에 함께 읽어 보면 좋을 시는?

사회 발표 수업 때 시를 읽는다면 참신할 것 같아요. 짐작하기에 우리나라는 독재를 물리치고 민주화를 이룬 나라인데 이 과정이 표현된 작품이 있을 것 같아요. 특히 1980년에 일어났던 광주 민주화 운동에 관한 시를 알고 싶어요.

무명 시민들의 저항을 노래하다

1980년대 우리나라는 민주화에 성공했습니다. 독재 정권을 시민의 힘으로 무너뜨리게 된 것이지요. 민주화에 성공할 수 있었던 것은 다른 어느 요인보다도 시민들의 참여의식 때문이었다고 말할 수 있습니다. 4·19 혁명이 그러했듯이 시민들의 힘으로 민주화를 이루어 냈지요. 1980년대에 시인들은 시민들의 운동 참여를 격려하거나 혁명 과정에서 받은 상처를 위로하는 작품을 다수 창작해 냈습니다.

이동순의 「개밥풀」은 '부평초'라는 이름으로 잘 알려진 '개구리밥'이 소재입니다.

개밥풀은 논이나 연못의 물 위에 떠서 살아가는 작고 하찮은 존재이기 때문에 이리 치이고 저리 치이며 살아가는 민중의 삶을 상징하기에 아주 적절한 소재였습니다. "큰 비는 우리를 뿔뿔이 흩어 놓았다"는 표현에서 권력에 고통을 당하는 민중의 모습을 떠올릴 수 있지요. 그러나 한편으로 "방게 물장군들이 지나가도 / 결코 스크럼을 푸는 일이 없이"라는 구절에서는 이름 없는 민중의 저항을 뚜렷이 확인할 수 있습니다.

다음으로 4·19 혁명의 한 장면을 연상시키는 시를 한 편 살펴보겠습니다.

이루어진 지 스무 해쯤 되어 보이는 대숲에는 삼십대의 상인도 오십대의 품팔이도 들어가 섰습니다. 철 모르는 어린이도 섞였습니다. 대숲이 출렁거리더니 일제히 전진하기 시작했습니다. 서걱이는 행진의 걸음마다에 외마디 외침이 폭발했습니다. 임금님 귀는 당나귀 귓속으로 파고드는 이 소리는 종로에서 광화문으로 곧장 달려갔습니다. 소리가 부딪친 전방 바리케이트에서는 돌연 총포가 난사되었습니다. 이에 대나무들은 쓰러지며 대꽃을 피웠어요.

한 송이 피면
또 한 송이 거품 뿜으며 피고
이꽃 저꽃 저꽃 이꽃 우르르우르르 무리져 피는
피다가 모두 죽는
대꽃.
– 최두석, 「대꽃 8」

삼십대 상인, 오십대 품팔이, 철 모르는 아이까지 "임금님 귀는 당나귀"라는 말에 모두 종로에서 광화문으로 달려갔습니다. '임금님 귀는 당나귀 귀'라는 말은 옛이야기에서 따온 말인데, 이는 곧 권력자에게 해서는 안 될 금기시된 말을 암시하지요. 따라서 이 말은 권력자가 지닌 부정부패한 모습을 은유적으로 표현한 말로 이해할 수 있습니다.

권력자의 부패에 맞선 이들은 전방 바리케이트에서 난사되는 총포에 가로막혔습니다. 그리고 대꽃을 피우며 쓰러지기 시작합니다. 부당한 권력이 행사하는 물리적 폭력 앞에 절대로 물러서지 않는 시민의 모습이 생생하게 그려지고 있습니다.

이 밖에도 강은교의 「ㄱ씨와 ㅈ양이」는 익명으로 표현된 보편적인 인간들이 독재 정권의 무차별적인 진압에 맞서는 모습을 그려 냈으며, 최승호의 「대설주의보」는 독재 정권이 계엄령을 내린 상황을 폭설이 내리는 날씨에 비유한 뒤, 이에 맞서는 민중의 모습을 쪼그마한 굴뚝새가 날아가는 모습으로 형상화하기도 했습니다.

1980년 광주를 위한 진혼곡

1980년 5월 광주는 여러분이 잘 알다시피 무고한 시민과 학생에게 우리 군대가 총칼을 겨누었던 날입니다. 전두환 신군부 세력은 정권의 정당성을 얻기 위해 희생양이 필요했습니다. 그것이 곧 1980년 광주의 시민, 학생이었습니다. 당시 독재 정권은 광주 민주화 운동을 북한과 연결된 불순분자의 도발로 간주하려 했으나 시간이 흐를수록 차츰차츰 진실이 드러나고 있지요.

광주 민주화 운동은 1980년대 민주화 운동을 이끄는 상징적인 사건이 되었습니다. 김남주, 김준태, 황지우 같은 시인들이 펜을 들어 광주 민주화 운동의 진실을 기록하고자 했습니다. 김남주 시인은 「학살」 연작으로 당시에 일어났던 상황을 사실적으로 묘사했고, 김준태 시인은 「아아 광주여! 우리나라의 십자가여!」라는 시를 통해 광주 민주화 운동을 예수가 인류를 위해 희생한 것과 견주어서 표현했습니다.

황지우의 「심인尋人」은 신문의 심인란사람을 찾는 광고을 통해 잃어버린 가족을 애타게 찾는 희생자 가족의 아픔을 그려 낸 작품입니다. 시인은 "80년 5월 이후 가출"이라는 구절을 통해서 광주 민주화 운동을 연상시키며 독자들 스스로 광주의 아픔을 느끼도록 했습니다. 더불어 부당한 권력에 아무런 저항도 하지 못하는 소시민적인 태도를 성찰하는 작품도 발표했습니다.

황지우의 시 「묵념, 5분 27초」도 광주 민주화 운동의 아픔을 그대로 담고 있습니다. 이 작품은 제목밖에 없는 시입니다. 제목 아래 어떤 시어도 등장하지 않지요. 그렇다면 '5분 27초의 묵념'은 무엇을 의미할까요. '분'과 '초'를 '월'과 '일'로 바꿔 볼까요. 5월 27일. 이날은 광주에서 공수부대원의 무차별적인 공격으로 수많은 시민군이 목숨을 잃은 날이었습니다. 광주 민주화 운동이 군대의 진압으로 마무리되는 날이기도 하지요. 따라서 「묵념, 5분 27초」는 광주의 희생을 기리는 마음을 간절히 담은 작품이라고 생각할 수 있습니다. 그 어떤 꾸밈보다도 간절한 침묵의 기도인 것입니다.

1987년 민주화 운동을 배경으로 지어진 작품에는 무엇이 있나요?

사회 참여적이라고 볼 수는 없지만 당시 상황을 가장 잘 보여 주는 작품으로 기형도 시인의 「대학 시절」 같은 작품을 예로 들 수 있습니다. 1987년에는 적지 않은 대학생들이 학생 시위를 할 수밖에 없었습니다. 그리고 이들의 희생으로 민주화 운동이 성공할 수 있었지요. 「대학 시절」에는 이런 구절이 있습니다. "나는 플라톤을 읽었다, 그때마다 총성이 울렸다 / 목련철이 오면 친구들은 감옥과 군대로 흩어졌고 / 시를 쓰던 후배는 자신이 기관원이라고 털어놓았다 / 존경하는 교수가 있었으나 그분은 원체 말이 없었다" 공부를 해야 할 학생들이 감옥이나 군대에 가게 된 까닭은 그들이 시위에 참여했기 때문이지요. 그리고 대학에는 기관원이 있었는데 이들은 학생들을 은밀하게 감시하는 역할을 했습니다. 이처럼 1987년 당시에는 자유를 위한 외침과 그 외침을 가로막는 힘이 대립하고 있었습니다. 이 밖에 도종환, 박영근, 김명수와 같은 시인들이 당시 시대상을 살펴볼 수 있는 작품들을 남겼습니다.

074 이주 노동자를 소재로 한 시가 있나요?

우리나라에는 이주 노동자들이 생각보다 많은 거 같아요. 『완득이』처럼
이주 노동자를 소설과 영화로 표현한 것도 있고요. 그렇다면 이주 노동자
를 소재로 한 시는 없을까요?

불안한 불법 체류자의 삶

우리나라에는 외국인 노동자들이 많이 있습니다. 이들은 산업 현장에서 우리나라
사람들이 기피하는 일을 도맡아 하는 경우가 많지요. 대개 육체적인 피로도가 높거나
위험한 일인 경우가 많습니다. 하지만 그 일들은 반드시 누군가는 해야 할 일들이지
요. 따라서 외국인 노동자들은 우리 경제에 분명하게 기여하고 있습니다.

그러나 이들 중에는 체류 기간이 넘었는데도 본국으로 돌아가지 못하고 불법적으
로 우리나라에 남아 있는 경우가 있습니다. 법무부 출입국 정책본부에 의하면 2011

년 대한민국 내 불법 체류자는 17만 명에 이른다고 하네요. 전체 외국인의 12% 정도라고 합니다. 여러 가지 이유가 있겠지만 사업장에서 돈을 떼이거나 본국으로 돌아갈 여비가 없어서 돌아가지 못하는 불법 체류자도 많을 것입니다. 이들의 삶은 어떨까요?

날벌레들 싸락눈처럼 몰려드는
가로등 밑 공중전화
똑, 똑
전화 카드 돈 떨어지는
소리 들린다
똑, 똑
눈 덮인 히말라야 산맥 아래
고향집 대문 두드리는
소리 들린다
소를 닮은 그렁그렁한 눈망울에
축축한 달빛이 일렁인다
플라타너스 오그라든 나뭇잎
몰래 귀 기울이다
수화기 놓는 소리에 깜짝 놀라
바닥으로 떨어진다
떨켜를 놓친 순간
나뭇잎도 지상의 불법 체류자가 되나니,
불법 체류자들
공중전화 부스 안에서
밤늦도록 사각거린다
- 박후기, 「불법 체류자들」 중에서

이 시의 화자는 어느 날 밤 술을 사기 위해 밖으로 나갔다가 우연히 공중전화 부스 안에서 전화를 하고 있는 한 남자를 목격합니다. "눈 덮인 히말라야 산맥 아래 / 고향 집 대문 두드리는 소리"라는 구절로 보아서 이 남자는 네팔에서 온 이주 노동자라고 볼 수 있겠네요. 그는 눈에 눈물을 머금고 아주 조심스럽게 고향에 전화를 걸고 있습니다. 시인은 이 사람의 처지를 "플라타너스 오그라든 나뭇잎"과 오버랩시키고 있습니다. 수화기 놓는 소리에 놀라 바닥에 떨어진 나뭇잎마저 불법 체류자가 된다는 표현에서 우리 사회의 이주 노동자들이 얼마나 쉽게 불법 체류자로 전락할 수 있는지 보여 주고 있습니다. "공중전화 부스 안에서 / 밤늦도록 사각"거리는 나뭇잎의 처지는 삶의 거처를 상실한 채 떠돌고 있는 불법 체류자의 불안한 삶을 형상화한 것이라고 말할 수 있겠네요.

이주 노동자를 향한 위로와 격려

이주 노동자들에게 격려와 위로의 메시지를 전하는 시도 있습니다. 한영희의 「힘내라, 네팔 — 외국인을 위한 한국어 초급반 1」은 이제 막 한국어를 공부하기 시작한 외국인을 관찰하고 있습니다. 서툴게 한국어를 배우고 있는 아내의 교실 앞에서 네팔인 남편이 기다리고 있는 장면을 그리고 있습니다. 네팔인 남편은 아내를 잘 부탁한다는 말까지 할 줄 아는 것으로 보아 한국 생활에 익숙해진 남자입니다. 이 두 사람의 삶은 사실 순탄하지 않았습니다.

시를 보면 남편이 한국에 3년 먼저 와 있었고, 이후에 아내가 한국에 온 것으로 나타나 있지요. 하지만 두 사람은 직장 때문에 여전히 한곳에 살아갈 수 없는 상태입니다. 남편은 불광동에서, 아내는 영등포에서 3년째 살아가고 있지요. 그러니까 두 사람은 6년째 서로를 그리워하며 살아가고 있는 것입니다. 가족이 헤어져서 6년을 살아간다는 것은 그 자체로 불행일 것입니다. 작품은 아내의 한국어 수업이 끝나고 두 사람이 재회하면서 마무리됩니다. 두 사람에게 짧은 데이트가 허락된 시간이지요. 시적 화자는 이 두 사람이 나누는 네팔말이 한국말보다 아름답다고 언급하며 외국인 부부의 안타까운 사랑을 전해 줍니다. 이처럼 한영희의 시는 이주 노동자의 가슴 아픈 사연을 표현하고 있습니다.

이주 노동자는 우리의 동반자다

하종오 시인은 이주 노동자에 대해서 꾸준히 시를 발표해 왔습니다. 「원어」, 「동승」, 「밴드와 막춤」에서 이주 노동자의 안타까운 삶의 모습은 물론이고 우리 사회에 적응하며 살아가는 모습도 함께 형상화해 왔습니다.

파파윈한 씨는 이주민이고
지한석 씨는 정주민이지만
같은 공장 같은 부서에
근무하는 노동자여서
손발도 맞고 호흡도 맞다

공장의 불문율에는
일하고 있는 동안엔
남녀 구분하지 않고
불법 체류 합법 체류 구분하지 않고
출신 국가 구분하지 않는다는 걸
그도 알고 그녀도 안다
세계의 어떤 법령에도
노동하는 인간의 신분을 따질 수 있다고
씌어 있진 않을 것이다

한국 청년 지한석 씨가 내는 숨소리에
미얀마 처녀 파파윈한 씨는 가만히 귀 기울인다
  – 하종오, 「신분」

이 시에서는 파파윈한 씨와 지한석 씨는 서로 처지가 다릅니다. 성별도 다르고 출신 국가도 다르지요. 하지만 두 사람은 서로를 이해하고 "손발도 맞고 호흡도 맞"습니다. 일하는 데에는 출신이나 성별, 지위가 아무런 영향을 미치지 못하는 것입니다. 두 사람은 서로에 대한 배려심도 깊습니다. 마지막 구절, "한국 청년 지한석 씨가 내는 숨소리에 / 미얀마 처녀 파파윈한 씨는 가만히 귀 기울"이는 것은 서로가 서로를 배려하고 서로가 서로에게 따뜻한 인간의 감정을 느끼는 순간을 그린 것입니다. 시인은 이 작품을 통해 국적이나 신분, 지위와 관계없이 노동하는 인간이라면 누구나 평등한 인간으로 보아야 한다고 말합니다. 그러나 우리나라의 현실은 그렇지가 못하지요. 정규직과 비정규직, 정주민과 이주민 사이의 차별이 여전히 존재하고 있습니다. 정의롭지 못하고 불평등한 관행이 여전한 것입니다. 이 작품은 그러한 현실을 반성하게 하고 이주민과 정주민이 어떤 관계를 맺어야 하는지를 잘 보여 주고 있습니다.

뜬금있는 질문

소외받는 계층을 소재로 쓴 작품에는 어떤 것이 있을까요?

사회적으로 소외받는 사람들을 소재로 쓴 작품으로 가장 먼저 떠올릴 수 있는 것은 한하운의 「보리피리」입니다. 작품을 쓴 한하운 시인은 문둥병 시인으로 더 많이 알려져 있습니다. 「보리피리」는 문둥병 환자의 소외된 삶을 다룬 작품이었지요.

사회적으로 소외를 받는 계층, 특히 노동자, 농민에 대한 시는 참 많이 발표되었습니다. 그뿐만 아니라 한국 사회에서 오랫동안 억압받던 여성을 소재로 하여 쓴 작품들도 많이 있습니다. 대표적으로는 고정희의 「우리 동네 구자명 씨」 같은 작품을 들 수 있습니다. 이 시에 등장하는 '구자명 씨'는 일곱 달 된 아기 엄마이자, 시어머니의 약시중을 들어야 하는 며느리이며, 취한 남편을 돌봐야 하는 아내이지요. 하루 종일 쉬지 않고 일하면서 일방적인 희생을 강요당하고 있는 그녀는 어쩌면 한국 사회의 많은 여성을 대변한다고 할 수 있습니다.

part. 04

현대 소설

075　사람들은 언제부터 소설을 쓰기 시작했나요?

선생님, 이야기 중에는 신화도 있고, 전설이나 민담도 있는데 소설은 이런 이야기들과 어떻게 달라요? 그리고 신화나 전설은 아주 옛날부터 지어졌을 것 같은데 소설도 아주 오래전부터 지어졌나요? 소설이 언제부터 지어졌는지 궁금해요.

평범한 사람들의 이야기

여러분 질문처럼 이야기에는 여러 가지 종류가 있습니다. 신들의 이야기를 쓴 신화도 있고, 고귀한 신분을 타고난 영웅들의 이야기도 있지요. 또 민간에서 우스갯소리처럼 떠도는 민담도 있습니다. 이런 이야기들은 아주 오래전부터 전해져 내려왔지요. 그래서 이들 이야기를 구비 문학이라고 부르기도 합니다. 그렇다면 소설은 어떤 이야기일까요. 그리고 언제부터 등장하기 시작했을까요?

이것을 이해하기 위해서는 이야기 속에 등장하는 인물의 특징을 잠시 알아볼 필요가 있습니다. 소설 속에 등장하는 주인공들은 대체로 어떤 사람들일까요? 여러분이 읽었던 소설을 한번 떠올려 보세요. 황순원의 「소나기」라든가, 박완서의 「옥상 위의 민들레꽃」과 같은 소설의 주인공은 누구였습니까? 신화나 전설 속에 나오는 것처럼 신적인 인물이거나 고귀한 신분을 타고난 사람들일까요? 아닙니다. 이들은 대개 우리 주변에서 흔히 볼 수 있는 평범한 인물들이지요. 사춘기 소년, 소녀, 그리고 이웃에 사는 아파트 주민처럼 우리가 주변에서 얼마든지 볼 수 있는 사람들입니다. 생각해 보니 소설의 주인공 중에는 대단한 인물을 찾아보기가 매우 어렵다는 생각이 듭니다. 그러니까 소설은 우리 주변에서 흔히 목격할 수 있는 평범한 사람들의 이야기라고 할 수 있지요.

신과 영웅의 이야기

여러분은 아마 서사시에 대해 한 번쯤 들어 보았을 것입니다. 세계적으로 가장 유명한 서사시인은 『일리아드』와 『오디세이』를 지은 호머라는 것도 여러분은 알고 있겠지요. 트로이 전쟁을 다룬 『일리아드』라든가, 오디세우스의 모험담을 서술한 『오디세이』는 모두 아주 길고 긴 '시'였습니다. 고대 사람들은 인쇄된 책이 아니라 시를 읊는 사람들의 노래로 이야기를 향유했지요.

이런 서사시에 등장하는 인물들은 누구인가요. 신이거나 신적인 인물, 적어도 민족의 영웅이 될 만한 인물이었습니다. 우리가 요즘 소설에서 접할 수 있는 인물과는 차원이 다른 존재였지요. 우리나라에도 고려 후기 이규보가 한문으로 지은 「동명왕편」 같은 서사시가 존재하지요. 그 유명한 고구려의 주몽이야기도 「동명왕편」에 실려 있습니다. 이처럼 옛날이야기의 주인공은 평범한 사람보다는 고귀한 존재들이었습니다.

이러한 인물들이 중세 시대에 와서는 조금 달라지기 시작합니다. 그 까닭은 중세에 가장 흥미로웠던 이야기는 기사들의 모험담이었기 때문이었지요. 용맹스러운 기사들이 불의에 대항하는 이야기, 또는 마법이라든가 주술에 걸린 이들을 구해 주는 이야기가 인기를 끌었던 것입니다. 높은 탑 안에 갇혀 있는 공주를 구하고, 악랄한 상상의 동물을 무찌르는 이야기는 사람들을 사로잡았습니다. 그 대표적인 것이 아더 왕의 전설과 같은 이야기였지요. 어찌되었든 이 시절에 이야기를 이끌어 가던 인물들도 우리가 소설에서 접하는 인물과는 큰 차이가 있었습니다.

소설의 등장 : 신분 사회의 몰락과 자본의 등장

소설이 등장한 것은 중세가 저물어 가면서부터입니다. 중세가 끝나갈 무렵 기사들은 더 이상 쓸모가 없어졌습니다. 기사들은 영주를 위해 충성을 다하고 영주가 다스리는 곳을 방어하면서 농노들을 보호하고 질서를 유지했는데, 농노가 경제적으로 돈을 벌어서 자유를 얻게 되자 더 이상 설 자리를 잃은 것입니다. 여러분 혹시 아무짝에도 쓸모없을 것 같은 기사 한 명이 떠오르지 않나요? 기사도 이야기를 탐독한 끝에 상상의 세계에 도취되어 풍차에 달려드는 어리석기 짝이 없는 기사 돈키호테가 말이지요. 스페인의 작가 세르반테스는 『돈키호테』를 통해 기사 이야기에 빠져든 당시의 시대 풍조를 풍자했는데, 바로 이 작품이 훗날 근대 소설의 시작으로 평가받는 것은 의미심장하다고 하겠습니다.

중세를 벗어나 근대가 되자 영주니, 귀족이니, 농노니 하는 '신분'보다 더 중요하게 생각하는 가치가 생겨났습니다. 무엇일까요. 바로 '돈', 좀 세련된 말로 해서 '자본'입니다. 무엇보다도 '돈'이 중요하게 된 것이지요. 그리고 그것은 자신이 타고난 운명이나 팔자, 신분에서 벗어나게 해 주었지요.

이렇게 되자 사람들은 더 이상 신들의 이야기나 영웅의 이야기에는 관심을 두지 않게 되었습니다. 대신 돈을 벌어서 출세하고, 어떻게든 신분 상승을 하는 자기 주변의 이야기에 관심을 갖기 시작하게 되었지요. 또 그것 때문에 벌어지는 숱한 이야기들에 흥미를 느끼기 시작합니다. 이제 드디어 우리 주변의 인물들이 이야기의 주인공으로 등장하고, 이들은 온갖 시련과 역경을 사실적으로 극복하거나 극복하려는 과정을 보여 줍니다. 빅토르 위고의 『레미제라블』도 여기에 속한다고 할 수 있지요. 빵을 훔치는 가난한 한 인간이 겪는 수많은 역경과 고난을 그리고 있으니까요.

소설은 이처럼 평범한 인간의 욕망을 다루고, 주변에서 흔히 있을 법한 일이라는 점에서 자신의 오랜 뿌리, 신화·전설 등과는 뚜렷한 차별성을 가지고 있지요. 우리가 흔히 말하는 소설의 특성 중에 개연성이라든가, 사실성, 진실성 등은 모두 이처럼 소설이 만들어지던 과정과 깊은 연관이 있지요. 소설의 개연성이란 있을 법한 이야기라는 뜻이고, 사실성은 현실에 바탕을 둔다는 의미이며, 진실성은 삶의 중요한 이치를 전달한다는 의미이므로 모두 신화와 전설과는 뚜렷하게 차이가 있습니다.

소설 속의 인물이 실제로 어떻게 달라졌는지 알고 싶어요.

자본주의 이후 소설의 주인공은 대단히 다양해지기 시작합니다. 신분 상승을 꿈꾸는 시민뿐만이 아니라 도시 노동자, 농부, 빈민, 청소부, 인력거꾼, 어린아이, 노인 할 것 없이 모두가 소설의 주인공이 될 수 있었지요.

076

「사랑손님과 어머니」는 불륜인가요? 사랑인가요?

얼마 전에 주요섭의 소설 「사랑손님과 어머니」를 읽었어요. 남편을 잃은 젊은 과부가 다른 남자를 사랑하는 것이 지금은 큰 문제가 아닌 것 같은 데, 그 당시에는 왜 문제가 된 거죠? 막장 드라마도 아닌 것 같은데 말이 에요. 사랑손님과 어머니의 사랑은 어째서 이루어지지 못한 건가요? 불륜인 건가요? 그리고 소설은 왜 이런 아슬아슬한 이야기가 많은 거죠?

사랑과 관습 사이

「사랑손님과 어머니」는 젊어서 과부가 된 어머니와, 죽은 아버지의 친구가 서로 사랑하는 이야기입니다. 그런데 이 소설이 발표되던 당시에 우리 사회는 과부가 재혼하는 것에 대해서 좋지 않게 생각했습니다. 법적으로는 아무 문제가 될 것이 없었지만 과거로부터 이어져 내려온 관습이 완전히 사라지지 않았던 것이지요. 그러니 아무리 젊은 과부라도 사랑손님과 마냥 좋아할 수는 없었을 것입니다. 만약 그런 사실이 알려지면, '화냥년'이라는 욕을 들어야 했고 마음에 깊은 상처를 입어야 했습니다.

그렇다면 사랑손님과 어머니가 사랑에 성공하지 못한 까닭은 사회적인 관습 때문이라고 할 수 있겠습니다. 사회적 관습은 이처럼 사람이 지닌 자연스러운 감정을 억누를 때가 있지요.

사회적 관습은 시간이나 공간에 따라서 변화합니다. 조선 시대에는 남녀칠세부동석이라 해서 남녀가 조금만 성장해도 따로 떨어뜨려 놓고 교육을 시켰지만, 현대 사회에서는 남녀를 함께 교육하는 것이 더 효과적이라고 보는 것처럼 말입니다. 이처럼 시대가 변하면 관습도 달라지는데, 이 소설이 발표되던 시대에는 과부가 재혼하는 것이 사회적 관습 상 허용되기 어려웠던 것입니다. 지금은 사랑손님과 어머니가 자연스럽게 사랑할 수 있지만, 당시에는 막장 드라마라며 비난받을 수 있었던 것이지요.

관습을 떠나서 감정을 경험하기

이 소설은 사랑손님이나 어머니 대신, 아직 학교도 들어가지 않은 꼬마 아이를 서술자로 삼고 있습니다. 그 이유는 꼬마 아이 옥희가 아직 사회적인 관습을 잘 모르기 때문이지요. 여섯 살짜리 아이는 도덕이라든가, 규칙, 혹은 전통이라든가 관습을 익히기에는 너무나 어립니다. 여러분 주위에 나이 어린 동생을 떠올리면 이해가 쉬울 것 같네요.

만약 서술자가 어머니라든가, 사랑손님이었다면, 이 소설은 단순한 연애 소설이 되었을 것입니다. 그 사람을 보고 싶은데, 같이 있고 싶은데, 아, 어쩌하지? 어떡하면 좋을까? 등등의 말들이 끝없이 이어지는 통속적인 이야기가 되었겠지요. 그런데 옥희를 서술자로 내세우면서 단순한 연애 소설에서 벗어납니다. 인간의 자연스러운 감정을 사회적 관습이 지나치게 억압하는 것은 아닌지 돌아보게 만들지요.

소설을 읽을 때 우리는 옥희의 시선을 따라갑니다. 이때 우리는 자연스럽게 사회적 관습의 무게를 내려놓습니다. '과부가 재혼하는 것은 안 돼'라는 사회적 관습이 사라진 채, 사랑손님과 어머니의 애절하고 안타까운 모습만 보게 되지요. 옥희가 사회적 관습을 모르는 것처럼, 우리도 사회적 관습을 잠시 잊고 두 사람의 사랑을 아무 편견 없이 바라보게 됩니다. 그러다가 어느새 두 사람의 사랑이 가엾어 보이고, 안타까워 보이고, 언젠가 이루어졌으면 하는 마음을 먹게 되지요. 그러다가 그들의 사랑을 가로막는 것이 사회적 관습이라는 것을 깨닫고, 이것이 과연 옳은 것인지 생각하기에 이릅니다. '과부가 재혼하는 것이 뭐가 어때서?'라는 생각에 도달하지요.

우리가 소설을 읽는 이유

그렇다고 모든 사회적 관습을 인간의 자연스러운 감정을 억누르는 부정적인 것으로만 치부할 순 없습니다. 만약 사람들이 자신의 욕망이나 감정대로만 살아간다면 우리 사회는 큰 혼란에 빠지겠지요. 욕망은 어느 순간 절제되어야 할 필요가 있습니다. 그것들을 사회적 약속으로 정해야 하는데, 그것이 바로 사회적 관습, 도덕, 금기입니다. 그런데 이런 사회적 관습이나 도덕, 금기가 역으로 사람의 욕망을 지나치게 억압한다면 그 또한 옳지 못한 일일 것입니다. 사회적 관습은 오로지 인간 사회를 유지하는 데에 필요한 것이므로, 사회에 부정적인 영향을 주지 않는다면 인간의 욕망을 허용하는 것이 마땅합니다.

소설은 부당하게 억눌린 욕망을 이야기의 형식으로 풀어내는 예술 장르입니다. 「사랑손님과 어머니」가 관습 속에 억눌린 자연스러운 사랑의 감정을 지지하고 옹호하는 것처럼 말이지요. 사람들이 소설을 즐겨 읽는 까닭은 과도한 관습으로부터 벗어나 자유를 추구하고 싶기 때문이기도 한 것이지요.

뜬금있는 질문

부당하게 억압된 욕망을 소설로 표현해서 세상을 바꾼 소설도 있을까요?
대표적인 작품으로 미국 소설 『톰 아저씨의 오두막집』을 들 수 있습니다. 이 작품은 스토우 부인이 쓴 소설로 흑인 노예의 비참한 삶을 휴머니즘의 입장에서 서술하였지요. 부당한 억압으로부터 인간의 자유를 옹호한 작품으로 노예제 폐지에 많은 영향을 주었습니다. 자유와 평등에 대한 인간의 기본적인 욕망을 충족시키고 세상을 바꾼 작품이라고 할 수 있지요.

077　'보여 주기'는 대체 뭘 보여 준다는 건가요?

선생님! 소설을 공부하다 보면 참고서에 '보여 주기'라는 말이 자주 나오는데요, 무엇을 보여 주겠다는 것인지 아무리 들여다봐도 글자밖에 없어요. 소설은 글을 읽으며 내용을 이해하는 것인데, 대체 무엇을 볼 수 있다는 말인가요? 왜 이런 말을 사용해서 머리를 아프게 하나요?

보여 주기 : 인물을 입체적으로 재현하는 방법

우리가 소설을 공부하다 보면 일상 속에서 쓰는 단어와 뜻이 다른 말을 간혹 접하게 됩니다. 여러분이 흔히 접하는 '시점'이라는 말도 일상적으로는 '사물이나 현상을 바라보는 관점'이라는 뜻을 지니지만, 소설에서는 작품의 서술자가 1인칭인지, 3인칭인지를 가르는 말로 사용됩니다. 이 밖에도 인물, 사건, 배경, 서술자도 일상적으로 쓰일 때와, 소설 감상에서 쓰일 때, 그 의미가 조금씩 다르지요. '보여 주기'라는 말도 마찬가지입니다. 보여 주기란 일상적으로 무엇을 보여 준다는 의미가 아니라, 소설에서 인물의 성격을 제시하는 방법을 가리키는 말입니다.

소설 속에서 인물은 대단히 중요한 역할을 합니다. 인물이 등장해야 흥미진진한 갈등과 이야기가 시작되기 때문이지요. 따라서 소설 속의 인물은 현실에서 실제 존재하고 있는 사람처럼 사실적으로 표현되어야 합니다. 그렇지 않으면 이야기가 허술해지고 흥미도 떨어지며 결국에는 소설을 읽다가 도중에 책을 덮게 되지요.

요즘 3D 영상이 대세인 것처럼 소설 속의 인물이 현실감을 가질수록 독자는 그 소설을 더 흥미 있게 읽을 수가 있지요. 소설에서 보여 주기란 3D 영상과 같이 인물을 현실감 있게 제시하는 방법이라고 생각하면 좋습니다. 단순히 인물이 '착하다, 악하다'라고 서술하는 것이 아니라, 구체적인 상황에서 드러나는 행동과 대사를 통해 인물의 캐릭터를 제시하는 것이 보여 주기의 방법입니다.

놀부의 심성 보여 주기

좀 더 알기 쉽게 사례를 들어 설명하도록 하지요. 여러분이 아주 잘 알고 있는 우리 고전 소설 중에 「흥부전」을 살펴보겠습니다. 이 소설은 일단 인물의 성격이 아주 뚜렷하게 구분되는 소설입니다. 선과 악의 구분이 확실해서 인물 사이의 갈등이 분명하게 드러나지요. 여러분도 잘 알다시피 흥부는 우애할 줄 아는 착한 심성을 지녔고, 놀부는 심술궂고 탐욕스러운 인물입니다.

그런데 여기서 우리는 이런 질문을 던져 볼 수 있을 것입니다. '대체 놀부가 얼마나 심성이 탐욕스러운데?' 하고 말이지요. 사람이면 누구나 욕심이 있으니 놀부의 욕심은 어쩌면 큰 문제가 아니라고 생각할 수도 있지요. 이런 의심이 들 때, 만약 인물의 성격이 보다 구체적으로 제시된다면, 읽는 사람들이 훨씬 설득력 있게 인물의 성격을 받아들일 수 있을 것입니다. 자, 실제로 놀부의 성품이 어떤지 잠시 살펴볼까요?

놀부 심사를 볼작시면 초상난 데 춤추기, 불붙는 데 부채질하기, 해산한 데 개닭잡기, 장에 가면 억매抑賣* 흥정하기, 집에서 몹쓸 노릇하기, 우는 아이 볼기치기, 갓난 아이 똥 먹이기, 무죄한 놈 뺨치기, 빚값에 계집 뺏기, 늙은 영감 덜미 잡기,

아이 밴 계집 배 차기, 우물 밑에 똥 누기, 오려논*에 물 터놓기, 잦힌 밥에 돌 퍼붓기, 패는 곡식 이삭 자르기, 논두렁에 구멍 뚫기, 호박에 말뚝 박기, 곱장이* 엎어 놓고 발꿈치로 탕탕 치기, 남의 제사에 닭 울리기.

　－「흥부전」 중에서

　자, 여러분 어떤가요. 놀부의 성격이 한눈에 파악되지 않습니까? 그런데 이 장면에는 단 한마디도 놀부의 성격이 포악하다거나 심술궂다거나 인정머리 없다는 등의 표현이 없습니다. 그저 누가 보더라도 심술궂고 못된 행동이라고 여길 만한 행동들이 나열되고 있을 뿐이지요. 자, 또다시 놀부의 탐욕스러운 성품이 나타난 곳을 살펴볼까요.

억매
억지로 물건을 사게 함

오려논
제철보다 일찍 여무는 벼를 심은 논

곱장이
곱사등이

　"쌀이 많이 있다 한들 너 주자고 노적* 헐며, 벼가 많이 있다 한들 너 주자고 섬을 헐며, (중략) 의복이나 주자 한들 집안이 고루 벗었거든 너를 어찌 주며, 찬밥이나 주자 한들 새끼 낳은 거먹암캐 부엌에 누웠거든 너 주자고 개를 굶기며, 지거미*나 주자 한들 구중방九重房 우리 안에 새끼 낳은 돝*이 누웠으니 너 주자고 돝을 굶기며, 겻섬이나 주자 한들 큰 농우農牛가 네 필이니 너 주자고 소를 굶기랴. 염치 없다, 흥부놈아!"하고, 주먹을 불끈 쥐어 뒤꼭지를 꽉 잡으며, 몽둥이를 지끈 꺾어 쾅쾅 두드리니,

　이번에는 서술자가 등장인물의 행동이 아니라, 인물의 대사를 고스란히 옮겨 놓고 있습니다. 아무리 쌀이 많고, 벼가 많아도 동생에게 베풀지 않겠다는 놀부의 독설. 심지어 술을 담그고 난 찌꺼기나, 추수한 후에 곡식의 껍질이 남게 되어도, 차라리 검은 암캐와

노적
농가 마당에 쌓아 놓은 곡식

지거미
술을 만들고 남은 찌꺼기

돝
돼지

돼지와 소를 먹일지언정 동생 흥부에게는 조금도 줄 수 없다는 놀부의 말은 '그 사람, 참 몰인정하다'는 직설적인 말보다 훨씬 더 인물의 탐욕을 강렬하게 느끼게 합니다.

이처럼 소설 속에서 서술자가 아무런 판단이나 개입 없이 인물의 대사, 행동, 혹은 외양을 묘사하여 인물의 성격을 독자에게 제시하는 방법을 보여 주기라고 합니다.

인물의 성격을 만드는 또 다른 방법에는 어떤 것들이 있을까요?

인물의 성격을 가장 단적으로 보여 줄 수 있는 것은 이름입니다. 물론 특별하게 의미를 부여하지 않고 이름을 지을 수도 있지만 이름은 그 사람의 됨됨이를 잘 보여 줍니다. 「흥부전」에서 흥부와 놀부라는 이름은 인물의 성격을 형성하는 데 기여합니다. 흥부는 한자로 '흥할 흥' 자를 썼으니 언젠가는 좋은 상황을 맞이할 것을 짐작할 수 있고, 놀부는 '놀다'라는 말과 연결 지으면 장난스럽고 심술 많은 인물이라는 것을 떠올려 볼 수 있지요. 이처럼 인물의 이름은 성격을 만드는 데에 기여한답니다. 이 밖에도 인물의 성격을 창조하는 데에는 몸의 크기라든가, 신체적 특징, 나이, 직업 등 다양한 방법들이 동원된답니다.

078 | 소설에서도 '말하기'가 가능한가요?

선생님! 소설 감상 용어 중에 '말하기'가 있던데, 소설 속에서 '말하기'가
가능한가요? 편지를 쓰듯이 대화체를 사용한다는 뜻인지, 아니면 연설문
같은 낭독을 한다는 것인지, 잘 이해가 되지 않아요. 이 말도 '보여 주기'
처럼 인물의 성격을 제시하는 방법을 뜻하나요?

말하기 : 인물의 성격을 직접 제시하는 방법

여러분의 짐작대로 '말하기'는 인물의 성격을 제시하는 방법을 가리킵니다. '보여
주기'가 인물의 대사라든가, 행동, 혹은 인물이 처한 상황을 있는 그대로 제시하는 것
이라면, '말하기'는 소설 속의 서술자가 인물의 성격이나 상황을 직접 이야기해 주는
것을 뜻합니다. '보여 주기'라는 성격 제시 방법이 있는데 군이 '말하기'의 방법을 사
용하는 것은 독자의 이해를 돕고 인물의 성격을 정확하고 요약적으로 제시하기 위해
서입니다. '보여 주기'는 구체적인 이해를 돕는다는 장점이 있지만, 인물에 대한 다양

한 정보를 제시하기에는 한계가 있습니다. 정보를 모두 '보여 주기'로 제시한다면, 소설의 분량이 엄청나게 늘어나겠지요. 또, '보여 주기'만으로는 상황이 애매해서 자칫 독자들이 인물의 성격을 오해할 수도 있지요. '말하기'는 이런 점에서 성격과 상황을 정확하고 효율적으로 전달할 수 있다는 장점이 있습니다.

B사감을 말하다

'보여 주기'와 마찬가지로 '말하기'의 구체적인 사례를 한번 살펴볼까요. 현진건의 「B사감과 러브레터」를 사례로 들어 보겠습니다. 이 소설의 내용은 지극히 단순합니다. 여학교의 노처녀 사감 선생님이 남녀 학생들의 연애를 질투해서 기숙사로 배달되는 러브레터를 압수해 가는 이야기입니다. 결말 부분에서 사감 선생님이 여학생들에게 배달된 러브레터를 마치 자기에게 온 편지인 양 감정 몰입해서 읽는 장면은 아주 우스꽝스럽게 그려져 있습니다. 아직 읽지 않았다면 10분만 시간을 내 보세요. 소설을 읽고 나면 B사감이 한편으로 얄밉다가도 한편으로 불쌍하게 보일 것입니다.

만약 내용에 잘 공감이 가지 않으면 이런 상상을 한번 해 보세요. 여러분이 기숙사 생활을 하고 있는데 사감 선생님이 휴대전화를 압수해 가고 인터넷을 차단하는 상황을요. 얼마나 그 사감 선생님이 얄미울까요. 물론 학생들이 나중에 잘되라고 하는 조치겠지만 당장에는 인정 없고 딱딱한 인물로 여겨질 것입니다. 여러분이 아주 짧은 소설을 쓴다고 가정할 때, 이런 사감 선생님에 대해서 어떻게 표현하는 것이 좋을까요. '보여 주기'만으로 인물의 성격을 제시하는 데에는 큰 무리가 따를 것입니다. 답답한 마음에 인물을 직접 설명하고 싶을 것입니다. 작가 현진건도 마찬가지였습니다. 짧은 글로 확실한 정보를 제공하려 했지요. 그 부분을 잠시 살펴보겠습니다.

C여학교에서 교원 겸 기숙사 사감舍監 노릇을 하는 B여사라면 딱장대*오 독신주의자요 찰진 야소꾼*으로 유명하다. 사십에 가까운 노처녀인 그는 주근깨투성이 얼굴이 처녀다운 맛이란 약에 쓰려도 찾을 수 없을 뿐인가, 시들고 거칠고 마르고 누렇게 뜬 품이 곰팡 슬은 굴비를 생각나게 한다.

여러 겹 주름이 잡힌 휠렁 벗겨진 이마라든지, 숱이 적어서 법대로 쪽 찌거나 틀어 올리지를 못하고 엉성하게 그냥 빗어 넘긴 머리꼬리가 뒤통수에 염소똥만 하게 붙은 것이라든지, 벌써 늙어 가는 자취를 감출 길이 없었다. 뾰족한 입을 앙다물고 돋보기 너머로 쌀쌀한 눈이 노릴 때엔 기숙생들이 오싹 하고 몸서리를 치리만큼 그는 엄격하고 매서웠다.

－현진건, 「B사감과 러브레터」 중에서

자, 인용문에서 살펴볼 수 있듯이, B사감에 대한 다양한 정보가 한꺼번에 제시되어 있습니다. 그녀의 결혼관, 종교, 나이, 외모, 성격이 첫 번째 단락에 나타나 있고, 두 번째 단락에는 그녀의 외모에 대한 주

딱장대
성질이 온순한 맛이 없이 딱딱한 사람

야소꾼
예수교인을 비꼬는 말

관적인 묘사와, 기숙생들이 오싹 하고 몸서리를 칠 만큼 엄격하고 매서운 그녀의 성품이 서술되고 있지요. 짧은 분량이지만 그녀의 성격이 어떤지 너무나 분명하게 이해할 수 있습니다. 이처럼 인물의 성격에 대해 서술자의 판단을 직접 제시해 주는 것, 이것을 '말하기', 또는 인물의 성격을 직접 제시한다고 합니다.

뜬금있는 질문

'보여 주기'와 '말하기' 중에서 무엇이 더 인물의 성격을 잘 제시하나요?
'보여 주기'와 '말하기'는 인물의 성격을 제시하는 데에 각각의 장단점이 있습니다. '보여 주기'는 성격을 실감 나게 표현한다는 장점을 지니고 있지만, 내용을 정확하게 전달하는 데에는 한계가 있고, '말하기'는 성격이나 상황을 효율적이고 요약적으로 제시하는 장점이 있지만 구체성이 떨어지는 단점이 있습니다. 그런 까닭에 작가들은 이 두 가지 방법을 적절하게 섞어서 사용한답니다.

079 허생원은 왜 하필 길 위에서 이야기를 늘어놓는 걸까요?

「메밀꽃 필 무렵」에서 인물들은 길을 걸으며 이야기를 주고받는데, 작가가 배경을 '길'로 선택한 까닭은 무엇인가요? 여관이나 민박 같은 곳에서 하룻밤 머물며 이야기를 할 수도 있는데 굳이 걸어가면서 이야기를 하는 이유가 뭔가요? 이야기에서 배경은 어떤 기능과 역할을 하나요?

사색을 위한 무대, 봄 · 밤 · 길

여러분이 한글 타자 연습을 하면서 자주 읽어 보았을 「메밀꽃 필 무렵」은 장돌뱅이의 삶의 애환과 고달픔, 그리고 부자지간에 끊을 수 없는 인연을 다루고 있는 작품이지요. 처음에 허생원은 주막집 아낙과 놀아나고 있는 동이를 혼을 냅니다. 그러다가 동이와 동행이 되어 봉평에서 대화까지 함께 동행하게 되지요. 함께 밤길을 가면서 허생원은 자신이 젊은 시절에 딱 한 번 사랑하게 되었던 이야기를 하지요. 그리고 이야기를 하는 중에 동이가 자신과 인연을 맺었던 여자의 아들이라는 사실을 깨닫습니다. 허생원과 동이는 부자지간이었던 것이지요. 허생원은 큰 강줄기를 만나 동이에게 업혀 강을 건너면서 혈육의 정을 느낍니다.

「메밀꽃 필 무렵」의 공간적 배경은 '길'입니다. 작품의 중심 이야기인 허생원의 과거 경험담은 '길'에서부터 시작됩니다. 또한 허생원과 동이가 부자지간이었다는 사실을 확인하는 것도 '길' 위에서입니다. 하룻밤 머물면서 이야기를 할 수도 있는데 어째서 배경을 '길'로 했을까요? 그 까닭은 소설의 배경이 사건이 일어나는 무대라는 의미만 지닌 것이 아니라 등장인물의 행동이나 성격에 적잖은 영향을 주는 구성 요소이기 때문입니다.

이지러는 졌으나 보름을 갓 지난 달은 부드러운 빛을 흔붓이* 흘리고 있다. 대화까지는 칠십 리의 밤길, 고개를 둘이나 넘고 개울을 하나 건너고, 벌판과 산길을 걸어야 된다. 길은 지금 긴 산허리에 걸려 있다. 밤중을 지난 무렵인지 죽은 듯이 고요한 속에서 짐승 같은 달의 숨소리가 손에 잡힐 듯이 들리며, 콩포기와 옥수수 잎새가 한층 달에 푸르게 젖었다. 산허리는 온통 메밀밭이어서 피기 시작한 꽃이 소금을 뿌린 듯이 흐뭇한 달빛에 숨이 막혀 하얬다. 붉은 대궁이 향기같이 애잔하고 나귀들의 걸음도 시원하다. 길이 좁은 까닭에 세 사람은 나귀를 타고 외줄로 늘어섰다. 방울소리가 시원스럽게 딸랑딸랑 메밀밭께로 흘러간다. 앞장선 허생원의 이야기 소리는 꽁무니에 선 동이에게는 확적히는 안 들렸으나, 그는 그대로 개운한 제멋에 적적하지는 않았다.

– 이효석, 「메밀꽃 필 무렵」 중에서

길을 걷는 동안 사람들은 적지 않은 생각을 할 수 있습니다. 걷는 것 외에는 다른 일을 하지 않아도 되기 때문이지요. 그래서 사람들은 혼자서 걸을 때면 과거를 떠올리거나 사색에 잠깁니다. 둘이나 그 이상이 걷게 되면 자연스럽게 대화가 이루어지지요. 여러분도 친구나 가족끼리 등산을 하러 갈 때 많은 이야기를 주고받던 일이 있을 것입니다. 길은 이처

> 흔붓이
> 흐뭇하게

럼 허생원이 과거를 회상하며 자기 이야기를 시작하기에 더없이 어울리는 공간인 것이지요. 좀 부풀려 말하면, 공간적 배경인 '길'이 허생원에게 말을 하도록 유도했다고 할 수 있습니다. 이처럼 소설의 배경은 인물의 행동이나 생각에 영향을 주는 것은 물론, 인물 사이의 갈등이나 사건을 빚는 데에도 결정적인 영향을 줄 때가 많습니다. 즉 소설의 배경은 주제를 형성하는 데에 영향을 미치는 것이지요.

가을밤이나 겨울밤이었다면 어땠을까?

시간적 배경, 공간적 배경

소설의 배경은 성격상 크게 시간적 배경과 공간적 배경으로 나눌 수 있습니다. 앞의 인용 부분에는 시간적 배경과 공간적 배경이 모두 나타나 있습니다. "대화까지는 칠십 리의 밤길", "길은 지금 긴 산허리에 걸려 있다"는 말을 통해서 공간적인 배경이 '산길'임을 알 수 있습니다. 또한 "이지러는 졌으나 보름을 갓 지난 달"과 "콩포기", "옥수수 잎새", "피기 시작한 꽃"을 보면 시간적인 배경이 '봄밤'이라는 것을 알 수 있지요. 달빛이 쏟아지고 메밀꽃이 피어나고 향기가 가득한 봄밤은 사람들의 마음을 설레게 합니다. 잊고 지낸 사랑의 감정을 떠올리게 만듭니다. 늙어 가는 허생원도 예외가 아니어서 그가 겪었던 처음이자 마지막 사랑 이야기를 시작하게 됩니다. 이처럼 시간적 배경도 공간적 배경 못지않게 인물의 행동이나 생각에 영향을 주게 됩니다. 만약 봄밤이 아니라 쌀쌀한 가을밤이나 겨울밤이었다면 어땠을까요? 아마도 바쁜 발걸음을 옮기느라 서로 대화하기조차 힘들었을 것입니다.

소설의 시간적 배경에는 계절적 배경이라든가, 시대적 배경, 또는 역사적 배경도 해당됩니다. 「메밀꽃 필 무렵」의 계절적 배경은 봄이지요. 시대적 배경은 정확하게 드러나지 않지만 '생원'이라는 말을 쓴 것으로 보아 현대라고 보기는 어렵지요. 왜냐하면 '생원'이란 조선 시대부터 해방 직후까지 쓰이다가 사라진 말이기 때문이지요. 공간적 배경도 단순히 공간을 가리키는 말 외에도 자연 환경이나 생활 환경, 국가나 지역 등을 포함할 수 있습니다.

자연적 배경, 사회적 배경

이 밖에도 자연적 배경, 사회적 배경을 생각해 볼 수 있습니다. 자연적 배경은 앞의 인용문처럼 향토적인 서정을 이끌어 내는 등 특정한 분위기나 정서를 창조합니다. 사회적 배경은 정치, 경제, 종교, 문화, 계층, 연령처럼 인간 사회에서 사람들의 삶에 영향을 주는 요소들을 가리킵니다. 「메밀꽃 필 무렵」에서 허생원과 동이의 직업은 장돌뱅이이지요. 정착하지 못한 채 떠돌아 다녀야 하는 사회적 배경을 지녔다고 할 수 있지요. 사회적 배경은 인물이 현실 사회에서 겪는 문제나 시대성과 관련이 깊어 작품에 사실성을 부여하고 주제에 직접적인 영향을 미칠 수 있습니다.

심리적 배경, 상황적 배경

심리적 배경이란 인물의 내면 심리라든가 그 변화에 초점을 맞춰 서술하는 것입니다. 따라서 심리적 배경은 객관적인 사실을 나열하는 것이 아니라 인물의 주관적 심리에 따라 형성된다고 할 수 있습니다. 우리나라 소설 중에서는 이상의 「날개」에서 주인공이 자기 방을 묘사하거나 자기 집 근처를 묘사하는 부분이 해당된다고 할 수 있습니다. 상황적 배경은 전쟁, 죽음, 질병과 같이 특정한 상황을 설정하는 것을 말합니다. 이러한 상황 설정은 그 자체가 주제와 밀접한 연관성을 띱니다. 우리나라 소설에서는 6·25 전쟁을 다룬 소설들에서 상황적 배경을 찾아볼 수 있습니다.

뜬금있는 질문

소설의 배경이 앞으로 진행될 사건을 암시할 수도 있나요?

「메밀꽃 필 무렵」의 마지막 장면에는 "방울소리가 밤 벌판에 한층 청청하게 울렸다"는 문장이 있습니다. 이 문장은 공간적 배경을 한층 긍정적인 분위기로 만들어서 주인공 허생원과 동이의 발걸음을 가볍게 만들어 주고 있습니다. 이것은 뒤에 이어질 내용이 매우 긍정적임을 암시한다고 할 수 있습니다. 소설의 배경이 앞으로 일어날 일을 얼마든지 제시할 수 있는 셈이지요.

080   플롯은 무엇이며 스토리와
어떻게 다른가요?

선생님! 소설을 공부할 때 보면 영어로 플롯, 우리말로 구성이라는 용어가 나오는데 그것이 정확히 무엇을 가리키는 건가요? 인물을 배치하고 배경을 정해서 사건을 전개하는 것이 구성이라면 스토리와 어떤 차이가 있나요?

시간의 흐름을 거스르기도 하고, 건너뛰기도 하고……

국어 시간에 한 번쯤 소설의 줄거리를 정리해 내는 과제를 해 본 적이 있을 것입니다. 소설의 줄거리는 말 그대로 이야기의 군더더기를 제외하고 뼈대만을 남겨 놓은 것을 뜻하지요. 영어로는 '스토리story'에 해당합니다. 김유정의 소설 「동백꽃」을 예로 들어 볼까요?

주인공 '나'는 순박한 농촌 청년으로 소작인의 아들입니다. 그런데 어느 날 우리 집 마름* 딸인 점순이 찾아와서는 따뜻한 감자를 '나'에게 내밀지요. 하지만 '나'는 그녀의 성의를 거절합니다. 다음 날부터 점순은 우리 집 씨암탉을 못살게 굴었습니다. 그리고 자기 집 수탉과 우리 집 수탉을 싸움 붙여 놓기도 했지요. '나'는 우리 집 수탉이 점순네 수탉에 당하는 것에 약이 올라 점순네 수탉을 때려 죽입니다. 그러자 점순은 자기 집 닭을 때려 죽였다며 '나'를 위협합니다. 결국 점순은 '나'에게 앞으로 매정하게 굴지 않겠다는 약속을 받습니다. 그러고서 둘은 노란 동백꽃 속으로

마름

농지를 소유한 지주는 직접 땅을 경작하지 않고, 노비나 소작농을 시켜 경작을 하고 그로부터 나온 이득을 취했습니다. 지주는 땅의 주인이기를 넘어서 대토지를 소유한 기득권 세력이었고, 그 모든 땅을 스스로 돌볼 수가 없었지요. 소작농의 농사는 자율적으로 이루어지기보다는 관리·감독되었는데, 이 역할을 했던 것이 바로 마름입니다. 때문에 마름은 중간 지주라고도 불렸습니다.

파묻히고 정신이 아찔해집니다. 그 순간 점순은 어머니가 찾는 소리에 겁을 먹고 내려갔고 '나'는 산으로 내빼지요.

자, 어떻습니까. 단편 소설 한 편이 한 단락으로 정리가 되었지요? 이것이 바로 줄거리입니다.

그런데 줄거리를 써 내려가면서 뭔가 이상하다는 느낌을 받았을 것입니다. 소설이 시간 순서대로 서술되지 않았기 때문이지요. 「동백꽃」의 첫 부분은 점순이 '나'에게 감자를 준 사건부터가 아니라 우리 집 수탉이 점순네 수탉에게 공격을 당해서 피를 흘리고 있는 사건부터였으니까요. 다시 말해 시간 순서가 뒤바뀐 것입니다.

그렇다면 왜 이렇게 과거와 현재의 시간이 뒤바뀐 것일까요? 여러분은 문장 표현에서 흔히 도치법을 들어 보았을 것입니다. 목적어라든가 부사어의 위치를 주어 앞으로 꺼내어 문장 성분의 순서를 바꾸는 방법이지요. 왜 이런 방법을 사용하나요? 그것은 의미를 강조하기 위해서입니다. 소설에서 시간 순서를 뒤바꾸는 것도 마찬가지입니다. 작가가 전하고자 하는 주제를 효과적으로 표현하기 위해서 사건의 순서를 재구성한 것입니다.

소설은 작가가 표현하고 싶은 주제를 이야기를 통해서 전달하는 것입니다. 따라서 소설의 이야기는 아무렇게나 나열된 것이 아니라 작가의 의도대로 배치되지요. 사건의 필연성이라든가, 주제를 효과적으로 드러내기 위해 시간을 재배치하는 것입니다. 점순이 '나'에게 감자를 준 사건이 먼저이기는 하지만 작가는 닭싸움을 지켜보며 약

이 바짝 오른 '나'의 모습을 강조하려고 시간을 뒤바꾼 것이지요.

이처럼 작가의 의도대로 사건을 짜임새 있게 재구성하는 것을 '구성'이라고 합니다. 구성은 영어로 '플롯plot'이라고 하지요. 일반적으로 소설의 줄거리는 시간 순서에 따르며 소설의 구성은 원인과 결과의 관계로 엮이는 경우가 많습니다.

발단—전개—위기—절정—결말

소설의 구성은 대개 갈등의 형성 과정과 그 해결 과정에 의해 만들어집니다. 우리에게 가장 잘 알려진 일반적인 구성의 단계는 발단—전개—위기—절정—결말의 형식을 띠고 있습니다.

일단 '발단'은 소설의 도입부로서 사건의 시간적, 공간적 배경을 제시하고 인물들의 성격을 독자에게 알려 주는 기능을 합니다. 또한 사건의 전체적인 분위기가 제시되고 경우에 따라서 사건의 실마리가 나타나기도 하지요. 「동백꽃」에서 발단은 '나'의 수탉이 점순의 수탉에 의해서 쫓기는 장면입니다. 수탉끼리 싸움하는 장면으로 볼 때 작품의 공간적 배경이 농촌인 것을 알 수 있고 점순의 수탉이 '나'의 수탉을 공격하는 것으로 보아서 주요 사건이 점순이 '나'에게 약을 올리며 괴롭히는 것이라는 예측이 가능하지요. 작품의 실마리가 발단 부분에 제시되어 있는 것입니다.

다음으로 '전개'는 사건이 본격적으로 펼쳐지는 부분으로, 이야기가 복잡하게 얽히고 갈등이 겉으로 드러나는 단계입니다. 「동백꽃」에서는 점순과 '나'의 갈등이 본격적으로 진행되는 장면이 이에 해당합니다. 마름집 딸인 점순은 '나'에게 이성적인 호감이 있습니다. 그래서 감자를 선물하려 합니다. 그러나 소작농 아들인 '나'는 점순의 호의를 무뚝뚝하게 거절합니다. 사건이 시작된 것이지요. 이때부터 점순은 '나'를 놀리면서 동시에 '나'의 수탉을 못살게 굽니다. 이처럼 전개는 이야기가 복잡하게 얽히고 갈등이 표면적으로 드러나기 시작하는 단계입니다.

'위기'는 갈등이 고조되고 심화되는 단계입니다. 때로는 사건의 반전이 나타나며 새로운 사건이 발생하여 위기감이 고조되기도 합니다. 「동백꽃」에도 위기의 단계가 아주 잘 나타나 있습니다. '나'는 점순네 수탉에게 계속 당하기만 하던 우리 집 수탉에게 고추장을 먹여 기운을 내게 합니다. 당하기만 하던 쪽이 사건의 반전을 준비한 셈이지요. 처음에 우리 집 수탉은 점순네 수탉을 공격합니다. 그러나 그것도 잠시, 다시 기운을 차린 점순네 수탉이 우리 집 닭을 사정없이 쪼아 대고 그 장면을 점순이 보면서 웃지요. 화가 난 '나'는 수탉에게 다시 고추장을 먹이지만 소용이 없습니다. 이처럼 위기 단계에서는 갈등이 고조되고 반전이 나타나기도 합니다.

'절정'은 갈등과 사건이 최고조에 이르는 단계입니다. 또한 해결의 전환점을 맞이하는 단계이기도 하지요. 「동백꽃」의 절정은 어느 대목일까요? 또다시 점순네 수탉이 우리 집 수탉을 공격해서 거의 죽을 지경에 이르자 약이 바짝 오른 '나'는 점순네 수탉을 때려 죽입니다. 갈등이 최고조에 다다른 것이지요. '나'는 마름집 수탉을 죽였다는 사실에 당황하고 점순은 그 사실로 '나'를 위협하기 시작합니다. 그러면서 점순이 갈등 해결의 실마리를 제시해 줍니다. "그럼, 너 이담부터 안 그럴 터냐?" 이 말은 앞으로 자신의 이성적 관심과 호의를 무시하지 말라는 말이지요. 우직한 '나'는 그렇게 하겠다고 대답을 하지요.

'결말'은 인물들 사이에 벌어진 사건과 갈등이 해결되고 마무리되는 단계입니다. 「동백꽃」에서 점순과 '나'는 '나'의 어리숙한 대답과 동시에 한창 퍼드러진 노란 동백꽃 속으로 푹 파묻힙니다. 점순과 '나'의 갈등이 마무리되고 소설이 결말에 이르는 것입니다.

뜬금있는 질문

소설의 구성 법칙 같은 게 있나요?
소설의 구성 단계는 어디까지나 작가의 개성에 따라 조정될 수 있습니다. 위기와 절정을 구분하기 어려운 소설도 많고, 절정과 결말을 따로 분리하지 않을 수도 있습니다. 갈등이 최고조에 이르렀을 때 소설을 마무리할 수도 있지요. 우리가 살펴본 구성 단계는 어디까지 보편적인 틀일 뿐, 반드시 지켜야 할 규범은 아닙니다.

081 소설을 구성하는 방법에는 어떤 것들이 있나요?

소설의 구성은 '발단—전개—위기—절정—결말' 외에 다른 방법은 없나요? 공부를 하다 보면 단일 구성이나 복합 구성과 같은 말이 있는데 구성하는 방법에도 여러 가지가 있나 봐요? 소설을 구성하는 방법에는 어떤 것들이 있는지 궁금합니다.

중심 사건의 수를 헤아려 보라

소설은 기본적으로 작가의 개성을 드러내는 것이기 때문에 딱히 정해진 방법이 있는 것은 아니지요. 구성은 작가마다 얼마든지 다르게 할 수 있습니다. 작품의 수만큼 구성도 다양하다고 생각하면 됩니다. 다만 그것들을 종류별로 구분해서 유형화할 수는 있을 것입니다. 그중 하나의 방법은 중심 사건이 하나인지, 아니면 그 이상인지를 판단해 보는 것입니다.

단일 구성 : 하나의 사건

단일 구성은 중심 사건이 하나인 경우입니다. 전체적으로 통일된 인상이나 압축된 긴장감을 나타내는 데에 효과적이지요. 비교적 짧은 단편 소설에서 주로 활용합니다. 황순원 작가의 「소나기」를 떠올려 볼까요. 이 소설은 소년이 개울가에서 소녀를 만나면서부터 시작됩니다. 소년이 소녀에게 애틋한 감정을 느끼던 어느 날 소녀가 비단 조개를 소년에게 보이면서 말을 건네지요. 그 후 두 사람은 산으로 놀러 갑니다. 그곳에서 소나기를 만나지요. 소녀는 소나기를 맞고 난 뒤부터 오랫동안 앓아서 두 사람은 만나지 못하지요. 시간이 흐른 뒤 소녀가 소년을 다시 만났을 때 소녀는 이사를 가게 될 것이라고 말합니다. 하지만 소녀네가 이사 가기 하루 전날 밤 소년은 아버지로부터 소녀의 죽음을 전해 듣습니다.

「소나기」는 소년 소녀의 이야기를 제외하고는 다른 어떤 중심 사건도 끼어들어 있지 않습니다. 소년이 성인이 되어서 과거의 일을 회상하는 것도 아니고, 소년 소녀 사이에 다른 인물이 끼어들어 사건을 복잡하게 만들지도 않습니다. 이처럼 하나의 중심 사건으로 이야기를 구성할 때 이를 단일 구성이라고 합니다.

복합 구성 : 둘 이상의 사건

복합 구성은 이와 달리 두 가지 이상의 줄거리를 지니고 있습니다. 같은 작가의 「학」을 떠올려 볼까요. 이 소설은 분단과 전쟁의 아픔을 그린 것으로 교과서에 자주 소개되는 단골 작품입니다. 이 소설은 6·25 전쟁 중에 인민군에게 부역했다는 죄목으로 잡힌 덕재라는 친구를 국군 편에 섰던 성삼이 다른 곳으로 호송하다가 풀어 주는 이야기입니다. 하지만 이 소설에는 또 다른 이야기 존재합니다. 그것은 성삼과 덕재가 어린 시절 호박잎을 말아서 담배를 피우고, 서리를 하다가 혼쭐이 나고, 들판에서 함께 학을 쫓아다니던 이야기입니다. 이 소설은 그러니까 현재의 이야기와 과거의 이야기가 함께 공존하고 있는 것이지요.

이처럼 두 가지 이상의 이야기가 서로 얽혀 있는 것을 복합 구성이라고 합니다. 복합적인 구성은 흔히 장편 소설에서 사용합니다.

사건 진행 방향을 살펴보라

평면적 구성 : 시간 순서대로

사건 진행방식에 따라 평면적 구성과 입체적 구성으로 나눌 수도 있습니다. 평면적 구성은 시간 순서에 따라 진행되는 구성방식을 뜻합니다. 이러한 구성은 대개 「춘향전」, 「심청전」과 같은 고전 소설에서 흔히 찾아볼 수 있지요. 고전 소설에서는 과거 회상을 하는 장면은 거의 나타나지 않지요. 앞에서 살펴본 황순원의 「소나기」도 평면적 구성에 가깝습니다. 소년과 소녀의 이야기를 시간 순서대로 서술해 놓았기 때문입니다.

입체적 구성 : 역순행적으로

입체적 구성은 시간의 흐름을 바꾸어 구성하는 방법입니다. 이 방법은 역행적, 또는 역순행적 구성이라고도 하지요. 시간의 흐름을 바꾸는 이유는 단순합니다. 어느 특정한 장면을 강조하기 위해서입니다. 황순원의 「학」은 입체적 구성이라고 말할 수 있습니다. 성삼과 덕재의 어린 시절이 시간적으로는 선행하지만 소설은 성삼이 덕재를 호송하는 장면부터 시작합니다. 작가가 이 장면을 먼저 제시한 것은 전쟁과 분단의 상황을 강조하기 위해서라고 할 수 있지요.

소설 속에서 중심 사건이 없는 구성도 가능한가요?

구성의 방법은 작가의 의도에 따라서 천차만별로 달라질 수 있습니다. 사건이 없는 소설의 구성은 존재하지 않지만 중심 사건이 없는 구성은 얼마든지 가능합니다. 특히 모더니즘 소설에서는 쉽게 찾아볼 수 있지요. 박태원의 「소설가 구보 씨의 일일」은 주인공 구보가 서울 시내 이곳저곳을 떠돌아다니는 이야기입니다. 이 이야기에는 중심 사건이 존재한다고 보기가 어렵습니다. 대신 인물의 성격이나 생각에 초점을 맞춰 소설을 전개해 나갑니다. 어떤 구성이 사용되었느냐에 따라 소설을 읽는 방법을 달리하면 더욱 빠른 이해를 얻을 수 있을 것입니다.

082   피카레스크식 구성? 옴니버스식 구성?

소설을 읽을 때, 가끔씩 피카레스크식과 옴니버스식 구성이라는 말을 보았습니다. 한 권의 소설이 여러 편으로 나누어져 있을 때를 가리키는 것 같은데 정확히 어떤 뜻인지 알고 싶어요. 그리고 피카레스크식 구성과 옴니버스식 구성의 차이도 알고 싶고요.

피카레스크는 시리즈물이다

아이들이 좋아하는 애니메이션 중에 아무거나 한 가지를 떠올려 봅시다. 뽀통령으로 불리는 뽀로로도 있고, 귀여운 버스 캐릭터 타요도 있네요. 고전적인 캐릭터로는 아기 공룡 둘리도 있지요. 이들 시리즈 애니메이션에는 첫 회에 나왔던 캐릭터가 그다음 회에도, 그다음 회에도 계속 이어져 나옵니다. 방송된 지 몇 년이 흘렀는데도 사는 집도 똑같고 나이도 먹지 않는 것 같습니다. 하지만 매회 전혀 다른 독립된 이야기들이 전개됩니다.

소설에서도 얼마든지 이런 연작들이 가능합니다. 중학교 교과서에 실려 있는 양귀자 작가의 『원미동 사람들』은 대표적인 연작 소설이지요. 교과서에 실린 부분은 '일용할 양식'이라는 제목으로 된 짧은 단편이지요. 원미동 마을에 싱싱청과물이라는 가게가 새로 생기지만 기존에 있던 김포 슈퍼와 형제 슈퍼의 상인들이 자신들의 이익이 줄어들까 봐 결국에는 그 가게를 내쫓는다는 이야기입니다. 사람들이 자신들의 이해관계에 따라 살아가는 속물적인 근성을 성찰하는 소설이었지요.

하지만 이 내용은 소설의 전부가 아닙니다. 『원미동 사람들』에는 이 외에도 다른 이야기들이 많이 있습니다. 아들의 빚을 탕감하기 위해서 몇 억짜리 땅을 처분해 버리는 강노인의 이야기도 있고, 동네 사람들의 무시를 받아가며 살아가는 몽달씨라는 별명을 지닌 원미동 시인 이야기도 있습니다. 또한 행복사진관을 하는 엄씨가 찻집을 하는 여자와 바람이 난 이야기도 들어 있지요.

교과서에 들어 있는 대목은 소설의 전부가 아니라 연작 소설 중에서 한 회 분량에 해당하는 내용이었던 것이죠. 그렇지만 원미동이라는 공간과 원미동 마을 사람들은 변함없이 등장하지요. 이처럼 동일한 등장인물과 동일한 배경이 반복되면서도 각각의 이야기가 독립적으로 존재할 때 이를 '피카레스크식 구성'이라고 합니다. 그리고 피카레스크식 구성을 지닌 소설을 연작 소설이라고 하지요. 간단히 말하면 시리즈물인 것이지요.

피카레스크picaresque의 어원을 한번 알아볼까요? 피카레스크식 소설은 본래 스페인에서 사용하던 용어로 악당이 주인공인 이야기를 뜻했습니다. 악한이 어떤 수단으로 남을 속였는지가 주요 내용이었지요. 그런데 이런 소설이 신문에 연재되기 시작하면서 그 의미가 변하게 됩니다. 신문 연재 소설은 독자들을 잡아 두기 위해 회마다 흥미와 관심을 불러일으킬 내용을 마련해야 했지요. 이런 과정을 거쳐 피카레스크식 소설은 점차 '악한 소설'이라는 본래의 뜻을 넘어 '시리즈 소설'이라는 의미를 담게 되었습니다.

옴니버스는 합승마차다

'피카레스크식 구성'이 인물과 배경이 동일하면서도 일어나는 사건이 각기 다른 것에 비해 '옴니버스식 구성'은 일어나는 사건뿐만이 아니라 인물과 배경도 전혀 다른 독자적인 이야기를 한데 묶어 놓은 구성을 뜻합니다.

원래 옴니버스는 합승마차라는 뜻입니다. 여러분도 택시를 탈 때 한 번쯤 합승을 하게 되겠지요. 이때 합승하는 사람들은 대개 어떤 사람들인가요? 대체로 서로 아무 관계도 없는 사람들입니다. 그렇다고 택시기사가 아무에게나 합승을 허락해 주지는 않습니다. 딱 한 가지 조건은 반드시 맞아야 합니다. 도착지가 비슷한 방향이어야 하는 것이지요. 아무 인연이 없지만 비슷한 방향성을 지녀야 합승이 가능한 것입니다.

이제 옴니버스식 구성이 대충 짐작이 가죠? 옴니버스식 구성이란 각기 독립되어 있기는 하지만 주제는 같은 이야기들을 하나의 구조에 엮어 놓은 구성방식을 뜻합니다. 그러니까 피카레스크식과는 일정한 차이가 있지요. 옴니버스식 구성은 소설에서보다는 연극이나 영화에서 자주 시도되고 있습니다.

옴니버스식 구성의 한 예를 들어 볼까요? 여러분은 우리나라 고전극 〈봉산탈춤〉을 한 번쯤 들어 보았을 것입니다. 〈봉산탈춤〉의 구성은 크게 7과장으로 구분할 수 있습니다. 여기서 과장은 서양 연극의 막과 장의 개념과 유사하다고 생각하면 됩니다. 〈봉산탈춤〉의 1과장은 상좌춤, 2과장은 팔목중춤, 3과장은 사당춤, 4과장은 노장춤, 5과장은 사자춤, 6과장은 양반춤, 7과장은 미얄춤으로 되어 있지요. 전체적으로 이 작품은 양반과 같은 사회 기득권층을 풍자하고 서민들의 애환을 다룬 주제의식을 지니고 있습니다.

그러나 각각의 과장들은 서로 아무런 연관이 없습니다. 이를테면 6과장 양반춤에는 양반 삼형제와 말뚝이가 양반들이 지닌 허위의식을 비판하는 형식으로 되어 있는 반면에 7과장은 미얄과 영감이 등장하여 가부장이 지닌 위선과 폭력을 비판합니다. 두 과장 모두 양반과 가부장처럼 비교적 지위가 있는 이들을 풍자하고 있다는 점에서 주제의식이 하나로 모아진다고 할 수 있지만 두 이야기는 어디까지나 인물과 사건이 전혀 별개의 독립적인 것입니다.

피카레스크식 구성과 옴니버스식 구성은 얼핏 보기에 비슷해 보입니다. 하나의 주제에 여러 편의 단편 소설이 엮여 있는 구성이니까요. 피카레스크식 구성이 인물에 변화가 없고 같은 배경 안에서 이루어지는 이야기인 반면, 옴니버스식 구성은 인물과 배경이 각각 다르다는 데에 큰 차이가 있지요.

뜬금있는 질문

조세희의 『난장이가 쏘아 올린 작은 공』은 어느 쪽인가요?

『난장이가 쏘아 올린 작은 공』은 전체적으로 보면 옴니버스식 구성에 가깝습니다. 왜냐하면 각각의 단편 중에는 뜬금없는 이야기도 있으니까요. 이를테면 연작 중에서 「뫼비우스의 띠」는 학교 졸업식날 선생님이 제자들에게 이야기를 들려주는 형식으로 되어 있습니다. 따라서 다른 연작들과 인물과 배경을 공유하고 있지 않지요. 그래서 전체적으로 옴니버스식 구성이라고 할 수 있습니다. 하지만 이 소설 중에는 인물과 사건, 배경을 공유하는 소설들도 있으니 부분적으로는 피카레스크식 구성을 활용하고 있다고 말할 수 있지요.

083 왜 액자식 구성을 쓰는 걸까요?

소설 공부를 하다 보면 액자식 구성이라는 것이 있어요. 액자식 구성은 무엇을 뜻하는지 알고 싶고, 또 액자식 구성을 해서 얻는 효과가 무엇인지도 알고 싶습니다.

이야기 속의 이야기

액자는 그림, 글씨, 사진과 같은 것들을 끼우는 틀이지요. 그림, 글씨, 사진을 전시하려면 그냥 두기보다는 틀에 끼워 넣어야 작품이 보호도 되고 품격도 살아나지요. 액자를 어떻게 선택하느냐에 따라 작품의 가치가 나아질 수도 있고 나빠질 수도 있습니다.

그렇다면 소설에서 '액자식 구성'은 무엇을 뜻할까요? 그것은 사진이나 그림이 액자 속에 담겨 있는 것처럼 전달하고자 하는 이야기를 다른 이야기 속에 집어넣어 표현하는 것입니다. 하나의 이야기 속에 또 하나의 이야기가 들어 있는 구성이지요. 이

야기의 핵심 내용인 내부 이야기안-이야기와 이를 둘러싸고 있는 외부 이야기겉-이야기
로 나눠 볼 수 있는 구성입니다.

우리 소설 중에서 한 가지 사례를 들어 봅시다. 여러분도 한 번쯤 들어 보았을 법한
김동리 작가의 「무녀도」입니다. 작품은 '무녀도'라는 그림에 대한 이야기부터 시작됩
니다. 이 그림은 무당이 굿판을 벌이는 장면을 그린 것입니다. '나'의 집안에서 그림
을 얻게 된 사연은 어느 날 귀가 먼 딸아이를 데리고 다니는 한 나그네가 방문하면서
시작되지요. 사내는 딸아이의 그림 솜씨가 훌륭하다며 그림 그리는 재주를 보이려 하
고 두 사람은 달포가 지나도록 '나'의 집안에 머물면서 그림도 그리고 자기네의 지난
이야기를 들려줍니다. 그 딸아이가 그린 그림이 바로 '무녀도'입니다. '나'는 할아버
지로부터 그림을 얻은 사연과 딸아이와 사내의 이야기를 듣게 됩니다. 자, 여기까지
가 이 소설의 겉-이야기입니다.

이 소설의 진짜 이야기는 다음부터입니다. 다시 말해서 '내'가 할아버지에게 들은
이야기가 본격적으로 시작되는 것이지요. 소설의 주인공은 모화라는 무당입니다. 그
녀는 세상 만물에 귀신이 있다고 믿었으며 그녀의 생활은 굿판을 벌이는 것이 전부
였지요. 그녀에게는 남편과 두 명의 자녀가 있었는데, 남편은 해변가에서 혼자 해물
장수를 하는 사람이었고, 아들 욱이는 마을을 떠나 살고 있었습니다. 마지막으로 딸
아이는 귀머거리 소녀로 그림 재주가 아주 뛰어났지만 언제나 방에 틀어박혀 그림만
그렸습니다. 그러던 중에 몇 해씩 소식이 없던 욱이가 돌아옵니다. 모화는 뛸 듯이 기
뻐하지만 욱이가 예수교에 귀의했다는 소식을 듣고 깜짝 놀라 그 뒤부터 아들에게 귀
신이 붙었다고 생각하게 됩니다.

그러나 욱이는 욱이대로 어머니에게 마귀가 붙었다고 생각하고 어머니와 누이를
구해 달라고 기도를 거듭하지요. 그러다가 어느 날 어머니가 욱이가 껴안고 자던『성
경』을 찾아 그것을 불태우려 하고 이를 막으려던 욱이를 칼로 찌르게 됩니다. 생명이
위태로워진 욱이를 모화는 정성으로 간호했지만 욱이는 끝내 죽고 맙니다. 그 일이
있은 후, 모화는 물에 빠져 죽은 젊은 여인의 혼백을 건지는 굿을 하게 되는데 모화는
굿을 하는 도중에 물속으로 사라지고 말지요. 남겨진 딸아이와 모화의 남편은 마을을

떠나 정처 없이 떠돌아다니며 살아가지요. 여기까지가 이 소설의 안-이야기입니다.

겉-이야기로 포석을 깔다

자, 작가가 원래 이야기하고자 하는 것은 작품의 내부에 있는 안-이야기입니다. 무속 신앙을 상징하는 모화와 기독교 신앙을 상징하는 욱이가 서로 갈등하는 내용을 통해서 전통적인 세계관과 근대적인 세계관 사이의 갈등을 드러내고자 했던 것이지요.

그런데 작가는 왜 처음부터 모화와 욱이의 이야기를 꺼내지 않고 '나'의 집안에서 그림을 어떻게 얻었는지를 서술했던 것일까요? 겉-이야기가 없어도 주제를 전달하는 데에는 아무 무리가 없었을 텐데 말이지요.

이는 소설이라는 장르가 허구라는 데에서 이해를 해야 합니다. 소설은 진짜 있었던 일이 아닙니다. 따라서 사람들은 소설을 읽으며 그 진실성에 대해서 의심을 품을 수 있지요. 그런데 '우리 집안에 내려오는 그림에 얽힌 이야기'라는 전제를 깔아 놓으면 어떨까요? 그냥 이야기하는 것보다는 신뢰를 느낄 수 있지요. 액자식 구성이 존재하는 것은 바로 이러한 이유 때문입니다.

우리나라 고전 소설 중에도 액자식 소설이 있나요?
네, 있습니다. 대표적으로 꿈을 소재로 한 작품이 대개 액자식 구성입니다. 대개 현실의 이야기가 액자가 되고 꿈속의 이야기는 액자 속 이야기가 되지요. 가장 대표적인 작품으로는 김만중의 「구운몽」을 떠올릴 수가 있겠습니다. 이 밖에도 꿈 소재 문학은 대부분 액자식 구성을 갖추고 있다고 할 수 있습니다.

084 소설에서 이야기를 해 주는 사람은 누구인가요?

소설을 읽다 보면 혹시 그 이야기가 글을 쓴 사람이 겪었던 진짜 이야기인지 헷갈릴 때가 있습니다. 특히 소설 속에 '나'라는 사람이 나오면 더욱더 진짜처럼 느껴져요. 소설에서 이야기를 들려주는 사람의 정체는 무엇인가요?

독자에게 이야기를 건네는 이, 서술자

여러분은 가끔 드라마나 영화를 보면서 주인공을 괴롭히는 인물을 미워한 적이 있을 것입니다. 또한 그 인물을 연기한 배우를 미워하기도 했을 것입니다. 탤런트들도 토크쇼에서 악한 역할을 맡았을 때 대중에게 미움을 사 곤욕을 치렀던 일을 이야기하고는 하지요.

왜 이런 일이 벌어질까요. 그것은 드라마를 보는 사람들이 드라마와 현실을 혼동해서 일어나는 일입니다. 소설을 읽을 때도 마찬가지입니다. 우리는 소설을 읽으며 소설 속 이야기가 주변에서 진짜 일어난 일이라도 되는 것처럼 깔깔거리며 웃기도 하고 눈물을 훔치며 슬퍼하기도 하지요. 이처럼 생생한 감정을 경험하는 까닭에 우리는 소설 속 이야기를 소설을 지은 작가의 이야기로 믿는 경향이 있습니다.

하지만 소설은 어디까지나 허구입니다. 여러분도 허구라는 말을 알고 있을 것입니다. 허구라는 말은 지어낸 이야기라는 뜻입니다. 허무맹랑한 거짓말과는 다릅니다. 소설의 허구는 거짓이기는 하되 삶의 진실을 담고 있으며 읽는 사람에게 감동을 주지요.

그렇다면 소설 속에서 독자에게 이야기를 전달해 주면서 이야기를 진실로 믿게 하는 사람은 누구일까요? 작가일까요? 아닙니다. 작가의 조종을 받는 가공의 인물, 바로 서술자입니다. 서술자가 소설 속에서 이야기를 전달해 주는 사람이지요. 우리는 가끔 작가와 서술자를 동일한 존재로 여기는데 그 둘은 분명히 다른 존재이지요.

어디서 보느냐가 무엇을 보는지를 결정한다

소설 속에서 서술자는 다양하게 존재할 수 있습니다. 그리고 서술자의 성격에 따라서 다양한 시점이 만들어집니다. 여러분이 수업 시간에 들었던 1인칭 주인공 시점, 1인칭 관찰자 시점, 작가 관찰자 시점3인칭 관찰자 시점, 전지적 작가 시점 등은 모두 서술자의 성격에 따라서 시점이 다르게 형성된 것이지요. 그렇다면 왜 이렇게 서술자는 하나로 통일되지 않고 다양하게 존재할까요?

미술 시간에 한 번쯤 데생을 해 본 적이 있을 것입니다. 탁자 위에 사과를 놓고 스케치북에 연필로 명암을 표현하며 데생을 했을 것입니다. 그때 탁자 위에 놓인 사과는 여러분이 보는 위치에 따라서 달리 그려지게 마련이지요. 보는 시선에 따라 내용이 달라지는 것입니다.

소설의 시점도 마찬가지입니다. 어느 시점에서 보느냐에 따라 이야기의 내용이 달라지는 것입니다. 서술자가 소설 속에 있는지 아니면 소설 밖에 있는지, 서술자가 인물의 내면까지 볼 수 있는지 없는지에 따라서 전개되는 내용에 미묘한 차이가 생길 수 있는 것이지요.

시점을 구분하는 세 가지 방법

작가들은 소설을 쓸 때 다양한 서술 시점 중에 어느 것이 자신이 전달하고자 하는 주제에 적합한 것인지 판단하여 소설을 서술합니다. 따라서 소설을 읽을 때 시점을 파악하며 읽으면 작가가 전달하려는 주제에 좀 더 쉽게 접근할 수 있겠지요. 그렇다 면 다양한 시점들을 어떻게 구분해야 할까요?

서술자, 어디에 있나

가장 먼저 살펴볼 것은 서술자의 위치입니다. 서술자가 이야기 속에 등장하는 지 그렇지 않은지를 살펴보아야 하지요. 서술자가 이야기 속에 등장하면 1인칭 시 점, 이야기 밖에 존재하면 3인칭 시점이 됩니다. 1인칭 시점인 경우 소설 속에 '나'라는 인물이 등장하기 마련입니다.

서술자, 누구의 이야기를 하고 있나

두 번째로 고려해야 할 것은 서술자가 자신에 대해 이야기하는가, 아니면 남에 대해 이야기하는가를 따져 보는 것입니다. 물론 이때 서술자는 1인칭인 '나'에 국한해야 겠네요. 3인칭은 소설 속에 등장조차 하지 않으니까요. 여러분은 1인칭 서술자가 다른 인물들과 어떤 관계를 맺는지 살펴보면서 '나'가 주도적으로 사건을 이끌어 가고 있는지, 아니면 다른 사람들의 이야기를 단순히 관찰하고 있는지를 파악해야 합니다. 주도적으로 사건을 이끌어 가고 있다면 1인칭 주인공 시점, 관찰자에만 머물고 있다 면 1인칭 관찰자 시점으로 정리할 수 있겠네요.

서술자, 독심술을 하고 있나

마지막으로 살펴볼 것은 서술자가 인물의 내면 심리를 표현하고 있는지 아닌지를 알아보는 것입니다. 여기서 1인칭 시점은 큰 의미가 없습니다. 왜냐하면 1인칭은 주 인공 시점이든 관찰자 시점이든 자신의 내면 심리를 어느 때나 표현할 수 있기 때문 이지요. 이러한 기준이 의미가 있는 것은 소설 속에 서술자가 존재하지 않는 전지적 작가 시점과 작가 관찰자 시점을 구분할 때입니다. 서술자가 인물의 외면뿐만이 아니라 내면까지 자세히 서술할 경우 그 시점을 전지적 작가 시점이라고 합니다. '전지적'이란 말은 모든 것을 알고 있다는 뜻입니다. 한마디로 이야기 안에서는 신의 경지에 가깝지요. 겉으로 보이는 것뿐만 아니라 인물의 내면까지 모든 것을 알 수 있다는 말입니다. 이와 달리 인물의 외면만을 객관적으로 묘사할 때, 이를 두고 작가 관찰자 시점, 혹은 3인칭 관찰자 시점이라는 말을 쓰지요.

뜬금있는 질문

한 작품에서 두 가지 시점이 사용될 수는 없나요?
기본적으로 서술자는 하나의 인격을 지니고 있지요. 그러나 소설의 각 장마다 서술자가 달라질 수도 있습니다. 그리고 작가 관찰자 시점과 전지적 작가 시점은 함께 쓰이기도 합니다. 현진건의 「운수 좋은 날」의 경우 전체적으로는 전지적 작가 시점이지만 부분적으로는 작가 관찰자 시점도 썼지요.
또한 전지적 작가 시점인 경우에는 서술자가 누구의 입장에서 서술을 하느냐에 따라 서술의 초점이 달라질 수 있습니다. 서술의 초점은 서술자와는 달리 한 작품 안에서 다양하게 변화할 수 있습니다. 서술자가 인물을 바꿔 가며 인물의 내면 심리를 서술할 때 서술의 초점이 달라졌다는 것을 알 수 있습니다.

085 왜 옥희의 눈으로 어른들의 사랑을 관찰하는 걸까요?

「사랑손님과 어머니」를 보면 옥희의 눈으로 어른들의 사랑을 그리잖아요. 그게 참 재미있으면서도 야릇한 감정을 느끼게 해요. 그러고 보니, 1인칭 서술자 시점을 주인공 시점과 관찰자 시점으로 나누는 이유는 단지 분류가 가능해서만이 아닌 것 같아요. 각각의 시점은 어떤 효과를 노리고 있나요?

서술자의 위치가 서술 시점을 결정

소설 속에서 1인칭 서술자와 3인칭 서술자를 구분하는 방법은 서술자의 위치를 살펴보는 것입니다. 서술자가 소설 속에 직접 등장하는 인물인지, 아닌지를 살펴보는 것이지요. 서술자가 소설 속에 직접 등장해서 독자에게 이야기를 들려주는 형식으로 되어 있다면 1인칭 서술자이고, 서술자가 소설 속에 등장하지 않은 채 제3자가 이야기를 전달하는 방식이면 3인칭 서술자입니다. 대개 1인칭 서술자는 작품 속에서 '나'로 드러납니다.

1인칭 주인공 VS 1인칭 관찰자

1인칭 서술자는 다시 1인칭 주인공 시점과 1인칭 관찰자 시점으로 구분할 수 있습니다. 1인칭 주인공 시점은 서술자가 자신의 이야기를 직접 전달하는 방식입니다. 1인칭 주인공 시점으로 소설을 쓰면 작가의 입장에서는 일단 주인공의 내면 세계를 효과적으로 표현할 수 있습니다. 감정의 섬세한 변화라든가 내면 심리를 가장 세밀하게 표현할 수 있다는 장점이 있지요. 자, 아래 작품을 잠깐 살펴볼까요?

"그것이 어째 없을까?"

아내가 장문을 열고 무엇을 찾더니 입안말로 중얼거린다.

"무엇이 없어?"

나는 우두커니 책상머리에 앉아서 책장만 뒤적뒤적하다가 물어보았다.

"모번단 저구리가 하나 남았는데……."

"……"

나는 그만 묵묵하였다. 아내가 그것을 찾아 무엇 하려는 것을 앎이라. 오늘 밤에 옆집 할멈을 시켜 잡히려 하는 것이다.

이 2년 동안에 돈 한 푼 나는 데는 없고 그래도 주리면 시장할 줄 알아 기구器具와 의복을 전당국典當局 창고에 들이밀거나 고물상 한구석에 세워 두고 돈을 얻어 오는 수밖에 없었다. 지금 아내가 하나 남은 모본단 저고리를 찾는 것도 아침거리를 장만하려 함이다.

나는 입맛을 쩝쩝 다시고 펴던 책을 덮으며 후유 한숨을 내쉬었다.

– 현진건, 「빈처貧妻」 중에서

이 소설의 주인공은 소설가 지망생인 '나'와 나의 가난한 '아내'입니다. '나'는 중국과 일본으로 유학을 다녀왔지만 생활이 변변치 않습니다. 그래서 아내는 생계를 위해 집에 있는 물건들을 하나둘씩 전당포에 맡기며 돈을 얻어 왔지요. 전당포란 물건을 맡겨 두고 돈을 빌리던 곳입니다. 1970~1980년대까지만 하더라도 동네 귀퉁이에 하나씩은 전당포가 있었습니다.

돈이 떨어진 아내가 전당포에 저고리를 맡기려고 찾고 있습니다. 여기서 '나'의 감정은 복잡하고 미묘할 수밖에 없습니다. 가장으로서 생계를 책임져야 할 자신은 정작 아무 도움도 못 되면서 아내의 옷가지마저 전당포에 맡겨야 하니 얼마나 창피하고 무안할까요. 그렇다고 아내에게 그만두라고 말할 수도 없는 처지여서 난감한 심정일 것입니다.

1인칭 주인공 시점은 이처럼 주인공의 감정 변화라든가 내면 심리를 묘사하는 데에 대단히 효과적입니다. 서술자인 주인공은 "나는 그만 묵묵하였다", "후유 한숨을 내쉬었다" 등으로 자기 자신의 심정을 표현하고 있습니다.

1인칭 주인공 시점으로 소설이 서술되면 독자들이 작가의 이야기를 직접 듣는 것 같은 생생한 느낌을 받습니다. 독자들이 친근감과 신뢰감을 느끼게 되는 것입니다. 이런 점에서 1인칭 주인공 시점은 서술자와 독자 사이의 거리가 아주 가깝다고 말할 수 있지요. 그러는 동시 1인칭 주인공 시점은 독자가 주인공이 보고 느낀 것만을 알 수 있다는 한계를 지니고 있습니다.

1인칭 관찰자 시점은 주인공의 행동을 관찰자가 서술하는 것입니다. 대표적으로 주요섭의 「사랑손님과 어머니」에서 서술자 옥희의 시점을 예로 들 수 있습니다. 이 소설에서 주인공은 엄연히 사랑손님과 어머니입니다. 사랑손님과 어머니의 밀고 당기는 애틋하고 안타까운 사랑 이야기가 핵심이지요. 옥희는 단지 서술자에 불과합니다.

하루는 밤에 아저씨 방에서 놀다가 졸려서 안방으로 들어오려고 일어서니까 아저씨가 하—얀 봉투를 서랍에서 꺼내어 내게 주었습니다.

"옥희, 이것 갖다가 엄마 드리고 지나간 달 밥값이라구, 응."

나는 그 봉투를 갖다가 어머니에게 드렸습니다. 어머니는 그 봉투를 받아 들자 갑자기 얼굴이 파랗게 질리었습니다. 그 전날 달밤에 마루에 앉았을 때보다도 더 새하얗다고 생각되었습니다. 어머니는 그 봉투를 들고 어쩔 줄을 모르는 듯이 초조한 빛이 나타났습니다.

— 주요섭, 「사랑손님과 어머니」 중에서

옥희는 서술자가 분명합니다. 하지만 자기 이야기를 하는 것이 아니라 어머니와 아저씨의 이야기를 전해 주고 있기에 등장인물의 심리를 정확히 전달해 줄 수는 없습니다. 다만 어머니의 외양을 묘사함으로써 독자들에게 어머니의 심리를 추측하게 만들고 있습니다. 가령 "얼굴이 파랗게 질리었습니다"라든가, "초조한 빛이 나타났습니다"라는 말은 어머니의 심리 상태를 짐작하게 만듭니다.

그러나 아무리 짐작한다고 해도 1인칭 관찰자 시점으로는 인물의 내면을 정확히 서술하는 것이 어렵습니다. 어머니가 파랗게 질리거나 초조한 빛을 띤 것을 통해 어머니의 심리를 추측할 수는 있지만 어머니가 아저씨에게 어떤 마음을 지니고 있는지 정확하게 알 수는 없으니까요. 단지 독자들은 '나'가 전해 주는 내용으로 어머니의 심리나 성격을 판단할 뿐입니다. 대신 옥희의 시점을 통해 우리는 묘한 긴장감과 신비감을 느끼게 되지요.

1인칭 관찰자 시점은 이처럼 인물의 내면을 직접 들여다볼 수는 없기에 오히려 긴장감과 신비감을 느낄 수 있습니다.

시점과 거리는 어떤 관계가 있는 건가요?

소설에서의 '거리'란 서술자와 인물, 서술자와 독자, 독자와 인물 사이의 관계가 얼마나 심리적으로 가깝거나 먼지를 가리키는 정도입니다. 1인칭 주인공 시점은 서술자가 주인공이기 때문에 서술자와 주인공 사이가 매우 가깝습니다. 이에 비해 3인칭 관찰자 시점(작가 관찰자 시점)은 서술자가 인물의 외양만을 전달해야 하기 때문에 서술자와 인물 사이의 거리가 멀다고 할 수 있습니다. 이처럼 거리란 시점에 따라서 달라질 수 있습니다.

086 3인칭 시점에는 왜 주인공 시점이 없나요?

3인칭 시점에는 크게 작가 관찰자 시점과 전지적 작가 시점이 있다고 배웠어요. 어째서 이렇게 나눈 것인가요? 그리고 3인칭 시점을 구분하는 기준과 각각의 시점이 지닌 특징도 알고 싶습니다. 마지막으로 3인칭 주인공 시점은 불가능한 것인가요?

소설 밖 서술자는 주인공이 될 수 없다

소설 밖에 존재하는 서술자를 흔히 3인칭 시점이라고 말합니다. 우리가 3인칭이라고 부르는 까닭은 다른 게 아니라 서술자가 작품 속 인물로 등장하지 않기 때문입니다. 우리는 흔히 이야기를 주고받을 때 자기 자신을 가리키는 말을 1인칭이라고 하며, '나'의 이야기를 듣는 사람을 2인칭이라고 합니다. 그리고 이야기를 주고받는 상황에 없는 사람을 가리키는 말로 '그'를 사용합니다. '그'는 그러므로 이야기를 주고받는 도중에 없는 사람을 가리킵니다.

소설 속 서술자도 마찬가지입니다. 자기 이야기를 할 때는 1인칭 시점이 됩니다. '너'는 이야기를 듣는 사람이기 때문에 2인칭 시점은 불가능하지는 않지만 흔치 않지요. 363쪽 뜬금 있는 질문을 참고하세요. 이야기 속에 없는 사람이 이야기를 들려 준다면 바로 그것이 3인칭 시점이지요. 자, 그렇다면 한번 생각해 봅시다. 이야기 속에 없는 인물이 이야기의 주인공이 될 수 있을까요? 불가능하겠지요. 그러므로 3인칭 시점에서는 주인공 시점이 형성될 수 없습니다.

작가 관찰자 시점 VS 전지적 작가 시점

3인칭 서술 시점은 크게 두 가지로 나눕니다. 첫째는 작가 관찰자 시점3인칭 관찰자 시점이고, 또 하나는 전지적 작가 시점입니다. 두 시점을 구분하는 기준은 서술자가 등장인물에 대해 얼마만큼 알고 있느냐입니다.

작가 관찰자 시점

먼저 서술자가 소설 속에 일어나는 사건을 겉으로만 알고 있고 사건에 대해 아무런 평가도 내리지 않은 채 인물의 외양이라든가 행동만 묘사하고 있다면 그것이 바로 작가 관찰자 시점입니다. 한마디로 작가가 관찰자에 머무르고 있다는 뜻이지요. 아래 장면을 보면 작가 관찰자 시점을 분명히 알게 될 것입니다.

"정말 이렇게 동행을 얻어 다행입니다."

큰 키의 사내가 깡깡하면서도 어딘가 여유를 둔 나지막한 목소리로 말했다.

"예, 밤길을 혼자 걷기란 맹했죠. 더욱이 이런 산골 눈길은……."

하고, 앞서 걷던 작은 키의 사내가 어떤 생각으로부터 후다닥 벗어나기라도 한 듯 생경한 목소리로 받았다.

그리고 곧 자기 쪽에서 말을 건네 왔다.

"참, 선생은 춘천에서 오신다기에 말씀입니다만, 혹시 어제 근화동에서 살인 사건이 생긴 걸 아시우?"

그러자 큰 키의 사내는 흠칫 몸을 추슬렀다가 좀 사이를 두어,

"살—인이라면…… 아, 네! 알구말구요. 사실 전 우연한 기회로 현장까지 봤습니다만……."

하고 조심스레 말끝을 흐렸다.

— 전상국, 「동행」 중에서

이 소설은 살인 사건을 일으킨 범죄자와 사건을 뒤쫓는 형사가 우연히 눈길에서 함께 길을 걷는 내용입니다. 나중에 살인자는 아버지 무덤에서 삶을 마감하려 하고, 형사는 그런 그를 체포하길 포기하며 소설이 끝나지요. 그런데 흥미로운 것은 소설의 서술자가 살인자와 형사에 대해 아무것도 모른다는 듯이 시치미를 떼며 인물의 겉모습과 주고받는 말만 서술한다는 것입니다. 인물에 대해서도 키 큰 사내, 키 작은 사내라는 말만 있을 뿐 어떤 단서도 주질 않지요. 서술자의 어떤 주관적 설명이나 평가가 존재하지 않는 것입니다. 이 상황에서 독자의 궁금증은 커지기 마련이고 끝없는 상상과 추리를 해야 할 것입니다. 작가 관찰자 시점이 노리고 있는 것이 바로 이러한 효과입니다.

전지적 작가 시점

반면 서술자가 인물의 성격이나 가치관, 내면에 대해서 속속들이 들여다보고, 사건에 대해서 분석적으로 서술할 경우, 우리는 이를 전지적 작가 시점이라고 부릅니다. 전지적이라는 말은 '모든 것을 알고 있다'는 뜻으로 서술자가 신과 같은 위치에 놓여 있다는 의미입니다.

아홉 살 난 아이의 눈은 벌써 누이의 그런 얼굴 속에서 기억에는 없으나 마음속으로 그렇게 그려 오던 돌아간 어머니의 모습을 더듬으며 떨리는 속으로 찬찬히 누이를 바라보았다. 참으로 오마니는 이 누이의 얼굴과 같았을까. 그러자 제법 어른처럼 갓난 이복* 동생을 업고 있던 열한 살잡이 누이는 전에 없이 별나게 자기를 자세히 들여다보는 동복* 남동생에게 마치 어머니다운 애정이 끓어오르기나 한 듯

이 미소를 지어 보였을 때, 아이는 누이의 지나치게 큰 입 새로 드러난 검은 잇몸을 바라보며 누이에게서 돌아간 어머니의 그림자를 찾던 마음은 온전히 사라지고, 어머니가 누이처럼 미워서는 안 된다고 머리를 옆으로 저었다.

　－ 황순원, 「별」 중에서

　이 소설은 어머니를 일찍 여읜 어느 오누이의 이야기입니다. 본문에 인용된 부분은 누이의 얼굴과 어머니의 얼굴이 닮았다는 소리를 어디선가 듣게 된 아홉 살 난 동생이 누이를 빤히 쳐다보면서 자신의

이복
어머니가 다른 형제

동복
어머니가 같은 형제

생각을 정리하는 대목이지요. 아이의 섬세한 감정과 심리가 매우 정확하게 드러나 있습니다. 서술자가 인물의 심리를 정확하게 독자에게 전달하는 것이 가능한 것입니다. 이처럼 전지적 작가 시점을 선택할 경우, 작가가 하고 싶은 이야기를 오해 없이 전달할 수 있습니다. 그렇기에 작가의 인생관과 주제의식을 전달하는 데에 효율적입니다. 다만, 전지적 작가 시점은 자칫 독자의 상상력과 추리를 제한할 수 있습니다.

뜬금있는 질문

우리 소설 중에서 혹시 2인칭 시점으로 지어진 작품은 없나요?

있습니다. 그것도 베스트셀러가 말입니다. 바로 신경숙의 『엄마를 부탁해』입니다. 이 소설에서 서술자는 '너'로 설정되어 있습니다. 이 시점을 활용하면 서술자와 등장인물의 거리가 더 가까워져서 감정 표현이 보다 섬세해지고 배경 등을 더욱 자세히 묘사하는 효과를 얻을 수 있습니다.

087   반드시 갈등이 있어야 하나요?

소설을 읽다 보면 그 속에는 언제나 갈등이 존재하는 거 같아요. 주인공과 주인공이 아닌 사람 사이에서 갈등이 일어나기도 하고, 주인공이 사회와 겪는 갈등도 있는 것 같습니다. 소설 속에는 언제나 갈등이 존재해야 하나요? 갈등은 소설에서 어떤 기능을 하는 것인가요?

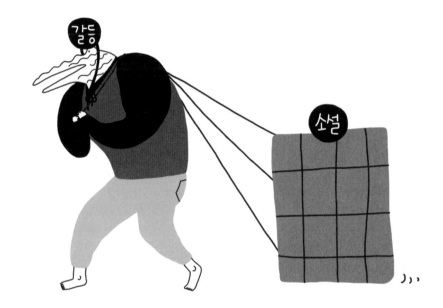

갈등은 소설을 이끌어 가는 힘

우리가 익숙하게 잘 알고 있는 '신데렐라'에서 새엄마와 신데렐라 사이가 좋았다면 어떨까요? 새엄마와 언니들이 신데렐라를 끔찍하게 아끼고 사랑했다면 신데렐라는 혼자 울지도 않았을 것이고, 요정에게 도움을 받지도 않았겠지요. 또한 유리구두를 신을 까닭도 없을 것이고, 새엄마와 언니들과 함께 파티를 즐겼을 것입니다. 왕자를 만나 결혼할지도 장담할 수 없겠지요. 즉, 지금처럼 흥미진진하고 반전이 있는 이야기를 기대하는 것이 불가능했을 것입니다. 재미있는 이야기가 되기 위해서는 착한 본성을 지닌 신데렐라와 이를 괴롭히는 새엄마와 언니들 사이에 반드시 갈등이 있어야 할 것입니다. 이처럼 갈등은 소설을 소설답게 만드는 중요한 역할을 수행합니다.

갈등葛藤은 본래 칡나무 덩굴과 등나무 덩굴이 서로 얽힌 것을 뜻합니다. 덩굴들이 서로 얽히고설켜 쉽게 풀어낼 수 없는 모양을 가리키지요. 사람들은 이런 모양에서 서로 다른 입장과 생각을 지닌 채 다투고 있는 이들을 연상하게 되었고, 그러한 상황을 가리키는 말로 갈등이라는 단어를 사용하게 되었습니다.

소설 속의 갈등도 이와 마찬가지입니다. 소설에서의 갈등은 각각의 인물들이나 집단들이 서로 화해를 이루지 못하고 대립 관계에 놓이는 것을 말합니다. 인물들이 갈등에 놓이면 이들은 서로 대립하게 되고 상황을 자기 자신이나 자기가 속한 집단에 유리하게 풀어 가려고 노력합니다. 이 과정이 바로 소설에서의 사건입니다. 신데렐라와 계모가 서로 갈등하는 일 자체가 사건이 되는 것입니다. 이렇게 보면 갈등은 소설에서 사건은 일으키고 전개하는 중심 역할을 수행하는 것이지요. 갈등이 일어나고 갈등이 고조되며 갈등이 해결되는 과정이 사건이 발생하고 사건이 해결되는 과정과 같은 것입니다.

갈등의 진원지는 어디인가

소설 속에서 갈등은 크게 내적 갈등과 외적 갈등으로 구분할 수 있습니다.

내적 갈등

내적 갈등이란 한 인물의 내면 속에 일어나는 갈등으로 우리가 흔히 여러 가지 선택지 중에 무엇을 택할지 망설일 때 느끼는 감정 상태와 비슷합니다. 인물이 겪는 고민, 근심, 불안, 망설임, 초조, 분노, 방황 등이 모두 내적 갈등에 해당되지요.

소설가 박완서의 「옥상 위의 민들레꽃」을 살펴봅시다. 이 소설의 배경은 궁전아파트로 경제적으로 부유한 사람들이 살아가는 아파트입니다. 소설의 주인공이자 서술자인 '나'는 어린 소년입니다. 집안의 막내로 태어난 '나'는 어버이날 색종이로 정성껏 만든 꽃을 부모님께 선물하지만 부모님은 형과 누나가 준 선물만 환영할 뿐 소년의 꽃은 외면해 버립니다. 이때 소년은 상처를 입고 일종의 불안과 초조를 겪습니다. 더군다나 소년은 엄마가 전화 통화를 하는 중에 '어쩌다 군더더기로 막내를 하나 더 낳아 가지고 이 고생인지, 막내만 아니면 내가 지금쯤 얼마나 홀가분하겠니?'라는 말을 하는 것을 우연히 듣게 됩니다. 이때 소년의 머릿속에서 두 가지 서로 다른 생각이 다투게 됩니다. 한 가지는 엄마가 자신을 사랑한다는 생각이고, 다른 한 가지는 엄마가 자신을 필요로 하지 않는다는 생각이지요. 이처럼 소년의 머릿속에서 벌어지는 서로 다른 생각의 충돌이 내적 갈등입니다.

소설 속에서 소년은 결국 옥상 위에 올라가 떨어져 죽을 결심을 합니다. 하지만 옥상 위에 피어난 눈물겹도록 노랗게 핀 민들레꽃을 보고 난 뒤 다시 집으로 내려오지요. 어렵고 힘들게 핀 꽃을 보고 죽어서는 안 된다는 마음을 먹은 것입니다. 이처럼 내적 갈등은 다른 인물이라든가, 사회와 갈등하는 것이 아니라 인물의 내면 속에서 일어나는 갈등을 가리킵니다.

외적 갈등

이에 비해서 외적 갈등은 갈등이 외부로 표출되는 경우를 가리킵니다. 다시 옥상 위의 민들레꽃을 살펴보겠습니다.

"베란다에 있어야 할 것은 쇠창살이 아니라 민들레꽃이에요. 정말이에요."

그 소리를 소리 높이 외치고 싶어 목구멍이 간질간질하고 가슴이 두근거립니다. 오줌을 쌀 것처럼 아랫도리가 뿌듯하기도 합니다. 나는 참을 수가 없어서 몸부림을 치면서 엄마의 품을 벗어나려고 했습니다.

"애가, 누구 망신을 시키려고 또 이러지?"

엄마는 입 속으로 중얼거리면서 쇠사슬처럼 꽁꽁 나를 껴안았습니다.

— 박완서, 「옥상 위의 민들레꽃」 중에서

이 부분은 소년과 엄마가 함께 참석한 궁전아파트 회의의 한 장면입니다. 경제적으로 풍요로운 이 아파트에서 어느 날 한 할머니가 자살하는 일이 벌어집니다. 벌써 두 번째 자살 소동이었지요. 아파트 입주민들은 할머니의 자살로 아파트 값이 떨어질 것을 염려해서 자살 방지 대책을 마련하기 위해 모입니다. 그리고 그 대책 중 한 가지가 쇠창살을 베란다에 설치하는 것이었습니다. 쇠창살을 설치하면 자살을 막을 수 있다는 생각에서였지요.

그러자 소년은 쇠창살이 아니라 '민들레꽃'이 자살을 막게 해 준다고 말하고 싶어집니다. 소년 자신이 옥상 위의 민들레꽃을 보고 죽어야겠다는 마음에서 벗어난 것처럼 민들레꽃이 또 다른 사람의 자살을 막을 수 있다는 생각을 한 것이지요.

그런데 소년은 그 말을 할 수 없었습니다. 왜냐하면 소년의 엄마가 가로막았기 때문이지요. 말을 하고자 하는 소년과 말을 해서는 안 된다고 쇠사슬처럼 꽁꽁 소년을 껴안는 엄마는 서로 갈등 중인 것이지요. 그리고 그 갈등은 내적 갈등처럼 소년의 내면에만 존재하는 것이 아니라 엄마와의 관계 속에서 일어난 것입니다.

이처럼 인물의 내면에서 일어나는 생각의 충돌이 아니라 인물의 외부에서 벌어지는 생각과 행동의 충돌이 바로 외적 갈등입니다.

소설 속에서 갈등이 어떤 역할을 하는지 더 알고 싶어요

갈등은 소설 속에서 사건 발생의 원인을 제시해 주고 사건이 진행되는 동기를 부여해 줍니다. 또한 글의 전개에 긴장감을 주지요. 갈등하는 인물들이 만나는 장면에서는 손에 땀이 날 정도가 되지요. 또한 갈등은 사건이 반드시 일어날 수밖에 없다는 필연성을 부여해 주고, 주제를 알아낼 수 있는 단서가 되기도 합니다.

088　　갈등은 어디에서 올까요?

소설 속에서 일어나는 갈등이 내적 갈등과 외적 갈등으로 나눠지는 것은 이해하겠어요. 그럼 내적 갈등과 외적 갈등은 어느 때 자주 일어나요? 특히 인물 외부에서 일어나는 외적 갈등에는 어떤 것들이 있는지 궁금합니다.

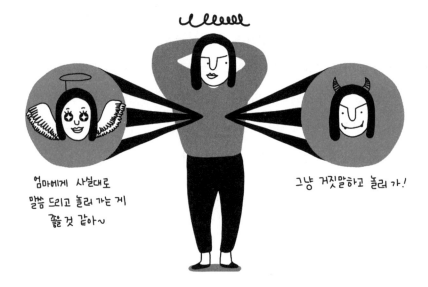

엄마에게 사실대로
말씀 드리고 놀러 가는 게
좋을 것 같아ˇ

그냥 거짓말하고 놀러 가!

내면에서 펼쳐지는 감정 · 신념 · 이데올로기 …… 의 전쟁

　인물이 겪는 내적 갈등은 모순된 감정에서 일어납니다. 「사랑손님과 어머니」에서 옥희를 안고 우는 어머니처럼 기존의 윤리와 도덕을 따라야 할지, 자신의 개인적인 행복을 추구해야 할지 내적 갈등을 벌일 수도 있고, 「무녀도」에서 모화가 기독교에 교화된 아들을 사랑해야 할지 아니면 자신이 따르는 무속의 신념을 따라야 할지 갈등하듯이 개인적인 감정과 종교적인 신념 사이에서 대립을 겪기도 합니다. 이 밖에도 시대적 · 사회적 환경 때문에 개인의 갈등이 나타나기도 합니다. 최인훈의 「광장」은 우리나라의 분단과 전쟁을 소재로 하고 있는데 주인공 이명준은 남한 사회와 북한 사회 중에서 어느 곳에서 살아가는 것이 진정한 삶을 살아가는 것인지 고민하게 됩니다. 이런 경우 시대적이고 사회적인 문제가 개인의 내면에 갈등을 불러일으키고 있다고 볼 수 있지요. 내적 갈등도 따지고 보면 시대적이고 사회적인 문제에서 비롯되는 것이지요.

인물 VS 인물 , 인물 VS 사회, 인물 VS 자연······의 전쟁

외적 갈등은 내적 갈등보다 복잡합니다. 인물이 갈등을 일으키는 대상에 따라 양상이 달라지는 것입니다. 먼저 인물이 작품 속의 다른 인물과 갈등을 겪을 수 있습니다. 인물 사이의 갈등은 주로 개인의 가치관이나 성격, 태도, 감정, 환경 등의 차이에 따라 발생하게 됩니다. 앞서 살펴보았던 「옥상 위의 민들레꽃」에서 소년과 소년의 엄마는 각각 말하려는 사람과 그 말을 가로막으려는 사람의 입장에서 갈등을 겪습니다. 366~367쪽을 참고하세요. 소년은 소중한 생명을 지키기 위해 스스로를 소중하게 깨닫는 것이 중요하다고 느끼며 이를 말하고자 하는 태도를 지녔고, 소년의 엄마는 남들 앞에서 망신당할까 봐 전전긍긍하며 소년의 목소리를 누른다는 점에서 차이가 발생하지요. 외적 갈등을 좀 더 폭넓게 알아보기 위해서 소설가 김정한의 「사하촌」을 살펴보겠습니다.

「사하촌」은 일제 강점기를 배경으로 보광사라는 절과 절 아래 마을 사람들의 이야기를 다룬 소설입니다. 절 아래 마을인 성동리 농민들은 대부분 보광사의 땅에서 농사를 짓는 소작농입니다. 보광사가 땅의 주인인 지주인 셈이고, 성동리 주민들은 땅을 빌려 농사를 짓고 있었던 것이지요. 하지만 성동리 사람들은 원래 자기 땅으로 농사를 짓던 사람들이었습니다. 승려들의 꼬임에 넘어가 보광사에 논을 기부하고 소작농이 된 것이지요. 이런 상황에서 승려들은 불공을 드린다는 명목으로 많은 돈을 거두어들이면서 농민들에게 무거운 소작료를 부과하며 횡포를 부립니다. 또한 가뭄이 들어서 서로 논에 물을 대기 위해 마을 사람들끼리 갈등이 일어나기도 하지요.

이 작품에서 찾아볼 수 있는 갈등은 크게 세 가지입니다. 먼저 인물과 인물 사이의 갈등입니다. 이 소설의 첫 장면에서 마을 사람들은 서로 자기 논에 물을 대기 위해서 다투지요. 봄에 모내기를 하려면 논에 물을 채워야 하는데 가뭄이 들어서 물이 부족하다 보니 생긴 갈등인 것입니다. 서로의 입장 차이에 의해 갈등이 나타난 것이지요. 앞에서 언급한 「옥상 위의 민들레꽃」의 소년과 소년의 엄마 사이에서 일어난 갈등 유형과 같은 것입니다.

두 번째 유형은 인물과 사회의 갈등입니다. 이 작품에서 성동리 마을 사람들은 오랜 가뭄 때문에 한 해 농사를 망칩니다. 하지만 보광사에서는 소작료를 줄여 주지 않고 예전처럼 거둬들이려고 합니다. 당시 소작료의 문제는 보광사와 성동리 주민 사이에만 존재했던 것이 아닙니다. 1930년대 우리 사회에서 흔히 볼 수 있는 현상이었지요. 다시 말해서 소작료를 거둬 들이는 사회구조에 문제가 있었던 것입니다. 따라서 성동리 사람들이 보광사와 벌이는 갈등은 개인과 개인의 갈등을 넘어서 개인과 사회의 갈등을 그려 놓은 것이라고 할 수 있지요. 사회에 속한 개인은 사회가 만들어 놓은 기존의 제도나 권력으로부터 영향을 받으며 살아갈 수밖에 없는데 이때 인물이 제도와 권력, 혹은 기득권을 쥔 이들과 충돌하여 갈등이 발생하기도 하는 것입니다.

세 번째 갈등의 유형은 인물과 자연 사이의 갈등입니다. 자연은 인간에게 많은 이로움을 제공하기도 하지만 인간의 삶을 송두리째 파괴하는 무서운 힘을 지니기도 했습니다.

가뭄은 오래오래 계속되었다. 아침저녁으로는 제법 거무스름한 구름장이 모여들다가도, 해만 뜨면 그만 어디로 사라져 버렸다. 꼭 거짓말같이…… 보광사 절골을 살며시 넘어다 보는 그놈도 알고 보면 알미운 가뭄구름. 뒷 산성 용구렁에 안개가 자욱해도 헛일. 아침놀, 물밑 갈바람은 더군다나 말도 안되고. 어쨌든 농부들은 수백 년래 전해 오고 믿어 오던 골짜기 천기조차 온통 짐작을 못할 만큼 되었다. 날마다 불볕만 쨍쨍 그들의 속을 태웠다. 콧물만 한 물이라도 있는 곳에는 아직도 환장한 사람들이 와글거리고, 풀 물도 없어진 곳에는 강아지 새끼도 한 마리 안 보였다.

– 김정한, 「사하촌」 중에서

소설 「사하촌」에서 성동리 사람들은 보광사 승려들 때문에 힘겨운 삶을 살아가기도 하지만, 비 한 방울 제대로 내리지 않는 가뭄 때문에 힘겨워 하기도 합니다. 이들은 비가 오기를 간절히 바라는 마음에서 기우제를 지내는 등 열심히 노력하지만 자연은 이들을 외면하지요. 이런 상황 역시 이야기를 이끌어 나가는 하나의 갈등으로 볼 수 있습니다. 이처럼 인물과 자연 사이의 갈등은 등장인물이 거대한 힘을 가진 자연 환경이나 척박하고 황폐한 자연 환경을 극복하기 위해 겪는 갈등을 가리키는 것이지요.

인간이 운명과도 갈등할 수 있나요?

얼마든지 가능합니다. 가장 대표적인 작품으로는 김동리의 「역마」를 들 수 있습니다. 주인공과 주변 사람들은 역마살이라는 운명으로부터 벗어나려 하지만 역마살은 주인공을 끊임없이 떠돌아다니도록 하지요. 이와 같이 자기에게 주어진 운명을 받아들이지 않고 자신의 삶을 개척하려는 이들에게서 운명과 갈등하는 인간의 모습을 볼 수 있습니다.

089   신소설은 어떤 소설인가요?

「춘향전」, 「흥부전」과 같이 과거에 창작된 소설은 고전 소설이고, 『광장』, 「옥상 위의 민들레꽃」처럼 현대에 와서 창작된 소설은 현대 소설이라고 부르잖아요? 그렇다면 별도로 신소설로 불리는 것은 어떤 소설인가요?

고전 소설과 근대 소설의 사이

소설을 구분하는 방법에는 여러 가지가 있습니다. 길이에 따라서 장편 소설, 중편 소설, 단편 소설로 구분될 수도 있고, 내용에 따라서 심리 소설, 역사 소설, 사회 소설로도 구분할 수 있지요. 또 어느 시대에 창작되었는가에 따라 구분하는 방법도 있습니다. 「춘향전」이라든가, 「양반전」과 같이 과거에 창작된 작품을 고전 소설이라 부르고, 우리나라가 근대화되면서 창작된 소설을 근대 소설, 또는 현대 소설이라고 부르지요. 고전 소설과 근대 소설은 단순히 창작된 시대만 다른 것이 아니라 주제와 형식 면에서도 큰 차이를 보입니다.

그런데 고전 소설에도 속하지 않고 근대 소설에도 속하지 않는 독특한 장르가 있습니다. 여러분이 질문했던 신소설이 그것입니다. 신소설은 그전까지 보았던 고전 소설에 비해서 새로운 양식을 지녔다는 데에서 붙여진 이름입니다. 하지만 신소설에는 고전 소설의 흔적들이 남아 있어서 본격적인 근대 소설이라고 부르기에는 모자람이 있었지요. 그래서 근대 소설이 아니라 굳이 신소설이란 명칭을 얻었다고 생각하면 됩니다. 근대 소설로 부를 수는 없지만 고전 소설보다는 새로운 양식이 바로 신소설인 것이지요.

개화 사상을 고취한 언문일치 소설

그렇다면 신소설은 어떤 면에서 고전 소설과 달랐을까요? 일반적으로 볼 때 고전 소설은 비현실적인 소재를 많이 다룹니다. 「토끼전」, 「심청전」에는 용궁이 등장하고, 「구운몽」에는 천상의 세계가 등장하지요. 이에 비해서 신소설은 철저히 현실에서 소재를 취합니다. 신소설에서는 비현실적인 공간을 찾아볼 수가 없지요.

또한 신소설의 주제의식은 문명 개화 의식이었습니다. 고전 소설은 나라에 충성하고 부모에게 효도하고 남편을 따른다는 전통적인 유교윤리가 주제로 등장했지만 신소설은 자주 독립, 신교육, 남녀 평등 등 개화 사상을 고취하고자 했습니다. 이처럼 신소설과 고전 소설은 배경과 소재를 비롯해서 인물상, 주제의식 등이 과거의 소설과는 사뭇 달랐습니다.

형식적인 면에서도 고전 소설과 차이가 있었습니다. 고전 소설은 예외가 있기는 하지만 대개 인물의 탄생과 죽음에 이르기까지의 과정이 서술된 경우가 많습니다. 여러분이 접했던 전기문의 형식과 크게 다르지 않습니다. 또한 소설에 사용된 언어가 한문이거나, 한글로 쓸 때에도 일상 생활이 아닌 글에만 사용되는 문어체를 활용했습니다. 하지만 신소설은 고전 소설과 달리 자유로운 장면 묘사로 시작되고, 더러는 역순행적 구성이 도입되기도 했으며, 언문일치의 문체에 근접했습니다.

우리나라 최초의 신소설로 알려진 이인직의 신소설 『혈의 누』를 잠시 살펴보겠습니다. 『혈의 누』는 청일 전쟁이 일어나면서부터 시작됩니다. 청일 전쟁이 일어나자

주인공 옥련의 가족은 뿔뿔이 흩어집니다. 부모를 잃고 헤매던 옥련은 일본인 군의 관 이노우에의 도움을 받아서 목숨을 보전하고 그의 양녀가 되어 일본으로 건너갑니 다. 옥련은 일본에서 소학교를 다니며 신교육을 받지만 이노우에가 죽은 후 양어머 니에게 갖은 구박을 당하지요. 그러다가 우연히 기차에서 미국 유학을 떠나는 구완 서를 만나고 그와 함께 미국으로 건너가 공부를 합니다. 옥련의 기구한 삶과 우수한 학교 성적이 신문에 기사로 나게 되고 미국에 먼저 와서 유학을 하고 있던 옥련의 아 버지 김관일이 이 사실을 알게 되지요. 그리고 마침내 김관일이 옥련을 찾아와 부녀 가 다시 만나게 됩니다. 이후 옥련은 구완서와 약혼한 후 귀국하여 어머니를 만납니 다. 그리고 우리나라를 문명 강국으로 만드는 일과 남녀 평등 사업에 대한 포부를 밝 히며 소설이 마무리되지요.

신소설이 지니고 있는 의의와 한계

『혈의 누』는 우선 형식적인 면에서 고전 소설과 차이를 보입니다. 일단 청일 전쟁 과 같은 현실의 문제를 소설의 소재로 다루고 있다는 점에서 고전 소설과 다릅니다. 또한 고전 소설이 줄거리를 요약해서 전달하던 것과는 달리 전쟁으로 인해 곤란을 겪 는 가족의 처지를 상세하게 묘사하는 등 소설의 서술방식도 달라졌습니다.

내용면에서도 고전 소설들이 유교적인 세계관에 사로잡혀 나라에 충성하고 부모에 게 효도하며 형제간에 우애해야 한다는 주제의식이 주를 이뤘던 것과 달리, 개화 사상 이라든가 신교육을 예찬하고 있다는 점에서 큰 차이를 보이고 있습니다.

하지만 『혈의 누』의 새로움은 분명한 한계가 있었습니다. 일단 내용상으로 지적할 수 있는 것은 『혈의 누』가 지나치게 계몽적이라는 점입니다. 문학 작품의 자율성이 사 라지고 대신 특정한 정치적, 사회적 목적이 앞선 것은 아닌가 하는 의문을 갖게 만들 지요. 또한 일본인 이노우에를 등장시켜 외세, 특히 일본을 아무런 비판 없이 무분별 하게 수용하려는 것은 아닌지 의심을 갖게 합니다. 일본을 미화하는 내용이나 청국을 비난하는 내용은 작가의 친일의식이 나타나 있는 것으로 볼 수 있지요.

형식적인 한계도 지니고 있었습니다. 먼저 등장인물의 성격에 변화가 없습니다. 현대 소설에서『혈의 누』와 같이 긴 소설에서는 인물의 성격에 변화가 있기 마련입니다. 그런데『혈의 누』에서는 인물의 내적 갈등이 거의 나타나지 않습니다.

또한 사건이 우연적으로 발생한다는 점도 커다란 한계입니다. 옥련을 도와주는 구완서가 갑자기 등장하고, 미국에서 아버지 김관일을 만나는 것은 우연적인 구성으로 이해할 수밖에 없습니다. 고전 소설에서 사건이 우연적으로 나타나는 것과 다름이 없지요.

이 밖에도 상투적인 종결 어미를 사용한다든가, 권선징악의 교훈이 반복되는 것도 『혈의 누』가 고전 소설을 완전히 벗어났다고 보기 어려운 증거입니다.『혈의 누』가 지닌 한계는 대부분의 신소설이 지닌 한계였습니다. 이런 이유로 당시 발표된 작품들은 근대, 혹은 현대 소설이라 불리지 못하고 신소설이라 불리게 된 것입니다.

『혈의 누』이외에 다른 신소설에서는 주로 어떤 내용을 다뤘나요?
우리에게 알려진 신소설은 대개 이해조의『자유종』, 최찬식의『추월색』, 안국선의「금수회의록」등입니다. 이해조의 작품은 자주독립, 여권신장을 다룬 토론 형식의 소설이며, 최찬식의 소설은 봉건적 인습을 타파하고 새로운 윤리와 신교육 사상을 고취시킨 작품입니다. 안국선은 우화적 형식을 통해 인간 사회의 비리를 풍자했습니다.

Q90

소설가 이광수는 어쩌다
친일파가 되었나요?

우리나라 최초의 근대 장편 소설이 이광수의 『무정』이라고 배웠습니다.
또, 어디서 들으니 이광수는 처음에는 민족의 독립 운동을 위해서 노력했
지만 나중에는 적극적으로 친일 활동을 했다고 하더라고요. 이광수는 어
째서 친일파가 되었던 건가요?

우리나라 최초의 근대 장편 소설

우리나라 최초의 근대 장편 소설은 『무정』으로 알려져 있습니다. 근대 장편 소설
로 평가를 받는 이유는 신소설이 지닌 한계를 극복했기 때문이지요. 이광수의 『무정』
은 형식적으로는 완전한 언문일치체를 이루었고, 사건을 역순행적으로 구성하며, 인
물의 내면 심리를 묘사하는 등 근대 소설의 특징을 두루 갖추고 있었습니다. 또한 내
용 면에서는 자유연애와 같은 개성적인 내용과 민족의식을 고취하는 근대적 의식을
담아내고 있었지요.

『무정』의 줄거리는 다음과 같습니다. 작품의 주인공 이형식은 경성학교 영어교사입니다. 그는 미국 유학을 준비하는 김선형을 개인지도하면서 그녀에게 이성적인 호감을 느낍니다. 그런데 얼마 지나지 않아 이형식에게 옛 은인의 딸이자 정혼자였던 박영채가 7년 만에 나타납니다. 이형식은 근대적인 여성인 김선형과 전통적인 여성인 박영채 사이에서 갈등합니다. 이른바 내적 갈등을 겪는 것인데 이는 그 이전의 신소설이나 고전 소설에서는 찾아보기 어려운 것입니다. 근대 소설에서 볼 수 있는 입체적인 인물이 등장한 것이지요.

한편 박영채는 경성학교 배학감에게 순결을 잃고 자살을 결심합니다. 다행히 평양으로 가는 기차 안에서 유학생 김병욱을 만나 자살을 포기하고 동경 유학길에 오르지요. 박영채와 김병욱 두 사람은 때마침 미국 유학길에 오르던 이형식과 김선형을 기차 안에서 마주치게 됩니다. 서로를 격려하던 일행은 항구로 가는 기차 안에서 삼랑진의 수해 현장을 목격합니다. 그들은 수재민을 직접 만나고 이들을 도우면서 고통받는 조선인의 삶을 안타깝게 생각합니다. 그러면서 조선인들이 잘 살아가기 위해서는 무엇보다도 과학을 통한 계몽이 필요하다는 결론에 이르면서 소설이 끝납니다.

자유연애와 계몽

『무정』의 주제는 크게 두 가지입니다. 한 가지는 자유연애이고, 다른 하나는 계몽입니다. 개화기 당시 자유연애는 근대적인 성격을 지니고 있었습니다. 조선 시대까지 사람들은 특별한 일이 없는 한 집안 어른들이 정해 주는 사람과 혼인을 했습니다. 그런 까닭에 신랑 신부가 혼인하는 날까지 한 번도 본 적이 없는 경우도 적지 않았지요. 자유연애는 전통적인 결혼과 달리 결혼할 상대를 스스로 결정하는 것을 말합니다. 자기 운명을 스스로 결정짓는 것이지요. 이 소설의 주요한 인간 관계이자 갈등의 시작인 이형식과 김선형의 만남은 바로 자유연애로부터 형성됩니다.

그런데 이 소설에는 연애 못지않게 중요한 인간 관계가 하나 더 나타납니다. 바로 사제 관계입니다. 일단 이형식과 김선형은 가르치고 배우는 선생과 제자 사이이고, 박영채와 김병욱의 관계도 선생과 제자 사이에 가깝습니다. 자살을 결심하고 있는 박영채를 깨우쳐 또 다른 삶을 선택하게 만들었다는 점에서 김병욱은 박영채의 선생 역할을 하고 있는 것이지요. 선생을 깨우치는 사람, 곧 계몽하는 사람으로 본다면, 이형식과 김병욱을 통해 작가가 전달하려는 주제의식은 다름 아닌 계몽이라고 볼 수 있습니다. 즉, 소설의 밑바탕에 계몽주의가 깔려 있는 것이지요.

계몽주의란 16~17세기 유럽에서 발생한 것으로 인간 중심의 합리적인 이성을 중시하여 어리석음을 깨우치는 것을 목표로 합니다. 미신과 마법과 신이 지배했던 암흑의 중세로부터 벗어나 밝은 근대를 꿈꿨던 것이 계몽주의였지요. 우리나라도 이 사상의 영향을 받아 개화기에 새로운 지식과 문물을 백성들에게 소개하려는 움직임이 강력하게 나타났습니다. 소설가 이광수도 계몽 문학가로서 소설을 통해서 어리석은 사람들을 깨우치려는 목적의식을 지니고 있었습니다.

소설가 이광수가 친일로 나아간 까닭

이광수는 당시 식민지 조선인들을 계몽이 덜 된 사람들로 생각했습니다. 어떻게 해서든 조선 민족을 계몽시켜 근대적인 사회를 만들어 보려고 했습니다. 이광수가 생각하기에 그 방법은 어렵지 않았을 것입니다. 우리의 전통적인 가치관을 폐기하고 근대적인 문물과 제도, 그리고 학문을 받아들이면 된다고 생각했지요. 그리고 근대 사회로 나아가는 가장 실효성 있는 방법은 근대적인 문물과 학문이 발달된 나라의 도움을 받는 것이었고, 그들과 하나가 되는 것이었습니다. 일본과 하나되어 근대 사회로 나아가려던 꿈이 이광수가 친일을 하게 된 결정적인 이유일 것입니다.

하지만 진정한 의미의 계몽은 타인의 발달된 문물과 제도, 학문을 받아들이는 것으로 가능한 것이 아닙니다. 또한 자신을 버리고 타인을 좇는 것도 진정한 계몽이 아닙니다. 저명한 철학자들이나 사회학자들이 말하는 진정한 의미의 계몽은 미성숙한 자아가 성숙한 자아로 나아가는 것으로, 이를 위해서는 자기 스스로 이성을 사용할 줄 알고, 그에 따라 행동해야 합니다. 타인을 무분별하게 수용하는 것이 아니라 자신의 운명을 스스로 결정하고 스스로 이성을 사용하는 것이 계몽의 진정한 의미인 것이지요. 따라서 진정한 계몽주의자라면 일본의 근대적 문물과 학문을 받아들이는 대신 민중이 스스로 근대적인 문물과 학문을 추구하도록 했을 것입니다.

그것이 이광수의 실수였습니다. 아무리 외부에서 지식과 과학을 이식한다 해도 스스로 깨우치려는 이들이 없다면, 또는 그것을 일본의 지식이라 하여 대중이 거부한다면, 그가 꿈꾸던 계몽은 처음부터 한계가 분명할 수밖에 없는 것이죠. 그는 근대 문명이란 단순히 지식과 문물만이 아니라 자신을 이해하고, 스스로의 이성을 발휘하는 데에 있다는 것을 간과했습니다. 스스로에 대한 깨달음이 아니라, 타인의 모습을 무작정 베끼려고 한 데에 이광수의 근원적인 한계가 있었던 것입니다. 그가 자신의 이름 '이광수'를 지키지 못하고, '가야마 미쓰로'가 된 까닭은 여기에 있습니다.

이광수의 또 다른 작품 중에 계몽적인 작품으로는 어떤 것이 있을까요?

이광수의 대표적인 계몽 소설로는 『흙』을 들 수 있습니다. 이 소설은 심훈의 『상록수』와 더불어 농촌 계몽 소설의 대표적인 작품이지요. 가난하고 무지한 삶에서 벗어나지 못한 농촌 사람들을 계몽하여 잘살게 하고자 했던 작가의 의식이 나타나 있습니다. 그러나 스스로 깨닫게 하기보다는 지식을 일방적으로 주입하려 했던 점은 한계라고 할 수 있습니다.

Q91　　일제 강점기의 서울은 어땠나요?

〈각시탈〉 같은 드라마를 보면 일제 강점기 시절인데도 자동차, 극장, 댄스홀, 카페 같은 것들이 있던데 그 시절 서울 사람들은 어떻게 살았나요? 그리고 그들의 생활이 소설 속에는 어떻게 그려졌나요?

일제 강점기, 서울은 이미 근대 도시였다

드라마를 보면 일제 강점기 시절 서울에 이미 극장과 카페, 댄스홀, 경찰서, 학교, 여관, 신문사, 은행 등 근대적인 문물이 갖춰져 있는 것을 볼 수 있습니다. 아직 기와집이나 돌담, 주막이나 있을 법한데 이미 근대 도시의 모습을 갖추고 있었던 것이지요. 일제 강점기 시절부터 서울은 현재 모습의 원형을 갖추고 있었습니다. 서울뿐만이 아니라 지방의 여러 도시들도 근대 도시의 모습을 드러내기 시작했습니다. 자본주의가 형성되었고 곳곳에 근대적인 공장이 들어섰으며 은행도 설립되었습니다. 서당 대신 근대적인 신식 학교가 자리를 잡았고 한의학이 아니라 서양의학을 배운 의사들이 운영하는 병원도 있었지요. 심지어 목욕탕, 이발소, 선술집 등도 모두 이 시점에 만들어졌습니다.

당시 사람들도 오늘날과 같은 사회적인 문제로 어려움을 겪었습니다. 대표적인 것이 빈부 격차였습니다. 근대적인 기술과 지식을 갖춘 사람들은 신식 문화를 즐길 수 있었지만 한편에는 농사를 포기하고 도시의 하층 노동자로 전락한 사람들도 있었던 것입니다. 도시 변두리에는 흙으로 만든 토막집에서 겨우 생계를 이어 가는 사람들도 있었지요.

사실주의, 현실의 모순을 바라보다

1920~1930년대 서울 사람들의 삶을 표현한 소설들은 주로 사실주의 소설이었습니다. 사실주의란 현실을 있는 그대로 문학 작품 속에 반영하면서 현실이 지닌 여러 가지 모순을 비판적으로 그려 내는 문예사조입니다. 영어로는 리얼리즘Realism이라고 하지요. 문학이 지나치게 비현실적인 꿈이라든가 환상, 개인적인 감정을 그리는 데 머물러 있다며 이를 비판하면서 등장한 문예사조이지요. 우리나라의 사실주의 소설가로는 염상섭, 현진건, 채만식과 같은 작가들을 들 수 있습니다. 이 중에서 우리에게 비교적 널리 알려진 현진건의 「운수 좋은 날」을 살펴보겠습니다.

현진건의 「운수 좋은 날」은 1924년에 발표된 소설입니다. 소설의 공간적인 배경은 우리가 궁금해 하던 서울입니다. 잠깐 소설의 첫머리를 살펴볼까요?

새침하게 흐린 품이 눈이 올 듯하더니 눈은 아니 오고 얼다가 만 비가 추적추적 내리는 날이었다.

이날이야말로 동소문 안에서 인력거꾼 노릇을 하는 김첨지에게는 오래간만에도 닥친 운수 좋은 날이었다. 문 안에 (거기도 문밖은 아니지만) 들어간답시는 앞집 마마님을 전찻길까지 모셔다 드린 것을 비롯으로 행여나 손님이 있을까 하고 정류장에서 어정어정하며 내리는 사람 하나하나에게 거의 비는 듯한 눈길을 보내고 있다가 마침내 교원인 듯한 양복쟁이를 동광학교東光學校까지 태워다 주기로 되었다.

(중략)

그의 아내가 기침으로 쿨룩거리기는 벌써 달포가 넘었다. 조밥도 굶기를 먹다 시피 하는 형편이니 물론 약 한 첩 써 본 일이 없다. 구태여 쓰려면 못 쓸 바도 아니로되 그는 병이란 놈에게 약을 주어 보내면 재미를 붙여서 자꾸 온다는 자기의 신조信條에 어디까지 충실하였다. 따라서 의사에게 보인 적이 없으니 무슨 병인지는 알 수 없으되 반듯이 누워 가지고 일어나기는 새로에 모로도 못 눕는 걸 보면 중증은 중증인 듯.

　－현진건, 「운수 좋은 날」 중에서

작품의 주인공은 김첨지입니다. 그가 하는 일은 인력거를 끄는 일이지요. 인력거는 일제 시대를 배경으로 한 드라마에서 흔히 보았던 이동 수단으로 사람이 직접 끌고 다니던 수레를 가리킵니다. 이 당시 도시인들은 바쁜 일상을 살아가고 있었기 때문에 편하게 이용할 수 있는 이동 수단이 필요했던 것입니다. 뿐만 아니라 서울에는 전찻 길과 정류장이 있었고, 신식 학교도 있었다는 것을 제시문을 통해 알 수 있습니다. 또한 아내가 아픈 것을 의사에게 보인 적이 없다는 구절에서 의사라는 직업이 이미 보편적이었다는 것도 알 수 있지요. 이미 근대가 시작된 것입니다. 그렇다면 이 당시 사람들은 어떻게 살았을까요. 그리고 그때 사회적인 문제는 무엇이었을까요?

하층민의 비참한 삶

「운수 좋은 날」의 전체 줄거리는 다음과 같습니다. 인력거꾼인 김첨지는 오랜만에 많은 돈을 벌게 되어 앓아누운 아내에게 설렁탕 한 그릇을 사다 줄 수 있어서 기분이 좋아집니다. 하지만 아침나절에 오늘은 제발 나가지 말라는 아내의 부탁을 뿌리쳤던 것이 마음에 걸려 불안한 마음을 떨쳐 버릴 수 없었지요. 술집에서 김첨지는 친구와 술을 마시며 아내가 죽었을지도 모른다는 불안감에 휩싸입니다. 술에 취한 채 김첨지가 설렁탕을 사 가지고 집에 돌아가지만 아내는 이미 목숨을 잃은 뒤였지요. 소설은 김첨지의 울부짖음으로 끝을 맺습니다. 김첨지에게 이 하루는 인력거 장사가 잘 되어 운수 좋은 날이었지만 아내가 죽은 날이기도 합니다. 작품의 제목이 '운수 좋은 날'인 것은 아내의 죽음을 더욱 비극적으로 표현하기 위해서였습니다.

소설의 주된 갈등은 김첨지의 마음속에 일어나는 내적 갈등입니다. 김첨지는 돈을 벌어 생계를 유지해야 한다는 마음과, 죽어 가는 아내를 돌봐야 한다는 마음 사이에서 갈등을 겪고 있던 것입니다. 작가 현진건이 주목한 것은 하층 노동자의 힘겨운 삶이었습니다. 아내가 죽어 가는데도 별다른 처치조차 못하고 몇 푼 안 되는 돈을 벌러 나가야 하는 하층민의 안타까운 삶을 주목한 것입니다.

일제 강점기 서울은 이미 근대 도시의 모습을 갖춰 나가고 있었습니다. 신식 학교, 전차, 병원, 신문사 심지어 화려한 카페와 술집도 있었지요. 하지만 어렵고 힘들게 살아가는 사람들이 적지 않았습니다. 하루하루 힘들게 살아가는 수많은 김첨지들이 있었습니다. 지금도 그렇지만 그 당시에도 서울에는 경제적인 문제로 고통을 받는 사람들이 많았던 것입니다. 비단 현진건의 소설에만 이런 하층민이 등장한 것은 아닙니다. 사실주의를 추구했던 많은 작가들에게 가난은 현실적인 모순을 지적하는 소재로 자주 다뤄진 소재였습니다.

뜬금있는 질문

일제 강점기의 모순을 그려 낸 소설은 어떤 것이 있을까요?
현진건의 「고향」에는 일제 강점기의 피폐한 현실이 고스란히 드러나 있습니다. 일제는 조선을 식민지화하면서 토지 소유가 불분명한 것들을 모두 동양척식주식회사를 통해 몰수했는데 그중에는 백성들이 황무지를 개간해서 농토로 만든 땅이 적지 않았습니다. 이런 땅마저 모두 몰수하자 사람들이 하나둘 고향을 떠나 타향살이를 하게 되지요. 현진건의 「고향」은 이처럼 타향살이를 하다가 끝내는 황폐해진 고향 마을로 되돌아온 한 사내의 이야기를 다루고 있습니다. 식민지 시절 조선의 안타까운 현실이 고스란히 담겨 있는 소설입니다.

Q92 카프(KAPF)는 무엇의 줄임말인가요?

카프가 사회주의 예술인 단체인 것은 잘 알고 있어요. 그런데 왜 이름이
카프가 되었는지 궁금해요.

에스페란토로 쓴 이름

KAPF라는 이름은 'Korea Artista Proleta Federatio'의 약자입니다. 에스페란토로 지
어진 이름이지요. 에스페란토가 낯설다고요? 에스페란토는 19세기 말 한 나라 안에
서 다양한 민족이 어울려 살고 있던 폴란드 현실의 내분을 극복하고자, 자멘호프 박
사가 고안한 언어입니다. 의사소통의 어려움이 곧 사회 갈등의 주 원인이라고 생각
했던 자멘호프는 세계 공통 언어를 창안했고, 그것이 바로 에스페란토입니다. 영어
가 전 지구적 제1공용어처럼 쓰이는 오늘날에도, 에스페란토는 세계 평화의 상징처

럼 조용히 전파되고 있습니다.

다시 질문으로 돌아가서 'Korea Artista Proleta Federatio'를 해석해 보면, '조선 프롤레타리아 예술가 동맹'이란 뜻이 되지요. 이 중 프롤레타리아라는 단어는 여러분이 사회 시간에 배웠듯 노동 계급, 무산자 계급을 의미합니다. 바로 이 계급을 대변하는 목소리를 추구했던 것이 카프였지요. 이들이 추구하는 문학을 가리켜 경향 문학이라고 불렀습니다. 사회주의적 경향을 지닌 문학이라는 뜻이었습니다. 카프에 소속된 작가들은 조명희, 김남천, 한설야, 이기영과 같은 작가들인데 여러분에게는 좀 생소하게 느껴질 수 있습니다.

우리 민족은 일본에게 나라를 빼앗긴 뒤에 독립 운동을 치열하게 전개했습니다. 그중에는 김구 선생처럼 민족주의자도 있었지만, 사회주의자도 적지 않았습니다. 그당시 새롭게 탄생한 사회주의 국가 소련이 약소민족의 독립을 돕는다는 소식이 조금씩 알려졌기 때문이었지요. 또한 평등한 세상을 만들자는 새로운 사상에 대한 지지와 기대도 있었을 것입니다. 소설을 쓰는 사람들 중에서도 사회주의를 따르는 사람이 있었습니다.

이들이 창작한 소설은 정치적인 목적이 강해서 문학이 정치의 수단으로 전락했다는 비판을 받기도 했지요. 이들은 문학 작품을 통해 노동자들의 계급의식을 고취하여 사회주의 혁명을 이루고자 했습니다. 그런 까닭에 소설의 내용은 노동자 파업이나 농민들의 소작쟁의가 주를 이뤘지요. 카프에는 소속되지 않았지만 그와 비슷한 성격을 지닌 작품을 써 내려간 작가도 있었습니다. 최서해, 채만식, 이효석, 유진오, 주요섭 등이 이에 속하지요. 여러분에게 비교적 친숙한 최서해의 「홍염」을 예로 들어 사회주의 문학의 특징을 살펴보겠습니다.

홍염, 가난한 자들의 울분이 폭발하다

「홍염」의 주인공은 문서방입니다. 문서방은 본래 경기도에서 남의 땅으로 농사짓는 소작농으로 살았습니다. 10년 동안 소작 생활에 지친 그는 새로운 희망을 품고 간도 땅으로 이주합니다. 하지만 그곳의 사정도 식민지 조선과 크게 다르지 않아서 문서방은 중국인 지주의 땅에서 소작을 하게 되지요. 그런데 흉년이 계속되자 문서방은 소작료를 내지 못하는 상황에 처합니다. 그러자 중국인 지주는 밀린 소작료 대신 문서방의 딸, 용례를 강제로 데려갑니다. 이 일로 문서방의 아내는 병을 얻습니다. 아내는 죽기 전에 꼭 한 번 딸을 보고 싶다는 소망을 이야기하지요. 이에 문서방은 죽어 가는 아내의 소원을 들어주고자 중국인 지주에게 찾아가 딸을 보게 해 달라고 간청하지만 지주는 야박하게 그를 내쫓습니다. 문서방의 아내는 딸의 이름을 부르며 최후를 맞이하지요.

인가의 집에서는 개짖음에 홍우재(마적)나 몰려오는가 믿었던지 헛총질을 네댓 방이나 하였다. 그 소리도 산천을 울렸다. 그 바람에 슬근슬근 가던 그림자는 획 돌아서서 손에 들었던 보자기를 개 앞에 던졌다. 보자기는 터지면서 둥글둥글한 것이 우르르 쏟아졌다. 짖으면서 달려오던 개들은 짖음을 그치고 거기 모여들어서 서로 물고 뜯고 빼앗아 먹는다. 그러는 사이에 그림자는 인가의 울타리 뒤에 산같이 쌓아 놓은 보릿짚더미에 가서 성냥을 쭉 긋더니 뒷산으로 올리달린다.

처음에는 바람 속에서 판득판득하던 불이 삽시간에 그 산 같은 보릿짚더미에 붙었다.

"훠쓰(불이야)!"

하는 고함과 같이 사람의 소리는 요란하였다. 모진 바람에 하늘하늘 일어서는 불길은 어느새 보릿짚더미를 살라 버리고 울타리를 살라 버리고 울타리 안에 있는 집에 옮았다.

– 최서해, 「홍염」 중에서

아내가 죽은 이튿날 밤, 문서방이 중국인 지주의 집에 다시 나타납니다. 그는 자신에게 달려드는 개들을 먹잇감으로 달래 놓고 지주의 집에 불을 지릅니다. 치솟아 오르는 붉은 화염 '홍염'을 바라보며 문 서방은 복수의 감정을 느끼지요. 그러고는 집에서 뛰쳐나오는 중국인 지주를 살해하고 자기 딸을 껴안으면서 소설은 막을 내립니다.

지주와 소작인의 계급 갈등을 그려 내다

「홍염」은 경제적으로 궁핍한 소작농 문서방을 주인공으로 삼고 있습니다. 그런 점에서 가난한 인력거꾼을 주인공으로 삼았던 현진건의 「운수 좋은 날」과 비슷할지도 모릅니다. 궁핍한 현실을 있는 그대로 묘사하여 사회를 고발하고 있으니 말입니다.

그러나 「홍염」과 「운수 좋은 날」에는 눈에 띄는 다른 점이 하나 있습니다. 바로 갈등의 양상입니다. 「운수 좋은 날」의 갈등은 주로 김첨지의 마음속에서만 일어나는 내적 갈등이었습니다. 일을 하러 가야 할지, 아내를 돌봐야 할지 갈등을 겪었던 것이지요. 그에 반해서 「홍염」에는 인물의 내적 갈등이 거의 나타나지 않습니다. 「홍염」의 갈등구조는 인물의 내면이 아니라 인물과 인물, 계급과 계급 사이에 일어나는 갈등이지요. 「운수 좋은 날」이 가난의 비참을 그려 내는 데 그쳤다면 「홍염」은 가난의 원인이 가진 사람들의 착취 때문인 것을 분명히 밝히고 있는 것입니다.

「홍염」의 주요 갈등은 지주 대 소작인의 구도로 펼쳐집니다. 지주와 소작인은 계급적인 차이가 납니다. 지주는 땅을 가지고 있는 강자이고, 소작농은 지주의 눈치를 보고 지주에게 소작료를 내야 하는 약자이지요. 사회주의적인 관점에서 보자면 지주는 자본가 계급과 유사하고 소작농은 프롤레타리아와 그 처지가 같습니다. 프롤레타리아란 노동자를 뜻하는 말로서 자본을 지니지 못한 존재입니다. 사회주의는 프롤레타리아의 노동을 통해서 얻은 이익을 자본가가 부당하게 독점하는 자본주의의 모순을 비판하면서 등장한 사상입니다. 거칠게 말해 자본가에게 부당하게 빼앗긴 노동자의 이익을 되찾고 경제적으로 평등한 사회를 이룩하자는 메시지를 담고 있지요. 「홍염」이 비록 자본가와 노동자의 갈등을 다루고 있지는 않지만 그 관계와 매우 유사한 지주와 소작인의 갈등을 다룬다는 점에서 사회주의 문학에 속한다고 말할 수 있을 것입니다.

약자를 위한 문학

「홍염」의 결말은 살인과 방화입니다. 아무리 악독한 현실에 대한 저항이라 해도 지주를 살해하고 그 집에 불을 지른 행위는 범죄 행위입니다. 개인적인 복수일 뿐 사회 모순을 해결하는 해법은 아닌 셈이지요. 하지만 사회주의 문학이 모두 개인적 복수로 끝나는 것은 아닙니다. 노동자 파업이라든가 농민들의 소작쟁의를 그린 결말도 많습니다.

일제 강점기 우리나라에는 자본가와 노동자, 지주와 소작농 사이의 계급적인 갈등이 이미 존재하고 있었습니다. 노동자들은 적은 임금과 장시간 노동에 시달렸고 소작농민들은 계속되는 가뭄에도 지주들에게 높은 소작료를 바쳐야 했습니다. 사회주의 문학은 이러한 부당한 사회적 모순을 형상화했고 그 모순을 해결하기 위한 방안도 소설 안에서 제시하려고 노력했지요.

그러므로 사회주의 문학은 사회·경제적인 약자를 위한 문학이라고 말할 수 있습니다. 새로운 언어를 통해 소통과 평화를 꿈꾸었던 에스페란토처럼 카프는 '사회주의'라는 새로운 렌즈를 통해 현실을 고발하고 소통하려 한 것인지도 모르겠습니다. 다만 문학을 정치적으로 이용하려 했다는 점이 카프의 문학적 한계로 언급되기도 합니다.

사회주의 문학을 하던 사람들은 그 후로 어떻게 되었나요?

1935년 사회주의 문학 단체였던 카프는 해체합니다. 카프에 소속된 사람들 중에도 친일을 한 사람이 있었지요. 이후 사회주의 문학은 자취를 감춰 버렸습니다. 그러다가 해방 이후 다시 사회주의 문학 단체가 생기게 되지요. '조선 예술가 동맹'이라는 단체였습니다. 그러나 이 단체도 6·25 전쟁을 전후로 해서 남한 사회에서 탄압을 받다가 결국 사라졌습니다. 그들 중 상당수 작가들은 월북했습니다. 사회주의 문학의 대표적인 작품으로는 강경애의 『인간문제』, 이기영의 『고향』, 한설야의 『황혼』 등이 있습니다. 강경애와 한설야의 소설은 공장 노동자를 소재로 하고 있고, 이기영의 소설은 농민과 지식인을 소재로 쓰여졌습니다.

Q93 모더니즘, 시간상으로는 가까운데 왜 멀게만 느껴지나요?

저는 현대 소설보다 고전 소설이 더 재미있어요. 현대 소설 중에 모더니즘 소설은 이해하기도 어렵고 지루한 것 같아요. 모더니즘이라면 시간상으로는 더 가까울 텐데 왜 이렇게 거리감이 느껴질까요? 반면 고전 소설은 옛이야기같이 익숙한 느낌이 들어요. 순전히 선입견일까요?

문명 비판에서부터 시작된 사조

소설을 읽다 보면 얼핏 잘 이해가 안 되고 무슨 이야기인지 통 모르겠을 때가 있습니다. 그런데 이것은 꼭 소설만이 아닙니다. 시를 읽을 때도 그렇고 음악을 들을 때도 그림을 볼 때도 무엇을 전달하려는 것인지 잘 파악이 안 되는 것들이 있지요. 피카소의 그림을 보거나 스트라빈스키의 음악을 들으면 먼저 어렵고 낯설다는 느낌에 사로잡히는 것처럼요.

이런 문화예술이 나타난 시기는 대체로 19세기 말~20세기 초였습니다. 이때 역사적으로 무슨 일이 있었을까요? 자본주의와 민족주의가 팽창하는 과정에서 제1차 세계대전이 일어났습니다. 전쟁으로 세상이 잿더미로 변한 것입니다. 이전까지 경험해 보지 않았던 엄청난 비극이 발생한 것이지요.

사람들은 문명에 대해 의심을 하기 시작했습니다. 기존의 가치관과 문화에 대해 회의를 거듭하고 과학적인 합리주의와 확실성을 부정하게 되었습니다. 문화예술에서는 전통적인 것을 깨고 새로운 것으로 나아가려는 흐름이 생겨났지요. 소설은 사건과 줄거리 중심의 이야기를 버렸고, 음악은 아름다운 화음을 버렸고, 미술은 무의식과 추상으로 나아갔습니다. 새로운 예술 사조가 나타난 것인데 그것을 통틀어 '모더니즘'이라고 부릅니다.

모더니즘은 흥미로운 줄거리를 기대하기 어렵다

모더니즘 소설은 전통적인 소설과 차이가 있습니다. 특히 사실주의 소설과 뚜렷한 차이를 지니고 있지요. 사실주의 소설은 대개 시간 순서대로 전개되는 경우가 많습니다. 이에 비해 모더니즘 소설은 공간적인 구성을 주로 사용합니다. 또한 사실주의 소설이 인물과 인물, 인물과 사회의 갈등을 다루는 데 비해서 모더니즘 소설은 등장인물이 자신의 내면에 대해 독백을 하는 방식을 사용합니다. 그런 까닭에 줄거리가 모호한 경우가 있지요. 뿐만 아니라 모더니즘은 외적인 사건보다는 내적인 경험을, 집단의식보다는 개인의식을 중요하게 여깁니다. 사회 구성원으로서의 역할이나 책임을 앞세우는 대신 개인의 개성을 중시했던 것입니다. 따라서 모더니즘은 문학을 예술 그 자체로만 인정할 뿐, 사실주의 소설처럼 현실을 고발하기 위한 목적으로 창작되지는 않았습니다.

모더니즘 소설은 내용면에서는 근대 자본주의를 비판적으로 바라보는 내용이 많습니다. 모더니즘이 기존 문명을 비판하면서 나타난 문예사조인 것을 감안하면 당연한 일이지요. 일제 강점기 시절에 창작된 모더니즘 소설도 식민지의 모순을 나타내기보다 자본주의 문명 자체를 비판적으로 보는 경우가 많았습니다. 우리나라에서 모더니즘 소설을 창작했던 대표적인 작가로는 1930년대 이상, 박태원, 이태준을 들 수 있지요. 이 중에서 박태원의 「소설가 구보씨의 일일」을 감상하며 모더니즘 소설의 특징을 살펴보겠습니다.

소설가 구보, 자신의 내면을 이야기하다

「소설가 구보씨의 일일」은 1930년대 서울의 모습을 아주 자세히 그렸습니다. 얼핏 생각하면 서울의 모습이 사실적으로 그려져 있으니 사실주의 소설로 이해할 수도 있지요. 그러나 이 소설은 사실주의 작품에서처럼 인물과 인물 사이의 갈등이라든가, 인물과 사회의 갈등이 뼈대를 이루는 줄거리를 찾아보기 어렵습니다.

일정한 직업 없이 글을 쓰며 살아가는 소설가 구보는 열두 시쯤 집을 나와서 서울 거리를 떠돌아다니다가 자신의 몸에 이상이 있는 것은 아닌지 불안해 합니다. 그러고는 감당할 수 없는 고독도 느끼지요. 그는 자신의 고독을 이겨 내기 위해 사람들이 많이 모인 서울역에 갑니다. 하지만 그는 그곳에서 온정이 없는 차가운 사람들만 만날 뿐이지요. 그는 다방에 잠시 들러 신문사 사회부 기자를 만나는데, 그가 돈 때문에 기사를 쓰고 있다는 사실에 불쌍하다고 생각합니다. 그렇게 서울 시내를 여기저기 떠돌다 새벽 두 시경, 구보는 문득 종로 네거리에서 어머니를 위해 결혼도 하고 창작에 전념할 것을 다짐하며 집으로 향합니다. 이것이 이 작품의 전체 줄거리이지요.

이 작품에서는 타인과의 관계에서 생기는 갈등이나 사회 체제가 불러일으킨 갈등 구조를 찾아보기 어렵습니다. 거의 모든 서술이 구보의 내면의식을 드러내는 데 초점이 맞춰져 있기 때문이지요. 작품의 한 구절을 잠시 살펴보겠습니다.

구보는 고독을 느끼고, 사람들 있는 곳으로, 약동하는 무리들이 있는 곳으로, 가고 싶다 생각한다. 그는 눈앞에 경성역을 본다. 그곳에는 마땅히 인생이 있을 게다. 이 낡은 서울의 호흡과 또 감정이 있을 게다. 도회의 소설가는 모름지기 이 도회의 항구와 친하여야 한다. 그러나 물론 그러한 직업의식은 어떻든 좋았다. 다만 구보는 고독을 삼등 대합실 군중 속에 피할 수 있으면 그만이다.

그러나 오히려 고독은 그곳에 있었다. 구보가 한옆에 끼여 앉을 수도 없게시리 사람들은 그곳에 빽빽하게 모여 있어도, 그들의 누구에게서도 인간 본래의 온정을 찾을 수는 없었다. 그네들은 거의 옆엣사람에게 한마디 말을 건네는 일도 없이, 오직 자기네들 사무에 바빴고, 그리고 간혹 말을 건네도, 그것은 자기네가 타고 갈 열차의 시각이나 그러한 것에 지나지 않았다. 그네들의 동료가 아닌 사람에게 그네들은 변소에 다녀올 동안의 그네들 짐을 부탁하는 일조차 없었다. 남을 결코 믿지 않는 그네들의 눈은 보기에 딱하고 또 가엾었다.

    – 박태원, 「소설가 구보씨의 일일」 중에서

구보는 고독을 느끼고 이를 극복하기 위해 경성역[*]으로 가지만 그곳에서도 고독을 극복하지 못합니다. 누군가를 만나거나 대화를 나누거나 다투지도 않고

> **경성역**
> 서울역. 일제 강점기 시절 서울은 주로 경성으로 불렸습니다.

단지 세상에 대한 관찰과 관찰에서 느끼는 자신의 내면을 서술한 것이 소설의 전부이지요. 구보에게는 특별한 사건이 일어나지 않았습니다. 그 어떤 외부의 것과도 갈등 관계에 놓이지 않은 채 자신의 내면만을 서술하고 있는 것입니다.

이 장면만이 아닙니다. 소설 전체가 모두 이런 방식으로 서술되어 있지요. 그런 까닭에 드라마틱한 줄거리를 기대하는 독자들에게는 대단히 지루한 소설이 되고 맙니다. 이처럼 모더니즘 소설은 전통적인 서술방식과는 확연히 다른 방법으로 창작되었습니다.

황금만능주의를 비판적으로 바라보다

소설 속에서 구보는 자신이 병에 걸린 것은 아닌지 불안해합니다. 그런데 이 불안의 원인은 다름 아니라 근대 자본주의 사회에서 기인합니다. 구보는 돈 때문에 기사를 써야 하는 기자 친구에게 연민을 느끼는데 이는 자본주의에 대한 구보의 비판적인 태도를 보여 줍니다.

당시 식민지 조선에는 근대화가 이루어지면서 그로 인한 폐단이 생겨났고, 물질에 대한 과도한 욕망과 집착이 나타나기 시작했습니다. 따뜻한 인간성을 상실해 가고 물질만능주의에 허덕거리는 사회적 분위기가 만들어졌습니다. 그 안에서 구보는 불안

과 초조를 느꼈고 그것이 육체적인 질병으로 나타나는 것은 아닌지 생각했던 것입니다. 앞에서 이야기한 것처럼 모더니즘은 문명에 대한 비판적인 태도에서 비롯되었습니다. 「소설가 구보씨의 일일」도 예외가 아니었던 것이지요.

박태원과 같이 우리나라에서 모더니즘 소설을 쓴 작가로는 누가 있나요?

가장 대표적인 작가로는 이상을 들 수 있습니다. 그의 작품 「날개」는 '의식의 흐름' 기법 등을 활용한 모더니즘 소설이라고 할 수 있습니다. 이 밖에 이태준, 최명익 등도 모더니즘적인 작품을 썼다고 볼 수 있고요. 이후 『광장』을 쓴 최인훈이라든가, 「무진기행」의 김승옥도 모더니즘적인 경향을 부분적으로 보이고 있습니다.

Q94　소설에서 '의식의 흐름'이란 무엇을 뜻하나요?

소설을 공부할 때 가끔 '의식의 흐름'이라는 말이 나옵니다. '생각한다'는 말인 것 같은데, 결국 모든 소설은 작가의 의식이 흘러가는 대로 쓰이는 것이니 모두 이 기법을 사용하고 있는 거 아닌가요?

의식과 무의식의 연상작용을 서술하다

'의식의 흐름'은 모더니즘 소설에서 주로 사용하는 소설의 기법 중 하나입니다. 등장인물의 머릿속에 떠오르는 생각, 기억, 자유 연상, 마음에 스치는 느낌을 그대로 적는 기법으로 정신분석학자인 프로이트의 영향을 많이 받았습니다. 프로이트는 인간의 정신 세계를 의식과 무의식으로 나눠서 무의식에서 일어나는 정신작용을 연구한 학자이지요. 그는 연구를 진행할 때 사람들에게 최면을 걸어 무의식적으로 떠오르는 생각을 말하게 했는데 이 방법을 사용하면 사람들이 평소에 자기 스스로 억눌러 온 감정이나 기억을 자연스럽게 꺼내 놓게 됩니다. 모더니즘 소설에서 의식의 흐름은 프로이트의 이러한 연구 방법에 영향을 받은 것입니다.

사람의 머릿속에 떠오르는 생각이나 기억, 느낌 들은 가지런하게 정돈되어 나타나지 않습니다. 예를 한번 들어 볼까요. 여러분이 초등학교 시절 가장 친했던 친구를 떠올려 봅시다. 그러면 여러분은 어느 사이엔가 친구와 했던 게임이 떠오르고 게임에 빠져 놀다가 엄마에게 혼나던 일과 게임 때문에 성적이 떨어졌던 일을 연달아 떠올릴 수 있을 것입니다. 친한 친구하고 성적이 떨어진 일은 서로 아무런 관련이 없지만 생각을 계속하다 보면 아무 관련도 없는 일들이 무의식적으로 이어져 머릿속을 가득 채우게 되는 것이지요.

의식의 흐름은 이처럼 연상작용에 의해서 의식과 무의식의 연속적인 흐름을 그대로 써 내려가는 것을 말합니다. 의식의 흐름은 무의식적으로 떠오르는 생각들을 다듬지 않고 그대로 서술해 주는 기법이기 때문에 매우 단편적이고 논리적 비약이 심한 내용들이 많습니다. 이런 점에서 의식의 흐름은 내적 고백과는 다릅니다. 내적 고백은 의식적으로 통제된 생각이어서 문법과 일관성과 논리성을 갖추고 있습니다. 이에 비해 의식의 흐름은 의식의 통제로부터 자유롭기 때문에 문법에 어긋나거나 일관성도 논리성도 없는 문장들이 줄 잇는 경우도 있습니다.

의식의 흐름 기법이 나타난 이상의 「날개」

의식의 흐름 기법이 나타난 소설들은 읽기가 불편합니다. 일관성도 없고 우연적인 데다가 의미 없는 말들을 중얼거리는 것 같아서 이해하기가 어렵지요. 여러분이 읽었던 소설 중에 혹시 이해가 잘 안 되는 작품으로 무엇이 있을까요?

아마 많은 사람들이 소설가 이상의 「날개」를 꼽을 것 같습니다. 도대체 무엇을 말하려는 것인지 도통 이해하기 어려운 상황이 펼쳐지고 있으니 말입니다.

'박제가 되어 버린 천재'를 아시오? 나는 유쾌하오. 이런 때 연애까지가 유쾌하오.

육신이 흐느적흐느적하도록 피로했을 때만 정신이 은화銀貨처럼 맑소. 니코틴이 내 횟배 앓는 뱃속으로 스미면 머릿속에 으레 백지가 준비되는 법이오. 그 위에다 나는 위트와 패러독스를 바둑 포석처럼 늘어놓소. 가증할 상식의 병이오.

나는 또 여인과 생활을 설계하오. 연애 기법에마저 서먹서먹해진, 지성의 극치를 흘낏 좀 들여다본 일이 있는 말하자면 일종의 정신분일자精神奔逸者 말이오. 이런 여인의 반半—그것은 온갖 것의 반이오—만을 영수領受하는 생활을 설계한다는 말이오. 그런 생활 속에 한 발만 들여놓고 흡사 두 개의 태양처럼 마주 쳐다보면서 껄껄거리는 것이오. 나는 아마 어지간히 인생의 제행諸行이 싱거워서 견딜 수가 없게쯤 되고 그만둔 모양이오. 굿바이.

– 이상, 「날개」 중에서

「날개」의 첫 부분입니다. 사실주의 소설에서 첫 부분은 구성상 발단의 단계로 대부분 시간적, 공간적인 배경을 제시하고 인물을 등장시킵니다. 그런데 이 소설은 배경도 제시하지 않고 인물도 정확히 누군지 알 길이 없습니다. 더군다나 아무리 읽어도 무슨 뜻인지 알 수 없는 문장들이 나열되어 있지요. 육신이 흐느적거릴 때 정신이 맑다느니, 머릿속에 백지가 준비된다느니 하는 문장들은 단박에 의미가 전해지지 않습니다. 이처럼 생각나는 대로 거침없이 서술하는 방식이 바로 의식의 흐름 기법입니다.

근대에 적응하지 못하는 지식인의 내면

그렇다면 소설가 이상은 어째서 의식의 흐름 기법으로 소설을 썼던 것일까요. 이를 이해하기 위해 소설의 줄거리를 잠시 살펴보겠습니다. 작품의 주인공은 하릴없이 방 안에서 뒹굴며 지내는 지식인입니다. '나'는 하루 종일 아내의 방에 가서 화장품 냄새를 맡거나 돋보기로 화장지를 태우면서 시간을 보냅니다. '나'는 아내가 주는 동전을 저금통에 모아 보기도 하지만 저금통을 변소에 빠뜨릴 만큼 돈에 관심이 없습니다.

'나'의 아내는 몸을 팔아서 생계를 유지하는 여자였습니다. 어느 날 '나'는 아내가 다른 남자와 잠자리를 하고 있는 모습을 목격합니다. 아내는 그런 '나'에게 약을 먹이지요. '나'는 그 약을 두통약으로 생각하고 받아먹지만 얼마 지나지 않아 그 약이 수면제라는 것을 알고 충격을 받지요. 그러고는 집을 나가서 백화점 옥상에 올라가 자신의 삶을 되돌아봅니다. 정오를 알리는 사이렌이 울리자 '나'는 비로소 의식이 깨어난 듯한 느낌을 받고 소설이 마무리됩니다.

이 소설의 줄거리를 보면 주인공 '나'는 근대 자본주의에 적응하지 못하는 지식인이라고 할 수 있습니다. 주인공의 아내는 자본주의 안에서 자신의 몸을 팔아서라도 생계를 유지하려 하지만 주인공은 그러지 못하지요. 그런 까닭에 주인공은 저금통을 변소에 빠뜨리는 어리석음을 범하는 것입니다.

주인공이 자본주의 사회에 녹아들지 못한 채 그것에 억압되어 정신적인 고통과 어려움을 겪고 있다면 그것을 어떻게 표현하는 것이 효과적일까요. 자본주의에 저항할 힘도 없고 그렇다고 돈만 중요하게 여기는, 자본주의의 천박함을 받아들일 수도 없는 주인공의 정신적인 혼란은 극단적으로 말하자면 분열증적 상태에 놓여 있다고 할 수 있지요. 이러한 주인공의 내면 세계를 드러내기에는 의미와 맥락이 잘 통하거나 문법을 잘 갖춘 표현보다 오히려 비문법적이고 뜻을 파악하기 힘든 표현들이 더 적절할 것입니다. 의식의 흐름은 바로 이런 점에서 인물의 내면을 탁월하게 표현하고 있습니다.

의식의 흐름 이외에 모더니즘의 기법에는 어떤 것들이 있을까요?

일단 모더니즘 소설에서는 시간적인 구성보다 공간적인 구성을 보다 선호합니다. 「날개」에서도 시간보다도 주인공이 쪽방에 있는지, 옥상 위에 있는지에 따라서 행동이 달라집니다. 시간 순서에 따른 순차적인 구성이 아니라 공간적 성격에 따라 소설이 전개되지요. 몽타주 기법도 사용됩니다. 몽타주 기법이란 같은 시간 동안에 여러 상황을 동시에 보여 주는 방법이지요. 원래 영화에서 사용된 기법인데 모더니즘 소설에서도 자주 등장합니다. 마지막으로 의식의 흐름과 비슷하게 내면독백을 활용하기도 합니다.

Q95 | 왜 소설은 '개콘'만큼 재미가 없을까요?

소설은 왜 그렇게들 진지하게만 느껴질까요? 〈개그콘서트〉를 보면 사회적인 문제를 다루더라도 웃음이 터지게 하던데 〈개그콘서트〉처럼 재미있게 사회 이야기를 들려주는 소설은 없을까요?

풍자와 해학은 우리 문학의 전통

소설이 언제나 진지하게 쓰여지는 것만은 아닙니다. 만약 그랬다면 소설이 지금처럼 많은 사람들에게 읽힐 수 없었겠지요. 우리나라 고전 소설은 진지함보다는 오히려 흥미가 앞선 이야기가 많았습니다. 「흥부전」에서 놀부의 심보를 묘사하는 장면이나 「심청전」에서 뺑덕어미의 심술을 그려 놓은 부분은 절로 웃음을 불러일으키지요. 이처럼 우리나라 고전 소설에서 상황을 재미있고 우스꽝스럽게 표현하는 것을 풍자와 해학이라고 합니다.

'풍자'는 특정한 인물을 우스꽝스럽게 표현하는 것을 뜻합니다. 그런데 이때 그 대상은 당시 사회에서 권위를 지닌 인물입니다. 예를 들자면 「춘향전」의 변학도와 같은 인물처럼 말이지요. 풍자는 이런 권위적 인물을 비꼬면서 동시에 웃음을 터뜨려 즐거움을 주는 방법입니다. 변학도가 암행어사 출두 이후에 허겁지겁 도망치는 모습을 보면 누구나 통쾌함을 느끼기 마련이지요. 이처럼 풍자는 권위를 지니고 있지만 그 권위가 정당한 것이 아니었을 때, 그것을 우스꽝스럽게 표현함으로써 권위를 해체시키는 효과를 갖습니다.

'해학'은 풍자와 같이 웃음을 유발하는 표현이지만 상대방을 비판하는 것이 아닌 점에서 풍자와 다릅니다. 해학은 인물의 약점, 실수, 모자란 점을 들춰내어 즐기려는 것이지 인물을 공격하려는 것이 아닙니다. 「흥부전」에서 흥부의 아내가 아들을 둘씩, 셋씩 한꺼번에 낳아서 자식이 스무 명이 넘는다는 것은 해학적이라고 할 수 있지요. 이처럼 풍자와 해학은 우리 문학의 전통입니다.

채만식, 1930년대를 풍자하다

우리나라 근현대 소설에서 풍자를 가장 맵시 있게 활용한 작가로는 채만식을 자주 언급합니다. 채만식은 1930년대 일제 강점기 현실을 신랄한 풍자의 언어로 사실적으로 묘사한 작가라고 평가를 받습니다. 그가 지은 『태평천하』를 감상하며 풍자 문학이 어떤 것인지 알아보겠습니다.

『태평천하』의 주인공은 윤직원 영감입니다. 그는 일제 강점기 현실을 교묘하게 이용하여 재산을 불려 나가는 탐욕스러운 인물입니다. 그는 소작농의 어려움을 모른 체하는 지주였고, 가난한 사람들에게 높은 이자를 받아 챙기는 고리대금업자였습니다.

식민지 시절 일제는 지주와 자본가를 보호해 주면서 그들의 지지를 이끌어 냈습니다. 식민지 통치를 수월하게 하기 위해서는 자기편이 있어야 했으니까요. 이런 까닭에 일부 친일 지주와 친일 자본가 들은 일제에 협력하면서까지 수단과 방법을 가리지 않고 자신들의 재산을 지켜 나갔는데 윤직원 영감이 바로 그 전형적인 인물입니다. 자,

윤직원 영감이 어떻게 풍자되는지 작품의 첫 부분을 살펴보겠습니다.

　추석을 지나 이윽고, 짙어 가는 가을 해가 저물기 쉬운 어느 날 석양.

　저 계동桂洞[*]의 이름 난 장자[富者]윤직원 영감이 마침 어디 출입을 했다가 방금 인력거를 처억 잡숫고 돌아와, 마악 댁의 대문 앞에서 내리는 참입니다.

　간밤에 꿈을 잘못 꾸었던지, 오늘 아침에 마누라하고 다툼질을 하고 나왔던지, 아무튼 엔간히 일수 좋지 못한 인력거꾼입니다.

　여느 평탄한 길로 끌고 오기도 무던히 힘이 들었는데 골목쟁이로 들어서서는 빗밋이[*] 경사가 진 이십여 칸을 끌어올리기야, 엄살이 아니라 정말 혀가 나올 뻔했습니다.

　이십팔 관하고도 육백 몸메······![*]

　윤직원 영감의 이 체중은, 그저께 춘심이년을 데리고 진고개로 산보를 갔다가 경성우편국 바로 뒷문 맞은편, 아따 무어라더냐 그 양약국 앞에 놓아 둔 앉은뱅이 저울에 올라서 본 결과, 춘심이년이 발견을 했던 것입니다.

　이 이십팔 관 육백 몸메를, 그런데, 좁쌀 계급인 인력거꾼은 그래도 직업적 단련이란 위대한 것이어서, 젖 먹던 힘까지 아끼잖고 겨우겨우 끌어올려, 마침내 남대문보다 조금만 작은 솟을대문 앞에 채장을 내려놓곤, 무릎에 들였던 담요를 걷기까지에 성공을 했습니다.

　－채만식,『태평천하』중에서

　요즘 쓰이지 않는 말도 있고, 말투도 예스러워서 이해하기 어려운 구절도 많겠지만 윤직원 영감의 몸집이 대단한 것은 충분히 짐작할 것입니다. "이십팔 관 육백 몸메"는 현재 몸무게로 계산하면 107kg이니 아주 무거운 몸이지요. 그에 비해 좁쌀계급인 인력거꾼은 아주 작은 몸집이겠지요.

　상상해 보세요. 홀쭉한 사람이 뚱뚱한 사람을

계동
서울 종로구에 위치한 지역의 명칭

빗밋이
비스듬히

이십팔관 육백 몸메
관은 무게 단위로 3.75kg이며, 몸메는 일본식 무게 단위로 3.75g입니다. 600몸메는 2.25kg 정도, 따라서 윤직원의 무게는 107kg이 조금 넘지요.

인력거에 태우고 비탈길을 오르고 있는 장면을. 아마도 인력거꾼에게는 연민이, 윤직원 영감에게는 너무하다는 생각이 들겠지요. 하지만 그런 생각을 하기 전에 그 광경이 몹시 우스꽝스럽게 여겨질 것입니다. 마치 '개콘'의 콩트 한 장면을 보는 것처럼요.

부당한 권위와 기득권을 해체시켜라!

작가가 이처럼 윤직원 영감을 우스꽝스럽게 표현한 것은 모두 그의 탐욕스러움을 풍자하기 위해서입니다. 채만식은 윤직원 영감의 외모만을 풍자하는 것으로 그치지 않습니다. 작품의 뒷줄거리를 보면 윤직원 영감이 얼마나 작가에게 조롱당하고 있는지 충분히 알 수 있지요.

윤직원 영감은 온갖 수단과 방법을 동원해서 마련한 재산을 지키기 위해 일제와 결탁하고자 합니다. 그러려면 자식이나 손자들이 일제 당국에서 중요한 일을 맡아야 하겠지요.

하지만 윤직원의 아들 창식은 노름으로 돈을 날리고 군수를 시키려던 큰손자 종수는 자기 아버지의 첩과 불륜을 저지릅니다. 윤직원의 애첩이 그 손자보다 어린 것도, 윤직원이 애첩에게 잘 보이려고, 또 오래 살기 위해 아이 오줌을 먹는 것도 독자들이 조소를 머금기에 충분한 풍자적 설정이지요.

또한 마지막 기대를 모았던 둘째 손자 종학은 사회주의에 참여했다는 죄목으로 일본 경시청에 검거됩니다. 윤직원의 기대와 바람이 산산조각 난 것입니다.

윤직원 일가가 파탄에 이르는 과정은 마치 놀부가 심술을 부려서 마침내 몰락하는 과정과 꽤 비슷하지요. 재산이 이미 많은데도 그것을 불리려다가 혼쭐이 나는 놀부의 모습이나 재산을 지키기 위해 일본 제국주의에 협력까지 하려다 망신당하는 윤직원의 모습은 크게 다르지 않아 보입니다.

이처럼 풍자는 부정적인 권위라든가 부당한 기득권을 쥐고 있는 사람을 전면에 내세워 그들을 우스꽝스럽게 표현해서 권위와 기득권을 해체하는 방법입니다. 1930년대 부당한 권위와 기득권을 쥔 사람들은 일제를 등에 업고 재산을 불리던 악덕 지주와 자본가였고 그런 까닭에 소설에서 풍자의 대상이 된 것이지요.

해학이 뛰어난 작가로는 누가 있을까요?

우리나라 근현대 소설가 중에서 가장 해학적인 작가로는 김유정을 손꼽을 수 있습니다. 그의 소설 「동백꽃」과 「봄봄」은 모두 웃음을 유발하는 작품이지요. 「동백꽃」은 '나'를 좋아하는 점순이의 이야기인데 '나'는 점순이가 자신을 좋아하는 것을 몹시 부담스럽게 느끼고 자꾸 피하려고만 들지요. 그런 '나'를 점순이는 닭싸움을 통해 자극하고 결국 '나'는 점순이에게 마음을 열게 됩니다. 「봄봄」은 키가 자라면 결혼을 시켜 준다는 말에 데릴사위 노릇을 하고 있는 사위의 이야기입니다. 김유정의 소설 속 주인공들은 대부분 어리숙하고 우직한 모습으로 등장하는데, 그들의 말과 행동은 끝없이 독자의 웃음보를 자극합니다. 하지만 김유정이 자극하는 웃음의 요소 속에서는 비꼬는 태도를 찾아보기가 어렵지요. 이런 점에서 김유정은 풍자의 작가라기보는 해학의 작가라고 보는 것이 적절합니다.

Q96 민간 신앙을 소재로 한 작품은?

문학은 현실을 반영한다고 배웠습니다. 특히 소설은 삶의 현실을 다룬다고 하더라고요. 그렇다면 우리나라의 전통 신앙을 소설로 다룬 작품은 없을까요? 전통 신앙이 미신이라서 소설로 쓰기에는 무리가 있나요?

현대 소설은 현대적인 삶만 주목한다?

우리나라 근현대 소설은 고전 소설과 달리 충효 사상과 같은 사회적 요구를 최우선적으로 담아 내지 않습니다. 그보다는 오히려 사회적인 금기와 개인의 욕망 사이에 벌어지는 갈등을 주제로 담는 경우가 많지요. 또한 비현실적인 이야기도 근현대 소설에는 거의 나타나지 않습니다. 「홍길동전」에서처럼 주인공이 요술을 부리는 이야기를 더 이상 기대할 수 없게 된 것이지요. 하지만 그렇다고 해서 우리나라의 전통이 소설 속에서 모조리 자취를 감춘 것은 아닙니다. 특히 여러분이 질문했던 무속 신앙은 여전히 근현대 소설 속에 중요한 소재로 남아 있습니다. 이런 작품을 쓴 대표적인 작가가 김동리입니다. 그는 「무녀도」, 「역마」, 『을화』와 같은 소설 속에서 주로 무당을 주인공으로 삼았습니다. 그리고 그 안에 한국인들이 지닌 운명의식을 그려 놓고 있지요. 「역마」를 통해 우리 민족의 전통적인 신앙이 소설 속에서 어떻게 나타나는지 살펴보겠습니다.

떠돌이의 운명을 타고난 사람들

소설 「역마」의 공간적인 배경은 전남 하동에 있는 화개장터입니다. 가수 조영남이 "전라도와 경상도를 가로지르는 섬진강 줄기 따라 화개장터엔 아랫말 하동사람 윗말 구례사람 닷새마다 어우러져 장을 펼치네 구경 한번 와 보세요"라고 맛깔나게 부르는 그 노랫말 속에 있는 화개장터이지요. 이곳에서 주막을 꾸려 가며 살고 있는 옥화에게는 하나밖에 없는 아들 성기가 있었습니다. 그런데 사주를 보니 성기는 떠돌이의 운명을 타고났다는 역마살이 낀 것으로 나왔습니다. 옥화는 아들의 역마살을 없애기 위해 성기를 쌍계사라는 절에 보내지요.

화개장날만 책전을 펴는 성기는 내일 장 볼 준비도 할 겸 하루를 앞두고 절에서 마을로 내려오고 있었다.

쌍계사에서 화개장터까지는 시오 리가 좋은 길이라 해도, 굽이굽이 벌어진 물과 돌과 산협의 장려한 풍경이 언제 보나 그에게 길 멀미를 내지 않게 하였다.

처음엔 글을 배우러 간다고 할머니에게 손목을 끌리다시피 하여 간 곳이 절이었고, 그다음엔 손윗동무들의 사랑에 끌려다니다시피쯤 하여 왔지만, 이즘 와서는 매일같이 듣는 북소리, 목탁소리, 그리고 그 경을 치게 희맑은 은행나무, 염주나무(보리수), 이런 것까지 모두 다 싫증이 났다.

당초부터 어디로 훨훨 가 보고나 싶던 것이 소망이었지만, 그러나 어디로 간다는 건 말만 들어도 당장에 두 눈이 시뻘게져서 역정을 내는 어머니였다.

"서방이 있나, 일가친척이 있나, 너 하나만 믿고 사는 이년의 팔자에 너조차 밤

낮 어디로 간다고만 하니 난 누굴 믿고 사냐?"

어머니의 넋두리는 인제 귀에 못이 박일 정도였다.

이러한 어머니보다도 차라리, 열 살 때부터 절에 보내어 중질을 시켰으니, 인제 역마살도 거진 다 풀려 갈 것이라고 은근히 마음을 늦추시는 편이던 할머니는, 그러나 갑자기 세상을 떠나 버렸다.

— 김동리, 「역마」 중에서

그러던 어느 날, 체장수 영감이 딸 계연을 데리고 와서 옥화네 주막에 맡기고 장삿 길을 떠납니다. 옥화는 아들 성기를 계연과 결혼시켜 역마살을 쫓아 보고자 마음을 먹습니다. 그래서 일부러 성기와 계연을 가깝게 지내도록 합니다. 아무리 역마살을 타고났어도 결혼하면 어딘가에 정착해서 살 것이라는 생각 때문이었지요. 둘 사이는 옥화의 기대대로 가까워집니다. 사랑하는 사이가 된 것이지요.

그런데 어느 날 옥화는 자기에게 있는 사마귀가 계연의 귓바퀴에도 있는 것을 발견합니다. 그러자 계연이 자신의 동생일지도 모른다는 생각에 휩싸여 성기와 계연을 가까이하지 못하게 하지요. 얼마 후 체장수 영감이 돌아오자 옥화와 계연이 이복 자매인 것이 밝혀집니다. 옥화는 36년 전 체장수가 화개장터에서 옥화 어머니와 하룻 밤을 보내고 태어난 체장수의 딸이었던 것입니다. 따라서 계연과 성기는 이모와 조카 사이인 것이지요. 체장수는 계연을 데리고 화개장터를 떠납니다. 그들이 떠난 후 성 기는 중병으로 드러눕고 병이 낫자 엿판을 꾸려 집을 떠납니다. 계연을 찾으려는 것 이 아니라 떠돌이의 삶을 선택한 것입니다.

인간의 욕망 VS 하늘의 운명

작품 속에서 옥화는 성기에게 주어진 역마살을 없애고자 했습니다. 역마살은 쉽게 말하자면 떠돌이로 살아가야 하는 타고난 팔자, 운명입니다. 우리나라 사람들은 오래 전부터 사주팔자를 믿어 왔습니다. 사람이 태어난 날짜와 시간을 잘 따져 보면 그 사 람이 앞으로 어떻게 살아갈지 나타난다는 믿음이지요. 예전만큼은 아니지만 지금도 결혼하기 전에 상대방의 사주를 알아보는 경우가 종종 있습니다. 새해를 맞이할 때 사람들이 토정비결을 보는 것도 모두 사주를 풀어 보기 위한 것입니다. 그런데 성기는 사주에 떠돌이로 살아갈 운명이 나타난 것입니다.

옥화는 성기의 역마살을 없애려고 노력했습니다. 절에도 보내 보고 혼인을 시키려고도 하지요. 그런데 모든 노력이 수포로 돌아갑니다. 인간이 아무리 운명을 벗어나려고 노력해도 운명을 거스를 수 없음을 소설은 보여 주고 있습니다.

마침내 성기는 자신의 운명을 받아들입니다. 떠돌이 엿장수가 되기로 마음먹은 것이지요. 흥미로운 것은 성기가 집을 떠나는 장면이 결코 어둡지 않다는 것입니다. 계연과 혼인하겠다는 자신의 욕망이 좌절되었는데도 가볍게 집을 떠나지요. 이는 주어진 운명을 받아들임으로써 순리를 거스르지 않고 살아가려는 태도라고 할 수 있지요. 자연과 운명에 순응하며 살아왔던 우리 민족의 옛 모습과 다르지 않습니다.

궁극적으로 이 작품의 주요 갈등은 인물 대 인물 사이의 것이 아니라 인물 대 운명입니다. 이렇게 볼 때 소설가 김동리는 민간에 떠도는 민족 고유의 정신적 전통을 근대적인 소설양식에서 아주 자연스럽게 다뤘다고 할 수 있습니다. 무속이라든가, 사주와 같은 민간신앙도 현대 소설의 소재로서 충분히 의미가 있는 것이지요.

종교적인 갈등을 다루고 있는 소설은 없나요?

김동리의 「무녀도」와 「무녀도」를 장편으로 개작한 『을화』를 들 수 있습니다. 이 작품의 주인공은 무당 어머니와 예수교 신자인 아들입니다. 어머니는 자식 교육을 위해 아들을 절에 맡겨 두었는데 아들은 예수교 신자가 되지요. 집으로 돌아온 아들은 어머니에게 유일신을 받아들이라고 하고, 어머니는 아들의 종교를 인정하지 않습니다. 결국 어머니와 아들은 갈등하고 그 와중에 아들이 상처를 입고 목숨을 잃게 됩니다. 이 소설의 주제는 비단 종교 간의 갈등만은 아닙니다. 우리 전통과 서구 근대가 빚은 문명의 충돌을 종교라는 소재를 통해서 보여 주었다고 할 수도 있습니다.

Q97 예술, 아름다움만으로 부족한가요?

전 예술은 강렬하고 아름다운 표현만으로도 가치가 있다고 생각해요. 작품 안에 꼭 어떤 의미를 담지 않아도 아름답다면 괜찮지 않나 생각했지요. 그런데 문예반 선배들은 제 작품을 보면 유미주의다, 탐미주의다 하며, 잔뜩 멋만 들었다고 쓴소리를 해요. 아름다움만 추구하는 게 정말 나쁜 걸까요?

'예술을 위한 예술'의 탄생

음악이나 미술, 그리고 문학과 같은 예술의 역사를 살펴보면 흥미로운 사실이 한 가지 있습니다. 과거에는 예술이 그 자체가 아니라 다른 목적을 위한 수단으로 사용되었다는 사실이지요. 음악은 왕과 왕족의 귀를 즐겁게 하기 위해 만들어졌고 미술은 성당의 벽이나 천장을 꾸미기 위해 그려졌습니다. 문학은 대중을 계몽하기 위한 수단으로 사용되기도 했지요. 예술이 예술 자체가 아니라 다른 것의 도구와 수단이 되어 스스로 존재의 의미를 찾지 못한 때가 있었습니다. 이때 예술은 보고 듣는 이들에게 편안함과 안락함을 주어야 했고 그런 까닭에 조화를 이루고 균형이 잡힌 아름다움을 추구했습니다.

그런데 근대 사회에 들어오면서 예술도 누군가의 도구나 수단으로부터 벗어나 스스로 존재의 의미를 찾기 시작합니다. 종교적인 내용을 빼고 정치적인 목적도 빼고 대중을 교화한다는 도덕심도 내팽개쳤지요. 그러다 보니 예술에 남는 것은 오로지 아름다움밖에 없었습니다. 예술이 스스로 자신의 존재 의미를 찾아서 '예술을 위한 예술'을 탄생시킨 것입니다. 그것을 '유미주의', 혹은 '탐미주의'라고 부릅니다.

계몽주의를 벗어나기 위한 선택, 유미주의

우리나라 근현대 소설에서 유미주의가 나타난 것은 비교적 이른 시기였습니다. 우리나라의 근대 소설은 신소설로부터 시작되었고 이광수와 같은 계몽주의 작가에 의해서 자리를 잡았습니다. 그런데 이 소설들은 예술 자체가 목적이라기보다는 민중을 계몽하는 데에 목적을 두고 있었습니다. 신소설은 애국계몽, 남녀 평등, 자유연애, 민주주의와 같은 근대적인 가치들을 전달하려 했습니다. 최초의 장편 소설이라 불리던 이광수의 『무정』도 민중을 계몽해야 한다는 메시지를 담고 있었지요. 즉, 교훈을 전달하는 것이 큰 목적이었지요.

이광수에 이어 우리 근대 소설이 정착하는 데에 적지 않은 기여를 했던 김동인은 이러한 계몽주의 문학에 반기를 들었습니다. 그는 문학이 문학 그 자체에 목적을 두어야 한다고 생각하면서 계몽주의로부터 벗어난 소설을 쓰기 시작했습니다. 그 대표적인 작품이 「광화사」와 「광염소나타」입니다. 그럼 「광염소나타」를 통해 유미주의 소설의 특징을 알아볼까요?

작품의 주인공은 음악가 백성수입니다. 그는 요절한 천재 음악가의 유복자로 태어납니다. 어린 시절부터 아버지 없이 홀어머니 밑에서 가난하게 자란 백성수는 어머니의 병환을 치료하려고 담배 가게에서 도둑질을 하다 주인에게 붙잡혀 감옥에 갇힙니다. 6개월의 형기를 마치고 돌아왔을 때 어머니는 이미 돌아가셨고 백성수는 슬픔과 분노를 참지 못하고 담배 가게에 불을 지릅니다. 그러고는 무서운 느낌이 들어 근처 예배당에 들어섰는데 마침 그곳에 피아노가 놓여 있어서 즉흥적으로 떠오르는 악상을 연주하게 되지요. 이 장면을 음악비평가인 K가 목격하고 백성수가 작곡을 할 수 있도록 배려해 줍니다. 하지만 백성수는 마음이 안정되고 편안한 상태에서는 제대로 된 작곡을 하지 못합니다. 결국 백성수는 다시 불을 지르기로 마음먹습니다. 그는 작곡을 위해 방화, 살인 등 범죄 행위를 끊임없이 저지릅니다. 그리고 그로부터 창작의 에너지를 얻어 작곡을 해 나갑니다. 그의 음악은 조화와 균형을 갖추기보다 원시적이고 야만적이고 길들여지지 않은 아름다움을 표현해 내고 있었지요. 마침내 그는 경찰에 붙잡혀 정신병원에 가게 됩니다.

전체적으로 이 소설은 액자식 구성으로 되어 있습니다. 방금 살펴본 것은 안-이야기에 해당하고 겉-이야기는 음악비평가 K와 사회교화자가 서로 대화를 나누는 내용입니다. 백성수의 이야기가 이들의 대화 속에 삽입되어 있는 것이지요.

자, 줄거리에서 보았듯이 백성수는 방화와 살인을 하면서도 예술을 추구하려 합니다. 그가 추구하는 예술은 기존의 예술과는 큰 차이가 있었습니다. 본래 예술이란 새로움을 추구하는 속성이 있습니다. 새로움을 추구해야 인간의 끝없는 욕망을 만족시킬 수 있기 때문이지요. 그런데 기존의 예술은 조화와 균형, 이상적인 아름다움만을 추구하는 경향이 있었습니다. 그 안에서 새로움을 추구하기란 한계가 있지요. 오히려 몇몇 사람들은 교훈적인 내용과 같은 다른 목적을 전달하는 데에 예술을 이용했습니다. 소설 속에서 백성수가 추구하는 예술은 다른 목적이 전혀 없는 예술입니다. 오로지 예술만을 위한 예술로서 기존의 예술적인 관습을 깨뜨리는 것이었지요.

유미주의는 이처럼 예술 이외의 다른 것들은 개의치 않고 아름다운 형식만을 추구하는 사조입니다. 그런 까닭에 예술을 위해 살인과 방화를 저지르는 인물이 소설 속에 등장한 것입니다.

예술의 형식을 발전시키다

현실에서 살인과 방화는 범죄입니다. 예술을 위한다고 해서 그런 일들을 벌이는 것은 허용될 수 없지요. 다만 예술이 도덕적인 교훈을 전달하거나 대중을 계몽하기 위해 존재하는 것이 아니라 예술 그 자체를 위해 존재해야 한다는 메시지는 예술의 형식 발전에 큰 기여를 했다고 말할 수 있습니다. 특히 소설에서는 작품의 형식과 구조에 대한 치열한 실험들이 유미주의의 영향을 받아 나타나기도 했지요. 김동인의 「광염소나타」는 이러한 유미주의적인 주제의식을 극적으로 전달하고자 했습니다.

물론 김동인의 작품은 한계가 분명합니다. 형식적으로 따져 보면 「광염소나타」는 실험적인 것도 아니고 새로움을 추구하지도 않았으니까요. 하지만 근대 문학 초창기에 우리 소설이 계몽주의로부터 벗어나 보다 자유롭고 다채로운 주제를 표현하는 데에 영향을 준 것은 부정할 수 없을 것입니다.

다른 나라에서는 유미주의가 어떻게 나타났나요?

유미주의는 탐미주의 혹은 예술지상주의라고도 합니다. 이러한 경향은 서구에서 아주 오랜 역사를 지니고 있었습니다. 고대 그리스 시대 '쾌락'을 중시했던 에피쿠로스로부터 시작했다고 볼 수 있지요. 19세기 후반에는 프랑스 시인 보들레르, 영국의 소설가 오스카 와일드에 의해 유미주의가 꽃을 피웠다고 할 수 있습니다. 이들은 정신보다는 감각적인 경험을, 내용보다는 형식을, 현실보다는 공상을 더욱 중시했습니다.

Q98 왜 '전후 문학'이라고 따로 지칭해 부르는 건가요?

'전후 영화'라는 말은 많이 쓰지 않는 것 같은데 '전후 문학'이라는 말은 수업 시간에도 등장해요. 전쟁을 소재로 한 문학 작품, 왜 굳이 '전후 문학'이라고 장르 이름까지 붙여서 부르는 건가요?

불안과 초조, 허무…… 전쟁은 영혼을 잠식한다

대체로 전쟁을 겪은 후에 사람들은 삶을 허무하다고 느낍니다. 진실하게 살아왔지만 전쟁으로 모든 것을 잃고 심지어 목숨마저 지키지 못할 위기에 처하니 말이지요. 언제 닥칠지 모르는 죽음의 공포는 사람들을 불안과 초조 속에 몰아넣습니다. 이런 까닭에 사람들은 전쟁에 대한 거부감을 내비치게 마련이지요. 특히 젊은 세대들은 전쟁을 일으킨 기성세대에 대한 반항과 불신을 드러내기도 하고 지식인들은 인간의 실존적인 의미에 대해 질문을 던지기도 하지요.

전쟁 이후 창작되는 소설은 이러한 분위기를 그대로 드러내 줍니다. 초조와 불안이 작품의 분위기를 지배하고 그 안에서 인간 존재의 의미가 무엇인지 밝히고자 노력합니다. 제2차 세계대전 이후에 서구에서 실존주의 문학*이 유행했던 것도 모두 이런 맥락이라고 할 수 있습니다.

우리나라도 6·25 전쟁을 겪은 후에 많은 소설가들이 전후 소설을 창작했습니다. 전후 소설은 단순히 전쟁을 소재로 한 작품이 아니라 전쟁이 인간 사회에 어떤 영향을 미쳤는지를 파헤치는 소설입니다. 따라서 우리나라 전후 소설도 불안과 초조, 허무의식이 작품 전반에 깔려 있습니다. 대표적인 작가와 작품으로는 손창섭의 「비 오는 날」, 장용학의 「요한시집」, 김성한의 「바비도」, 하근찬의 「수난 이대」, 오상원의 「유예」, 이범선의 「오발탄」 등이 있습니다. 이 소설들은 6·25 전쟁 이후의 황폐한 정신 세계를 보여 주고 있지요. 이 중에서 오상원의 「유예」를 살펴보며 전후 문학의 성격을 알아보겠습니다.

극한에서 존재의 의미를 묻다

「유예」는 역순행적으로 구성된 소설입니다. 현재에서 과거의 일을 회상하는 방식으로 서술되었다는 말입니다. 작품의 배경은 6·25 전쟁 중 어느 산골 마을의 눈 덮인 벌판입니다. 소설의 첫 장면은 포로로 잡힌 주인공이 인민군에게 처형을 당하기 바로 직전의 상황입니다. 그는 이제 막 처형을 당하려는 순간에 지난 과거를 떠올립니다. 그는 국군 소대장으로 소대원들을 이끌고 인민군의 배후 깊숙이 침투를 했습니다. 그러나 너무 깊이 침투한 탓인지 곧 본대와 교신이 끊어지고 고립이 되고 말지요. 부하들의 죽음을 차례차례 겪으며 그는 전쟁이 허무하다는 것을 새삼 느낍니다.

주인공은 결국 소대원들을 전부 잃고 혼자서 남쪽으로 내려가기 시작합니다. 그렇게 한참을 남쪽으로 내려가던 중 그는 어느 마을에서 한 사내가 인민군에게 처형당하는 장면을 목격하고 인민군에게 총을 발사하다가 사로잡힙니다. 주인공은 수차례 심문을 당하면서 북한으로 전향하라는 말을 듣지만 이에 응하지 않습니다. 전향하느니 죽음을 선택하겠다는 것이지요. 소설은 다시 첫 장면으로 되돌아갑니다. 그가 처형을 당하기 바로 직전의 상황으로 말이지요. 그리고 얼마 후 연발하는 총성이 울리고 그는 쓰러져 죽음을 맞이합니다.

여기서 잠깐 작품 제목을 생각해 볼 필요가 있습니다. '유예'라는 소설 제목은 작품 내용으로 볼 때 인민군에게 총살당하기 직전의 시간을 가리키는데, 이 시간이 소설 전체의 시간입니다. 그러니까 아주 짧은 시간 동안 사건이 일어난 것입니다. 그리고 나머지 이야기들은 모두 죽음이 잠시 유예된 시간 동안 주인공이 회상하는 내용들이지요. 그는 회상을 하며 전쟁의 무의미와 삶의 허무를 생각합니다. 특히 총을 맞기 직전에도 인간 존재의 의미에 대한 성찰을 보여 줍니다. 마지막 부분을 잠시 살펴보겠습니다.

눈에 함빡 싸인 흰 둑길이다. 오! 이 둑길…… 몇 사람이나 이 둑길을 걸었을 거냐…… 흰칠히 트인 벌판 너머로 마주 선 언덕, 흰 눈이다. 가슴이 탁 트이는 것 같다. 똑바로 걸어가시오. 남쪽으로 내닫는 길이오. 그처럼 가고 싶어 하던 길이니 유감은 없을 거요. 걸음마다 흰 눈 위에 발자국이 따른다. 한 걸음 두 걸음 정확히 걸어야 한다. 사수 준비! 총탄 재는 소리가 바람처럼 차갑다. 눈앞에 흰 눈뿐, 아무것도 없다. 인제 모든 것은 끝난다. 끝나는 그 순간까지 정확히 끝을 맺어야 한다. 끝나는 일 초, 일 각까지 나를, 자기를 잊어서는 안 된다.

걸음걸이는 그의 의지처럼 또한 정확했다. 아무리 한 걸음 한 걸음 다가가는 걸음걸이가 죽음에 접근하여 가는 마지막 길일지라도 결코 허튼, 불안한, 절망적인 것일 수는 없었다. 흰 눈, 그 속을 걷고 있다. 흰칠히 트인 벌판 너머로, 마주 선 언덕, 흰 눈이다. 연발하는 총성, 마치 외부세계의 잡음만 같다. 아니 아무것도 아닌 것이다. 그는 흰 속을 그대로 한 걸음 한 걸음 정확히 걸어가고 있었다. 눈 속에 부서지는 발자국 소리가 어렴풋이 들려온다. 두런두런 이야기 소리가 난다. 누가 뒤통수를 잡아 일으키는 것 같다. 뒤허리에 충격을 느꼈다. 아니 아무것도 아니다.

아무것도 아닌 것이다.

　– 오상원, 「유예」 중에서

　이 부분은 문장들이 아주 짧게 서술되어 있습니다. 짧은 문장이 연속적으로 제시되면 어떤 느낌을 줄까요? 아무래도 읽는 사람에게 긴장과 불안, 그리고 초조감을 증폭시킬 것입니다. 작가가 의도적으로 짧은 문장을 사용한 것이지요.

　하지만 불안과 초조 속에서도 주인공은 "자기를 잊어서는 안 된다"고 말합니다. 또한 죽음에 이르는 "마지막일지라도 결코 허튼, 불안한, 절망적인 것"이 되어서는 안 된다고 말합니다. 이는 거꾸로 말하면 일반적으로 사람들이 죽음을 마주할 때 허무와 불안과 절망을 느낀다는 뜻이기도 합니다. 죽음이 난무하는 전쟁을 마주할 때에는 당연히 그런 느낌을 갖겠지요. 그러나 주인공은 강한 의지로 허무와 불안과 절망을 극복하고 있습니다.

　아무리 극한상황이어도 자신의 의지를 버리지 않는 존재가 주인공이 생각하는 인간의 본질이었던 것이지요. 전쟁이 인간에게 존재의 의미가 무엇이냐고 물을 때, 작가 오상원은 인간은 허무와 불안과 절망을 이겨 내고 의지를 실천하는 존재라고 말했던 것입니다.

전후 소설은 언제까지 쓰여졌나요?

전후 소설은 엄격하게 말하자면 전쟁 후에 창작된 소설이므로 전쟁을 소재로 한다면 여전히 발표될 가능성이 있습니다. 대체로 전후 소설은 1980년대까지 활발하게 창작되었습니다. 이 시기에 발표된 작품들은 전쟁을 보다 객관적으로 볼 수 있게 해 주는데 대표적인 작품으로는 윤흥길의 「장마」라든가, 김원일의 「어둠의 혼」, 『노을』, 박완서의 『엄마의 말뚝』 같은 작품을 들수 있습니다. 이 소설들은 전쟁의 비극성뿐만 아니라 전쟁이 우리 사회에 미친 영향을 살피고 있다는 점에서도 의미가 깊다고 할 수 있습니다.

099　산업화 시대의 삶을 소재로 한 소설은?

우리나라가 잘살게 된 것은 1970년대 산업화 때문이라고 배웠습니다. 그런데 산업화에 대해서 어떤 사람들은 그 과정이 잘못되었다고 하더라고요. 농촌 사람들이 많은 희생을 당했다고 하고 공장에서 일하는 사람들도 어려움을 겪었다고 하는데 소설 속에는 산업화가 어떻게 그려져 있는지 알고 싶어요.

산업화 시대의 두 얼굴

우리나라는 2012년 인구 5,000만 명에 1인당 국민소득이 2만 달러가 넘는 세계 일곱 번째 나라가 되었습니다. 수치만 보면 선진국 대열에 들어섰다는 의미이지요. 그만큼 경제의 규모가 커졌고 발전도 이루었다는 뜻입니다. 그 밑바탕에는 1970~1980년대 펼쳐진 이른바 눈부신 산업화 과정이 있었습니다.

그렇다면 산업화는 긍정적인 면만 있는 것일까요? 꼭 그런 것은 아닙니다. 우리나라의 산업화에는 그늘이 있었습니다. 일단 우리나라는 자원도 적고 기술도 없고, 자본도 없었습니다. 단지 노동력만 있을 따름이었지요.

기업과 정부는 노동력을 활용한 산업화를 진행할 수밖에 없었습니다. 섬유, 신발과 같은 노동집약적인 산업이었지요. 기업들은 자본을 축적하기 위해서 노동자들의 임금을 아주 적게 주었고 정부는 이에 동조했습니다. 자본을 축적해야 더 큰 규모의 공장을 짓고 설비를 마련하는 데 투자할 수 있기 때문이었지요.

희생은 노동자만의 몫이 아니었습니다. 노동자들이 낮은 임금으로 생활하기 위해서는 생활비, 특히 식비가 적게 들어야만 했지요. 먹고 살아야 일을 할 수 있었으니까요. 이런 이유로 정부는 쌀값도 아주 싼 가격으로 묶어 두었습니다. 이른바 저곡가 정책이었지요. 일껏 농사를 지어도 비룟값도 안 나오는 일이 벌어진 것입니다. 농민들은 농사를 짓기가 너무 힘이 들었습니다. 하나둘 도시로 떠나올 수밖에 없었지요. 하지만 그들은 가지고 있는 기술이 없었습니다. 그래서 이곳저곳 공사판을 떠돌아다니는 일용직 노동자로 전락해 버렸지요.

결과만 놓고 본다면 산업화는 우리 경제를 성장시키고 가난을 벗어나게 해 주었습니다. 긍정적인 기능을 한 것이지요. 하지만 그 과정을 들여다보면 노동자와 농민의 희생이 적지 않았음을 알 수 있습니다. 그들은 산업화 속에서 소외를 당했던 것입니다. 당연히 사회적 문제가 되었지요. 당시 소설가들은 이런 문제를 놓치지 않았습니다. 그중에서 가장 대표적인 작품이 황석영의 「삼포 가는 길」입니다.

산업화 사회의 어두운 이면, 떠돌이의 삶

「삼포 가는 길」의 등장인물은 정씨와 영달, 백화 세 사람입니다. 정씨는 교도소에서 출감하여 공사장에서 목수 일을 하며 살아가는 인물이고 영달은 일자리를 찾아 각지를 떠도는 일용직 노동자입니다. 마지막으로 백화는 술집에서 일하는 여자로 어린 나이에 산전수전을 겪으며 살아왔지만 인정은 많은 인물입니다. 이들 세 사람의 공통점은 모두 고향을 잃고 떠도는 사람이라는 데에 있습니다. 농촌이 황폐화되어 고향을 떠나 떠돌고 있는 것입니다.

영달은 일자리를 잃고 밀린 밥값을 떼어 먹은 채 도망가다가 고향을 찾아가는 정씨를 만납니다. 정씨는 공사장 일을 그만두고 고향인 삼포에 가서 농사를 지으며 살려는 마음을 먹고 있었지요. 갈 곳이 딱히 없던 영달은 정씨와 동행합니다. 그리고 어느 주막집에 들러 술집 작부가 도망갔다는 이야기를 전해 듣습니다. 그녀를 잡아 오면 만 원을 주겠다는 주인의 말이 있었지만 두 사람은 백화를 발견하고도 술집에 넘기지 않고 함께 동행하기로 합니다. 추위를 피하기 위해 폐가에 들어가고 그곳에서 백화가 힘겹게 살아온 이야기를 듣습니다. 그녀는 감옥에 갇힌 군인들을 옥바라지하고 그들에게 정을 주며 살아온 여자였습니다.

일행이 다시 길을 나서던 중 백화가 발이 삐어 걷기가 힘들어지자 영달이 그녀를 업습니다. 서로를 이해하게 된 것이지요. 그들이 감천역에 다다르자 서로 방향이 달라집니다. 백화는 자기 고향으로 함께 가자며 영달을 설득하지만 영달과 정씨는 백화를 따라가지 않습니다. 정착해서 살 수 있다는 기대를 할 수 없기 때문입니다. 백화는 자기를 걱정하며 빵과 찐달걀을 건네주는 영달에게 자신의 이름이 점례라고 밝히고 전라선 기차를 타고 떠납니다. 백화를 보낸 뒤 영달과 정씨는 대합실에서 삼포로 가는 기차를 기다립니다. 두 사람이 기차를 기다리는 장면을 잠시 살펴보겠습니다.

정씨 옆에 앉았던 노인이 두 사람의 행색과 무릎 위의 배낭을 눈여겨 살피더니 말을 걸어왔다.

"어디 일들 가슈?"

"아뇨, 고향에 갑니다."

"고향이 어딘데……"

"삼포라구 아십니까?"

"어 알지, 우리 아들놈이 거기서 도자를 끄는데……"

"삼포에서요? 거 어디 공사 벌일 데나 됩니까? 고작해야 고기잡이나 하구 감자나 매는데요."

"어허! 몇 년 만에 가는 거요?"

"십 년."

노인은 그렇겠다며 고개를 끄덕였다.

"말두 말우, 거긴 지금 육지야. 바다에 방둑을 쌓아 놓구, 추럭이 수십 대씩 돌을 실어 나른다구."

"뭣 땜에요?"

"낸들 아나. 뭐 관광 호텔을 여러 채 짓는담서, 복잡하기가 말할 수 없데."

"동네는 그대루 있을까요?"

"그대루가 뭐요. 맨 천지에 공사판 사람들에다 장까지 들어섰는걸."

"그럼 나룻배두 없어졌겠네요."

"바다 위로 신작로가 났는데, 나룻배는 뭐에 쓰오. 허허, 사람이 많아지니 변고지. 사람이 많아지면 하늘을 잊는 법이거든."

작정하고 벼르다가 찾아가는 고향이었으나, 정씨에게는 풍문마저 낯설었다. 옆에서 잠자코 듣고 있던 영달이가 말했다.

"잘됐군. 우리 거기서 공사판 일이나 잡읍시다."

그때에 기차가 도착했다. 정씨는 발걸음이 내키질 않았다. 그는 마음의 정처를 잃어버렸던 때문이었다. 어느 결에 정씨는 영달이와 똑같은 입장이 되어 버렸다.

기차가 눈발이 날리는 어두운 들판을 향해서 달려갔다.

– 황석영, 「삼포 가는 길」 중에서

이 장면은 소설의 마지막 장면이기도 한데 정씨가 가고자 했던 고향이 이미 산업화의 과정 속에서 변해 버렸다는 것을 확인하는 대목입니다. 정씨가 고기 잡고 감자를 캐던 고향은 사라지고 대신 관광호텔이 들어서고 신작로가 새롭게 놓이는 근대적인 공간이 자리를 잡았지요. 요즘 사람들은 자기 고향이 발전한다고 좋아할 수도 있겠지만 정씨의 생각은 어쩐지 허전합니다. 그것은 마음의 고향을 잃어버렸기 때문이지요. 산업화는 농민과 노동자에게 소외감만 준 것이 아니라 마음의 고향마저 앗아갔던 것입니다.

이처럼 우리나라 현대 소설 속에 그려진 산업화는 결코 아름답지 않았습니다. 산업화의 과정 속에서 농민들은 살길이 막막해져 농촌을 떠났고 도시에 와서는 특별한 기술이 없어 일용직 노동자로 전락했습니다. 또한 마음의 안식처로 삼았던 고향을 상실해 정신적인 상처마저 입게 되지요. 산업화는 성공했다고 할 수는 있어도 그 과정에는 무시할 수 없는 아픔들이 있었습니다. 그런 아픔들을 작가들이 그려 낸 것입니다.

뜬금있는 질문

농촌 사람들 말고 도시에서 살아가는 사람들의 아픔을 그린 소설은 없나요?

가장 대표적인 작품으로는 조세희의 『난장이가 쏘아 올린 작은 공』을 떠올릴 수 있습니다. 이 소설은 도심 재개발로 원주민이 쫓겨나고 개발업자와 부동산 투기를 하는 자들이 이익을 얻는 내용을 소재로 삼고 있습니다. 작품 속에서 주인공을 '난장이'로 설정한 까닭은 '난장이'가 소외받는 이들을 대변한다고 보았기 때문입니다.

100 현대인들은 옛날보다 소외감을 많이 느낀다는데 정말인가요?

도덕시간에 선생님이 말씀하시길, 현대인들은 옛날에 비해 소외감을 훨씬 많이 느낀다고요. 산업 사회가 되면서 그렇다는데 정말 우리가 옛사람들보다 소외감을 더 느낄까요? 소설은 인간의 마음을 담는 예술 장르이니, 소설을 통해서라면 그 답을 알 수 있을 것 같아요.

자본주의 사회에서 움튼 소외와 고독

여러분의 질문처럼 현대인들은 과거에 비해서 소외와 고독을 더 많이 느낀다고 합니다. 여러분도 학교생활을 하면서 한 번쯤 소외감을 느껴 보았을 것입니다. 우리가 흔히 말하는 왕따는 따돌림으로 인해서 소외감을 받는 경우입니다. 소외는 어떤 사람이 꿔다 놓은 보릿자루처럼 자신이 속한 집단에 어울리지 못하고 심리적으로 거리를 느끼는 상태를 가리킵니다. 소외는 단순히 따돌림으로만 생겨나는 것은 아닙니다. 소외의 감정은 자신이 누구인지 그 정체성을 잃어버리고 자신이 마치 어떤 물건이나 도구가 되었다고 생각할 때도 느끼게 됩니다. 돈을 가장 중요한 가치로 여기는 자본주의 사회에서는 소외의 정도가 더욱 심해집니다. 사람보다 돈이 먼저일 때 사람들은 자신이 돈을 버는 도구로 전락한 것은 아닌지 생각하고 깊은 소외감에 빠집니다.

우리나라는 1962년부터 경제개발 5개년계획을 수립하고 그 이후로 급속한 산업화와 도시화를 추구해 왔습니다. 농촌 공동체는 파괴되고 서울은 수많은 사람들로 넘치는 거대도시로 변해 갔지요. 돈이면 무엇이든 가능하다는 생각도 이때부터 사회 곳곳에 만연하기 시작했습니다. 돈을 벌기 위해서는 어떤 수단도 정당화될 수 있다는 한탕주의도 함께 퍼져 나갔지요.

거대도시인 서울에 살아가는 사람들은 자신들의 정체성을 잃고 익명적인 존재가 되어 갔습니다. 공동체가 붕괴되었으니 다른 사람과의 관계도 끊어지게 되었지요. 인간적인 관계는 단절되고 소외감은 더욱 깊어졌습니다.

서울, 1964년 겨울, 사람들은 외롭고 고독했다

현대인의 소외와 고독을 그려 낸 작품으로는 김승옥의 「서울, 1964년 겨울」을 들 수 있습니다. 이 작품의 배경은 제목처럼 1960년대 산업화와 도시화가 급속하게 진행되는 서울입니다. 정치적으로는 박정희 군사 정권이 들어서서 사회적 분위기가 경직되어 있었습니다. 젊은 세대는 무기력한 상태에 빠져들었고 자기 의미를 찾지 못하는 시절이었지요.

작품에 등장하는 사람은 나김, 안, 30대의 사내입니다. 세 사람은 이름이 아니라 이니셜로 서술되고 있는데 이는 현대인이 익명적인 존재라는 사실을 암시하는 듯합니다. 자신이 누구인지, 그리고 다른 사람이 누구인지 알지도 못하고 알 필요도 느끼지 못하는 정체성 상실을 말이지요.

육군사관학교를 지원했다가 떨어져 구청에서 근무하는 '나'는 선술집에서 대학원생 '안'을 만납니다. 이들은 날아다니는 파리에 대해 이야기를 나누는 등 무의미한 대화를 이어 가지요. 두 사람은 각자 자신만이 아는 사소한 것들을 이야기하면서 시간을 보냅니다. 이윽고 두 사람이 자리를 옮기려고 일어서던 중 어떤 사내가 그들과 동행하기를 청하지요. 기운이 없어 보이는 사내는 중국집에 들어가 두 사람에게 음식을 사면서, 자신은 서적 판매원이며 오늘 아내가 급성 뇌막염으로 죽었고 아내의 시체를 병원에 해부용으로 팔았다는 이야기를 건넵니다. 사내는 아내를 팔아 생긴 돈을 다 쓸 때까지 함께 있어 줄 것을 제안했고 두 사람은 그 제안을 받아들입니다.

그때 갑자기 소방차가 지나갑니다. 셋은 택시를 타고 소방차의 뒤를 따라 불구경에 나섭니다. 그런데 여기서 서적 판매원 사내는 불길을 보며 그 속에 아내가 타고 있는 듯한 환각에 사로잡히고 곧이어 남은 돈을 손수건에 싸서 불 속에 던져 버립니다. '나'와 '안'은 그만 돌아가려 했지만 사내는 혼자 있기가 무섭다고 같이 있어 달라고 애걸하지요. 셋은 여관에 들기로 합니다. 사내는 같은 방에 들자고 했지만 '안'의 고집으로 각기 다른 방에 투숙하지요. 사내는 고독과 소외를 위로받고 싶어 했지만 '안'은 사내가 부담스러워 외면했던 것입니다.

다음날 아침 사내는 죽어 있었습니다. '안'은 사내가 죽을 것을 예상했지만 다른 방법이 없었노라고, 그를 살릴 수 있는 유일한 방법은 그를 혼자 두는 것이라 생각했다고 말합니다. 그러면서 '나'와 '안'은 사내의 죽음으로 주변이 시끄러워지기 전에 서둘러 여관을 빠져나옵니다.

서울, 욕망의 집결지이자 고독과 소외의 도시

작품에서 서울은 '안'의 말대로 모든 욕망의 집결지였습니다. 그리고 그것의 대부분은 더 많은 화폐를 얻기 위한 욕망이었습니다. 자본주의와 이기주의가 겹쳐져 사람들 사이에는 어느 시대에도 볼 수 없던 경쟁과 다툼이 일어났습니다.

아내의 시체를 팔아 버린 사내는 자신도 모르게 자본주의의 욕망의 덫에 걸려 인간으로서 해서는 안 될 일을 저지릅니다. 조금이라도 더 많은 화폐를 얻기 위해 수단과 방법을 가리지 않았던 사내의 모습은 돈이면 뭐든 된다는 현대인의 생각을 비판하기에 충분합니다. 사내는 돈을 추구하면 할수록 소외와 고독, 죄책감에 시달려 최후를 맞이할 거라는 사실도 보여 줍니다.

현대인의 소외와 고독은 자본주의와 산업화가 부추긴 점이 많습니다. 모든 가치를 화폐 단위로 환산하는 상황에서 사람들은 자신의 고유한 정체성을 잃게 됩니다. 자신의 상품 가치를 높이기 위해 사람들은 스스로를 무한 경쟁 속에 내몰지요. 그 정도가 세어질수록 소외와 고독은 깊어지기 마련입니다. 경쟁 속에서 타인과의 소통은 줄어들고 누구에게도 기댈 수 없는 상황이 만들어지는 것입니다. 작품 속에서 사내가 자신에게 찾아오는 소외와 고독을 나누기 위해 여관방에서 함께 있기를 원하지만 모두가 외면하는 것은 이러한 사회적 분위기를 반영한 것이라 할 수 있지요.

뜬금있는 질문

해외 소설에서 소외감을 표현한 작품으로 유명한 것은 무엇인가요?

현대인의 소외와 고독을 가장 적절하게 표현한 작품으로는 프란츠 카프카의 「변신」을 들 수 있습니다. 이 소설에서 주인공 그레고르 잠자는 샐러리맨으로 살아가고 있었는데 어느 날 갑자기 끔찍한 벌레로 변한 자신의 모습을 발견합니다. 하룻밤 만에 쓸모없고 혐오스런 존재로 변해 버린 것이지요. 가족들은 그를 몹시 싫어하고 따돌리며 심지어는 공격을 합니다. 그레고르의 상황은 타인과 소통 불가능한 현실 속에서 살아가는 현대인을 상징적으로 보여 주고 있다고 할 수 있습니다.

101 현실 참여적인 작품 중 학교가 무대인 것이 있나요?

우리 소설에도 권력에 저항하거나 현실 문제에 참여한 작품은 없나요? 특히 우리나라는 해방 이후에 군사 독재가 계속되었는데 그 시절 현실 참여적인 작품에는 무엇이 있는지 알고 싶어요. 학교를 소재로 한 작품이 있다면 더욱 알고 싶고요.

독재 사회를 우의적으로 표현하는 소설들

우리나라는 해방 이후부터 오랫동안 독재 정권이 존속하고 있었습니다. 초대 대통령 이승만부터 시작하여 박정희, 전두환, 노태우에 이르기까지 독재 정권이 유지되었지요. 1960년 4·19 혁명이 일어나 정치적인 자유가 잠시 허락된 적도 있었지만 이듬해에 일어난 5·16 군사 쿠데타가 자유를 가로막았습니다.

작가들은 이러한 정치적 독재에 저항하기 위해 많은 노력을 기울였습니다. 김수영을 비롯한 시인들의 활동이 대표적이지요. 독재를 비판하는 작품은 소설 중에도 있었습니다. 그러나 현실을 날것 그대로 반영하는 데에는 부담감이 따랐습니다. 그래서인지 작가들은 우의적인 방법으로 독재 사회를 비판했습니다. 우의는 현실을 다른 상황에 빗대어 표현하는 방식으로 가장 대표적인 것은 「이솝우화」입니다. 동물들이 등장하는 이야기를 통해 인간의 삶을 표현한 것이지요.

자유를 억압하는 독재 사회를 우의적으로 표현한 주요 작품으로는 황석영의 「아우를 위하여」, 전상국의 「우상의 눈물」, 이문열의 「우리들의 일그러진 영웅」, 김정한의 「모래톱이야기」, 이청준의 「잔인한 도시」와 같은 소설들을 떠올릴 수 있습니다. 감옥과 감옥의 주변을 벗어나지 못하는 사람의 이야기를 다룬 이청준의 「잔인한 도시」를 제외하고는 황석영, 전상국, 이문열, 김정한의 소설이 모두 학교와 학생들을 소재로 하고 있습니다. 아마도 학교가 사회의 축소판으로서 사회를 들여다볼 수 있는 좋은 소재이기 때문일 것입니다.

교실을, 그리고 사회를 고발하다

황석영의 「아우를 위하여」는 액자식 구성으로 되어 있습니다. 겉-이야기와 안-이야기가 따로 존재하고 있지요. 겉-이야기는 형이 아우에게 보내는 편지 형식으로 되어 있습니다. 편지글 형식은 글의 내용을 보다 진실성 있게 전달하는 효과를 가져옵니다. 액자 안에 있는 이야기는 1인칭 주인공 시점이며 형이 겪었던 일들을 중심으로 서술되고 있습니다.

작품의 주인공인 '나'는 6·25 전쟁 중 서울이 수복되자 부산에서 서울로 전학을 옵니다. 담임 선생님은 부업에 정신이 팔려 학급을 제대로 이끌지 않습니다. 이때 영래라는 친구가 아이들로부터 환심을 얻어 반장이 됩니다. 미군의 하우스보이였던 영래는 미군이 가져온 초콜릿과 도넛으로 아이들의 마음을 얻지요.

그러나 그 후 영래는 아이들을 괴롭히기 시작합니다. 각종 명목으로 아이들에게 돈을 걷고, 단체로 축구 시합을 응원하도록 강요하며 말을 듣지 않는 아이는 청소 당번을 시키거나 온갖 폭력을 행사하는 등 악행을 저지릅니다. 영래의 조무래기들도 아이들의 도시락을 뺏어 먹고 마음에 들지 않는 아이들에게 권투시합을 시키는 등 옳지 못한 일들을 서슴지 않습니다. 이 모든 상황은 사실 부당하게 권력을 쥐고 그 힘으로 민중의 삶을 억압하는 독재 정권을 비꼬기 위해 설정된 것이라고 볼 수 있지요.

그러던 어느 날 학급에 교생 선생님이 배정됩니다. 교생 선생님은 아이들을 사랑으로 가르치려는 교육적 신념이 투철한 분이었습니다. 영래네 패거리는 교생 선생님에게 잘 보이려고 나일론 스타킹을 선물하지만 교생 선생님은 그 일을 호되게 나무라지요. 또한 도시락으로 곤란을 겪는 아이들을 위해 여유가 있는 학생들에게 도시락을 두 개씩 싸 오면 어떻겠느냐고 권유해서 문제를 해결해 줍니다.

이러한 교생 선생님의 노력에 영향을 받은 '나'는 윤리적인 무관심으로 정의가 짓밟히는 일에 저항해야겠다는 마음을 먹습니다. 마침 영래의 패거리가 교생 선생님을 비방하는 종잇조각을 돌리자 종잇조각을 돌린 패거리에게 대담하게 사과를 요구합니다. 영래 패거리는 '나'를 위협하지만 이때 학급의 아이들이 일제히 일어나 영래 패거리에 이에 저항하고, 마침내 영래 패거리는 자신들의 잘못을 뉘우치게 되지요.

윤리적인 무관심에서 벗어나 저항하는 용기를 향해

이제 소설은 다시 겉-이야기, 즉 형이 아우에게 전하는 편지글로 전환됩니다. 소설의 마지막 장면을 감상해 보겠습니다.

여럿의 윤리적인 무관심으로 해서 정의가 밟히는 일이 있어서는 안 될 거야. 걸인 한 사람이 이 겨울에 얼어 죽어도 그것은 우리의 탓이어야 한다. 너는 저 깊고 수많은 안방들 속의 사생활 뒤에 음울하게 숨어 있는 우리를 상상해 보구 있을지도 모르겠구나. 생활에서 오는 피로의 일반화 때문인지, 저녁의 이 도시엔 쓸쓸한 찬바람만이 지나간다. 그이가 봄과 함께 오셨으면 좋겠다. 보이지도 않고 만질 수도 없어, 그이가 오는 걸 재빨리 알진 못하겠으나, 얼음이 녹아 시냇물이 노래하고 먼 산이 가까워 올 때에 우리가 느끼듯이 그이는 은연중에 올 것이다. 그분에 대한 자각이 왔을 때 아직 가망은 있는 게 아니겠니. 너의 몸 송두리째가 그이에의 자각이 되어라. 형은 이제부터 그이를 그리는 뉘우침이 되리라.

우리는 너를 항상 기억하고 있으며, 너는 우리에게서 소외되어 버린 자가 절대로 아니니까 말야.

　- 황석영,「아우를 위하여」중에서

형이 아우에게 전하고자 하는 교훈이 차분히 서술되어 있네요. 그중에서 윤리적인 무관심 때문에 정의가 밟히는 일이 있어서는 안 된다는 첫 줄이 가장 인상적이지요. 이 작품이 발표된 것은 1972년입니다. 그러니까 박정희 군사 정권이 우리 사회에 부당한 권력을 행사하고 있던 때이지요. 당시 많은 사람들은 부당한 일이 벌어져도 자신의 문제가 아니면 감히 나서지 못했습니다. 이 작품은 그런 상황을 극복하고 독재로부터 벗어나는 길은 모두가 참여할 때 시작된다는 사실을 일깨우고 있지요. 드러내 놓고 군사 정권을 비판하지는 않지만 부당한 정치 권력 앞에 용기를 지니라는 메시지를 전하고 있는 것만은 분명해 보입니다.

뜨끔있는 질문

현대 문학에서 참여적인 경향은 언제부터 나타나기 시작했나요?

우리나라에서 문학이 현실 참여를 해야 한다는 주장은 일제 강점기 시절까지 거슬러 올라갑니다. 민족주의자였던 단재 신채호 선생은 문학을 통해 민족성을 끌어올릴 수 있다고 보았습니다. 그는 『을지문덕』을 비롯한 여러 위인전을 지었는데 이를 통해 일제에 의해 훼손된 민족적 자존심을 회복할 수 있다고 보았습니다.

1920년대 중반부터 펼쳐진 사회주의 문학 운동도 문학의 사회 참여가 가장 큰 목적이었습니다. 하지만 지나친 목적성 때문에 대중으로부터 큰 호응을 얻지 못했지요.

현대 문학에서 참여 문학은 프랑스의 실존주의 철학자 사르트르의 '앙가주망(engagement)'에 적잖은 영향을 받았습니다. 그의 이론이 소개되면서 문학이 현실에 참여해야 한다는 주장이 활발하게 전개되었습니다. 물론 4·19 혁명도 작가들에게 큰 영향을 주었지요. 이처럼 문학이 현실에 참여해야 한다는 목소리는 근대 문학 초기부터 존재해 왔습니다.

질문 - 교과 연계표

Part. 3 현대 시

교과 – 질문 연계표

참고문헌

고전 산문 · 소설

한국민족문화대백과사전 http://encykorea.aks.ac.kr/
한국고전종합DB http://db.itkc.or.kr/itkcdb/mainIndexIframe.jsp
  • 동문선 제100권 「국순전」 ⓒ 한국고전번역원, 임창순 옮김, 1969
  • 동문선 제100권 「국선생전」 ⓒ 한국고전번역원, 임창순 옮김, 1969

현대 시

『가난한 사랑 노래』, 신경림 저, 실천문학사, 1988
『개밥풀』, 이동순 저, 창작과비평사, 1980
『광야』, 이육사 저, 미래사, 1991
『교과서 시 정본 해설』, 이숭원 저, 휴먼앤북스, 2008
『구상 시전집』, 구상 저, 서문당, 1986
『김광균 전집』, 김광균 저, 김학동 · 이민호 편, 국학자료원, 2002
『김소월 전집』, 김소월 저, 김용직 편, 서울대학교출판부, 1996
『김수영 전집』, 김수영 저, 민음사, 2003
『김춘수 시전집』, 김춘수 저, 현대문학, 2004
『김현승 시전집』, 김현승 저, 김인섭 편, 민음사, 2005
『내 귀는 거짓말을 사랑한다』, 박후기 저, 창비, 2009
『농무』, 신경림 저, 창작과비평사, 1975
『님의 침묵』, 한용운 저, 미래사, 1991
『대꽃』, 최두석 저, 문학과지성사, 1984
『땅의 연가』, 문병란 저, 창작과비평사, 1981
『먼 바다』, 박용래 저, 창작과비평사, 1984
『미당 서정주 시전집』, 서정주 저, 민음사, 1983
『바람 속으로』, 이시영 저, 창작과비평사, 1986
『박남수 시선』, 박남수 저, 이형권 편, 지식을만드는지식, 2012
『박목월 시전집』, 박목월 저, 이남호 편, 민음사, 2003
『백석 전집』, 백석 저, 김재용 편, 실천문학사, 2011
『불놀이』, 주요한 저, 미래사, 1991
『빼앗긴 들에도 봄은 오는가』, 이상화 저, 미래사, 1991
『성북동 비둘기』, 김광균 저, 범우사, 1969
『승무』, 조지훈 저, 미래사, 1991

『시로 만나는 한국 현대사』, 신현수 저, 북멘토, 2009

『신동엽 시전집』, 신동엽 저, 강형철 · 김윤태 편, 창비, 2013

『오탁번 시전집』, 오탁번 저, 태학사, 2003

『평야』, 이성부 저, 지식산업사, 1982

『이용악 시전집』, 이용악 저, 윤영천 편, 창작과비평사, 1988

『임화문학예술전집』, 임화 저, 임화문학예술전집편찬위원회 편, 소명출판, 2009

『입 속의 검은 잎』, 기형도 저, 문학과지성사, 1989

『입국자들』, 하종오 저, 산지니, 2009

『저문 강에 삽을 씻고』, 정희성 저, 창작과비평사, 1978

『정지용 시전집』, 정지용 저, 민음사, 1988

『천상병 전집』, 천상병 저, 평민사, 1996

『천지현황』, 김종길 저, 미래사, 1991

『청록집』, 박목월 · 조지훈 · 박두진 저, 을유문화사, 2006

『하늘과 바람과 별과 시』, 윤동주 저, 미래사, 1991

『한국 대표 시인 초간본 총서』 시리즈, 이남호 편, 열린책들, 2004

- 『님의 침묵』, 한용운 저

- 『영랑 시집』, 김영랑 저

- 『정지용 시집』, 정지용 저

- 『진달래꽃』, 김소월 저

현대 소설

『20세기 한국소설』 시리즈, 최원식 외 편, 창비, 2005

- 『20세기 한국소설』 3, 현진건 외 저

- 『20세기 한국소설』 4, 최서해 외 저

- 『20세기 한국소설』 5, 김유정 외 저

- 『20세기 한국소설』 6, 박태원 외 저

- 『20세기 한국소설』 8, 이효석 외 저

- 『20세기 한국소설』 9, 주요섭 · 이상 외 저

- 『20세기 한국소설』 10, 김동리 · 황순원 외 저

- 『20세기 한국소설』 11, 김정한 저

- 『20세기 한국소설』 15, 오상원 저

- 『20세기 한국소설』 19, 김승옥 외 저

- 『20세기 한국소설』 25, 황석영 저

『객지 : 황석영 중단편전집 2』, 황석영 저, 창비, 2000

『문학 교과서 작품 읽기』(소설 필수편), 류대성 외 저, 창비, 2011

『엄마를 부탁해』, 신경숙 저, 창비, 2008

『자전거 도둑』, 박완서 저, 다림, 1999